KB271387

비평

비평,
문화의 스펙트럼

문혜원 평론집

작가

비평은 작품이 차지하고 있는 문화사적인 좌표를 찾고 제자리에 위치시키는 작업이다. 현재 쓰여지고 있는 작품들을 동시대의 정치 경제 사회 문화적 측면에서 고찰하고 관계를 밝히는 일이 비평의 수평적인 축이라면, 작품의 문학사적인 연결 관계를 드러내고 그것을 과거와의 소통의 장 안에 위치시키는 것은 비평의 수직적인 축이다.

이번 평론집은 비평의 수직적인 연관 관계를 염두에 두고 쓴 글들을 묶었다. 1부에 실려 있는 주제론적인 성격을 가진 글들이 그것이다. 각각의 테마인 환상, 죽음, 여성성은 현대시를 설명하는 중요한 키워드들이다. 환상은 시만이 아니라 소설이나 영화에 이르기까지 널리 사용되고 있는, 최근 가장 각광을 받는 문화적인 아이템이다. 그것은 질서정연한 이성의 논리 너머에 있는 불확정적인 것들, 위험하고 모호한 것들을 전면화한다. 그럼으로써 경계를 허물고 이질적인 것들이 뒤섞이는 틈을 만든다.

죽음은 살아 있는 사람들의 가장 큰 관심거리로서, 유사 이래 지금까지 철학적 · 예술적 주제를 형성해 왔다. 죽음을 바라보는 시선의 차이는 개인적이면서 또 시대적인 것이다. 죽음에 대한 시적 인식의 변화는 문화 환경의 상이성을 드러내는 것이기도 하다.

현대시에서 여성성은 여성적인 소재와 성격, 여성적인 목소리, 여성지향적인 시적 태도 등을 모두 포괄하는 개념이다. 여성시의 경향은 크게 두 가지로 나뉜다. 하나는 여성성을 타자에 대한 이해의 근본적인 조건으로 해석하고 적극적인 의미를 부여하는 것이고, 또 하나는 여성에게 가해지는 억압을 폭로하고 고발하는 것에 초점을 맞추는 것이다. 상반된 두 가지 경향은 여성시를 이끌어온 두 개의 축이다.

이러한 특징들은 사실상 시사 전반에 걸쳐 반복적으로 나타나는 것으로서, 추후의 비평은 그 상관관계를 밝히는 일에 좀 더 집중될 것이다. 현장성을 강조하는 비평의 성격과는 조금 다른, 한국 모더니즘 시 개관을 포함시킨 것은 이러한 이유 때문이다. 이 글은 한국 모더니즘 시의 시작, 전개와 발전 양상을 한눈에 살펴볼 수 있도록 연대기 순을 따라서 모더니즘 시를 검토하고 있다. 이는 현재 창작되고 있는 시의 특징들을 시사적으로 연결하여 설명하기 위한 기초 작업에 해당한다.

2부에는 시인론에 해당하는 글들을 묶었다. 어떤 글은 몇 편의 시를 대상으로 하고 어떤 글은 본격적인 시인론 형태를 취하고 있는 차이가 있지만, 언급된 특징들이 각 시인의 시세계를 대표한다는 점에서 공통점이 있다. 3부에는 개별 시집에 대한 해설과 서평을 따로 묶었다. 특정한 시집을 텍스트로 하기 때문에 비평의 범위가 한정된 대신 그만큼 객관적인 분석에 충실하려고 했다.

네 번째 평론집을 준비하는 지금도, 비평이란 무엇인가에 대한 질문은 여전히 남아 있다. 작품에 대한 이해와 해석을 수직과 수평의 좌표 안에 위치시키는 일은 조심스럽고 더디다. 행여 비평이 시의 결을 해치는 칼날이 되지 않도록 섬세해야 하고, 시가 지닌 의미 이상으로 그것을 과대 포장하지 않도록 냉정해야 한다. 그야말로 열정과 냉정 사이를 오가는 작업이다. 맨 처음 비평을 시작할 때의 생각은 아직도 변하지 않았다. 비평가는 계몽가가 아니라 충실한 독자가 되어야 한다. 나는 여전히 좋은 시 한 편을 애타게 갈망한다.

문혜원

목차

3부

1부

비평이란 무엇인가

1. 비평, 비평가의 자리

비평가란 일차적으로 쓰여진 창작물을 읽고 해석/분석하는 자이다. 이 경우 비평가는 엄정하고 객관적인 자리에 스스로를 위치시켜야 한다. 엄정한 분석을 통해 작품을 평가하고 다른 많은 작품들 속에서 그 작품의 자리를 찾아주는 것도 비평가의 몫이다. 개별적으로 출품된 작품들을 적재적소에 배치하고 진열함으로써 구매자인 독자들에게 작품의 가치와 특징을 알려주는 것이다. 이따금씩 작품은 포장 상태와 진열된 위치에 따라 전혀 다른 운명에 놓이기도 한다. 그래서 진열자로서의 비평가는 철저하게 중립적이라야 한다. 그러나 그도 사람인 만큼 취향이라는 것이 있기 마련이다. 어떤 작품들은 독자로서의 그의 마음을 조금 더 감동시키거나 약간 불쾌하게 한다. 요행히 자신과 코드가 잘 맞는 작품을 만나게 되면, 비평가의 글 역시 윤기가 흐르고 생생하게 살아난다. 비평문 중에서도 감성적인 글들이 이에 해당한다. 한편, 비평가는 작품을 통해 세계를 바라보고 세계에 말을 거는 자이다. 그는 작품을 분석하고 평가하는 일을 통해서 세계에 대해 발언한다. 작품의 비평 형식을 빌려 사회 문화적인 환경 전반을 진단하고 부정적인 요소들에 대한 비판을 시도하는 것이다.

비평가가 이 중에서 어떤 입장을 선택하는가에 따라 비평은 그 성격이 달라진다. 비평이 분석/해석과 작품 설명에 초점을 맞추고 있다면, 그 글은 작품 분석에 충실한 학구적인 성격을 띤다. 분석비평이나 원론비평이 이에 해당할 것이다. 비평가의 감수성이 조금 더 가미되는 경우, 비평은 독특한 분위기와 개성을 가지게 된다. 이때 비평은 작품 해석 이외에 고유한 문체나 수사 등 창작적인 요소를 겸비하게 된다. 이와 달리 비평이 문학 외적인 사회 비판이나 검증을 지향할 때, 비평은 작품에 대한 충실한 해석을 넘어서 비평가 개인의 세계관과 이데올로기를 드러내는 역할을 한다.

이 글에서 살펴보게 될 세 명의 여성 시비평가의 글들(김수이의 『환각의 칼날』, 정끝별의 『오륙의 노래』, 김용희의 『천국에 가다』)은 위에서 말한 비평의 성격들을 각각 혹은 중첩시켜 보여준다. 대상이 될 텍스트의 저자인 김수이, 정끝별, 김용희는 각각 시비평가, 시인비평가, 문화비평가이다. 시 비평만을 전문적으로 하는 사람과 창작과 비평을 겸하는 사람, 시 비평과 다른 장르의 비평을 겸하는 사람이라는 뜻이다. 글쓰기의 자리에 따라 이들의 글은 서로 다른 개성을 드러낸다. 김수이의 글이 시 텍스트의 철저한 분석에 집중하고 있다면, 정끝별의 글은 비평가로서의 입장과 시인으로서의 지향이 교차하고 있고, 김용희의 글은 문학의 울타리를 넘어가는 글답게 자유롭고 포괄적이다. 이들은 동일한 주제―1990년대 문학에 대한 진단, 여성성 등 시의적인 관심거리들―에 대해 많은 부분에서 공통점을 보이면서도 어떤 지점에서 서로 다른 길로 나누어선다. 서로 다른 비평의 색깔을 보여주는 이들의 글을 한 자리에서 비교하며 읽는 것은, 빛의 스펙트럼을 지켜보는 것과 같다.

2. 텍스트 분석의 아름다움

"시인은 정형화된 현실을 향해 보이지 않는 환각의 칼날을 휘두르는 자이며, 황폐한 세상을 살아 있는 환각으로 가득 채우는 자들이다"라는 표지의 글은 세계에 대한 김수이의 인식과 대응방식을 한꺼번에 요약해서 보여준다. 황폐하고 정형화된 세계에 대응하는 그녀의 칼날은 '환각'이다. 그녀는 '환각'이 시인들이 세계에 대응하는 방식이라고 설명하고 있지만, 이 말은 그녀 자신의 비평에도 똑같이 적용된다. '비평은 시인들이 창조한 환각의 효용성과 가치를 검증'하는 일이며, 비평가는 검증의 과정을 통해 문학의 가능성을 발견하기 때문이다.

'환각'이 '정형화된 현실을 치는 칼날'이라면, 그것은 부정적인 현실을 쳐내고 새로운 활기를 불어넣는 수단적인 성격을 내포하고 있다. 그러나 '환각의 칼날'이라는 말의 포인트는 전혀 다른 곳에 놓일 수도 있다. 현실을 치는 그 칼날은 단지 환각일 뿐이란 말인가. 문학이 환(幻)이라면, 그것은 처음부터 헛됨이 예정된 도로(徒勞)가 아닌가. '시인은 황폐한 세상을 살아 있는 환각으로 채운다'는 부분 역시 마찬가지다. 시인이 만들고자 하는 세상은 결국 '환각'으로 채워진 세상일 뿐인가. '환각의 칼날'이라는 매력적인 제목은 그 자체가 해명을 요구받는 양날의 칼인 것이다. 이를 설명하기 위해서는 '환각'의 개념이 먼저 정의되어야 함은 물론이다.

그녀의 글에서 '환각'은 '이 세상에 존재하지 않는, 실재가 아닌 어떤 것'으로써의 '환상'과 유사한 의미로 사용된다("정작 중요한 것은 숲의 실체가 아니라 숲에 대한 환상과 꿈이라고 생각하기 때문이다. 비록 미망

일지라도, 이 환각의 힘은 숲을 신성하게 만들고 죽음에서 되살아나게 하는 강력한 원천이 될 수 있다" — 105면). 그러므로 그것은 그 말 자체만으로는 가치중립적인 의미를 지닌다. 환각이 수단적인 '칼날'이 될 수 있는 것은 그것이 인간에 의해 목적적으로 사용될 때이다. 서문에서 그녀는 환각을 '죽음의 환각'과 '살아 숨쉬는 환각'으로 나누어 설명한다. 전자가 '뒤틀린, 부패의 냄새를 풍기는' 환각이라면, 후자는 '인간 본원의 자유롭고 아름다운', '가치 있고 유효한' 환각이다. 문학은 근원의 세계에 도달하고자 하는 이 아름다운 환각을 창출하는 것이다.

근원의 세계에 도달하고자 하는 꿈이 문학이 만들어낸 환각이라면, 이 생산적인 환각에는 '가치 있고 유효한, 살아 숨쉬는' 이라는 수식어를 붙일 수 있다.

그러나 이 문장은 명백한 모순을 내포하고 있다. 근원의 세계에 도달하고자 한다는 이유만으로 환각이 생산적이라고 단정지을 수는 없다. 근원에 도달하고자 하면서도 허황하기 그지없는 그야말로 백일몽도 있기 때문이다. 환각이 생산적인 것은 꿈을 꾸기 때문이 아니라, 그 꿈을 꾸는 과정에서 발생하는 사회정화 기능 혹은 현실 변혁의 가능성과 같은 시너지 효과 때문이다. 오직 이를 통해서만 환각은 현실의 견고한 장벽을 깨뜨리는 수단적이고 방법론적인 것이 된다.

김수이는 구체적인 작품론을 통해 자신의 비평의 출발점인 '환각'의 유용성을 설명하고 있다. 기형도와 남진우의 시를 비교, 분석하고 있는 「타자와 만나는 두 가지 방식」의 핵심어는 현실과 환상, 실재와 헛것, 주체와 타자 사이의 '경계' 혹은 '접점'이다. 여기서 환각은 주체가 결코 일치될 수 없는 타자의 상징(기형도)이기도 하고, 타자에 대한 사랑을 확보해 나가는 방식(남진우)이기도 하다. '환각'은 매력적인 제목만이 아니라 작품을 분석하는 구체적인 키워드인 것이다.

이처럼 적절한 수사와 섬세한 작품 분석의 조화는 김수이의 비평이 가지는 탁월한 장점이다. 그녀의 비평은 거의 대부분 작품에서 출발하고, 작품을 통해 말하며, 작품으로 끝을 맺는다. 1990년대 문학에 대한 그녀의 시각을 볼 수 있는 것 역시 김용택의 시를 분석한 「꽃과 가시의 시학」에서이다. 그녀는 김용택의 시세계를 꽃(미학)과 가시(현실)의 싸움으로 설명하면서, 1980년대 민중시에서 1990년대 대중시에로의 김용택의 시적 변화를 '1990년대식의 억압'에 굴북한 결과라고 해석한다. '1990년대식 억압'이란 '미적인 것이 현실적인 것을 제어하고 억압하는 기묘한' 형태를 지칭하는 것으로써, 1980년대와의 차별성을 확보하기 위해 '개인의 내면과 미적 감수성의 신봉, 사소한 것에 대한 의미 부여'와 같은 대타적인 가치들을 절대화한 결과이다. 이를 바라보는 김수이의 시각은 비판적이다. 그녀는 보다 바람직한 어떤 것, 보편적으로 옳다고 믿어지는 어떤 것을 상정하고, 공동체적인 선과 당위를 믿는다. "어둠의 내부를 들여다보고, 심연을 밝혀줄 뜨거움은 어떻게 가능한가? 자신의 고통을 넘어 타인의 고통을 눈 밝혀 찬찬히 들여다볼 수 있을 때, 이 뜨거움은 점화될 수 있는 것이 아닐까?"(318면)라는 자문자답은 그녀의 비평적인 지향을 확연히 드러내주는 대목이다.

또한 김수이는 「상처받은 타자에서 진정한 주체로」에서 1990년대 여성시를 세가지 유형으로나눈다. 여성의 적을 찾아내고 폭로하며 해결책을 제시하는 경우와 세계의 허위와 삶의 무의미에 맞서 실존적 투쟁을 벌이는 경우, 여성적인 것을 세계를 구원하는 대안으로 보는 경우가 그것으로써, 각각의 유형에는 김승희와 박서원, 황인숙과 김혜순, 김정란의 시가 해당하는 것으로 되어 있다. 그녀는 이를 바탕으로 해서 여성시가 "세계에 대한 도전과 치열한 자기 부정을 통해 건강하고 생산적인 여성성을 확보해 왔다"(70면)고 평가한다. 그러나 이 유형화는 다소 무리가 있다. '인간적 정체성'과 '여성적 정체성'을 나누어 설명하는 것도 도식적인 발상이지만, 각 유형에 속하는 시인들을 선정하는데서도 선뜻 공감하기 어려운 대목들이 눈에 띈다. 예컨대 인간적 정체성보다 여성적 정체성을 앞세우고 있다고 분류된 김승희는 자본의 제국주의적인 성질을 비판하는 데 힘을 기울이고 있고, 인간적 정체성이 여성적 정체성을 앞선다고 분류된 김혜순의 대부분의 시는 여성으로서의 정체성 인식에 뿌리를 두고 있다. 또한 그녀는 여성시의 유형을 분류하는 데 그칠 뿐, 여성시가 어떤 방향으로 나아가야 할 것인가에 대해서는 언급하지 않고 있다. 이는 작품 분석에 충실한 글쓰기가 가질 수 있는 일반적인 한계—객관적인 작품 분석에는 탁월하지만 그것들을 전체적인 문학의 지형도 안에 위치시키는 데는 상대적으로 취약한—를 노출하는 것이다. 작품을 세밀하고 명확하게 읽어내는 능력은 비평가가 갖추어야 할 가장 기본적이며 최우선적인 조건임에 틀림없다. 그러나 이러한 장점은 섬세함과 소극성이라는 양면을 지니고 있다. 그녀의 단정하고 모범적인 글쓰기가 가끔 지나치게 고전적이라는 인상을 주는 것은 그 때문이다.

3. 비평가적 전망과 시인으로서의 희망

정끝별은 비평가이자 시인이다. 다른 이들의 시를 비평하면서 동시에 자신이 비평의 대상이 되기도 하는, 그래서 비평을 하면서 늘 자신의 창작을 비추어보아야 하는 자기모순을 그녀는 어떻게 해결하고 있을까. 창작과 비평을 같이 한다는 것은 득이 될까, 실이 될까.

그녀의 평론집 『오륙의 노래』는 3부로 나뉘어 있고, 각각 대중성, 여성성, 서정성이라는 소주제들을 가지고 있다. 언뜻 무관해 보이는 각각의 주제들은 사실상 하나로 연결되어 있다. 넓은 의미로 본다면 이것들은 1990년대 문학을 특징지우는 커다란 범주들이고, 좁은 의미로 본다면 여성성과 서정성은 '문화대중'이 가지고 있는 시적인 전략 혹은 감수성으로 해석된다. 그녀의 글은 대부분 1990년대 문학을 진단하는데 맞추어져 있다. 작품 분석이라는 우회로를 통해 1990년대를 진단하는 김수이와 달리, 정끝별은 1990년대 문학을 사회 전반적인 변화로부터 설명한다. 예를 들어 신세대 시인들의 출현 근거를 사회주의 몰락과 문민 정부 출범, 그에 따른 이념과 이상의 부재 혹은 그것으로부터의 자유로 설명하는 방식이다. 정치 사회적인 변화로 인해 그들은 "가난보다는 풍요를, 무거운 것보다는 가벼운 것을, 질서보다는 무질서를, 정신 문화보다는 육체 문화를 표방"(76면)한다고 해석된다. 김수이의 글이 조심스럽다면 정끝별의 글은 과감하고 단정적이다. 그녀는 작품의 세세한 분석보다는 작품을 통한 사회와 시대의 진단에 더욱 치중하며, 작품이 탄생하게 되는 근본적인 조건으로서의 사회를 진단하는 데 더 많은 에너지를 할애한다.

1990년대를 진단하는 정끝별의 화두는 '대중을 향해 쏴라'이다. 사회주의 몰락, 문민정부 출범 등의 근거들이 다른 이들의 생각과 대동소이한 진단이라면, 그녀가 야심만만하게 내세우는 개념은 바로 '문화대중'이다(물론 이 개념은 정끝별 자신이 고안해낸 것이 아니라, 오르테가 이 가세트에게서 빌려온 것이다). 그녀가 '대중' 앞에 '문화'라는 말을 특별히 붙이고 있는 것은, 그것에 '대중'과는 구별되는 특성을 부여하고 그것을 기준으로 해서 1990년대를 진단하려는 의도 때문이다. 「대중을 향해 쏴라」에서, '문화대중'은 '고급문화와 대중문화의 경계를 넘나드는 엘리트화된 대중'으로서, '후기자본주의의 메커니즘 속에서 포스트모더니즘의 세례를 받고 탄생'했으며, 문화산업과 문학상업주의가 이데올로기의 자리를 차지하는 과정에서 문화의 생산과 소비의 주체로 떠오른 존재라고 설명된다. 이들은 대중과 마찬가지로 상업적 속성을 지니지만, '익명의 문화주의적 이념성'을 가지고 있고 '주체성과 진보성'을 가지고 있다는 면에서 대중과는 구별된다(14면). 이들이 지니고 있는 '문화주의적 이념성'은 일상성과 그 안에 내재되어있는 보수편향성으로 설명된다. 또한 그들은 소비사회의 주체로서 '이면으로는 일관된 가치와 방향성을 간직한 채 자신의 문화를 스스로 조절하고 규정'해 나가는 주체성을 가지고 있으며, '강도 높은 부정과 저항의 정신'을 가지고 있어서 낡고 동일한 것을 새롭게 만들어낸다는 면에서 '진보성'을 가지고 있다고 평가된다.

그러나 문화대중에 대한 정끝별의 시각은 긍정적인 것만은 아니다. 그녀는 문화대중의 주체성과 진보성을 인정하면서도 이들의 행보에 적극적으로 동조하지는 않는다. 예를 들어 그녀는 문화대중의 특징인 '일상성'이 소비 상업주의와 결탁되면서 체제지향적인 대중자본주의에 길들여졌다고 비판한다. 그녀는 "문화대중의 감수성은 결코 안이하지 않고, 그들의 취사 선택은 더할 수 없이 냉정하고, 자기정화의 능력을 가지고 있다. (~) 많은 대중들이 목말라하는 것, 오래 기억하는 것에는 분명 뭔가가 있다."(31면)고 말하면서도 그것에 대한 부정과 긍정 사이에서 애매한 포즈를 취함으로써, 문화대중의 적극적인 측면을 이끌어내지 못한다. 문화대중의 긍정적인 특징으로 지적된 주체성과 진보성이 구체적인 내용을 갖추지 못하고 있는 것은, 그녀의 이러한 망설임과 맞물려 있다. 그럼으로써 '대중을 향해 쏴라'라는 과감하고 도발적인 발언은 1990년대 문화의 긍정적인 측면과 부정적인 측면을 일반적으로 지적하는 데 그치고 만다.

그러나 문화대중에 대한 그녀의 비판은 군데군데 모순을 내포하고 있다. "문화대중이 담지해야 하는, 세계에 대한 총체적 인식과 비판적 판단력은 점차 거세되었고 단지 체제지향적 대중자본주의에 길들여지게 되었다"(14면)고 할 때, 1990년대 문학에 결여되었다고 지적된 총체성이나 전망은 그 자체가 1980년대적인 것이다. 앞에서 정의된 것처럼 문화대중이 후기자본주의와 포스트 모더니즘의 자양 속에서 탄생한 것이라면, 그것은 뿌리 자체가 1980년대적인 총체성이나 공동체적인 전망과는 다른 곳에서 출발하는 것이다. 그러므로 이들을 총체성이 거세되었다고 비판하는 것은 남의 뿌리를 이어받지 못했다고 말하는 것이나 진배없는 일이다. 이같은 모순이 발생하는 것은 정끝별 자신이 1980년대를 거쳐온 386세대라는 점과 무관하지 않다.

그녀가 긍정적으로 평가하고 있는 시들을 보면, 그녀의 입지점이 더욱 선명하게 드러난다. 정끝별은 이른바 '신서정'으로 이름지워진 시인들에 대한 애정과 지지를 곳곳에서 드러내고 있다. 나희덕이나 장석남처럼 서정성에 바탕하고 있는 시인들의 시는 "문학의 진정성에 대한 향수나 서정적 주체에 대한 인식을 포기하지 않은 건강한 작업임에 틀림없다."(86면)고 평가되고 있다. 이는 동일한 1990년대의 신세대 시인들에게 내려진 부정적인 평가("신세대 시인들은 가짜 욕망에 길들여진 소비사회의 물적 토대를 시에 투사한다. 그들은 도시와 욕망의 메커니즘, 그 빈틈없음에 끊임없이 주눅들거나 종속되어 있으면서도 실제로는 왜 그래야 하는지에 대해서는 무감각하다. 그것에 대한 막연한 반발로 자신의 삶을 지탱할 뿐이다"—「폐쇄회로를 부유하는 내출혈의 언어」, 79면)와는 상반되는 평가이다. 여기서 발견되는 정끝별의 비평가적인 지향은 '문학적 진정성'이라는 낯익고도 모범적인 답안이다. 이러한 모범적인 결론은 '대중을 향해 쏴라'라는 문구가 지닌, 거칠지만 도전적인 발언의 매력을 현저히 감소시켜 버린다. 이미 알고 있는 길을 돌아간 듯한, 새로운 길인 줄 알고 들어갔지만 얼마 가지 않아 늘 다니던 길과 연결되어 버리는, 그런 길의 느낌이랄까. 서정성에 대한 애정과 지지는 시인으로서의 정끝별이 얼굴을 내미는 부분이기도 하다. '대중을 향해 쏴라' 고 말하는 얼굴이 비평가적인 도전성과 문제의식을 드러내고 있다면, 서정의 귀환을 말하는 그녀의 얼굴은 섬세하고 감정적인 시인의 그것이다. 이는 그녀의 최근 시들에서 두드러지게 나타나는 진한 서정성과도 무관하지 않을 것이다.

그녀가 많은 지면을 할애하고 있는 또 하나의 테마는 여성성이다. 2부에 실려 있는 글들은 여성시의 연구사를 검토한 학술적인 글부터 개별적인 여성 시인의 시집 평과 작품 평까지를 같이 묶고 있다. 「천 개의 혀를 가진 몸의 언어」에서 여성성은 '몸' 과의 결합을 통해 새롭고 구체적인 것으로 재정의된다. 이를 바탕으로 그녀는 주제나 내용만이 아닌 문체와 언어 등의 측면에서 여성성을 좀더 세부적으로 고찰하고자 한다(「여성성의 발견과 〈여성적 글쓰기〉」). 여성시의 언술 전략을 검토하고 그를 통해 시적인 주제와 지향점을 찾아가는 그녀의 방식은 보다 구체적이고 발전된 것임에 틀림없다. 그러나 그 구체적인 전략으로 제시된 것이 '아이러니칼한 풍자' , '자연친화적 서정' , '알레고리적 서사' 등인 것은 석연치 않은 부분이다. 이 특징들은 비단 여성시에만 국한되는 특징이 아니므로 여성시만의 전략으로 보기에는 무리가 있다. 또한 풍자나 알레고리가 언술의 전략 즉 테크닉에 해당한다면, 자연친화적인 서정은 전략이 아니라 내용에 해당한다. 서로 다른 구분의 기준들이 착종되어 있는 것이다. 여성성이 시를 분석하는 하나의 기호가 되기 위해서는 기준의 일관성이 먼저 재고되어야 할 것이다.

김수이의 글이 작품 분석에 충실하고 섬세하고 조심스럽다면, 정끝별의 글은 작품 외곽의 틀을 그리는 데 더욱 익숙하고, 섬세하기보다는 과감하고 단정적이다. 아마도 이러한 특징은 그녀 자신이 시인인 데서 오는 방어기제일 수도 있을 것이다. 자신의 감정이 그대로 표출되는 창작과 달리 비평은 객관적이어야 한다는 강박관념이랄까. 그녀의 글이 딱딱하고 어딘지 모르게 힘이 들어간 것처럼 느껴지는 이유는 이 때문인 듯하다.

4. 창조적 비평의 시도

서문에서 김용희는 자신의 비평을 "작가의 글에 대한 또 다른 글쓰기를 하려는 나의 작업은 내 몸 속을 흐르는 이 신이한 물결을 이야기하려는 그것이다"라고 써놓고 있다. 그녀는 또 "나의 독서들은 작품에 대한 최초의 계시를 찾아가는 작업"이라거나 "내가 지금까지 한 일이라곤 이들의 작품들을 읽고 작품 속으로 들어가 누워 있는 화석들을 일으켜 세우는 일들"이라고 말한다. 이런 구절들에서 알 수 있듯이, 그녀의 글은 꼼꼼한 작품론이나 객관적인 비평이라기보다는 감정적이고 주관적인 자기 발언에 가깝다.

흥미롭게도 김수이와 김용희는 둘 다 '환(幻)'을 자신들의 비평의 중심에 놓고 있지만, 그것에 대한 인식은 정반대이다. 김수이의 환이 방법론적인 것이라면 김용희의 환은 목적이다. 즉 김수이의 환은 본질에 다가갈수 있게 하는 통로이지만, 김용희의 환은 문학 그 자체다. 시에 대한 평가역시 마찬가지다. 김수이가 시를 환각의 칼날을 들고 본질에 도달하고자하는 지난한 몸부림으로 보는 반면, 김용희에게서 시는 꿈꿀 수 없는 것을 꾸는 꿈 즉 환각(58면)이다.

또한 그녀는 1990년대를 대중문화의 홍수 시대라고 규정한다는 면에서 정끝별과 동일하지만, 대중성에 대한 정끝별의 유보된 평가를 과감하게 넘어선다. 그 예로 그녀는 대중문화의 범람으로 발생했다고 믿어지는 '문학의 위기'를 오히려 적극적이고 긍정적인 의미로 해석한다. '문학의 위기'는 문학 자체의 위기가 아니라 시대의 변화를 따라가지 못하는 '낡은 문학'의 위기일 뿐이기 때문이다. 그녀가 비판하고 있는 '낡은 문학'

은 '본격문학' 혹은 '엘리트 문학'과 동일한 개념으로 사용되며, 보수적이고 권력지향적(정치지향적)인 것으로 해석된다.

> 문학이 주변부에서 밀려났음에도 여전히 중심에 대한 열망을 놓지 못하는 이유에는 지극히 정치적인 의미들이 내포되어 있다. 무엇보다 정통적으로 한국문학이 가지는 文士 전통에 대한 강박 때문이다. 정통성의 입장에서 비주류는 언제나 척결의 대상이거나 격리의 대상이다. 엄숙주의의 유교적 전통에서 비주류는 인정받지 못하는 이단의 형태이다. 역사적으로 한국문화에서 주류를 제외한 비주류는 공격받거나 거세당하는 존재였다. 본격문학이 주류와 비주류의 뒤바뀐 현실을 받아들일 수 없는 것은 비주류로의 불안감과 거세공포를 수용할 수 없기 때문이다.(28면)

윗글에서 알 수 있듯이, 그녀가 문학을 중심에 있었다고 보는 근거는 유교 사회에서의 '문사(文士)'라는 개념을 염두에 둔 것이다. '문사'란 문(文)이 곧 관직에 나아가는 수단이 되었던 유교 사회의 특이한 구조를 바탕으로 해서 생겨난 계층으로서, 학문을 연마하고 그것을 바탕으로 생활을 꾸려나갔던 선비층을 일컫는다. 과거시험 자체가 문장의 우열로 당락이 결정되는 것이고 보니, 학문을 한다는 것은 곧 출세를 의미하는 것이기도 했다. 그러나 이 때 문(文)은 창작물로서의 문학이 아니라 유교의 경전들을 읽고 해석하는 학문을 의미한다. 그러므로 이를 근거로 창작물로서의 문학이 정통이고 주류였다고 말하는 것은 온당치 않다. 문학의 위기설이, 주류였던 본격문학이 비주류로 전락하는 것을 두려워하는 데서 나온 것이라는 그녀의 진단은 이처럼 잘못된 근거에서 행해진 판단이다. 따라서 문학의 위기가 엘리트 문학의 해체를 의미하는 것이며, 헤게모니의 이동을 통한 문화적인 평등으로 연결된다고 보는 김용희의 시각은 잘못

된 전제에서 출발된 논리적인 오류인 것이다.

이와 관련해서 흥미로운 또 한 가지 사실은, 대중문화의 시대에 걸맞는 새로운 문학을 설명하는 자리에 영화와 대중 가요, 영화감독의 인터뷰 기사 등이 예로 사용되고 있다는 점이다(영화 「러브레터」, 대중가요 〈혜화동〉, 홍상수 감독의 인터뷰 등). 문학에서는 김영하의 소설(특히 초기의 몇 편)이 빈번히 거론되고, 특이하게도 시가 오히려 대중문화의 시대를 견디는 장르라고 평가된다. 시는 '현대문명의 야만적 속도주의와 전체주의'에 맞서 '느림의 심미적 여백'을 제공하며 "영상시대에 독서행위가 고전적 습관으로 더 이상 지속되지 않을 때 시는 저항의 자유로운 활공을 시도할 수 있는 〈문자의 경제성〉을 가지고 있다"(29면)고 평가된다. 그러나 과연 그럴까. 시가 가지고 있는 '문자의 경제성'이란 단지 문자의 수가 적다는 것을 의미하는 것이 아니라 몇 되지 않는 단어가 수많은 함의들을 거느리고 있음을 의미하는 것은 물론이다. 그렇다면 그 함의들을 읽어내고자 하는 독자는 몇이나 될까? 오히려 독자들은 짧고 이해하기 힘든 시보다 쉽게 읽히는 긴 소설을, 소설보다 글자수가 적은 만화를 택한다. 그녀의 표현을 빌리자면 시만큼 '본격문학'적인 장르는 없을 것이다.

김용희의 글에 이같은 자기모순이 빈번하게 나타나는 이유는 비평이라기보다는 창작적인 언어에 가까운 글쓰기의 특징 때문이다. 그녀는 자신의 주관적인 감정들을 드러내는 것을 주저하지 않는다. 예컨대 "사라진 당신을 다시 불러들여 이 순간을 최대한 연장시켜보려는 그것, 시인은 잃어버린 사랑을 다시 글로 씀으로써 사랑을 완성하기를 원한다. 아니 말을 얻음으로써 방황을 멈추게 되기를 원한다. 사랑을 잃었기에 그 자리에 글이 찾아든다"(71면)와 같은 구절은, 시에 대한 해석이라기보다는 자신의 감정을 토로하는 가운데 떠오르는 시를 삽입한 것과 같은 인상을 준다.

분명한 것은 김용희 자신이 이러한 특징을 뚜렷이 인식하고 있다는 점이다. 이러한 글쓰기가 '다분히 의도적'이라고 말할 수 있을지는 모르겠지만 '분명히 자각적'인 것은 사실이다(그녀의 글은 의도적으로 쓰여진 것이 아니라 '들끓는' 언어들을 통제하지 않고 풀어놓은 것이라고 해야 옳을 것이다. 만약 그녀의 글이 의도적이라면, 그것은 글쓰기에 방어기제를 일부러 작동시키지 않는다는 의미에서 그렇다는 것이다). 주관적이고 자유로우며 감정적인 그녀의 글쓰기는 일종의 창조적 비평 행위에 속한다. 수필과 평론, 창작과 비평 사이를 자유롭게 넘나드는 그녀의 비평은 독자들에게 새로운 호기심을 자극한다. 딱딱하고 엄숙한 비평가의 얼굴이 아닌, 감동하고 냉소하며 기뻐하고 슬퍼하는 인간의 얼굴이 보이기 때문이다. 그런 면에서 그녀의 글쓰기는 김수이나 정끝별의 그것과는 또 다른 매력을 가지고 있다. 그녀의 성패는 비평과 창작이라는 서로 다른 영역의 특징들을 어떻게 장점으로 살려내는가에 달려있다.

5. 비평의 스펙트럼

이상에서 논의한 세 명의 여성비평가들은 공통점과 차이점을 아울러 가지고 있다. 이들은 공통적으로 1990년대를 대중문화의 시대로 파악하고, 여성성과 서정성을 중요한 문학적 전략 혹은 특징으로 꼽는다. 그러나 그것들에 대한 평가는 각각이다. 정끝별과 김용희는 둘 다 1990년대를 대중문화의 시대로 규정한다. 그러나 정끝별이 대중문화에 대해 긍정과 부정의 양면적인 판단을 내리고 있는 반면, 김용희는 그것을 적극적으로 옹호한다. 또한 정끝별은 1980년대와 1990년대를 확연하게 구별되는 시기로 나누고 있지만, 김수이와 김용희는 1990년대가 1980년대적인 주제들을 그대로 이어받고 있으면서 1980년대와의 차별화를 위해 대타적인 가치들을 절대화하는 시기라고 규정한다. 김수이는 이러한 1990년대적인 현상에 대해 비판적인 시각을 견지하지만, 김용희는 그러한 차별화가 1990년대적인 특징을 형성하는 적극적인 요인이 된다고 해석한다. 김수이가 1980년대적인 전망과 공동체적인 선에 비중을 두고 있는 데 반해, 김용희는 철저히 개인화된 포스트모던 시대의 문학을 주장한다. 정끝별은 상반되는 시각의 중간에 위치하고 있다. 그녀는 대중문화의 특징을 어느 정도 긍정하면서도 1980년대적인 당위와 총체성에 대한 미련을 버리지 못한다. 이는 그녀가 비평가인 동시에 시인이라는 특징에서 온 것이기도 하다.

또한 이들은 공통적으로 여성성에 대한 관심을 보여주고 있다. 정끝별은 여성시에 관한 전반적인 연구 경향을 분석하고, 거기에서 한걸음 더 나아가 여성시를 구체적인 창작 방법의 측면에서 고찰하고자 한다. 김수이는 여성시를 몇 가지 유형으로 나누고 그에 해당하는 대표적인 여성시인의 시를 검토하고 있고, 김용희 역시 김혜순을 비롯한 여성 시인의 글쓰기에 주목하고 있다.

주제면에서는 대동소이하다고 할 수도 있는 이들의 글을 한 자리에서 읽는 것이 흥미로운 이유는, 각각이 지니고 있는 글쓰기의 특징 때문이다. 김수이는 시인의 기쁨과 슬픔, 고통 등의 감정 상태에 스스로를 몰입시키고 그것을 추체험하려 한다. 그녀의 글이 텍스트 분석에 탁월한 재능을 보이는 이유는 여기에 있다. 김용희는 이와 정반대로 시적 화자나 시인과 자신을 혼동하는 법이 없다. 그녀는 작품에 몰입하기보다는 자신의 감정에 몰입하며, 그것을 보다 잘 전달하기 위해 작품을 빌려온다. 그런 그녀의 글은 분석적이기보다 창조적이다. 시인이자 비평가인 정끝별은 시인과 자신을 일치시키는 것에도, 자신의 말을 자유롭게 풀어놓는 데서도 일정한 거리를 둔다. 시인으로서의 자아와 비평가로서의 자아가 각각의 경우에 제동을 걸기 때문이다. 그 결과 그녀의 글은 종합적이고 중립적인 입장을 취하게 된다.

　이러한 특징을 가진 이들의 글쓰기는 공통된 주제를 가지고 유사하게 시작되다가도 어느 순간 확연하게 나누어진다. 그 분기점이 그녀들 각각의 비평적 입지점이며 개성의 출발점이다. 그렇게 쓰여진 그녀들의 글은 각기 다른 맛과 색깔을 지니고 있다. 그것을 음미하는 것은 서로 다른 여성 비평가의 글을 읽는 것이 아니라, 비평이라는 글쓰기 자체의 다양함을 맛보는 일이다. 굳이 그녀들을 여성비평가라고 따로 명명할 필요가 있을까? 그들의 비평을 읽는 것은 곧 한국 시 비평의 지형도를 읽는 일이다.

(문학인, 2003. 여름)

낯익은 것들의 귀환과 새로운 감수성의 탄생

1. 시집 출간의 활성화

근래 들어 시집 출간이 호황을 맞고 있다. 시집이나 출판사에 대한 지원이 이루어지면서, 문예지의 숫자가 급증하고 시집을 간행하는 출판사 또한 수가 늘었기 때문이다. 특히 올 한 해는 중견시인들의 굵직한 시집들이 속속 출간되어 시단의 무게중심을 잡고 있다. 강은교의 『초록 거미의 사랑』을 비롯해서 고은 『만인보』 21~23, 황동규 『꽃의 고요』, 마종기 『우리는 서로 부르고 있는 것일까』, 김지하 『새벽강』, 『비단길』, 오세영 『문 열어라 하늘아』, 이하석 『것들』, 나태주 『물고기와 만나다』, 이기철 『정오의 순례』, 김승희 『냄비는 둥둥』, 송기원 『단 한번 보지 못한 내 꽃들』, 고형렬 『밤 미시령』, 하종오 『지옥처럼 낯선』, 김사인 『가만히 좋아하는』, 강세환 『상계동 11월 은행나무』, 김용택 『그래서 당신』, 도종환 『해인으로 가는 길』, 『사람의 마을에 꽃이 진다』, 김정환 『레닌의 노래』 등이 눈에 띄는 시집들이다.

　그 중에서도 특기할 만한 것은 그 동안 소강상태에 있던 1980년대의 중요한 리얼리즘 시인들이 시집을 발간했다는 점이다. 김사인은 『밤에 쓰는 편지』 이후 실로 오랜만에 두 번째 시집 『가만히 좋아하는』을 발간했고, 강세환 역시 『바닷가 사람들』 이후 십여 년 만에 『상계동 11월 은행나무』를 발간했다.

　오랜만에 시집을 낸 김사인 시의 가장 큰 특징은 여림과 섬세함이다. 대부분의 그의 시들은 작고 초라한 대상들을 소재로 하고 있고, 그것을 눈여겨보는 시인의 감성 역시 그에 어울리게 수수하고 여리다. 그가 이처럼 순박하고 세련되지 못한 것들과 함께 하는 것은 이념이나 양심에 앞서 선천적인 기질 때문인 것으로 보인다. 그는 자신의 나약하고 여린 측면을 스스럼없이 드러냄으로써 인간적인 이해와 공감을 불러일으킨다. 이 공감은 비단 내용에서만 오는 것이 아니라, 섬세한 언어들로부터 만들어진다. 덧붙이거나 모자란 부분이 없는 간결한 언어들 덕분에 시 한 편 한 편이 군더더기 없이 잘 정제되어 있다.

　강세환의 시는 짙은 서정성을 바탕으로 하면서도 사회적인 현실에 대한 관심을 놓치지 않는다. 이번 시집에서는 시의 어조가 한결 낮아졌다. 공감을 호소하는 독백과 다짐, 청유형의 목소리 대신 중얼거림과도 같은 화자의 독백이 자주 등장한다. 중요 소재인 민중은 '헐벗고 빼앗기고 억압당하는' 고정된 성격의 민중이 아니라 실생활에서 마주치는 거지, 외국인 노동자, 러시아 댄서 등 복합적인 계층으로 확대되어 있다. 그들을 바라보는 시인의 위치는 그들의 상처를 치유하고 문제를 해결하는 해결사가 아니라, 그들이 무사히 살아가기를 가슴 졸이며 바라보는, 자신 역시 가진 것 없는 선량한 이웃에 가깝다. 이처럼 시적인 소재가 당위적인 '민중'에서 일상적인 삶으로 옮겨오면서, 그의 시는 조금 더 구체성을 확보하고 있다.

시단의 중간층을 형성하고 있는, 활발하게 활동 중인 시인들의 시집 발간도 이어졌다. 한영옥 『아늑한 얼굴』, 최정례 『레바논 감정』, 남진우 『새벽 세 시의 사자 한 마리』, 문인수 『쉬』, 『세상 모든 길은 집으로 간다』, 이정록 『의자』, 박찬일 『모자나무』, 최서림 『구멍』, 박라연 『우주 돌아가셨다』, 송종규 『녹슨 방』, 김영남 『푸른 밤의 여로』, 조말선 『둥근 발작』, 성미정 『상상 한 상자』 등이 그 예이다.

다른 시집들이 세계 속에 살고 있음을 전제로 하고 있음에 비해, 박찬일의 시는 세계 속에서 살아감 자체에 대해 회의를 표시한다. 그는 삶의 곳곳에서 죽음의 표지들을 포착해 낸다. 살아 있되 오히려 죽음이 친숙한 아이러니한 상황, 주체와 세계의 돌이킬 수 없는 불화와 단절이 그의 시의 바탕을 이룬다.

정반대로, 남진우의 시에서 세계는 오직 주체를 위해 존재한다. 사자나 곰 같은 동물의 형상으로 오는 '어떤 것'은 잠든 '나'를 흔들어 깨우고, 말을 걸어오고, 내 속에 머물다가 사라진다. 그것(들)이 방문하는 시간은 잠, 밤, 꿈처럼 일상의 시간이 잠시 정지한 때이고, 그 전언을 알아듣는 것은 오직 '나' 뿐이다. 다른 일상의 시간은 없다. 주체는 '그것(들)'에 의해 불리워진 시간만을 살므로, 주체와 외부 세계 사이의 단절은 없다.

새로운 시인들이 연달아 시집을 출간함으로써 시단에 활력을 불어넣은 것도 기억할 만한 일이다. 이은림 『태양중독자』, 안현미 『곰곰』, 여태천 『국외자들』, 김병호 『과속방지턱을 베고 눕다』, 박해람 『낡은 침대의 배후가 되어가는 사내』, 이희정 『너를 사랑하게 되다』, 조동범 『심야 배스킨라빈스 살인 사건』, 김경주 『나는 이 세상에 없는 계절이다』, 서상영 『꽃과 숨기장난』, 이준규 『흑백』, 신기섭 『분홍색 흐느낌』, 김홍성 『나팔꽃 피는 창가에서』, 이용한 『안녕 후두둑씨』, 조향미 『그 나무가 나에게 팔을 벌렸다』, 이승희 『저녁을 굶은 달을 본 적이 있다』, 윤성학 『당랑권

전성시대』, 전성호『캄캄한 날개를 위하여』, 정영『평일의 고해』, 김금용
『넘치는 그늘』, 김진완『기찬 딸』, 권현형『밥이나 먹자 꽃아』, 박서영『붉
은 태양이 거미를 문다』, 김나영『왼 손의 쓸모』, 유지소『제4번 방』, 김은
정『너를 어떻게 읽어야 할까』, 최규승『무중력 스웨터』, 문숙『단추』 등
다수의 시집이 출간되었다. 각각의 특징을 따로 말하기에는 아직 이르지
만, 이들이 우리 시단을 이끌어나갈 다음 세대 주자들임은 틀림없는 사실
이다.

특별히 인상적인 것은 김경주의 시집이다. 그의 시는 영혼의 부름에 답
하며 헤매는 날들의 기록이라고 할 수 있는데, 그 헤매임은 낭만적인 가
객의 것이 아니라 저주받은 사제의 것이다. 우리가 발을 디디고 서 있는
현실은 애초부터 그의 눈 속에 없다. 전혀 다른 세계를 놀랍도록 투명하
게 보고 있는 그의 시는 허황하거나 오만하지 않고 독자의 잊혀진 고통까
지를 깨워 일으킨다. 이것이 고통의 깊이로 발전될지 화려한 포즈로 변질
될 지 관심을 가지고 지켜볼 만한 일이다.

2. 새로운 감수성의 시인들과 '미래파' 논쟁

근래 시단의 특징 중 하나는, 반서정적이고 개인적이며 실험적인 성향
이 강한 시집들이 쏟아지고 있다는 점이다. 첫 시집을 낸 시인들로서 이
러한 경향을 보여주는 대표적인 예는, 이장욱『정오의 희망곡』, 이승원
『어둠과 설탕』, 김참『그림자들』, 강정『들려주려니 말이라 했건만』, 박상
수『후르츠 캔디 버스』, 이근화『칸트의 동물원』, 서영처『피아노 악어』,
김지혜『오 그자가 입을 벌리면』, 김현서『코르셋을 입은 겨울』 등을 들
수 있다.

이들의 실험의 내용은 다양하고 진폭 역시 큰 편이다. 이장욱의 시는

형태상으로는 기존의 시와 크게 다르지 않지만 외부와는 단절된 자신만의 어법으로 이루어져 있다. 외양상 언어의 배열은 전통적인 방식을 따르고 있지만, 그 배열 속에서 의미를 가지는 것은 아무 것도 없다. 이와 비교한다면, 강정의 시는 기존의 문법을 따라 의미를 이해하는 데는 별다른 문제가 없다. 그러나 포인트는 의미에 있지 않고 의미의 뒤편에서 느껴지는 '강렬함'에 주어져 있다. 고정된 의미의 망을 벗어나고자 하는 욕망은 같지만 방법은 정반대인 것이다. 이장욱의 시가 이성의 힘에 기댄 자기 조절로 이루어져 있다면, 강정의 시는 분출되는 감성을 자유롭게 풀어놓음으로써 성립된다. 그런가 하면 긴 줄글의 형태로 쓰여지는 김참의 시는 몇 겹의 환상을 넘나들며 전개되고, 이승원의 시는 현실의 대상에서 출발해서 상상과 기억을 통해 일탈의 공간으로 넘어간다.

이처럼 개성 있는 시세계를 보여주는 신진 시인들이 등장하면서 이러한 현상을 이론적으로 설명하려는 시도도 같이 이루어졌다. 2006년의 시단을 이야기할 때 빼놓을 수 없는 '미래파' 논쟁이 대표적인 예이다. '미래파'라는 말은 권혁웅의 「미래파—2005년, 젊은 시인들」(《문예중앙》, 2005.봄)에서부터 비롯된 것으로서, 1980년대 시인들의 역사에 대한 채무의식과 1990년대 시인들의 서정성과는 분리되는, 독특한 발성법을 가진 최근의 젊은 시인들을 지칭한다. 장석원, 황병숭, 김민정, 유형진, 이민하, 김근, 김행숙 등이 이에 속하는데, 이들의 특징은 多聲性의 주체, 무의식의 세계에서 끌어올린 개인의 은어, 엽기와 그로테스크한 유머, 모니터킨트적인 감수성, 환상성 등으로 요약되어 있다. 거론된 시인들은 공동의 사회적인 관심사보다는 개인의 내면 심리 혹은 무의식을 표출하는 데 치중하며, 그 방편으로써 기성의 언어 질서로는 설명될 수 없는 자신만의 독특한 언어를 사용한다는 공통점이 있다. 그들은 자신들의 시가 시대 사회적인 연관에서 읽히기보다 개개인의 방언으로 남아 있기를 고집한다.

이런 면에서 그들의 시는 모더니즘적인 세계관을 보여주는 가장 최근의 시에 해당한다.

그러나 이같은 특징만을 들어 말한다면, 우리는 쉽게 비슷한 특징을 공유하고 있는 시인들을 열거할 수 있다. 예컨대 선배격인 박상순과 이수명의 비소통적인 시들 혹은 또래인 정재학, 김참, 강정 등의 탈현실적이고 개인적인 시들은 이상에서 거론한 특징들을 모두 내포하고 있다. '미래파'라는 명명에 대해 비판적인 비평가들 역시, '미래파'로 호명된 시인들 스스로 유파임을 선언한 적이 없고, 유파라고 부를 만한 동질성을 가지고 있지 않으며, 유사한 경향을 보여 온 선배 시인들과의 변별력 또한 없다고 지적한다. 그럼에도 불구하고 그것을 강조하는 것은 이에 포함되지 않은 대다수의 시인들을 소외시키고(이경수, 「'다른' 미래에 관한 몽상」, 《현대시학》, 2006.2), 종국에는 또 다른 문학세대론을 부추김으로써 문단을 파벌화할 수 있다는 것이다(이명원, 「내력, 來歷, 耐力」, 《시작》, 2006. 여름). 명명된 시인들을 시사적으로 변별해낼 만한 공통된 특질들을 추출할 수 없다면, '미래파'는 현란한 수사와 말장난에 지나지 않을 것이다.

중요한 것은 이 논쟁이 시단에 불러온 파장이다. 결과론적으로 볼 때, 이 논쟁은 문단의 또 다른 패거리 현상을 만들어냈다. '미래파'라는 용어에 동의하든 동의하지 않든, 논쟁이 계속되는 동안 '미래파'는 우리 시단에서 가장 재능 있고 새로운 시인들을 지칭하는 영예로운 호칭으로 둔갑했고, 호명되지 못한 대다수의 젊은 시인들을 위축시키는 결과를 낳았다. 또한 그것은 경향 상으로 모더니즘의 득세와 서정시의 소외를, 세대론적인 관점에서는 선택된 소수의 젊은 시인들의 득세와 기성으로 분류된 중장년층 시인들의 소외를 불러왔다. 한 비평가의 수사적 표현이 몇몇 문예지와 일간신문의 한건주의에 이용되면서 왜곡되어 확대 재생산되는 악순환을 낳은 것이다. 이것은 비평이 작품 평가에 미치는 파장이 얼마나 크며, 어떻게 권력화 되는지를 보여주는 본보기이다.

3. '서정(시)'에 대한 논의와 서정시의 위축 현상

'미래파' 선풍은 서정시를 문단의 관심에서 소외시키는 결과를 초래
했지만, 한편으로는 '서정시' 자체의 존재 의의와 의미를 재규정하게 하
는 계기를 제공했다. 《시작》과 《문예중앙》은 각각 2006년 여름호 특집으
로 '서정'의 문제를 다루고 있다. 김선태(「민중적 서사의 새로운 가능성」,
《시작》), 이명원(앞의 글) 등이 '미래파'라는 용어에 대해 비판적인 입장
을 취하면서 서정성의 복귀를 강조하고 있는 데 비해, 권혁웅(「행복한 서
정시, 불행한 서정시」, 《문예중앙》)과 김수이(「시, 서정이 진화하는 현
장」, 《문예중앙》)는 '미래파'를 '서정시'의 범주 안에 포함시켜 설명하고
있다. 양자의 차이는 '서정시'의 개념 자체에 대한 생각의 차이에서 온다.
전자가 서정시와 모더니즘시(혹은 실험시)가 대척되는 개념이라고 전제
하는 데 반해, 후자는 서정시가 실험시적인 경향 즉 미래파의 시들까지를
포함하는 광범위한 개념임을 강조한다. 그들은 서정시가 주체(자아)와 세
계 사이의 동일성을 특징으로 한다는 전제 자체를 부정하고, '분열의 주
체, 비동일성의 미학에 위한 반서정'까지도 우리 시대가 지닌 서정의 특
수한 한 유형이라고 주장한다(김수이). 서정시에는 주체와 세계가 조화를
이루고 있는 '행복한 서정시'가 있는가 하면, 양자가 끊임없이 어긋나며
불화하는 '불행한 서정시'도 있다는 것이다(권혁웅). 그러나 이 때 전제
가 되는 '서정시'의 개념은 '시'라는 일반적인 개념과 크게 다르지 않다.
가령 " '서정(抒情)'의 '서(序)'자가 펴다, 떠내다, 토로하다라는 뜻임을
환기할 때도, 정(情) 즉 뜻과 본성을 토로하는 서정시의 내용물이 인간 내
면의 모든 것을 지칭하는 것임은 재론의 여지가 없다"(김수이)는 말에서,

'서정시'는 곧 시 일반을 가리키는 개념이다. 다시 말해서, '시'는 '인간 내면의 모든 것'을 대상으로, 소재로 혹은 주제로 하는 것이다. 우리의 시사를 돌아볼 때 주체와 세계의 비동일성에 바탕한 '불행한 서정시'가 많다는 이들의 고찰은 '서정시=시'라는 전제 위에 성립한다.

그러나 '동일성의 주체와 미학에 기반한 시'와 '비동일성의 미학에 의한 반서정'의 구별은 근본적으로 세계관의 차이를 반영하는 것이다. 자아와 세계의 관계를 유비(아날로지)로 보는 동일성의 시학이 서정시의 근간이라면, 모더니즘시에서 자아와 세계는 역설의 관계에 놓여있다. 여기서 발생하는 아이러니가 모더니즘시의 기본적인 태도를 형성한다. 따라서 어떠한 시가 주체와 세계 사이의 불화를 내용으로 할 때, 그것은 세계관의 차원에서 설명되어야 할 것이다. 주체와 세계의 비동일성을 보여주는 서정시를 '불행한 서정시'라고 한다면, 그 '불행'은 자아와 세계의 동일성을 전제하면서도 세계와 동일시될 수 없는 자아의 상황에서 유래한 것이다. 그러나 모더니즘시는 전제 자체가 이와 다르다. 주체와 세계는 애초부터 분리되어 있으므로, 그 단절이 새삼스럽게 불행을 초래하는 것은 아니다. 그들은 단절된 양상을 그대로 재현하려고 할 뿐이다. 이들의 시를 서정시의 한 유형으로 보는 것은, 세계관의 문제와 시적 화자의 정황을 착종시킨 데서 오는 오류인 것이다.

이 글에서 말하고자 하는 서정시는 세계관의 차원에서 모더니즘시와 상대되는, 우리가 일반적으로 이해하는 바로 그 '서정시'이다. '미래파'의 유행에 밀려 서정시가 다소 주춤한 양상을 보였던 것 또한 2006년 한 해의 특징이다. 서정시의 위축 현상은 새로운 시인들이 수적으로 적고, 새로운 이슈나 경향 또한 발견되지 않음으로써 답보 상태에 있음을 말하는 것이다. 이러한 현상은 일차적으로 서정시가 가지고 있는 전통적이고 보수적인 속성에 기인한다. 파격적인 실험을 거듭하는 모더니즘시와 달리, 서정시는 유사한 주제와 태도를 반복한다. 따라서 새로움이나 놀라움으로 독자들을 흡인할 수 없다는 것은 서정시의 태생적인 운명이다. 다만 최근 모더니즘시가 엇비슷하게 쏟아져 나오는 젊은 시인들을 다수 확보하고 있는 데 반해, 서정시는 상대적으로 새로운 얼굴을 찾기가 어려워졌다는 사실은 짚어둘 만하다.

젊은 서정시인들 중에 단연 돋보이는 것은 문태준이다. 올해 『가재미』를 출간한 그의 시는 한결 안정되고 단단해졌다. 앞서 발표한 시집 『맨발』이 관념적인 일면을 담고 있었던 데 반해, 『가재미』는 풍경에 인간의 삶을 적절히 결합시켜서 인생의 단면을 그려내는데 성공함으로써 대중적인 인기까지 확보하고 있다. 그의 시는 농촌의 정서와 생활을 소재로 하고 있다는 면에서 김용택의 서정성을 연상시키지만 그보다는 소재와의 거리를 유지하고 있고, 가난을 심정적인 바탕으로 한다는 면에서 함민복의 시와 유사하지만 자본주의에 대한 비판의 의지는 덜한 편이다. 때로 관념적이고 동어반복적이라는 한계를 가지고 있기는 하지만, 문태준이라는 시인을 확보한 것은 서정 시단으로서 큰 수확이 아닐 수 없다.

손택수의 『목련전차』 역시 주목할 만한 시집이다. 문태준의 시가 생활 환경으로서의 자연과 거기서 살아가는 인간의 이야기를 담고 있다면, 손택수의 시에서 자연은 옛날이야기를 담고 있는 서사적인 공간이다. 자연의 대상물과 유년의 이야기를 결합시키는 방식은 백석의 시를 연상시킨다. 또한 '할머니'로 대표되는 여성들이 대모신이나 무당 같은 영험한 존재로 표현되는 것은 여성영웅의 이미지와 연결시켜 해석할 수 있다. 시집 전체의 시들이 고른 수준을 유지하고 있어서 시인의 기본적인 자질을 확인할 수 있는 것도 장점이다.

4. 시단의 전망

이처럼 2006년의 시단은 '미래파' 논쟁의 열기 속에 서정시가 다소 위축된 양상을 보인 것이 특징이다. 그러나 논쟁이 이어지는 동안 '미래파'로 명명된 시인들은 오히려 한정된 용어 속에 갇혀 고정되어 버렸다. 그들의 시의 개성과 참신성은 사라지고, 뒤틀린 화법과 자기 분열, 환상이라는 이름으로 행해지는 엽기의 상상력 등 표면적인 특징들만이 복제 생산되고 있다.

이런 맥락에서, 시대의 유행과는 별개로 자신의 길을 걷고 있는 시인들의 시집이 신선하고 인상적이었다. 박후기『종이는 나무의 유전자를 가지고 있다』, 이영식『희망온도』, 김승강『흑백다방』 등이 그 예이다. 이 시집들은 실험적이고 자기 파괴적인 시가 대세를 이루는 가운데에서도, 사회적인 관심에서 눈을 돌리지 않고 공동체 속에서의 개인의 삶에 주목한다는 특징이 있다.

박후기의 시는 젊은 시인다운 약간의 낭만성과 사회적 관심이 결합되어 있다. 그의 시의 바탕을 이루는 것은 가족사를 중심으로 한 경험에서 오는 비극성이다. 수사와 장식이 없는 그의 시는 시적 진실이 개인적 진실과 다르지 않은, 불행하지만 행복한 경험에 뿌리를 두고 있다. 사회적인 관심은 이러한 경험에서 오는 자연스럽고 당연한 귀결인 것으로 보인다. 이영식의 시는 어느 샌가 잊혀져버린 '노동'과 소외된 사람들의 삶을 소재로 하고 있다. 인력시장에 나온 날품팔이 인부들, 청량리에서 몸을 파는 아가씨에서부터 죽음만을 남겨놓은 노인들까지, 모두가 쓸쓸하고 가난한 사람들이다. 그들을 바라보는 시선은 따뜻하지만 감정이 과다 노출되지 않아서 균형을 이루고 있다. 김승강의 시는 당당하고 거침이 없는 것이 특징이다. 일상의 흔한 대상이나 사건을 소재로 하는 그의 시는 잘 조탁되어 있거나 세련되지는 않지만, 거침이 없는 만큼 힘이 있다. 절정과 쇠락, 죽음을 보는 시선 역시 슬픔이나 허무와는 거리가 멀다.

이들의 시는 요설과 현란한 수사, 엽기와 이미지의 과잉에 지친 현재의 시단에, 신선한 충격을 줄 수 있을 것으로 기대된다. 최근 젊은 시인들의 시는 소통되지 않는 언어, 환상의 나열, 뒤틀리고 파괴된 서사의 남발로 가득 차 있다. 이러한 특징들은 반복 재생산되면서 엇비슷한 시들을 양산해내고 있다. 이제 막 새롭게 등장하는 시인들이 하나의 경향에 쏠려 있는 것은 걱정스러운 일이 아닐 수 없다. 자신의 길을 묵묵히 가고 있는 젊은 시인들은 그래서 더욱 소중한 존재들이다. 그들의 시가 시단에 균형을 가져다 줄 것을 기대한다.　　　　　　　　　　　　　　　　(웹진 문장, 2006.12)

논리적인 환상과 자기 몰입의 환상

세간에 화제를 뿌렸던 영화 〈올드보이〉에서부터 시작하자. 이 영화에서 주목되는 부분은 말과 환상의 관계이다. 평범한 회사원 오대수는 어느 날 느닷없이 납치당한 후, 십오 년 간 감금당한다. 감금당한 7.5평의 방에서 '말' 은 감금의 원인을 설명해줄 수 있는 유일한 열쇠이다. 오대수는 매 끼 식사가 들어올 때마다, 밥이 들어오는 구멍으로 보이는 발을 붙잡고 이유라도 말해 줄 것을 간청한다. 누군가 자신의 과오에 대해 한 마디만이라도 말해주었다면 상황이 좀 나았을까? 아마 그랬을지도 모른다. 감금되어 있는 동안 오대수를 더욱 미치게 만든 것은, 자신이 감금된 이유를 알 수 없다는 것이었으니 말이다. 십오 년 후 풀려난 오대수는 자신의 인생을 망가뜨린 원인이 '말' 에 있었다는 것을 알게 된다. 학생시절, 오대수는 자신을 감금한 장본인인 이우진과 그의 누나의 근친상간적인 관계를 우연히 목격하고 무심하게 그것을 '말' 해버린다. 그와 그의 누나에게 돌아갈 피해를 생각하지 않고, 소문을 내겠다는 특별한 목적의식도 없이.

그러나 내뱉어진 말은 소문에 소문을 낳고, 그 말이 결국 이우진의 누나의 자살을 부른다. '말'에 붙들린 누나가 상상임신을 하고, 그것을 비관한 그녀가 자살을 해버린 것이다. 단지 한번 '말' 했을 뿐인데 그 말이 있지도 않은 생명을 있게 하고 멀쩡한 목숨을 죽음으로 몰아간 것이다. 당연히 오대수에게 주어진 체벌은 '말'을 못하게 하는 것이다. 오대수는 혀를 잘린다. 그러나 복수는 그것만으로 끝나지 않는다. 평생 복수의 칼을 갈아온 이우진의 최후의 일격은 따로 있다. 넓고 넓은 펜트하우스를 끈적끈적하게 데우는 숨 넘어가는 소리. 오대수와 그의 딸 미도는 주술에 의해 연인 사이가 되고, 결국 넘어서는 안 될 금기의 선을 넘은 것이다. 말을 빼앗긴 것만으로는 딸과의 근친상간이라는 끔찍한 과오를 되돌릴 수 없다. 여기서 장면은 끝이 보이지 않는 하얀 설원으로 바뀐다. 오대수는 그곳에서 주술사의 주문에 의해 기억을 상실하는 특혜를 받고 새롭게 태어난다. 감독은 아버지와 딸이라는 근친상간이라는 극단적인 상황을, 환상을 개입시킴으로써 해결한다. 설원 장면은 '말'로 표상되는 현실 세계에서 환상의 세계로 넘어가는 경계를 보여준다. '말'을 반납한 오대수가 살아갈 새로운 세계는 실은 환상의 영역인 것이다.

영화에서 암시된 것처럼, 환상은 말이 그 기능을 상실할 때 그것을 대체하는 것으로서 발생한다. 타락한 언어는 개인의 인격을 침해할 뿐만 아니라, 권력의 도구가 되어 사회적 부조리와 유무형의 억압을 공고히 하는 수단으로 기능한다. 환상은 그에 맞서 인간 이성의 최고의 산물인 언어의 질서를 부정함으로써, 이성중심주의와 거기에서 파생되는 제도의 억압과 기만을 폭로한다. 현대시가 시적 언어의 가지런한 관습 체계를 부정하고 카오스 상태를 선택하는 것은 그 때문이다.

현대시의 환상성은 세계상실의 체험에 바탕을 두고 있다. 전체성의 파괴, 초월성에 바탕을 두고 있는 존재론적인 질서에 대한 신앙의 상실, 신앙의 깊은 의미의 종말, 상징적인 시력의 소멸, 세계의 공허 속으로의 붕괴[1]로 인해, 주체는 자신이 바탕하고 있는 세계에 대한 확신을 가질 수 없게 된다. 시인에게 있어서 세계의 붕괴는 곧 언어의 붕괴를 의미한다. 시인은 더 이상 사물의 구체성 속에 있는 본질적 핵심을 꿰뚫어 볼 수 없고, 상징을 통해서 지상과 천상, 전경과 배경, 모상(模像)과 원상(原像)을 연결하는 것은 불가능해진다. 이때 언어는 본질적인 어떤 것을 전달하는 상징이 아니라, 의미를 알 수 없는 모호하고 불확정한 기호로 변한다. 세계가 상실되면서 언어는 상징에서 암호로 변해 버리는 것이다.[2] 현대시의 환상성은 이러한 언어의 불확정성에 연유한다.

본래 시의 언어는 기표와 기의가 일대일로 대응하는 지시적 언어로 환원될 수 없다. 한 개의 단어가 하나 이상의 의미와 맥락을 내포할 때, 우리는 그것을 함축성, 다의성, 애매성 등의 용어로 설명한다. 그것은 무한한 세계를 유한한 언어로 표현하기 위한 고육지책이다. 그러나 언어의 다의성으로도 포착할 수 없는 것들은 여전히 남아 있다. 질서정연하게 체계화된 언어 논리로는 다스려지지 않는 은폐되어 있는 것들, 억압되거나 배제된 것들. 길들여지지 않은 그것들을 수면으로 끌어올려 언어의 의미망을 넓히는 것, 그것이 환상이다.

환상성을 극대화하고 있는 대표적인 젊은 시인, 김참과 정재학의 시를 보자. 두 시인의 시에서 환상은 놀이나 게임의 성격을 띤다. 여성 시인들의 시에 자주 등장하는 환상이 왜곡된 가족관계나 성적인 차별을 고발하기 위해 차용된 것임에 비한다면, 이들의 환상은 보다 객관적이고 유희적이다. 또한 여성시에 나타나는 환상이 집단적인 내포 의미를 담고 있음에 비해, 김참과 정재학의 환상은 상대적으로 개인적이다. 그러나 이들의 시

---

1) R.N.마이어(장남준 역), 『세계상실의 문학』, 홍성사, 1981, p.19.
2) 위의 책, p.29 참고.

는 이러한 공통점을 가지고 있으면서 서로 다른 환상의 구조를 보여주고 있어서 흥미롭다. 김참의 시가 객관적이고 논리적인 구조를 가지고 있다면, 정재학의 시는 오히려 논리적인 상황을 파괴하고 역전시킨다. 주체의 의도적인 분열에서 시작하는 김참의 시가 환상으로의 도입과 이탈이 선명한 것에 비해, 분열된 신체 부위들이 부유하는 정재학의 시는 처음부터 끝까지 온전히 환상 안에 있다.

1. 분신(分身)을 통한 논리적인 환상 – 김참

김참의 시에서 환상은 주체의 분열, 즉 시적 화자인 '나' 와 분신인 '그' 사이의 분리를 통해 발생한다. 「너의 눈」에서, '너의 눈' 에는 집, 유리창, 나무, 여자, 구름, 자동차 등등이 있고, '너' 의 눈을 통해 세계를 바라보는 '내 눈' 이 있다. 재미있는 것은 이 시가 "나는 너의 눈을 통해 내 눈을 오래도록 바라본다"라고 끝나고 있다는 점이다. 내가 '너' 의 눈을 통해 궁극적으로 바라보는 것은 그 안에 비친 '내 눈', 더 정확히 말하면 '너의 눈을 통해 세계를 바라보는 내 눈' 이다. '나' 는 '너의 눈' 이 존재한다는 사실을 알고, 내가 '너의 눈' 을 통해 세상을 바라보고 있다는 것을 알고, 결국 그 세계를 통해 '내 눈' 을 들여다보고 있다는 것을 안다. 이것이 김참 시의 기본적인 구조이다. '내 눈' 이 화자의 육체의 부분인 '현실의 눈' 이라면, '너의 눈' 은 세계가 담겨 있는 전지전능한 눈이다. 김참은 이 시를 시집 『미로 여행』의 맨 처음에 배치함으로써, 자신의 시가 현실이 아닌 환상의 영역에서 쓰여질 것임을 예고한다.

시적 화자인 '나' 가 있는 곳이 현실이라면, 나의 분신인 '그' 가 있는 곳은 환상이다. 그러나 이 둘의 경계는 자주 지워지고, 현실과 환상은 서로 얽힌다. 「미로 여행」에는 소설을 읽는 나와 소설 속의 여자, 그 여자가 그리는 그림 속의 남자가 있다.

　　방안에 드러누워 소설책을 읽어본다 중간쯤을 펼쳐보니 소설 속의 여자
는 해변에서 낮잠을 즐기고 있다 갈매기들이 머리 위를 맴돌며 날아다니는
정오가 지나자 여자는 붓을 들고 그림을 그리기 시작한다 여자의 그림 속에
는 붉은 태양 노란 해바라기 푸른 지붕의 집들이 있다 여자가 그리는 그림
속 푸른 지붕의 집 마당에는 까무잡잡한 얼굴의 남자가 항아리를 만들고
있다

—「미로 여행」 부분

　　'소설을 읽는 나' 가 시적인 현실의 영역에 있다면, '소설 속의 여자' 는
현실과 환상이 교차하는 영역에 있다. 여자는 '나' 가 읽는 소설 속에 등장
한다는 면에서 '나' 와 같은 현실 층위에 속해 있다. 그러나 여자는 소설
속 인물이므로 비현실적인 세계에 속한다. 또한 여자가 붓을 들고 그림을
그린다는 것은 그것 자체가 '나' 의 상상일 수도 있다. 그러므로 그것은 현
실이자 동시에 환상이다. '그림 속의 남자' 는 환상의 영역에 해당한다. 현
실의 '나' 는 현실과 환상의 경계에 있는 여자의 그림을 통해 그림 속의 남
자와 만나고 그림 속의 남자가 된다(시의 4연에서 그림 속의 남자는 '김
참' 이라는 이름을 부여받는다).
　　그러나 5연으로 가면, '나' 는 이번에는 소설 속의 여자가 되어 당근주
스를 마시고, 그러다가 사라진 김참(그 남자)이 궁금해져 하수도 안으로
들어간다. 현실과 환상은 똑같은 구조를 하고 있다. '시를 쓰는 나=소설
책을 보는 나' 는 현실에 있는 하수도 뚜껑을 열고 김참과 그 남자를 찾아
나선다("집 밖으로 나와 하수도 뚜껑을 열고 하수도 안으로 들어간다 소
설 속의 남자와 김참씨가 열었던 하수도 뚜껑을 찾아 악취가 코를 찌르는

하수도 내부를 돌아다닌다”). 그리고 하수도 뚜껑을 열고 나와, 그 남자가 그랬던 것처럼 해변가를 따라 걸으면서 그 여자 옆을 지나쳐간다. 결국 '그림 속의 남자'는 현실의 '나', 김참이고, 나의 분신인 것이다.

중요한 것은 '나'의 분신이 경험하는 다른 세계 역시 현실의 '나'의 세계와 크게 다르지 않다는 것이다. 「미로 여행」에서 환상 속의 하수도와 현실의 하수도가 똑같듯이, 「거울 여행」에서 거울 안에는 거울 밖의 '나'의 방과 같은 방이 있다(“거울 안에는 내 방을 닮은 방이 있다”). 즉 현실과 환상은 똑같은 구조를 가지고 있다. 실제로 '현실의 나'가 하는 일은 환상 속으로 잠입해가는 것뿐이며, 그러므로 현실의 '나'와 환상 속의 '나'는 사실상 일치한다. 현실과 환상의 경계는 지워지고, 환상 속으로의 여행만이 남아있다.

환상의 기록이라고 할 수 있는 김참 시의 특징은 환상으로 잠입하는 지점과 환상에서 빠져나오는 지점이 뚜렷하다는 것이다. 그는 환상을 보다가 “이런 모두 미쳤군!”이라고 말하며 알약을 꺼내 먹고(「정류장 가는 길」), 끊임없이 자가증식하는 분신들과 화투를 치다가 걸려온 전화를 받고 돈을 꺼내 외출을 한다(「화투」). 그는 환상을 보는 것이 참 괴상한 일이라고 생각하며, 당분간 외출을 않기로 하고 또 알약을 먹는다(「엉뚱한 하루」). 시적인 화자는 환상을 겪고 있는 자신을 주도면밀하게 객관적으로 관찰하고 있다. 현실의 '나'는 환상을 펼치는 '너의 눈'을 통해 환상을 들여다보고 있는 것이다. 그래서 김참의 환상은 논리적으로 객관적이다. 그는 스스로 게임의 룰을 정해 놓고 등장인물과 배경, 상황을 만들어낸다. 너무나 친숙한 앨리스 이야기에서처럼, 그의 시에 등장하는 거울과 그림은 환상으로 잠입해 들어가는 문이다. 환상은 그가 그 문을 열고 들어서는 순간부터 시작된다. 그런 면에서 김참의 시는 주체의 의도적인 분열에 의해 발생하는 환상시라고 할 수 있다.

2. 육체로 표현된 자기 몰입의 환상 - 정재학

정재학의 시에서 환상은 대부분 육체와 결부되어 나타난다. 혀와 귀,
입술, 머리카락, 눈썹 등은 '나의 몸'에서 분리되어 돌아다닌다. 그 중에
서도 가장 우위에 있는 신체 부위는 '눈[目]'이다. 환상 속에서 나는 끊임
없이 눈을 주고받고(「세 개의 시계」), 그 눈은 곧 시선이 된다. 그러나 그
눈은 사물을 보는 현실의 눈은 아니다. 육체의 눈이 보는 것은 허상이고,
실상은 육체의 눈을 감을 때 비로소 보여진다("두 눈을 다 뜨면 / 하나의
실상을 볼 수 없다 / 두 개의 허상이 보일 때 // 눈 하나를 감으면 / 비로소
/ 뚜렷한 하나의 실상이 올 수 없다 / 두 개의 허상이 보일 뿐 // 눈 하나를
감으면 / 비로소 / 뚜렷한 하나의 실상이 보인다" ―「정지한 태양」). 이때
'눈'은 실재적인 사물을 관찰하는 관찰자의 '시선'도 아니고, 대상을 주
관적으로 해석하고 의미를 부여하는 해석자의 '시각'도 아니다. 그의 시
의 '눈'은 환상을 재현하는, 신체의 선택받은 기관이다. 내 온몸에서 눈이
돋아나며, 그것들은 서로 합쳐지기 시작하고, '사방을 볼 수 있었지만 무
엇 하나 도착할 수 있는 곳은 없었다'(「응시」). 눈은 '커다란 눈알', '거대
한 눈길'이 되어서야만 비로소 환상의 구조에 편입된다. 그것은 환상의
세계를 볼 수 있는 환상의 눈이다(그것은 모든 것을 담고 있는 하나의 '커
다란 눈'이라는 면에서 김참의 '눈'과 상통하는 부분이 있다).

환상은 눈앞에 있는 사물과의 관찰과 피관찰의 관계가 얽히면서 시작
된다. 사물과 그것을 바라보는 주체의 시선이 섞이면서 사물이 내가 되고
내가 곧 사물이 된다. 즉 주체가 분열되면서 사물을 포함한 세계가 편입
되어 재구성되는 것이다. 그 결과 환상은 내 몸 안에서 자란다.

취한 나무들이 아파트 담벼락에 부조(浮彫)처럼 박혀 있었다 나무는 아무
런 변명이 없다 한 그루 떼어내 무릎에 심는다 조그만 사각의 하늘이 나무

아래 펼쳐지고 날개에 붉은 실이 엉킨 거대한 새 한 마리, 나무에 부딪혀 물방울로 흩어진다 나무는 연기처럼 자라난다 태양은 가지에 걸려 떠오르지 못했다 가지를 꺾기 전에 하늘은 어두워지고 태양은 종이컵에 담긴다 뿌리가 무릎을 단단히 쥐어서 다리를 뻗을 수 없었다 깊숙이 박힌 뿌리들 내 피를 빨아먹으며 자라나 입으로 흘러나온다

—「무릎에 심은 나무」 전문

아파트 담벼락에 비친 나무의 영상, 저녁 무렵, 종이컵에 담긴 커피 등으로 짐작해볼 수는 있겠지만, 이 시의 실제적인 시적 정황을 설명하기는 어렵다. '나무를 무릎에 심는다', '날개에 붉은 실이 엉킨 새 한 마리' 등을 '그늘', '노을' 등의 비유로 단순하게 치환시킬 수 없기 때문이다. 그것들은 실제의 상황을 비유한다기보다는, 뒷부분의 '피'의 이미지와 결합되어 시 전체의 환상성을 만들어내는 데 기여하고 있다. 행위의 원관념을 찾고 그것을 설명하는 것은 이 시를 읽는 정확한 방법이 아니다. 오히려 이 시는 의미를 찾으려는 시도를 무화시키기 위한 것이라고 말할 수 있다.

주체가 자신의 환상을 객관적으로 바라보고 있는 김참의 시와 달리, 정재학의 시에서 주체는 자신의 환상 속으로 잠입해서 대상과 섞여버림으로써 현실세계의 흔적을 남기지 않는다. 「아라베스크」에서 할머니 눈에는 철사가 박혀 있고 아버지는 아기 옷을 입고 있다. 아버지의 머리카락이 길어지는 것을 바라보는 내 머리카락이 철사로 변하고, 할머니 눈의 철사를 뽑아주려던 '나'는 할머니 눈 속에 들어가 아버지가 되어 기어 나온다. 할머니, 아버지, 나는 철사와 머리카락과 기차, 초승달의 각각의 이미지들에 섞여 그대로 존재한다. 환상의 주체인 '나'는 이미 환상 속에 있다. 환상은 어머니가 촛불로 밥을 짓는 옆에서 피어나고(「어머니가 촛불

로 밥을 지으신다」), 내 방 침대에서도 피어난다(「세 개의 시계」). '촛불로 밥을 짓는 어머니' 는 그것 자체가 환상적인 이미지이고(굳이 바슐라르를 들먹이지 않더라도 촛불은 충분히 몽환적이다.) 내 방은 이미 엇갈리는 세 개의 시계가 있는 비현실적인 환상의 공간이다.

정재학의 환상의 특징은 시간과 공간이 폐쇄되어 있다는 것이다.「세 개의 시계」에서, '나' 는 각기 다른 시간을 가리키는 시계에 따라 약속 장소로 향하지만 결국 내 방으로 돌아오고, 세 개의 시계는 처음부터 죽어 있던 것으로 판명된다. 약속은 처음부터 없었던 것이고, 시간 역시 정지해있는 것이다. 어딘가를 찾아가려는 노력은 결국 수포로 돌아간다. '나' 는 야간 약국으로 가는 버스에 올라타지만, 버스에서 내려 찾아간 도시에는 '나' 의 말을 알아듣는 이도 없고, 야간 약국을 가리켜 주는 사람도 없다(「야간 약국 가는 길」). 이는 아무리 벗어나려고 해도 결국에는 원래의 지점으로 돌아오게 되는 환상소설의 한 장면을 보는 듯하다. 정지된 시간은 다시 원점으로 돌아오는 공간적인 폐쇄성으로 나타난다. 정지한 시간과 닫힌 공간, 이것이 환상이 발생하는 외적 환경인 셈이다(이러한 특징은 눈 모양 안에 시계가 있는 브로치를 그린 달리의 그림「두 개의 보석 브로치」를 연상시킨다).

그의 '실어증' 은 언어를 만들어내는 통합과 선택의 두 축 중에 통합축의 원리를 상실한 것이다. 단어와 단어 사이, 주어와 서술어간의 연결이 제대로 이루어지지 않은 채, 병렬된 단어들과 반복되는 술어들만 남아 있다.「어머니가 촛불로 밥을 지으신다」에서 비가 오고, 암이 목구멍까지 올라오고, 손톱이 빠지고, 목이 칼에 꽂히는 환상들은 '어머니가 촛불로 밥을 지으신다' 는 반복되는 구절 사이에 나란히 놓여 있다. 그러나 반복되는 구절을 빼고 읽어도 각각의 상황은 하나의 상황으로 수렴되지 않는다. 비가 오는 것과 암이 목구멍까지 올라오고, 손톱이 빠지는 것은 아무런 필연성이 없다. 그것들은 다만 각각 존재하는 환상들일 뿐이다. 목구멍, 손톱, 성기, 내장으로 분열된 육체 역시 인간 신체로서의 환유성을 지니지 못하고, 각각 분리되어 독립된다. 이처럼 그의 시는 각각의 대상들을 선택하는 은유의 축만이 남아 있는 형태이다. 이는 김참의 시가 상황의 비논리성을 만들어내기 위해 환유적인 축을 필요로 하는 것과는 대조적이다.

시에서 환상은 갈등을 해결하기보다는 그것을 늘어놓고 전시하는 기능을 한다. 그것은 현실의 논리에서 억압되어 있는 욕망과 상흔들을 표면화시키고 그것들이 들끓는 장면을 그대로 노출시킨다. 영화에서 환상이 갈등 해결의 계기로 작용한다면, 시에서 환상은 오히려 갈등의 시작을 알린다. 시에서 그것은 해결을 향해 가는 과정이 아니라 그것 자체로 존재한다. 장르상으로 본다면 시에서의 환상은 보다 더 개인적이고 주관적인 형태로 전개된다. 시인은 환상을 통하여 개인의 고유한 억압과 상흔을 드러내면서 각자의 개성을 드러내기 때문이다. 이런 면에서 환상은 현대시의 특징을 설명하는 중요한 하나의 주제가 될 수 있을 것이다.

(시와정신, 2004.가을)

물질, 신비, 공간 – 죽음의 세 가지 양태

죽음은 살아 있는 사람들의 가장 큰 관심거리이다. 그것은 살아 있음을 인식함과 동시에 알게 되는 삶의 뒷면이다. 아이러니칼한 일이지만, 실상 죽음은 살아 있는 사람들만의 문제이다. 죽은 사람에게는 죽음이 더 이상 문제가 되지 않는다. 죽음에 대해서 말하는 것은 살아 있는 사람들의 가장 큰 특징이며 권리이자 과제인 것이다.

유사 이래 인간은 늘 죽음과 더불어 살아왔고, 인간이 결국 죽을 수밖에 없다는 유한성의 인식은 오래도록 철학적 · 예술적 주제를 형성해 왔다. 우리 시에서 역시 죽음은 가장 중요한 주제들 중의 하나이다. 고대가요인 「공무도하가」에서부터 현대시에 이르기까지 죽음은 다양한 방식으로 시의 주제와 소재, 이미지를 제공해 왔다. 일차적으로 그것은 실제 육신의 죽음과 그것에서 비롯되는 이별의 아픔으로 나타난다. 또, 비유적으로는 죽음과도 같이 암담한 현실을 표현하거나, 정반대로 신비스러운 미지의 영역으로 해석되어 낭만적 상상력의 극치를 보여주기도 한다.

그러므로 1990년대의 시에 나타나는 죽음의 이미지는 그 자체만으로는 새로운 것이 아니다. 달라진 것이 있다면, 죽음이 분위기나 상징으로 추상화되는 것이 아니라 구체화되기 시작한다는 점이다. 죽음은 비유와 수사의 차원을 넘어서 물질적인 형태로 구체화된다. 죽음을 바라보는 시선은 그만큼 객관화되고 죽음에 드리워졌던 센티멘탈리즘의 휘장은 걷힌다. 이는 죽음이 삶과 분리되는 것이 아니라 삶의 도처에 편재해 있다는 것을 인정하는 것이기도 하다. 죽음은 생명의 끝에 오는 마지막 순간이 아니라 일상의 삶에 흔히 내포되어 있는 현대적 삶의 양태인 것이다.

1. 물질화된 죽음 − 기형도의 시

기형도의 시에 나타나는 죽음은 그보다 앞선 시기의 최승자나 이성복의 시에 나타나는 그것과 구별된다. 최승자의 시에서 죽음은 자살 혹은 그에 맞먹는 폭력으로 나타난다. 죽음은 자신과 상대를 동시에 파멸로 이끄는 강렬한 욕망이다(「사랑 혹은 살의랄까 자폭」, 「청파동을 기억하는가」 등). 이 때 죽음은 자신의 의지와 감정을 표현하는 적극적이고 극단적인 의사표현의 방식이다. 그것은 가장 강렬한 생의 충동들―분노와 광기, 증오와 저주―과 연결되어 있다.

그런가 하면 이성복의 시에서 죽음은 '불모'로 나타난다. 「정든 유곽에서」에서 화자는 다른 아무 것도 하지 않고 오직 방 속에 갇혀 꿈만 꾸는 인물이다. 누이의 연애는 불미스럽고 앵두나무는 열매를 맺지 못하고 소년들의 성기에서는 고름이 흐른다. 이때 죽음은 부패, 불임, 비생산과 일치된다. 이것은 당시 현실 상황에 대한 이성복의 진단이자 비판의 상징이기도 하다. 그러나 화자는 이러한 죽음의 현실에서 비껴나 있다. 그는 그러한 상황을 기록하는 관찰자일 뿐이다.

　　기형도의 시의 화자는 최승자나 이성복의 화자보다 훨씬 더 일상적인 생활로 들어와 있다. 그의 시의 화자는 일상성에 짓눌려 질식하는 존재이면서, 그것에 항거하기 위해 스스로에게 끊임없이 고통을 가하는 개인이다. 여기서 죽음은 정지와 갇힘, 단절로 표시된다. 최승자의 '자살' 과 이성복의 '유폐' 가 시인 스스로 선택한 죽음의 방식이라면, 기형도의 '단절' 은 개인에게 주어진 외부적인 삶의 조건이다.

> 이 읍에 처음 와 본 사람은 누구나
> 거대한 안개의 강을 건너야 한다.
> 앞서간 일행들이 천천히 지워질 때까지
> 쓸쓸한 가축들처럼 그들은
> 그 긴 방죽 위에 서 있어야 한다.
> 문득 저 홀로 안개의 빈 구멍 속에
> 갇혀 있음을 느끼고 경악할 때까지.

—「안개」 부분

　　화자는 지금 안개 속에서 길을 잃고 있다. 한 치 앞을 분간하지 못하게 하는 짙은 안개는 같이 가는 사람들의 흔적을 지운다. 여공들이 공장으로 출근하고 아이들이 하나 둘씩 얼굴을 드러내도 안개는 걷히지 않는다. 안개에 익숙해진 사람들은 단절과 고립의 상황을 오히려 편안하게 여긴다. 어쩌다 안개가 걷힌 날, 사람들은 오히려 서로의 맨얼굴을 경계한다. 단절된 상황에 익숙해진 나머지 누구와도 소통하길 꺼리는 것이다. 이같은 상황은 도시에서는 당연하고 흔한 일이다. 도시에서는 안개 대신 건물들이 사람들을 고립시킨다.

金은 블라인드를 내린다, 무엇인가

생각해야 한다, 나는 침묵이 두렵다

침묵은 그러나 얼마나 믿음직한 수표인가

내 나이를 지나간 사람들이 그걸 내게 가르쳤다

김은 주저앉는다, 어쩔 수 없이 이곳에

한번 꽂히면 어떤 건물도 도시를 빠져나가지 못했다

김은 중얼거린다, 이곳에는 죽음도 살지 못한다

나는 오래 전부터 그것과 섞였다, 습관은 아교처럼 안전하다

김은 비스듬히 몸을 기울여본다, 쏟아질 그 무엇이 남아있다는 듯이

그러나 물을 끝없이 갈아주어도 저 꽃은 죽고 말 것이다, 빵 껍데기처럼

김은 상체를 구부린다, 빵 부스러기처럼

내겐 얼마나 사건이 많았던가, 콘크리트처럼 나는 잘 참아왔다

—「오후 4시의 희망」 부분

'김'은 사무실에 앉아 블라인드를 내리고 혼자만의 침묵 속에 갇혀 있다. 건물이 도시를 빠져나가지 못하듯이, 그 역시 이 삶을 벗어나지 못한다. 모든 것이 단절된 도시에서는 그 역시 스스로를 단절시키고 살아야 한다. 그는 오랜 동안의 경험과 습관을 통해 '콘크리트처럼' 침묵하고 참고 사는 것이 이 도시에서의 생활방식이라는 것을 알고 있다. 그러나 그는 여전히 일상에 완전히 합류하지 못한 아웃사이더이다. 물을 자주 갈아주어도 꽃병의 꽃이 시들듯이, 일상의 테두리에 갇힌 그가 도시에서 살아남기란 불가능하다.

밤 세 시, 길 밖으로 모두 흘러간다 나는 금지된다

장마비 빈 빌딩에 퍼붓는다

물 위를 읽을 수 없는 문장들이 지나가고

나는 더 이상 인기척을 내지 않는다

—「물 속의 사막」 부분

'나'는 빌딩 안에 갇혀있고, 창 밖의 것들은 모두 흘러가고 있다. 오직 '나'만이 흘러가는 것이 금지되었다. '나'는 갇혀서 빗물 위를 떠내려가는 것들을 바라보고 있다.

기형도의 시에서, 단절의 이미지는 정형화되고 딱딱한 물질적 이미지로 나타난다. 벽돌, 유리, 딱딱한 널빤지 등과 같이 단단한 것들은, 사물들을 자주 틀 속에 가둔다. 이외에도 '두꺼운 공중의 종잇장', '노랗고 딱딱한 태양', '희고 딱딱한 액체인 공기'(「안개」), '딱딱한 널빤지처럼 떠있는 하늘'(「백야」)등은 모두 부정적인 이미지를 가지고 있는 것들이다. 죽음 역시 물질화되어 나타난다. '장난감처럼 뒤집힌 손'(「죽은 구름」), '입 속의 검은 잎'(「입 속의 검은 잎」), '딱딱한 손', '흉기처럼 단단해지는 혀'(「정거장에서의 충고」)는 죽어서 경직된 육체의 특징을 추출한 것이다. 추상화된 개념이 아니라 실제 육체의 굳어짐인 것이다. 그의 시에서 죽음은 천천히, 오랜 시간에 걸쳐 야금야금 다가온다. 육신의 한 부분이 천천히 굳어 기능을 상실하고 그러한 육신을 거느린 몸 전체가 서서히 굳어지는 것이다. 살아 있는 것과 죽은 것의 차이는 움직일 수 있는 것과 고정되어버린 것의 차이로 구분된다.

그의 시는 이처럼 실질적인 육체의 죽음에서 추출된 은유를 사용함으로써 죽음을 객관화하고 있다. 화자는 딱딱하게 굳어진 틀 안에 갇혀 있다. 밖으로 나갈 수 있는 방법은 시의 어디에서도 보이지 않는다. 기형도의 시가 그토록 비관적인 이유는 그 때문이다. 기형도의 시에 나타나는 죽음은 이처럼 물질적인 변화의 상태를 내포하고 있다.

2. 죽음의 아우라 - 남진우의 시

남진우의 시는 처음부터 죽음의 분위기에 사로잡혀 있다. 하늘에 뜬 달은 유골단지가 되고 달빛은 뼛가루가 된다. 달에서 나오는 죽음의 가스가 인간 세상에 조금씩 퍼져가서 인간은 죽음의 포로가 되고 여기저기서 망령들이 돌아다닌다(「달」). 『죽은 자를 위한 기도』의 곳곳에서는 이러한 죽음의 음산한 그림자가 도처에서 발견된다. 죽음은 절대적인 분위기이며 주변 환경으로서 다른 모든 것을 흡수한다. 시인은 삶에서 죽음을 바라보는 것이 아니라, 죽음의 편에 서서 죽음을 바라보고 죽음을 숨 쉰다.

> 시체들
> 시체들
> 시체들의 속삭임 속에서 잠든다
> 시체에서 새어나온 썩은 물이 귓속으로 흘러들어와
> 몸 속의 피를 검푸르게 물들이는 밤
> 사방에서 시체들이 속살거리는 소리
> 눈먼 눈으로 나를 바라보며 얼어붙은 입으로 끝없이 주절대는 저들의
> 낮고 혼곤한 소리
>
> —「살아 있는 시체들의 밤」 부분

살아 있는 자들의 밤은 죽은 자들의 들썩임으로 편안하지 못하다. 밤이 되면 죽은 자들은 사방을 돌아다니며 '나'의 목을 조인다. 그들이 '나'를 찾아오는 이유는 '말'을 하기 위해서다. 매일 밤 떠내려 오는 익사체들은 '뭔가 내게 들려줄 말이 있다는 듯이' 입술을 달싹거리고(「우리 시대의 표류물」), 얼어붙은 입으로 끊임없이 무언가를 중얼거리며(「살아 있는 시체들의 밤」, 「죽은 자를 위한 기도」) '나'에게 무언가를 요구한다. 그들은

내게 의미모를 문장을 전해주고 간다. 그것을 '나' 가 알아듣지 못하거나 알아들으려 하지 않음으로 인해서 망령들은 제자리를 찾지 못하고, '나' 역시 망령들의 방문에 시달리는 것이다.

　시인은 지금 '말' 의 혼돈 상태에 놓여 있다. 그의 주변에서는 '쉴 새 없이 웅성대며 비난하는 목소리' (「악몽 연습」)가 들려오고 죽은 자들의 소리가 밤마다 그를 호출함에도 불구하고, 그는 어둠 속에 누워서 그 소리들을 듣고만 있다. 그의 시 도처에서 발견되는 죽음은, 이처럼 '말' 이 더 이상 아무런 의미를 가지지 못하는 시기에 대한 은유이다. 시인의 죽음은 곧 말의 죽음이다. 말로서는 아무것도 할 수가 없다는 절망감, 게다가 그 말조차 어떠해야 하는 것인지를 알 수 없는 회의적인 상황이 곧 죽음인 것이다. 그것이 남진우가 생각하는 세기말이다. 그것은 시의 불꽃이 꺼져버린 어둠의 시기이다.

　　책을 펼치면
　　글자들이 한 자씩 녹아내린다
　　페이지를 넘겨도 이내 백지가 된다

　　내 망막을 스쳐지나가는 것들은 다
　　물이 되어 흘러내린다
　　영화를 봐도 자막에 씌어진
　　글씨들은 금세 증발해버리고
　　배우들이 뜻도 이해할 수 없는 동작만을
　　무의미하게 되풀이한다

—「간빙기의 지상에서」 부분

그러나 그는 동시에 시인의 운명이 결국 '말' 로 회귀할 수밖에 없다는 것을 안다. 그는 말에 좌절하며 다시 낯선 '말' 을 찾아나선다. 식어버린 죽은 말들 곁에서 그는 잃어버린 불, 떨기나무 불꽃과도 같이 '타오르는 말' 을 열망하고 있다. 그가 새로운 말을 찾고 죽음의 세계를 벗어날 수 있을 지는 미지수다. 분명한 것은 그가 아직도 죽어버린 말의 추억에서 자유롭지 못하다는 것이다. 그의 시의 화자는 종종 죽음의 권위와 힘에 매료되어 있는 것처럼 보인다.

그가 관심을 가지는 것은 어디까지나 '죽음' 이라는 하나의 은유다. 여기서 인간의 유한성 그리고 인간의 삶은 별다른 의미가 없다. 죽음은 삶의 뒷면이 아니라, 모든 것을 지배하는 절대 유일의 주제이다. 죽음을 말하는 시인의 목소리는 그것에 매료되어 있어서 그 자체가 신비스러운 분위기를 연출하고 있다. 그럼으로써 죽음은 해석할 수 없는 아우라가 된다.

3. 공간화된 죽음 – 윤의섭의 시

윤의섭의 시에서 죽음은 시간과 공간으로 나뉘어 해석되고 있다. 시간 상으로 보면 죽음은 삶의 끝이 아니라 반복되는 하나의 형식일 뿐이다. 그는 종종 내가 서 있는 현실이 복합적인 겹의 시간임을 깨닫는다. 현실의 '나' 는 여러 겹 생의 사람들과 동시에 한 자리에서 만난다.

미루나무 근처에 사슴 농장이 있다고 했는데
조그만 여자애가 나물을 캐고 있을 뿐이다
한아름 남짓한 미루나무 뒤로 사라졌다가
햇살처럼 나무 사이 비집고 나타나는 여자애 따라
꽃 지고 장마 지고 흰 눈 소복이 쌓여 발자국 남은 자리에

　　다시 꽃 피고 서리 피는 계절이 몇 갈피째 넘어간다

　　　　　(중략)

　　미루나무를 지나칠 때마다

　　여자애는 조금씩 자라 늙은 어미가 된다

　　잊혀진 사람들이 저렇게 모여

　　내 가난한 생의 식탁에 성찬을 차려주었구나

—「사슴 농장에 대한 추억」 부분

여자애는 미루나무를 지나치면서 잠깐 동안에 자라 '늙은 어미' 가 된다. 시간들은 '꽃 지고 장마 지고 흰 눈 소복이 쌓여' 한꺼번에 겹치면서 파노라마처럼 전개된다. 화자는 어떤 장소에 갈 때마다 또 다른 생으로 빠져드는 것 같은 착각에 빠지고(「칠장사 풍경」) 드디어 자신이 있는 곳이 천국인지 현생인지 모르는(「천국유사」) 상황에 이른다. 문제는 이러한 여러 생이 순간에 펼쳐진다는 것이다. '나' 의 현재의 생은 오래된 몇 겹의 생들의 소산이며 결실인 것이다. 그러므로 그의 시의 시간은 윤회가 아니라 병존에 가깝다. 서로 다른 시간들이 나란히 한 자리에 놓여있는 것이다.

죽음 역시 마찬가지다. 죽음은 생의 끝 혹은 파멸이 아니라 다른 생으로 걸어 들어가는 것일 뿐이다. 해마다 한 명씩 빠져죽는다는 저수지에는 시체조차 발견되지 않는 때가 간간이 있었고, 이상하게도 저수지 근처에는 나물이 많이 난다(「남사박」). 그런가하면 어떤 등신불은 죽은 뒤 몇 년 뒤에도 죽을 때 모습 그대로를 간직하고 있다(「사라지지 않아 흘러넘치는 묘지」).

이처럼 서로 다른 시간이 한 자리에 나란히 놓이면서, 죽음은 시간의 영역에서 공간의 영역으로 자연스럽게 넘어온다. 죽은 자들은 우리 눈앞에서 사라졌을 뿐, 세상의 어딘가에 있는 것이다. 산 자와 죽은 자의 세상이 다르지 않고 나란히 있다. 죽음이 이승의 한 공간에 있는 마을과 같은 형태로 공간화되는 것이다. 예컨대 첫 번째 세상은 원주민이 살고, 두 번째 세상은 시화호로 막혀있고, 세 번째 세상은 산 너머를 볼 수 있는 것처럼(「미궁도」), 이승에는 서로 다른 공간들이 존재하고, 죽은 자들의 공간은 그 중의 하나로 설명된다.

> 북촌은 산 속에 있다
> 먼 전설은 홍수가 났을 때
> 물이 십층까지 차올랐다고 전한다
> 물이 빠질 무렵 새 한 마리가 날아오길래
> 백팔층에 살던 어느 노인이
> 푸른 잎새 하나 화분에서 떼주었다는 기록도 있다
>   (중략)
> 촌로는 숨을 거두기 전날
> 젊은 계승자한테 유언을 남겼다
> 북촌을 떠났던 유일한 자가 있었느니라
> 그 유일한 자의 희미한 기억이 지금 우리의 생이며
> 산너머 사람들은 북촌을 북망산이라 일컫는다
>
> —「북촌」 부분

죽음의 공간화가 두드러지게 나타나는 시이다. 죽음의 상징인 북촌(북망산)은 '산 너머'에 있는 것으로 표현된다. 뿐만 아니라 북촌에 있는 사람들은 이승의 사람들을 '산 너머 사람들'이라고 부른다. 즉 이승의 산 자와 북망산의 죽은 자는 결국 산 하나를 가운데 두고 같이 살고 있는 것이다. 윤의섭은 이렇게 죽음을 삶의 한가운데 공간으로 끌어온다.

죽음의 공간성이 가장 잘 드러나는 것이 묘지이다. 무덤이나 묘지, 빈소 등은 죽음을 표시하는 공간적인 장소이다. 그것은 죽은 자를 기억하기 위한 장소로서, 지상의 공간에 죽은 자를 안치하고 제사를 지내는 장소이다. 전통적인 사회 모습을 보존한 곳일수록, 묘지는 삶의 한가운데 아니 삶과 더불어 있다. 논밭 사이에 있는 묘지는 일을 하다가 기대고 쉬기도 하고, 잠을 자기도 하는 휴식처이기도 하다. 또한 아이들에게 묘지는 신나는 놀이터이다. 삶과 죽음은 그만큼 친근하다. 죽음은 무덤이 논밭 가운데 있듯이, 현재의 생활 속에서 함께 있다. 따라서 윤의섭의 시에서 죽음은 삶과 나란히, 더불어 있다. 그것은 시간의 질서를 가로질러서 동공간적인 특징을 갖는다. 그럼으로써 죽음은 하나의 공간으로 가시화되고, 보다 구체적이고 현실적인 시적 소재가 된다.　　　　(시와사람, 2005. 여름)

모성, 가족, 육체, 환상 – 여성성의 표지들

시는 분석과 판단보다 통합과 이해를 바탕으로 하며, 논리적인 것보다 감성적이고 직관적인 영역에 더 많이 의존한다. 그러므로 시를 쓰고 읽는 행위는 그 자체가 남성적인 원리보다는 여성적인 원리에 기대고 있는 셈이다. 이처럼 '여성성'은 특정한 시에 드러나는 성향일 뿐만 아니라 시의 장르적인 속성을 설명하는 데도 중요한 개념이 된다.

구체적인 시 작품에서 나타나는 여성성은 시의 소재가 여성적인 성격을 가지고 있거나 시적 화자의 성별이 여성인 경우(여성 화자 혹은 여성적인 목소리), 시에 드러나는 시인의 시각이 여성지향적인 경우 등 다양한 형태로 나타난다. 시의 소재가 여성적이라는 것은 부드러움, 원만함, 둥긂, 생산성, 포용과 헌신 등 여성적인 특질로 분류되는 성질을 가짐을 뜻하는 것이다. '여성 화자(목소리)'는 '여성적인 감정이나 정서를 내포하고 있는 시적인 언술의 주체'로서, 시를 창작하는 주체인 시인의 성별과는 별개의 것이다. 이는 여성지향적인 시각을 가진 시가 여성에 대한 이해와 지지를 바탕으로 하고 있는 것과는 달리, 시의 내용을 전달하는 데 보다 유용한 입장을 임시적으로 선택하는 것이다.

주목할 만한 것은 근대 초기의 시들이 여성적인 목소리를 차용하고 있다는 사실이다. 대표적으로 김소월의 시는 대부분 여성 화자의 입을 빌려 이별의 한을 노래하고 있다. 이는 사랑이나 이별, 원망 등의 감정이 사적이며 여성적인 성격에 걸맞는 것이라고 생각한 데서 온 선택일 수 있다. 그러나 이렇게 쓰여진 김소월의 시는 사적인 영역을 시의 소재로 끌어올렸다는 중요한 의미를 지닌다. 또한 한용운은 조국 광복과 절대자를 향한 구도라는 주제를 여성적인 목소리에 의탁하여 표현함으로써 독자와의 거리를 좁히고 있다. 그 이유는 여성적인 목소리가 가지고 있는 전달력 때문이다. 계몽적이고 교훈적인 시들의 중성적인 목소리가 일방적인 지시 형태임에 비해, 여성적인 목소리는 개인적이고 주관적인 심성을 드러내는 데 보다 유용하며 따라서 독자의 감정 이입을 유도하기에도 적절하기 때문이다. 따라서 근대 초기의 시들이 여성 화자를 내세우고 있는 것은 개인의 발견과 아울러 전달의 측면을 고려한 전략적인 방법으로 설명될 수 있다. 그렇다면 여성 시인들의 시에서 여성성은 어떠한 형태로 발현되고 있을까?

근대시사에서 여성 시인이 등장하는 것은 1920년대 초 김일엽, 나혜석, 김명순 등에서 부터이다. 이들의 시에서 여성성에 대한 인식은 가부장적인 제도에 대한 개인의 반항의 형태로 나타난다. 반항의 내용이 즉자적이고 시적인 성취도가 떨어지는 것은 사실이지만, 이들의 시는 여성성에 대한 인식을 보여주는 단초가 되는 작품이라는 면에서 의의가 있다.

그 후속 세대라고 할 수 있는 노천명과 모윤숙의 시에서, 여성성에 대한 인식은 오히려 후퇴한 것처럼 보인다. 노천명은 여성에 대한 이중적인 인식을 보여준다. 즉 노천명 자신은 여성이라는 성별을 넘어서 남성 중심

사회의 일원으로서 동등하게 대우받기를 갈망한 반면, 자신 외의 여성들에 대한 생각은 극히 전통적이고 보수적인 양상을 보이는 것이다. 한편 모윤숙은 여성성을 남성 중심적인 이데올로기를 찬양하고 유지하는 데 적극적으로 이용한다. 따라서 두 시인의 경우 여성성은 남성의 시각과 별반 다르지 않거나 오히려 더 보수적이다.

여성 시인들의 시에서 여성성에 대한 인식이 뚜렷하게 나타나는 것은 김남조와 홍윤숙이 등장하는 1950년대 이후라고 할 수 있다. 김남조가 순종적이고 소극적인 자세, 인고와 희생 등 전통적으로 '여성적인 것'으로 분류되어온 성격을 적극적으로 표출한 반면, 홍윤숙은 정반대로 전통적인 여성성에 대한 비판과 자성을 주제로 한다. 두 시인의 특징은 각각 『청미』와 『여류시』 동인들에게 영향을 미치며 전통적인 여성시와 모던한 여성시의 경향을 형성하게 된다. 이처럼 대비적인 두 경향은 이후 여성시의 서로 다른 특징을 설명하는 근거가 된다. 전자가 통념상 여성적인 것이라고 기대되는 것들을 의도적으로 부각시키고 그것의 긍정적인 측면을 주목하고자 하는 데 반해, 후자는 그러한 여성성이 제도적으로 교육된, 왜곡된 특징임을 밝히고자 한다.

현대의 여성시는 그 중에서 여성에게 가해지는 억압의 측면을 드러냄으로써 여성성에 대한 기존의 시각을 교정하는 데 집중하고 있다. 이에 따라 현대의 여성시는 전통적인 의미와는 전혀 다른 성격의 '여성성'을 드러낸다. 몇 가지 측면에서 그 특징을 살펴보기로 하자.

1. 모성성의 거부

여성성을 이야기할 때 가장 먼저 논의되는 것은 모성이다. 생물학적으로 볼 때 여성은 자식을 낳아 기르는 존재로서, 자신의 몸 안에서 다른 생명을 키우고 그 생명을 양육하는 경험을 보유하게 된다. 전통적으로 여성적 특질이라고 여겨져 온 희생과 헌신은 이러한 경험과 연관하여 생겨난 부수적인 특징일 수 있다. 이때 여성은 생산의 상징으로 해석되며, 여성의 자궁은 모태로서 근원적인 고향, 휴식, 평화 등의 의미를 지닌 상징으로 해석된다. 이러한 상징성은 성별에 관계없이 일반적으로 받아들여지는 여성성의 특징이다.

그러나 좀 더 자세하게 살펴본다면, 남성 시인들의 시에서 모성이 종종 고향과 휴식의 안온한 상징으로 그려지는 데 반해 여성 시인들의 시에서는 헌신과 희생이 구체적으로 드러난다. 이는 시인의 성별과 관련이 있다. 남성 시인의 시가 '바라보는 모성'이라면 여성 시인의 시는 '체험하는 모성'을 소재로 하기 때문이다. 남성의 입장에서 '어머니'가 감사와 연민의 대상이라면, 여성의 입장에서는 거기에 여성으로서 체험을 공유하는 동병상련의 감정이 개입되기 때문이다. 여성의 입장에서 모성은 스스로 체험하는 것이고 그러므로 구체적인 경험의 영역에 놓여있다.

대모신이나 곡신의 이미지는 여성성의 생산적인 특징을 확대한 것이다. 여성은 아이를 출산하는 실제의 어머니에서 만물의 생명을 관장하는 신적인 존재로 격상된다. 수확과 풍요의 상징이며, 우주의 이치를 몸의 리듬으로 읽어내는 존재인 것이다. 이같은 특징은 한용운의 시에서부터 최근의 손택수의 시에 이르기까지 페미니즘적 성향을 드러내는 남성 시인들의 시에 종종 나타난다.

최근의 여성시에서는 이와 정반대로 여성을 모성과 동일시하는 것 자체를 거부하는 경향이 두드러진다. 여기에는 모성에 대한 강조가 여성을 억압하고 왜곡하는 빌미로 악용되었다는 부정적인 인식이 깔려 있다. 가부장제 하에서 여성은 자식을 낳고 그 자식을 훌륭하게 길러냄으로써 가치를 인정받았다. 결국 훌륭한 모성이란 아들을 훌륭하게 성장시킴으로써 가부장제를 공고히 하고 유지하는 데 기여한 여성에게 주어지는 '명예 남성증'과 같은 것이다. 따라서 일군의 여성 시인들은 '모성'이라는 이름으로 강요되어온 불합리와 억압을 폭로하고, 극단적일 경우 모성을 포기함으로써 억압에 항의한다. 월경 불순이나 불임을 주된 모티프로 하는 박서원이나 왜곡되고 도착된 성행위를 소재로 하는 김언희의 시가 여기에 해당한다. 뿐만 아니라 유형진이나 진은영의 시처럼 동화 단계에서 성장을 멈춰버린 여자 아이의 이야기 역시 넓은 의미에서 이에 포함될 것이다. 생물학적인 출산을 거부하는 것은 여성에게 고유한 권리이자 의무를 스스로 포기함으로써 억압에 대항하는 자기 파괴적인 방식이다.

2. 가족 관계의 부정

모성과 아울러 여성들에게 강조되어온 가족 관계 내의 역할 또한 부정된다. 전통적인 여성성은 한 가정 내의 어머니 혹은 아내, 며느리로서의 역할을 중시한다. 이에 대해 현대시에 나타나는 여성성은 이러한 관계 속의 자아 이전에 존재하는 한 개인으로서의 정체성을 중시하는 것으로 나타난다. 가족은 오히려 여성 주체의 정체성 찾기를 방해하는 요인으로 설정된다.

가족에서 여성인 주체를 억압하는 가장 강력한 존재는 '아버지'이다. '아버지'는 한 가정의 질서를 확립하고 규율을 부여하는 실질적인 권력이다. 여성시에서 아버지가 직접적인 소재로 등장하는 것은 비교적 최근의 일이다. 아마도 그것은 여성에게 있어서 아버지라는 존재가 늘 어렵고 먼 대상이었기 때문일 것이다. 전통적인 사회에서 아버지는 가족의 모든 의사 결정권을 가지고 있는 절대적인 권력이었으므로 그와 동등하게 대면한다는 것은 불가능했다. 특히 딸이 아버지와 개인적으로 대면할 기회는 거의 없었다. 아들은 대를 이을 '2세'이지만, 딸은 장차 다른 집안으로 시집을 가서 그 집안의 안녕과 질서를 위해 헌신해야 할 '장래의 남의 집 사람'이다. 이 '장래의 남(他)'을 대하는 아버지의 태도가 무시이든 사랑이든, 남이기는 마찬가지이다. 딸을 오직 사랑으로 고이고이 기르다가 시집보내는 보기 드문 현대의 아버지라고 해도, 부녀간의 관계는 크게 다르지 않다는 것이다. 그러므로 여성시에 등장하는 '아버지'는 실제의 자신의 아버지를 모델로 하기보다는 남성적인 제도와 가치를 의미하는 상징으로 나타나는 경우가 대부분이다. 여기에는 아버지뿐만 아니라 가부장적인 제도의 규율을 강요하는 대리인으로서 '나'를 감시하고 통제하는 어머니 또한 포함된다.

상징화된 '아버지'는 대부분 가부장제의 폭력과 기만성을 드러내는 역할을 한다. 아버지는 딸인 나에게는 애초에 관심이 없거나, 설령 있다고 하더라도, 그것은 아버지가 가장으로서의 권위를 상실한 후에 이루어진다. 가부장제의 대리인의 위치에서 축출된 힘 없고 무기력한 아버지는 한없이 비굴하고 초라한 형상을 하고 있다. 힘 있는 아버지, 중심에 있는 아버지는 늘 여성인 나와 대립하고 나를 경원시한다. 딸이라는 이유로 축출된 바리데기 이야기는 가부장제하에서 밀려난 여성의 이미지를 그대로 재현한 것이다. 강은교의 시에서 바리데기는 자신을 축출한 남성 세계까지를 끌어안으려는 노력을 보여주는 반면, 최승자의 시에서 아버지 세계에서의 추방은 주체의 실존 자체를 부정하는 폭력으로 남는다. 최근 여성시에서 두드러지는 아버지에 대한 부정과 반항, 모욕 주기는 여성에게 일방적으로 가해져온 폭력을 되돌려주는 것이며 나아가 남성 사회 전체에 대한 조롱이자 비틀기이다.

3. 육체와 환상

또 여성 시인들은 이성의 배타적이고 폭력적인 속성을 비판하며, 그 대신 억압된 육체와 본능을 귀환시킨다. 여성시에서 육체는 '이미지를 만들어내는 감각 기관'이라는 수단적인 것이 아니라 현존하는 유일한 증거로서 받아들여진다. 여성 시인들은 육체의 감각들을 적극적으로 복원해냄으로써, 이성의 이름으로 억압되고 천시되었던 자신들의 영역을 되찾으려 한다.

이때 육체는 생산을 위한 모태가 아니라 주체의 솔직하고 생생한 욕망을 담은 적극적인 실체이다. 여성의 경우 성은 주체의 욕망과는 무관하게 생명의 출산을 위한 부수적인 것으로 취급되어 왔다. 여성시가 성적인 금기들을 자주 소재로 하는 것은 고의적으로 억압되고 은폐되어온 여성성의 한 측면을 드러내고자 하는 것이다. 그런 의미에서 최근 여성시는 성을 출산이나 종족 보존과는 무관한 주체의 욕망으로 표현한다. 여성의 성욕은 전영주의 일부 시에서처럼 그 자체가 순수한 욕망으로 드러나기도 하지만, 대부분의 경우 뒤틀리고 왜곡된 형상으로 나타난다. 김언희는 변태적인 성행위와 비상식적인 관계들을 그려냄으로써 여성의 육체에 가해지는 남성적 시각의 야만성을 폭로하고, 이기와는 육체가 돈으로 거래되는 현장에서 천대받고 모독당하는 육체를 보여준다. 이는 훼손되고 왜곡된 자신들의 육체를 전시함으로써 억압을 폭로하는 부정적인 방식이다.

이러한 내용은 대부분 파괴적인 언어나 그로테스크하게 잘려진 이미지들에 의해 제시된다. 절제되지 않은 직설적인 언어들, 이미지의 돌발성, 폭력적인 장면 제시 등은 기존의 문법으로는 설명될 수 없는 이질적이고 생소한 언어이다. 말하자면 상징계의 규범에 의해 가지런해지기 이전의, 무질서하고 길들여지지 않은 날(生) 언어인 것이다. 라깡에 의하면, 아이가 가부장적 권위에 편입되기 위해서는 아버지 세계의 상징 질서를 받아들일 수밖에 없다. 언어는 아버지 세계의 법을 가르치는 가장 중요한 상징 체계이다. 상징계의 언어는 기표와 기의가 일정하게 대응하는 질서 정연한 체계이다. 여성시인들이 사용하는 비논리적이고 직관적인 언어는 이러한 상징계의 질서를 깨뜨리고자 하는 것이다. 그들의 언어는 상징화된 언어 이전의 무질서한 상태를 그대로 옮겨놓음으로써, 상징계의 질서와 권위에 도전한다.

최근 여성시에서 자주 사용되는 환상성 역시 같은 맥락에서 설명할 수 있다. 그것은 질서정연하게 체계화된 언어 이면에 은폐되어 있는 것들을 수면 위로 끌어올리는 것이다. 하나의 기표가 하나의 기의만을 선택적으로 지시하는 상징계의 일방적인 논리에 맞서서, 그동안 배제되고 억압된 것들을 자유롭게 풀어놓는 것이다. 따라서 여성시에서 환상은 무한한 가능성을 지닌 자유의 공간으로 인식된다.

4. 새로운 여성성의 정립 시도

이상에서 살펴본 여성시의 특징은 파괴적이고 자학적인 방식으로 자신에게 가해진 억압과 폭력을 폭로하는 것이다. 반면 부정적인 형태가 아닌 발전적인 방식으로 '여성성'을 정립하려는 시도들 역시 이루어지고 있다. 그것은 '여성성'의 특정한 측면을 배척하고 잘라내는 것이 아니라 다양한 여성성의 표지들을 적극적으로 포용하고 발전시키는 것이다.

그 예로 여성을 가부장제의 굴레 속에 가두는 요인으로 지목되었던 '모성'은 여성이 가지는 가장 기본적이고 구체적인 여성성으로 재평가된다. 모성을 인정하되 수동적으로 그것을 견디는 것이 아니라 여성의 고유한 성 정체성의 일부로 받아들이는 것이다. 여성은 타자의 존재를 자신의 몸 안에서 체험할 수 있는 유일한 존재로서, 본성적으로 타자에 대한 이해를 갖추고 있다. 이는 배제와 비판을 기본 원리로 하는 이성중심주의의 폐해를 보완할 수 있는 대안이다. 따라서 모성을 가진 여성은 종족을 보전하는 수단적 존재가 아니라 인류의 재앙을 막을 수 있는 새롭고 강력한 비전이다. 이런 측면에서 문정희는 여성의 생산성과 풍요를 적극적으로 지지하며 스스로 대모신의 자리에 오르는 당당하고 적극적인 여성성을 제시한다.

아울러 여성에 대한 여성 스스로의 인식 또한 변화하고 있다. 부정하면서도 닮을 수밖에 없는 애증의 대상인 '어머니'는 '나'의 분신이며 동료로서 자리 잡는다. 김혜순의 시에서, 현재의 '나'는 할머니이기도 하고 어머니이기도 한 수많은 '나들'의 총체이며 집합이다. 그것은 이미 나 안에 타자를 포함하고 있는, 다양하고 복합적이며 융통성 있고 부드러운, 자유로운 주체의 발견이다. 고정희의 시는 이와 같은 여성끼리의 연대의식이 서로 다른 계층 간의 연대 의식으로 확산된 경우이다. 비록 미완의 형태로 머물러 있지만, 이 부분은 여전히 여성시의 잠재적인 가능성으로 남아 있다. 이처럼 여성시에 나타나는 여성성은 부정적이고 자학적인 방식에서 서서히 발전적이고 긍정적인 방향으로 나아가고 있다.

(현대시학, 2007.2)

여성시와 폭력성

1. 상징계의 두터운 벽을 가격하는 언어

폭력은 상대방에게 정신적, 육체적으로 해를 가하는 무법적인 행위 일반을 지칭한다. 그러나 어떤 시가 폭력적이라는 것은 이와는 조금 다른 내용을 함의한다. 세상에 만연한 폭력을 소재로 하는 것이긴 하지만, 그것을 시적인 상상력과 언어의 힘을 빌려 표현하는 것이기 때문이다. 즉 시는 가공을 통해 일상의 폭력을 은유해 낸다. 예컨대 가장 익숙하고 따라서 가장 안심하고 있던 것이 낯선 것으로 변형될 때 발생하는 기괴함은 다분히 폭력적이다. 그것은 으레 그럴만하다고 생각되는 결합의 구조를 깨뜨림으로써 충격을 안긴다. 낯선 사물들끼리의 결합, 어울리지 않는 이미지의 병치 등 시에서 행해지는 낯설고 생경한 모든 결합은 충격을 준다. 그 중에서도 그 결합이 추함, 불쾌, 혐오와 경악 등을 불러일으킬 때 우리는 그것을 '폭력적'이라고 말한다.

이 글의 주제는 그러한 의미에서의 여성시의 폭력성이다. 갈수록 여성

시인들의 시에서는 일탈과 위반, 전복, 도착, 위악 등 폭력적인 요소들이 증가하고 있는 추세이다. 그들은 왜 비정상과 폭력을 택하는가? 라깡을 빌려 말한다면, 여성시의 일탈적 요소는 언어의 성격 자체에서 유래한다. 단적으로 말하면, 언어는 아버지의 법이자 제도적인 장치이기 때문이다. 본래 언어의 필요성은 상실의 체험에서부터 생겨난다. 아이가 어머니와 통합되어 있는 상상계에 있는 동안, 아이의 욕구는 모두 충족되기 때문에 언어에 대한 욕구는 생겨나지 않는다. 그러나 가부장적 권위 속에서 거세위협에 처한 아이는 어머니와 자신을 분리하고 아버지로 대표되는 현실원칙 속으로 편입될 수밖에 없다. 결핍 상태에 놓인 아이는 자신의 욕구를 말로 표현할 수밖에 없고 결국 상징질서로 진입하게 되는 것이다. 이 언어체계 속에서 우리의 사회적인 성 정체성은 이미 항상 구조화되어 있다. 상징계로 진입한다는 것은 곧 제한적이고 억압적인 주체의/종속된 위치에 놓이게 된다는 것을 의미한다. 즉 주체의 위치는 가부장적 법칙을 기호화하는 의미구조의 내부에 존재하게 되는 것이다. 언어는 아버지의 법이다. 남성들은 아버지와의 동일시를 통해 상징계와의 동일시를 성취한다. 남근적 권위가 어머니를 향한 주체의 욕망을 억압하고, 금지된 욕망은 언어를 통해 현실적이고 사회적인 목표로 방향을 돌리게 되는 것이다.

그러나 '아버지'가 지배하는 사회에서 여성들은 남성인 아버지와의 동일시에 실패함으로써, 아버지의 법인 언어로부터 늘 주변화될 수밖에 없는 운명에 처해 있다. 그들의 언어는 확정된 기의와 기표간의 대응을 거부하고, 상징화된 언어 이전의 무질서하고 뒤범벅인 상태를 향해 흐른다. 주체가 상징계에 편입하기 이전의 수다스럽고 들끓는 언어들을 억압하지 않고 그대로 풀어놓는 것이다. 이렇게 흘러넘치는 그들의 언어는 상징계의 질서와 권위에 도전한다. 그들은 자신들을 끊임없이 대상화하는 '아버지'를 부정하고 그 나라의 법인 언어를 부정한다. 여성시가 일상의 언어 논리를 위반하고 일탈과 전복을 일삼는 이유는 여기에 있다.

2. 위반과 전복의 웃음 - 전영주

전영주의 시는 일탈, 전도, 위반, 광기 등 여성시의 불온한 특징들을 모두 포함하고 있다. 닭의 벗, 칸나, 맨드라미 등의 단어가 가지는 핏빛 이미지 역시 여성시에서는 친숙한 것이다. 그녀의 시는 언젠가 경험했던 듯한 이미지들을 환상과 가위눌림, 꿈 등 무의식의 영역과 결합시킨다. 이러한 특징들은 그녀의 시가 상징계의 질서정연한 언어로는 설명될 수 없음을 의미한다. 그녀의 시는 단 하나의 의미로 고정되지 않고, 의식과 무의식의 영역을 넘나들며 들끓고 흘러넘친다. 그런 면에서 그녀의 시는 아버지의 법인 상징계의 언어를 넘어서거나 혹은 그 이전에 있다.

'붉은 닭'은 그녀의 무의식을 복합적으로 드러내는 다중적인 상징으로 사용된다. 분열된 자아의 상징(「붉은닭을 죽이다」, 「부활절의 붉은닭」, 「나는 붉은닭이 아프다」, 「3주일째 전화를 기다리는 붉은닭」)인 붉은닭은 우선 종교적인 상징성을 띤 희생양으로 해석될 수 있다. '목 졸리는 붉은 닭'(「붉은닭이 내려오다」), '홰나무에 매달린 붉은 닭'(「붉은닭과 닭」)은 보두교의 제의에서처럼 부활과 정화를 위해 바쳐지는 희생제물이다. 살아 있는 짐승을 죽이고 그 피를 뒤집어쓰는 의식을 통해, 의식에 참가한 자들은 자신의 죄를 대속하고 정화된 인간으로 새롭게 태어난다.

'붉은 닭'이 가지는 죽음과 재생이라는 모티프는 여성의 생물학적인 특징과도 상통한다. 성숙한 여성의 몸에서 한달에 한번씩 치러지는 월경은 죽음과 출생을 동시에 내포하고 있다. 월경은 몸 안에서 생명을 키우는 것이 가능하다는 표식이고, 그 생명의 씨앗이 정자를 만나지 못해 죽어 몸 밖으로 배출되는 것이기 때문이다. 죽음과 그를 통한 재생이라는 면에서 그것은 닭을 죽이는 제의와 유사한 속성을 가지고 있다.

그러나 그녀의 '붉은 닭'은 또한 억압된 욕망의 상징(「붉은닭을 가두다」, 「기도」)이면서 관능적인 상상과 기괴함이 어우러진(「맨드라미」, 「붉은닭을 완성하다」) 강렬함을 가지고 있다. 이때 붉은 닭의 이미지는 터져 나옴, 피, 탄생 등 주로 흘러넘침, 흥건함과 연결되는데("흙 속에서 여자의/ 정맥이 터지다. 실핏줄이 터지다. 붉은 피톨들이 터지다. / 시계가 걸린 모든 벽에서 피가 흐르다. / 소름 돋은 피가 담장을 타고 올라오다./ 자목련이 피어오르다." ─ 「붉은닭을 매장하다」), 이는 배란과 월경이라는 여성의 생물학적인 측면에서 오는 은유이다.

전영주의 시에서 이러한 생물학적인 특징들은 모성이라는 일반적인 관념과 연결되지 않고 성적인 쾌락과 연결된다. 그녀가 관심을 가지고 있는 부분은 여성의 모성성이 아니라 '모성'이라는 이름으로 은폐되길 강요당하는 여성의 성적인 욕망이다.

전통적인 남성 중심 사회에서 여성은 음핵을 가진 존재가 아니라 오직 '자궁'을 가진 존재로만 규정되어 왔다. 즉 여성의 성적인 쾌락이나 욕망을 배제한 채 출산에 필요한 조건으로서의 수단적인 성만을 강요해온 것이다. 임신한 여성의 몸에 대한 찬사, 자궁에 대한 과도한 집착, 모성애에 대한 향수 등은 모두 이러한 맥락에서 나온다. 여성이 출산과 무관하게 성욕을 표현하는 것은 죄악으로 금기시되어 왔으며, 그러한 일은 몸을 파는 일부의 여성들에게만 해당하는 특수한 것으로 여겨져 왔다.

여자아이에게 성에 대한 제도적인 관념을 전파하는 것은 아이러니컬하게도 같은 여성인 어머니이다("소녀들도 할례를 받는다./ 맑은 물이 흐르는 개천에 앉혀놓고/ 엄마들은/ 딸들의 음핵을 파과시킨다." ─「마우이족」). 그녀들은 '깨어지기 쉬운 유리 같은' 또는 '익은 열매'인 과년한 딸들을 단속하기 위해 오래된 정조관념을 내세운다. 목숨을 걸고 지켜야만

하는 '처녀성' 은 여자아이들을 통제하는 유용한 공갈협박 수단이다. 발칙하고 방자한 '나' 는 그 억압에서 벗어나고자 발버둥치며("자전거 타면 처녀막 미리 터져버린다는 공갈협박을 내쳐버리고 제발 터져라 터져버려라 하고 운동장 열 바퀴 스무 바퀴 돌고 돌아도 터지지 않던 질긴 처녀막" ―「눈꽃」), 결국 처녀막에 얽힌 죄의식과 환상을 깨뜨림으로써 비로소 완전한 자유를 맛보게 된다("내 눈꽃 보러 살악산 갔는데 눈 털고 일어선 나무들이 내 어깨에 목덜미에 눈꽃 입술 꼭꼭 박아주었지 (~) 눈꽃만으로 이루어진 별이 있어/ 거기서는 銀이 익는 향기로/ 백열등 환히 켜지고/ 늙은 처녀애가 부서지는 눈꽃잎 날리며 자전거 타고/ 지금처럼 자전하면서 공전하리라" ―「눈꽃」).

전영주는 이처럼 여성에게 가해지는 성적인 억압과 금기의 폭력성을 드러내고자 한다. 도착적이고 위악적인 상상력은 여성 주체 안에 억눌려 있는 성적인 욕망을 분출하는 기제로 작용한다. 그녀의 시가 에로틱한 것은 그러므로 자연스러운 일이다. 그녀는 피―월경처럼 불결하고 수치스러운 것으로 각인되어온 여성적 표지들을 과도하게 반복해 말함으로써 사회적 금기에 대한 위반을 획책한다. 이때 여성은 임신과 출산, 수유 같은 희생과 고통으로 규정되는 존재가 아니라 성적인 욕망을 가진 자유롭고 독립적인 존재로 거듭나게 된다. 그러므로 그녀의 위반은 고통이 아니라 즐거움을 동반한다.

3. 훼손된 육체의 전시 – 이기와

폭력성이 웃음으로 연결되는 전영주의 시와는 달리, 이기와의 시에서 폭력은 '난폭한 힘' 이라는 본래 의미 그대로에서의 가학성이다. 그것은 삶 자체가 가지고 있는 폭력성과 연계되어 있다. 더 낮아질 것도, 나빠질 것도 없는 막장임에도 불구하고 마음대로 죽을 수도 없는 ("재수가 없어 마음대로 죽지도 못하고 노잣돈 해 가려다 넋마저 털린"(「비·풍·초 3」), '썩지도 부패하지도 않는, 끝내 청산할 수 없는' (「'유토피아' 정마담의 하루 2」) 삶의 관성은 폭력의 정점을 이룬다.

　이 삶의 폭력은 폭력을 당하는 주체가 여성임으로 해서, 육체에 가해지는 성적인 모독으로 귀결된다. 자신의 몸을 팔아 생활을 유지하는 윤락여성의 육체는 돈과 성에 의해 이중으로 모욕당한다. 그들은 '몸을 판다'는 이유로 사회에서 철저하게 소외되어 있다. 윤락 행위가 허용되는 장소가 제한됨에 따라 그들은 자연스럽게 보통(?) 사람들의 삶에서 격리된다. 설령 그들이 일상적인 생활 공간 안에 있다 하더라도 격리되는 것은 마찬가지다. 그들은 마치 전염병을 옮기는 병자처럼 보통사람들의 삶에서 밀려나 있다.

　그 여성들을 경멸하고 격리시키는 데 앞장서는 것이 남성이 아니라 여성이라는 점은 흥미로운 사실이다. 격리시키는 주체인 여성(들)은 특정한 부류의 여성들을 '갈보'라고 지칭하고 경멸함으로써, 자신의 순결성을 강조하고 우월감을 표시한다. 그러한 심리의 밑바닥에는 '천박한' 그녀들에게 자신의 남자를 빼앗길지도 모른다는 두려움이 자리잡고 있다. 이는 같은 여성을 희생양으로 삼음으로써 남성의 울타리 안에 안착하기를 바라는 노예적인 발상이다. 육체를 팔아야 하는 여성들은 성적인 학대와 같은 여성으로부터의 경멸이라는 이중적인 고통 속에 놓여 있는 것이다.

　이기와는 그러한 적대적인 시선들 앞에 훼손되고 모독당한 자신의 육체를 적나라하게 드러낸다. 그녀의 시에서 성은 더 이상 은밀한 것이 아니다. 육체를 파는 현장에는 '전신을 비틀어 춤을 추는, 살고 싶어 환장한' (「낙지」) 고상한 남녀들의 구린 사생활이 있고, '궂은 날이면 어딘가 근질근질해/ 매번 찾아와 시든 꽃나무의 가랑이를 뒤지는/ 통째로 내준

젖가슴도 모자라/ 남 문드러진 오장육부까지 덤으로 주무르는'(「'유토피아' 정마담의 하루 3」) 야비하고 치졸한 인생들이 있다. 인간의 이면에 있는 온갖 추잡한 것들이 한꺼번에 배설되는 그곳은 말 그대로 아비규환의 지옥이다("뭘 망설여, /움켜쥐어봤자 쓸모 없는, /아껴두어봤자 부질없는, /그 하찮은 희망 한 장 빼서 버려!' —「비 · 풍 · 초 1」).

문제는 그러한 삶이 어머니로부터 대물림받은 것이라는 점이다. 그녀의 시 곳곳에서 드러나는 단서에 의하면, 어머니는 여러 남자들과 가정을 꾸렸으나 변변하게 살아보지도 못하고 이곳저곳을 떠돌며 몸을 팔아야 했던 기구한 여인이다. 그런 어머니와 더불어 살아야 했던 삶은 애초부터 싹수가 노랬던 것이다. 몸을 파는 어머니 옆에서 눈을 감고 있어야 하는 시간을 견디게 한 힘은, 그 일이 끝난 후 돌아올 '따끈한 순대국밥' 한 그릇이다(「'유토피아' 정마담의 하루 6」). 어린 '나'는 삶이 얼마나 폭력적인 것인지를 이미 체득해 버린 것이다.

산전수전 다 겪은 어머니의 불행은 '나'에게서 고스란히 반복된다. '나'는 지난날의 어머니처럼 다시 몸을 팔고, 어머니는 그런 '나'를 경멸함으로써 자신의 '파토난 과거'를 덧씌우고 싶어한다. '나'에게 있어 어머니는 어린 나의 일생을 망쳐놓은 장본인이고, 어머니에게 있어서 나는 몸을 파는 현장에까지 데리고 다녀야 하는 혹 같은 존재이다. 그런 '나'와 '어머니'는 서로를 미워하고 경멸하며 그러면서도 동병상련의 감정으로 묶인, 애증이 엇갈리는 관계이다. 서로를 바라보는 것만으로도 상처를 주고받지만, 그런 서로를 바라보는 것 역시 서로일 뿐인 것이다. 그들은 삶의 폭력과 절망을 나누어가진 혈맹 동지인 셈이다.

그 속에서 살아가는 자신을 들여다보는 이기와의 시선은 섬뜩할 만큼 직설적이다. 그녀가 그리는 자화상은 '워낙 속 재질이 부실한 싸구려 마네킹'(「침대는 가구가 아니다」), '수입쇠고기만큼도 대접받지 못한 변두리 인육'(「신월동 레즈비언들」) 등 충격적인 표현들로 형상화되어 있다. 그녀의 시 어디에서나 쉽게 발견되는 폭력적인 구절들은 시인이 상상해 낸 것이 아니라, 현실적인 삶의 폭력성을 그대로 옮겨놓은 것이다. 예컨대 남자에게 구타당하는 여인을 '냅다 발길질당한 음료수 캔처럼 요란하게 굴러다니는 골목의 비명 소리'(「오래된 골목의 내력」)에 비유한다든가 낡은 브래지어들을 '생매장당한 내 젊음의 불쾌한 흔적인 저 젖무덤들'(「내 황홀한 묘지」)로 표현한 것과 같은 참신한 비유들은, 시적인 기교가 아니라 현실적인 고통에서 자연스럽게 우러나온 것이다.

그녀는 자신의 현실적인 고통을 미화하지 않고 직설적인 언어로 그대로 표현해낸다. 그녀의 시에서 발견되는 낯설고 충격적인 표현과 소재들은 전략적이지 않다. 그녀의 시가 거칠고 때로 조야하다고 느껴지는 것은 언어가 가진 비수식성 때문이다("인정사정없이 곤장을 후려쳐 볼까! // 무구한 남정네의 거시기를 꼴리게 한// 니년의 앙큼한 볼기짝을!'(「비 · 풍 · 초 6」)과 같은 단순한 비유에, 숨어 있는 의도나 전략은 없다). 그런 면에서 그녀의 시는 시적인 아우라를 벗겨버린 언어로 이루어져 있다고 할 수 있다.

그럼에도 불구하고 거칠은 그녀의 시들은 묘한 당당함을 가지고 있다. 자신의 밑바닥을 완전히 드러내고 있는 그녀의 시들은 읽는 이들에게 천박함 대신 고통스러움을 안긴다(예를 들어 「스크림 1」, 「스크림 2」, 「최신형 임신모의 일기」 같은 거칠고 가라앉지 않은 그녀의 시들을 읽어내는 것은 참으로 고통스러운 일이다). 이러한 낯설은 경험은 그녀의 시가 가지고 있는 무방비성에서 온다. 그녀는 자신의 짓밟히고 학대받은 몸을 세상의 따가운 시선 앞에 던져놓음으로써, 지옥과 같은 삶의 폭력에서 구원될 수 있는 가능성을 쟁취해 낸다(「개망나니꽃의 궤적」, 「1997, 유배지에서」). 그것은 마치 마하스웨타 데비의 소설의 주인공인 도프디/드라우파

디가 윤간당한 후 벌어지는 다음과 같은 장면을 연상시킨다.

주위를 둘러보던 그녀는 세나나약의 흰 부시 셔츠의 가슴판에 피가 섞인 침을 내뱉고는 말한다. 여기에는 내가 부끄러워 해야 할 사람이 없어요. 나는 당신들이 내게 옷을 입히지 못하도록 할 거예요. 당신들이 도대체 내게 무슨 짓을 더 할 수 있겠어요? 이리 와서 내게 대항해봐요, 어서 와서 내게 대항해 봐요?
드라우파디는 그녀의 난도질당한 두 가슴으로 세나나약을 밀친다. 세나나약은 처음으로 그의 앞에 서 있는 무장도 하지 않은 목표물에 대해 두려움, 소름끼치는 두려움을 느끼기 시작한다.

그것은 이제껏 남성적인 시선의 노획물로 놓여 있던 훼손된 육체를 당당하게 전시함으로써, 삶의 폭력에 정면으로 마주하는 것이다. 성적인 폭력과 학대를 겪은 몸을 적나라하게 드러냄으로써, 그로 인해 생겨나는 온갖 억압과 경멸의 시선들에서 과감히 벗어나는 것이다. 그것은 가장 수동적이고 무방비적인 방식인 것처럼 보이지만, 가장 강력한 힘을 수반하고 있다.

4. 망가짐 속에서 싹트는 생성 – 조말선

이상의 맥락에서 본다면, 조말선의 시는 아마도 가장 이질적일 수 있을 것이다. 그녀의 시는 '여성'으로서의 정체성을 쟁취한다기보다 한 개인의 자기정체성을 찾는 작업으로 설명될 수 있기 때문이다. 그녀의 시에서 발견되는 폭력성은 전영주나 이기와에 비해 한결 온건하다.
먼저 돋보이는 것은 '뽑아올린다', '뱉어버린다', '딴다', '누른다',

'훑는다' 등의 폭력을 수반한 형용사들의 빈번한 사용이다. 심지어 축하의 상징인 화환조차도 뜯기고, 도살되고, 찢어발겨져서 망가진 것으로 표현된다(「화환」). 그녀는 '바싹바싹 타는 혓바닥', '뭉텅뭉텅 뽑힌 머리채들', '자글자글 뽑아낸 모가지들'(「오아시스」)처럼 구체적인 수식어를 동원해서 망가짐을 형상화하고 있다.

망가뜨리는 주체는 아버지("이런, 신발이 작구나 얘야 걱정스런 아버지는 신발을 벗기고 내 발가락을 잘랐네" ―「화분들」)이고, 또한 어머니("엄마가 나를 집어먹는다 얘야 너는 너무 익었구나 너무 빨갛구나 엄마가 나를 도로 뱉어낸다" ―「토마토」)이다. 그러나 '아버지'와 '어머니'의 이러한 폭력성은 나를 억압하고 가해하는 것이 아니라, '나'가 부모의 세대로부터 분리되어야 함을 인식하는 수단적인 것으로 사용되고 있다. 현재 '나'의 정체성은 흙탕을 담으면 흙탕이 되고, 슬픔을 담으면 슬픔이 되는(「연, 못」) 유동적으로 일렁이는 것이다. 수많은 정체성의 혼란 속에서 나는 '갈라지는 것이 숙명'(「끝없이 두 갈래로 갈라지는 길들이 있는 정원 1」)임을 깨닫고 있다. 자신의 뿌리를 찾고 앞으로 살아갈 날들을 준비하는 것이 '나'에게 주어진 임무이자 과제이다.

그런 면에서 망가짐은 현재의 '나'가 지니고 있는 선입견과 왜곡된 사고들을 의도적으로 무너뜨리고 무화시키는 것이다. 말하자면 망가짐은 새로운 탄생과 도약을 준비하는 전략적인 방치인 셈이다. 이를 증명이라도 하듯이, 망가짐과 뿌리뽑힘을 보여주는 그녀의 시들은 하나같이 돋아남과 연계되어 있다. 두근거리는 심장을 뽑아 심으면 충혈된 눈알들이 돋아나고(「구근들」), 새장 속에 가둔 질문 속에서는 대답이 태어나고(「매우 가벼운 담론」), 문신을 새긴 곳에서는 가시 꽃잎들이 피어난다(「가시연」).

뭐가 걱정이에요 아버지, 이 바싹바싹 타는 혓바닥을 뭐가 걱정이에요 아

버지, 이 뭉텅뭉텅 뽑힌 머리채들 뭐가 걱정이에요 아버지, 이 시들시들 말
라가는 쭉정이들 당신이 자른 이 바싹바싹, 이 뭉텅뭉텅, 이 시들시들, 이 싹
둑싹둑, 이 자글자글 당신이 뽑아낸 이 모가지들 뭐가 걱정이에요 아버지,
저 빡빡한 유통기한 저 코를 찌르는 죽음 꽂으세요 당신의 모종컵에 당신의
목구멍에 뭐가 걱정이에요 아버지, 이 반들반들, 이 생글생글, 이 산들산들,
이 파릇파릇, 이 발름발름

—「오아시스」 전문

　'바싹바싹, 뭉텅뭉텅, 시들시들, 싹둑싹둑, 자글자글' 타고 뽑히고 말
라가는 망가짐의 형용사들은 시의 뒷부분에서 '반들반들, 생글생글, 산들
산들, 파릇파릇, 발름발름'이라는 경쾌하고 발랄한 형용사들로 바뀌어 있
다. 코를 찌르는 죽음을 모종컵에 심으면 거기서 다시 새로운 싹이 돋아
나는 것이다. 이처럼 그녀의 시에서 망가짐과 파괴의 행위는 반드시 돋아
남, 새로움을 동반한다.
　특징적인 것은 이 망가진 것들이 다시 돋아나는 자리가 '아버지의 모
종컵'이라는 사실이다. 그녀의 시에서 '아버지'는 여성을 억압하는 제도
와 권력, 가부장제 등의 상징어가 아니라 그녀의 독립을 돕는 조력자로
등장한다(「뻐꾸기가 운다」, 「S」). 또한 아버지는 가족 부양의 무거운 짐을
진 현실적인 존재이기도 하다(「비닐하우스」, 「구두」, 「섬」). 아버지는 (성
적인 은유와 직업이라는 이중적인 의미에서) 씨를 뿌리는 사람이고, 그러
므로 생산성을 가지고 있는 존재이다. 여성인 '나' 역시 생산을 하기는 마
찬가지다. 그럼으로써 딸인 '나'는 아버지와의 관계에서 아주 가느다란
소통의 실마리를 찾는다.
　이러한 생각은 '아버지'는 폭력과 억압을 행사하는 주체이고 여성인
'나'는 아버지의 권위에 의해 일방적으로 희생된다는 일반적인 도식과는

상당히 다른 것이다. 아버지와 아들, 어머니와 딸 사이의 동일시 혹은 대물림은 이제 '아버지와 딸' 사이의 관계로 바꾸어진다. 이제 아버지는 "내게 뒤통수만 보인 채 하늘 목장 한가운데서 양귀비꽃에 물만 주고"(최승자, 「슬픈 기쁜 생일」) 있는 것이 아니라, 딸인 '나'의 탄생과 성장과 죽음에 관계하는 존재이다. 그렇게 해서 조말선은 아버지에서 아들로, 어머니에서 딸로 이어지는 세대의 연속을 가로지른다. 그 결과 여성시에서 지금껏 부정적인 이미지로 고정되어온 '아버지'는 함께 살아가는 조력자이며 가족 공동체의 일원으로서 새롭게 자리하게 된다("잘 끓여진 수프에서 물집들이 솟아오르고 가라앉는다 잘 뭉개진 아버지와 엄마와 나 태어나기 전으로 돌아간 아버지와 엄마와 나 태어나기 전부터 상처인 따뜻한 한 그릇 가족" —「수프」).

　　조말선의 시에 나타나는 폭력과 망가짐은 이처럼 새로운 탄생을 기약하는 전략적인 것이다. 파괴의 한편에는 생산과 탄생이 있다. 망가짐과 돌아남은 어느 하나의 상태로 끝나는 것이 아니라 순차적으로 반복되는 것이다("밤 열 시에 셔터가 내려진 그 꽃집은 캄캄하게 피고 있다 지고 있다 그런데 그 꽃집의 꽃들은 오래 전에 죽었다 그 꽃집은 목이 잘린 꽃들이 피고 있다 지고 있다" —「끝없이 두 갈래로 갈라지는 길들이 있는 정원 4」). 그녀의 시가 망가진 상태들을 리얼하게 그려내면서도 음습하지 않은 것은, 새로운 돌아남에 대한 믿음 때문이다. 그 믿음의 바탕에는 '아버지'에 대한 연민과 애정 나아가 가족에 대한 원천적인 믿음이 자리하고 있다.

(시와사상, 2004.봄)

모더니즘 시의 전개와 발전 (Ⅰ)

모더니즘 시는 주체와 세계 간의 단절과 불화를 전제로 한다. 물론 이것은 모더니즘 시에 한정된 것만은 아니다. 근대시는 주체와 객체(세계) 사이의 통합과 유추가 깨어지면서 생겨난다. 근대적인 것을 특징짓는 것은 세계와의 조화와 동일성의 원리가 아니라 새로움이며 이질성이다. 근대적인 것이란 현재에 있어서 과거의 연속성이 아니며, 오늘은 어제의 소산이 아니다. 그것은 과거와의 단절이며 어제의 부정인 것이다. 따라서 자신이 속한 세계와의 불화와 단절은 모더니즘 시만이 아니라 근대시의 성립 요건이자 특징인 것이다.

모더니즘 시는 근대시의 이러한 특징을 기본 전제로 하고, 여기에 상응하는 문학의 존재방식에 대해 탐구한다. 달리 말하면, 시가 자연발생적으로 우러나오는 것이 아니라 의도적으로 만들어진다는 의식이 비로소 싹트는 것이다. 모더니즘 시는 이런 면에서 주관적인 감정의 순간적 표출에 충실한 서정시와 구별된다. 또한 '제작'이라는 개념이 생겨남에 따라 시를 만드는 방법 혹은 기교 등 형식적인 요소에 대한 관심 또한 자연스럽게 커진다. 모더니즘을 말할 때 기법의 측면을 강조하는 것은 따라서 극히 자연스러운 일이다. 기법에 대한 인식이 자각적이며 방법적일 때, 모더니즘은 미학적 자율성의 한도 내에서 일정 정도 사회비판적인 성격을 가지게 된다. 이것이 아방가르드 문학을 대표적인 예로 하는 모더니즘의 비판적인 속성이다.

한국의 모더니즘 시에는 이러한 경향들이 순차적으로 혹은 혼재된 상태로 나타난다. 한국에서 모더니즘 문학이 본격화되기 시작한 것은 1930년대이다. '구인회' 결성, 카프 해체, 문학의 정치성에 반발하는 순문학적 경향의 득세 등 외부적인 상황은, 1930년대 모더니즘 문학이 활발하게 성장할 수 있는 환경을 제공한다.

시에서 볼 때 모더니즘은 대략 1926년경부터 시작되었다고 설명되어 왔다. 1926년은 정지용의 「카페 프란스」, 「파충류동물」, 「슬픈 인상화」가 발표된 해로서, 이를 기점으로 해서 이미지즘적인 경향의 시들이 발표되기 시작하기 때문이다. 같은 해에 이미지즘 시인인 리처즈 올딩톤의 시 「지하철도에서」가 소개되고 있다는 점 역시 중요한 요소가 된다. 그러나 이미지즘적 경향은 이보다 두 해 앞서 발표된 이장희의 「봄은 고양이로다」(1924)에서 이미 나타나 있다.

> 꽃가루와 같이 부드러운 고양이의 털에
> 고운 봄의 향기가 어리우도다
>
> 금방울과 같은 호동그란 고양이의 눈에
> 미친 봄의 불길이 흐르도다

고요히 다물은 고양이의 입술에

포근한 봄 졸음이 떠돌아라

날카롭게 쭉 뻗은 고양이의 수염에

푸른 봄의 생기가 뛰놀아라

—「봄은 고양이로다」 전문

이 시에서 봄의 속성은 고양이의 털, 눈, 입술, 수염 등 구체적인 감각을 빌려 표현되고 있다. 우선 봄의 향기는 꽃가루처럼 부드러운 고양이의 털에 비유되어 있다. 봄의 내음은 후각적이지만, 그 내음의 느낌을 꽃가루를 만지는 것과 같다고 해서 촉각에 비유하고 있는 것이다. 정념을 일으키는 봄의 속성은 고양이의 눈에 비치는 불길에 비유되고, 봄의 나른함, 포근함은 졸고 있는 고양이의 입술에서 발견된다. 또한 봄의 생기는 고양이의 쭉 뻗은 수염에 비유되어 있다. 봄의 막연하고 추상적인 느낌들을 '고양이'라는 대상에 빗댐으로써 선명하게 이미지화하는 것이다. 특히 이장희는 후각과 촉각 등 다른 감각에 비해 사용되는 빈도가 낮은 감각들을 자유롭게 활용하고 있어서 더욱 주목된다.

정지용은 시각적 이미지를 즐겨 사용한다. 「카페 프란스」, 「파충류동물」, 「슬픈 인상화」 등은 도시문명을 소재로 하고 있다는 면 외에, 당시로서는 파격적인 행과 연의 배치를 이용하여 시각적 효과를 노리고 있다.

머― ㄴ 海岸 쪽

포플아 늘어슨 큰 길로

電　　電
｜　　｜
燈.　　燈.
｜　　｜
電　　電
｜　　｜
燈.　　燈.

헤염쳐 나온 것처럼
흐늘이며 깜박어리는구나

—「슬픈 인상화(印象畵)」 부분

　윗 시에서 '電燈 電燈'이라는 낱말을 세로로 길게 배치해 놓은 것은, 큰 길에 가로등이 일정한 거리로 서있는 것을 시각적으로 표현하기 위한 것이다. '燈' 뒤에 찍힌 마침표는 마치 전등이 깜빡이고 있는 모양을 나타낸 것처럼 보인다. 「파충류동물」에서 기차가 움직이는 소리를 "…텰크덕…텰크덕…"이라고 큰 활자로 강조하고 있는 것 역시 같은 이유이다. 뒤의 연으로 갈수록 '텰크덕'이라는 소리는 한 차례씩 더 반복되어 나타난다. 이는 기차의 소리를 흉내내는 동시에 기차가 출발해서 서서히 속력을 내는 것을 묘사한 것이기도 하다. 이는 기차나 비행기 같은 근대 문명의 산물이 당시 지식인들에게 얼마나 깊은 인상을 주었는지를 상징적으로 보여준다. 거기에는 문명에 매혹된 심리와 매혹을 매혹으로만 받아들일 수 없는 식민지 지식인의 슬픔이 한데 있다.

　김광균은 활자의 크기나 인쇄술을 이용한 형태적인 파격을 시도하는 대신, 기존의 언어 문법을 사용하면서 그것을 통해 회화적인 이미지를 만들어내고 있다. 「추일서정」은 시각적 이미지를 설명하는 대표적인 예이다.

—「추일서정(秋日抒情)」 부분

가을 햇빛을 받고 있는 길의 모양은 '한 줄기 구겨진 넥타이처럼 풀어져 일광의 폭포 속으로 사라지고' 라는 표현으로 선명하게 시각화되어 있다. 쭉 뻗은 신작로가 아니라 부분적으로 휘어져 있는 시골길은 구겨진 넥타이에 비유되고, 그 길에 가을날 햇빛이 눈부시게 쏟아져 내리고 있는 것이다. '셀로판지로 만든 구름이 하나' 라는 부분 역시 독특한 표현이다. 구름의 반투명하고 가벼운 성질, 가을에 볼 수 있는 구름의 맑고 투명한 느낌을 셀로판지에 비유하고 있다.

이들의 공통적인 특징은 시각적인 이미지를 사용하는 한편으로 애상과 슬픔의 정조를 전체적인 토운으로 하고 있다는 점이다. 앞에서 예로 든 정지용의 「슬픈 인상화」의 이미지들은 떠나가는 '愛施利·黃' 으로 인해 '失心' 한 풍경으로 보이고, '築港의 기적소리' 역시 침울하게 들린다. 상심한 화자의 마음이 눈에 보이는 객관적인 풍경들을 슬픔의 정조로 느끼게 하는 것이다. 김광균의 「추일서정」 역시 '호올로 荒凉한 생각'에 포인트가 맞추어져 있다. 가을의 풍경을 바라보는 화자의 마음은 고독과 허무에 차 있다.

이미지즘적 경향을 보이는 시들이 대상을 시각적인 이미지로 정교하게 재생하는 한편 정서상으로는 객관적 거리를 유지하지 못하고 센티멘탈리즘에 함몰되어 있는 이유는, 식민지 백성으로서의 상실감이 기본적인 바탕을 이루기 때문으로 보인다. 이미지즘시들이 시적인 테크닉과 정서가 분리되는 기형적인 형태로 결국 기교주의로 흐를 수밖에 없었던 것은 이 때문이다.

1930년대 중반에 활발하게 전개된 주지주의 시론은 이미지즘을 체계적으로 이론화하고, 기교주의로 전락한 이미지즘의 한계를 극복하고자 하는 것이었다. 최재서와 김기림은 이미지즘시의 기법적인 새로움에 지적인 태도를 첨가하여 주지적인 시를 만들어내고자 했다. 그들이 주장하는 지적인 태도는 소재를 객관적으로 다루는 방법적인 것 외에 시대성과 사회성을 갖추는 것까지를 의미했다. 이는 당시 서구사회에 만연해 있던 정신적 위기감과 불안 심리에서 비롯된 문학의 현실지향적인 성격을 반영한 것이기도 했다. 식민지 시대의 모더니즘시의 사회비판적인 특징은 이같은 외부적 요소로 설명될 수도 있다.

그 예로 김기림의 「기상도」는 자본주의 문명의 폐해를 기상도 형식으로 풍자해내고 있다. '세계의 아침', '시민행렬', '태풍의 기침시간', '자취', '병든 풍경', '올빼미의 주문', '쇠바퀴의 노래' 등 7부로 이루어져 있는 이 시는 태풍이 내습하기 전의 상황(1~3부)과 태풍이 내습한 후의 상황(4~5부), 태풍이 지나간 후의 재생에 대한 의지(7부)의 세 부분으로 나누어진다. 1부의 희망차고 경쾌한 여행의 출발은 2부로 가면서 당시의 세계 정세를 비꼬는 풍자의 어조로 바뀐다.

넥타이를 한 흰 식인종은

니그로의 요리가 칠면조보다도 좋답니다

살갗을 희게 하는 검은 고기의 위력

의사 〈콜베―르〉씨의 처방입니다.

〈헬메트〉를 쓴 피서객들은

난잡한 전쟁경기에 열중했습니다

슬픈 독창가의 심판의 호각 소리

너무 흥분하였으므로

내복만 입은 파씨스트

그러나 이태리에서는

설사제는 일체 금물이랍니다

필경 양복 입는 법을 배워낸

송미령여사

—「기상도(氣象圖)」 2부 '시민행렬' 부분

넥타이를 맨 식인종과 니그로 요리는 흑백의 인종 차별을 의미하고, 전쟁경기에 열중한 헬멧 쓴 피서객, 파씨스트 등은 전쟁의 상황과 그 속에 놓인 각국의 모습을 보여주고 있다. 또한 4부 '자최'에는 소크라테스로 대표되는 기성의 철학과 종교에 대한 부정과 야유가 동시에 드러난다. 김기림은 풍자와 몽타쥬 수법을 이용해서 당시의 사회상을 비판하고 동시대적인 주제를 시에 담으려 했다.

도시의 퇴폐적인 이면을 주된 소재로 삼았던 오장환의 시 역시 비슷한 맥락에 있다. 그는 「성씨보」,「성벽」 등에서 전통을 부정하고 근대지향적인 일면을 보이는데, 이는 반근대적인 것에 대한 부정의 의미를 갖는다. 그러나 본격적인 창작활동에 나서면서 그는 기형적으로 왜곡되어 있는 식민지 자본주의의 현실을 깨닫게 된다.

> 수부(首府)의 화장터는 번성하였다.
>
> 산마루턱에 드높은 굴뚝을 세우고
>
> 자그르르 기름이 튀는 소리
>
> 시체가 타오르는 타오르는 끄름은 맑은 하늘을 어질러놓는다.
>
> 시민들은 기계와 무감각을 가장 즐기어 한다.
>
> 금빛 금빛 금빛 금빛 교차되는 영구차.
>
> 호화로운 울음소리에 영구차는 몰리어오고 쫓겨간다.
>
> 번잡을 존숭(尊崇)하는 수부의 생명
>
> 화장장이 앉은 황천고개와 같은 언덕 밑으로 시가지는 나래를 펼쳤다.
>
> ―「수부(首府)」 부분

이 시는 거대화된 경성의 모습을 '번성하는 화장터'에 비유한 것으로서, 공장과 고층건물로 가득한 도시의 이면에 감추어진 부패와 향락의 실상과 이를 바탕으로 기형적으로 비대해가는 자본주의 현실을 비판하고 있다.

김기림과 오장환의 현실비판적인 지향은 해방기에 정치와 결합하면서 모더니즘 자체를 부정하는 방향으로 나아간다. 그러나 넓은 의미에서 본다면, 이들의 해방기 활동은 모더니즘 문학이 가지고 있는 사회비판적인 성격이 시대적인 환경과 결합되어 나타난 것이라고 해석할 수 있다. 이것은 전후의 김규동, 김수영 등의 시에 나타나는 참여적인 경향으로 연결된다.

이미지즘에서 사회 비판으로 변화하는 경향과는 구별되는 또 다른 형태의 모더니즘시로 다다와 초현실주의시를 들 수 있다. 이미지즘이 영미 계열의 온건형 모더니즘이라면, 다다와 초현실주의는 대륙 쪽에서 형성된 과격형 모더니즘에 속한다. 후자는 대상에 객관적인 거리를 두고 그것을 묘사하는 이미지즘과는 달리, 주체의 주관성을 극대화하고 극단적인 경우 현실 세계 자체를 부정하는 데까지 나아간다. 한국에서 과격한 모더니즘이 처음 나타나는 것은 김여수의 「윤전기와 사층집」, 임화의 「지구와 빡테리아」 등 다다적인 경향의 시들에서이다. 이 시들은 알 수 없는 기호와 부호 등을 시에 끼워 넣거나 활자의 크기를 조절하기도 하고, 고의적으로 문장을 파괴함으로써 전통적인 문법을 파괴하고 있다. 그러나 이러한 경향은 다다이즘을 표방했던 김화산이 아나키즘으로 선회하고, 임화역시 카프를 중심으로 한 사회주의 리얼리즘에 가담하면서 자연스럽게 소멸된다. 다다이즘이 초현실주의로 연결되었던 서구의 경우와 달리, 한국의 경우 다다이즘은 정치적인 성격을 강하게 띠면서 아나키즘과 사회주의 리얼리즘으로 연결되는 것이 특징이다.

이상은 외부 현실과 직접적인 관련이 없는 혹은 관련이 단절된 주체의 내면 심리를 소재로 하고 있다. 그의 시에 나타난 현실은 실재하는 현실이 아니라 주체의 심리에 그려진 내면적인 세계이고, 행위 또한 그 안에서 벌어지는 의식의 유희에 가깝다.

그사기컵은내骸骨과흡사하다. 내가그컵을손으로꼭쥐었을때내팔에서는 난데없는팔하나가接木처럼돋히더니그팔에달린손은그사기컵을번쩍들어마룻바닥에메어부딧는다. 내팔은그사기컵을死守하고있으니散散이깨어진것은그럼그사기컵과흡사한내骸이다. 가지났던팔은배암과같이내팔로기어들기前에내팔이움직였던들洪水를막은白紙는찢어졌으리라. 그러나내팔은如前히그사기컵을死守한다.

—「烏瞰圖 시 제11호」 전문

이 시에는 사기컵을 들고 있는 '나'와 '나'에게서 돋아나는 팔을 가진 또 다른 '나'가 있다. 현실의 '나'는 사기컵을 들고 있고, 사기컵은 끝까지 깨어지지 않은 채 '나'의 손에 들려 있다. 그러나 '나'가 사기컵을 흡사 내 해골과 비슷하다고 생각하면서 환상이 시작된다. '나'의 팔에서 나온 다른 팔이 사기컵을 깨뜨리고, 깨진 사기컵은 마치 내 해골이 깨어진 것처럼 보인다. 현실과 환상이 겹치면서 하나의 시를 이루고 있는 것이다. 이러한 초현실주의적 경향은 전후 조향의 시에서 다시 찾아볼 수 있다.

(시와 세계, 2004. 봄)

모더니즘 시의 전개와 발전 (Ⅱ)

해방 후 모더니즘

1. 전쟁과 모더니즘

한국시에서 식민지 모더니즘과 구별되는 새로운 모더니즘적 경향이 나타나는 것은, 1948년에 발간된 동인지 《신시론》에서부터이다. 1949년 앤솔로지 『새로운 도시와 시민들의 합창』을 발간한 이들은, 식민지 모더니즘과는 다른 자신들만의 새로운 문학적 지향점을 드러내고자 했다. 그 예로 김경린은 모더니티는 '전진하는 사고'라는 점을 강조하면서 리얼리즘시와 전통적인 서정시 모두를 비판한다. 이들이 부정하는 전통성은 비단 전통적 서정시의 특징만이 아니라 문학적 전통을 포함한 과거의 유산 전부를 의미한다. 새로운 시대와 문명 앞에 놓여 있는 이들의 입장은 김수영의 다음 시에 잘 표현되어 있다.

가까이 할 수 없는 서적이 있다
이것은 먼 바다를 건너온

용이(容易)하게 찾아갈 수 없는 나라에서 온 것이다

주변없는 사람이 만져서는 아니될 책

만지면은 죽어버릴듯 말 듯 되는 책

가리포루니아라는 곳에서 온 것만은

확실하지만 누가 지은 것인줄도 모르는

       (중략)

오늘도 어제와 같이 괴로운 잠을

이루울 준비를 해야 할 이 시간에

괴로움도 모르고

나는 이 책을 멀리 보고 있다

그저 멀리 보고 있는 듯한 것이 타당한 것이므로

나는 괴롭다

—김수영, 「가까이할 수 없는 서적」 부분

이 시에서 내 앞에 놓여있는 서양 책은 해방 후 직접적으로 밀려들어오는 미국의 문물을 상징한다. 새로운 문물은 화려하고 불길한 상징처럼 내 앞에 놓여 있다. 그러나 일제 식민지가 종식되고 미국에서 새로운 문물이 직접 들어오는 것을 바라보는 '나'는 아무 것도 할 수 없는 지식인이다. 김수영의 초기시에는 이처럼 '아버지'로 표상되는 전통에 대한 부정과 자아정체성의 혼란이라는 고전적인 모더니즘적 주제가 담겨 있다.

이에 비해 조향은 상대적으로 현대성에 대한 기대와 지지를 나타내고 있다. 그는 전쟁을 전환점으로 하여 낡은 과거의 문학을 버리고 시대에 맞는 새로운 문학을 창출해야 한다고 생각했다. 그가 생각했던 새로움, 현대성이란 기존의 문학 법칙과는 구별되는 어떤 것이었고, 그것은 결국 언어의 문제로 귀결된다.

끝없이 유동하는 의식의 세계라는 시간성을 이성에 의한 간섭이나 정리 작업이 없는 단속 상태 그대로의 기록—내적독백—자동기술법으로서 표현했을 때, 거기엔 절로, 전혀 먼 거리에 놓여있는 현실들이 서로 인접하게 된다. 현실적으로는 병존할 수 없는 것끼리가 시인의 힘으로 동시동존하게 된다. 이 근방에서 '현대시'에 있어서의 '오브제' 성이 빚어지는 것이다. 그런 순간순간에 돌발적인 '이마아쥬'의 세계가 폭발한다. 말하자면 끝없이 흘러가는 시간(상대성)의 '벨트'에 점점이 수놓이는, 찍혀가는 '이마아쥬(공간성·절대성)'의 세계, 사차원의 세계! 초현실주의 '데뻬이즈망(depaysement)'의 미학.

— 조향, 「현대시론(초)」 부분

조향은 현대시가 가지고 있는 중요한 특징으로 '오브제성'을 들고 있다. '오브제성' 이란 대상을 시인의 감정이나 설명을 개입시키지 않은 상태에서 그대로 병치함으로써 사물성을 고수하게 하는 것이다. 시적인 것은 나란히 놓여진 사물과 사물이 만들어내는 긴장에 의해 발생한다. 이질적인 사물들의 병치, 이성적인 질서를 넘어선 단어와 이미지들의 연결로 대표되는 초현실주의적인 실험은 이러한 원리를 가장 잘 반영하고 있는 것이다. 조향은 이처럼 새로운 언어질서를 구현하는 것이 현대성이라고 생각한다.

낡은 아코오뎡은 대화를 관뒀습니다.

—여보세요?

폰폰따리아

마주르카
디이젤―엔진에 피는 들국화,

―왜 그러십니까?

　　모래밭에서
受話器
女人의 허벅지
　　낙지 까아만 그림자

비둘기와 소녀들의 랑데―부우
그 위에
손을 흔드는 파아란 깃폭들

나비는
起重機의
허리에 붙어서
푸른 바다의 충계를 헤아린다.
　　　　　　　　　　― 조향, 「바다의 충계」 전문

　비둘기와 소녀, 들국화, 나비가 순수하고 약한 것, 평화를 상징하는 반면, 디이젤 엔진, 기중기는 약한 것들을 파괴하는 폭력적이고 무자비한 것이다. 전쟁은 폭력적인 것이 평화로운 것을 파괴하는 것이다. '디젤 엔진에 피는 들국화' 나 '기중기의 허리에 붙은 나비' 는 폭력과 평화, 무생물과 생물, 기계적인 것과 인간적인 것을 선명하게 대조시킴으로써 전쟁의 폭력성을 상징적으로 표현하고 있다. 표면상 아무 연관관계가 없는 사물들을 나란히 병치함으로 해서 발생하는 이미지의 충돌 효과를 노리고 있는 것이다.

이러한 실험적인 시도의 바탕에는 식민지 시대의 문학적 유산을 부정하고 그것들과의 구별을 통해 자신들의 문학적 정체성을 확립하고자 하는 의식이 자리하고 있다. 전후 모더니스트들은 특히 1930년대 모더니즘에 대해 대타의식을 가지고 있었다. 그들은 1930년대 모더니즘의 비사회적인 성격을 비판하고, 그들과 자신들을 구별하는 기준으로 '동시대성'을 들고 있다. 그들에게 있어서 한국전쟁은 실존의 위기를 불러일으킴과 동시에 '전후'라는 세계사적인 공통성을 담보할 수 있게 하는 계기로 파악되었다. 동시대성은 '전후'라는 시대적인 상황의 동일성을 전제로 해서 서구의 지식인들과 자신들의 처지를 동일한 것으로 놓고, 서구 지식인들의 대응 방식을 모방함을 의미하는 것이다. 전후 문학인들이 자신들의 모델로 삼고자 했던 것은 오든 그룹이나 사르트르 등 적극적으로 전쟁에 참여했던 서구 지식인이었다. 이런 면에서 동시대성은 문학의 사회성과 거의 유사한 의미로 사용되고 있다.

그러나 사회성에 대한 지지와 관심은 이론적인 논의였을 뿐이고, 실제 시에서는 사회성 대신 오히려 개인의 실존에 대한 자각이 전후시의 중요한 주제를 이루고 있다. 전쟁 후의 상황에서 가장 중요한 것은 죽음의 간접 체험과 그로 인한 존재의 위기감이었다. 전쟁은 삶의 기반을 파괴했을 뿐만 아니라 인간에 대한 신뢰를 무너뜨렸다. 이 시기에 쓰여진 모더니즘 시의 공통적인 특징은 전쟁의 경험을 원 경험으로 하고 그로 인한 정신적인 상처와 실존의 위기를 주제로 하고 있다는 점이다.

개인이 세계와 불화하고 단절되는 직접적인 원인은 전쟁 때문이다. 전쟁은 현존재에 고유한 죽음을 '생명의 다함'이라는 생물학적인 죽음으로 전락시킨다. 전쟁 중에 죽어간 많은 이들의 죽음은 무차별하고 이유 없는, 느닷없는 것이다. 현존재인 인간은 다른 전쟁 무기처럼 수단으로 취급됨으로써 도구적 존재자로 전락한다. 전봉건은 고유성을 박탈당하고 도구화되어버린 현존재의 상황을 다음과 같이 표현하고 있다.

山 허리에 反射하는 日光. BAR의 連射.

비둘기의 똥냄새. 中部戰線.

나는 有效 射距離 圈內에 있다. · · · · · · 나는 0157584다.

— 전봉건, 「0157584」 부분

전쟁터에 있는 '나'는 인간으로서의 고유성을 완전히 상실한 채, 임의로 주어진 군번에 의해서만 존재 가치가 부여된다. 개개인은 자신의 고유한 죽음과 존재 의미를 가진 현존재가 아니라, 실용적 목적에 의해 사용되는 도구이다. 도구가 그 유용성을 상실했을 때 폐기되듯이 전쟁에서 개인은 싸움의 도구로 사용되다가 생명을 다하면 폐기되는 것이다. 개인의 고유한 죽음은 처음부터 부정된다.

무차별한 죽음이 휩쓸고 간 후, 남아 있는 자들은 죽은 자들에 대한 죄책감과 전쟁의 끔찍한 기억을 부채처럼 안고 살아간다. 그들 역시 죽음과 삶의 갈림길에서 우연히 남겨진 것일 뿐, 죽은 것과 마찬가지의 상황에 놓여있다. 김종삼 시에 나타나는 소외된 어린아이는 살아남은 자의 정신적인 황폐감과 상실감을 상징적으로 표현하고 있다. 어린 아이들은 대부분 부모가 없거나 소외되어 있는, 혹은 금방 죽을 아이로 묘사된다.

그런데

한 아이는

처마밑에서 한 걸음도

나오지 않고

리본이 너무 길다랗다고

짜증을 내고 있는데

그 아이는

얼마 못 가서 죽을 아이라고

푸름을 지나 언덕가에

떠오르던

음성이 이야기ㄹ 하였습니다

― 김종삼, 「그리운 안니 · 로 · 리」 부분

'얼마 못 가서 죽을 아이'의 소외감은, 전쟁으로 황폐해진 시인의 내면을 대변한다. 김종삼의 시가 유년의 동화같은 느낌을 주면서도 쓸쓸하고 황폐한 느낌을 주는 것은 그 풍경에 짙게 깔려 있는 죽음의 분위기 때문이다. 또한 모두에게서 소외되어 고립된 어린아이는 자아와 타자 사이의 메꾸어질 수 없는 간극을 보여주고 있다. 인간에 대한 신뢰가 무너진 후 개인은 오직 자신의 내면으로만 침잠해 들어가서, 세계와 단절된 채 살아가게 되는 것이다.

박인환의 시에서 이러한 단절감은 주로 도시를 배경으로 해서 나타난다. 그가 주목하고 있는 부분은 전쟁으로 폐허가 된 도시와 거기서 살아가야 하는 주체의 절망감이다.

아무 잡음도 없이 도망하는

도시의 그림자

무수한 인상과

전환하는 연대의 그늘에서

아 영원히 흘러가는 것

신문지의 경사에 얽혀진

그러한 불안의 격투

— 박인환, 「최후의 회화(會話)」 부분

　도시는 시인으로 하여금 불안을 느끼게 하는 원인을 제공하는 소재이다. 시인이 느끼는 불안은 도시로 대변되는 문명에 대한 불안이며, 그로 인한 주체의 실존적인 위기감이다. '묘지', '파괴된 건물'(「검은 신에게」), '불행한 신이 울리고 있는 광장의 전주'(「불행한 신」) 등으로 묘사되는 도시의 부정적인 이미지는, 같은 〈신시론〉 동인이었던 김경린의 경쾌한 도시 소재의 시와는 상반된 양상이다.

　실존적인 의미에서 볼 때 '불안(Angst)'은 현존재의 유한성에서 오는 필연적인 기분의 한 상태이다. 그것은 세계 내부적인 어떤 이유에서 기인하는 것이 아니라, 어느 누구도 죽음에서 자유로울 수 없다는 깨달음에서 주어지는 실존의 위기감이다. 즉 전쟁 후의 황폐한 삶에서 오는 희망 없음이나 공포가 아니라, 현존재의 실존적인 특징인 것이다. 불안이 현존재의 특성으로 인식될 때, 그것은 결국 자신의 존재 자체에 대한 물음으로 연결된다.

　푸른 하늘의 무한.

　헤아릴 수 없는 대지의 풍요.

　그때부터였다. 하늘과 땅의 영원히 잇닿을 수 없는 상극의 그 들판에서 조그마한 바람에도 전후좌우로 흔들리는 운명을 너는 지녔다.

황홀히 즐거운 창공에의 비상.

끝없는 낭비의 대지에의 못박힘.

그러한 위치에서 면할 수 없는 너는 하나의 자세를 가졌다.

오! 자세 — 기도.

우리에게 영원한 것은 오직 이것 뿐이다.

— 김춘수, 「갈대」 부분

김춘수의 이 시는 하늘과 땅, 영원과 순간 사이에 한계지워져 있는 인간 조건의 유한성을 표현하고 있다. 인간 조건의 유한성은 끝없이 하늘을 향해 있긴 하지만 결국은 대지에 못 박힐 수밖에 없는 갈대의 운명에 비유된다. 그러한 위치에서 인간이 올리는 '기도'는 신에게로 나아간다는 의미를 넘어서 존재 자체에 대한 질문을 던지는 일반적인 행위로 해석될 수 있다. 김춘수의 존재론적인 질문은 본질적인 언어에 대한 탐구로 발전되어 언어 실험의 밑바탕을 형성하게 된다.

2. 내면화된 의식과 미학적 자율성

전쟁 체험과 실존을 모티프로 하는 전후 모더니즘은 4·19를 계기로 해서 전환점을 맞게 된다. 4·19는 현대사의 획기적인 사건이면서 문학에서도 중요한 전환점을 이루고 있다. 이를 계기로 문학은 '전쟁'이라는 소재에서 벗어나 새로운 역사적, 사회적인 주제들을 받아들이게 되기 때문이다. 1960년대 문학을 '전쟁 체험을 비로소 객관적으로 성찰하기 시작한 시기의 문학'이라고 보는 것이나, '전후의식을 극복하고 현실적 상황에 대응할 수 있는 문학의 힘'이 요구되었다고 보는 견해는 이러한 상황을 반영하고 있다.

4·19를 무력으로 진압한 군사 정권은 정치적인 탄압을 가하는 한편으로, 경제면에서는 자본주의적인 근대화를 표방했다. 정부 주도하에 급속도로 추진된 자본주의화는 실생활뿐만 아니라 가치관에도 큰 변화를 몰고 와서, 합리주의라는 명분 아래 공동체를 유지해온 사회 질서가 붕괴되면서 불신이 싹트고, 물질만능주의는 인간을 사물화시키는 전도된 현상을 낳았다. 또한 농촌 인구가 일자리를 찾아 도시로 몰려듦으로써 농촌이 空洞化되는 한편 도시에는 빈민과 부랑자 층이 형성되고, 급속한 경제 발전을 이루는 과정에서 노동자들의 희생이 강요되면서 사회구조적인 모순을 배태시켰다. 이러한 사회적인 문제들은 잠재되어 있다가 1970년대에 본격적으로 대두되기 시작한다. 그러므로 문학사적인 시각에서 볼 때 1960년대의 문학은 자연스럽게 1970년대의 문학으로 열려 있다고 할 수 있다. 정치적인 억압과 산업화, 그로 인한 인간 소외 등은 1970년대에 역시 반복되며 심화되는 주제들이다.

모더니즘시의 위상 역시 4·19를 전기로 해서 바뀌게 된다. 전후 모더니즘이 전통시에 대한 대타의식에서 시작된 것이라면, 1960년대 이후의 모더니즘은 현실 참여라는 사회적인 요구에 어떻게 대응하는가의 문제로 특징지위진다. 당시의 중요한 문학적인 쟁점은 순수참여논쟁이었다. 순수와 참여라는 이분법에 따르면, 모더니즘시는 참여시에 대립되는 '순수시'로 분류된다. 이때 모더니즘은 예술이 모든 정치적 요구에 맞서 그 자체가 자기목적적인 합리성을 갖는다는 '미학적 자율성'이라는 개념과 등가로 파악된다. 김수영을 제외한다면, 이 시기 모더니즘시들은 사회적인 비판 대신 개인의 내면을 탐색의 주제로 한다는 것이 특징이다.

별도의 주목을 요하는 것은 김수영이다. 초기에 모더니즘적인 성향을 나타냈던 그의 시는 4·19를 전환점으로 해서 적극적인 현실 참여로 바뀌게 된다(「푸른 하늘을」, 「기도」, 「육법전서와 혁명」, 「우선 그놈의 사진을 떼어 밑씻개로 하자」 등). '나'와 타자의 적대적인 관계가 보다 큰 사회적인 문제로 하여 해소되고, 동지적인 것으로 변모되는 것이다. 혁명이라는 짧고 강렬한 체험을 통해 개인과 사회의 단절을 극복하고, 문학이 자조와 절망이 아닌 새로운 희망과 가능성을 담보할 수 있는 중요한 수단으로 부상하는 것이다. 타자와 나의 지향점이 같으며 나의 존재가 타자에게 긍정적인 영향을 줄 수 있다는 깨달음은 타자에 대한 적극적인 행동을 가능하게 한다.

그러나 혁명이 실패하고 환상이 깨어진 후 김수영의 시는 소시민적인 자신의 일상성을 그대로 그려내는 것으로 변모한다. 「파자마 바람으로」, 「그 방을 생각하며」, 「만용에게」 등은 닫힌 사회에서 살아가는 소시민의 생활을 소재로 하여 일상성의 단면을 드러낸다. 일상성은 현대 사회의 물질성과 소외된 인간을 보여주는 것이다. 따라서 김수영의 시는 결국 모더니즘적인 것으로 귀결된다고 볼 수 있다. 혁명과 관련된 그의 참여시는 모더니즘이 가지고 있는 현실비판적인 요소를 부각시킨 것이라고 해석할 수 있을 것이다.

존재론적인 관심으로 출발했던 김춘수는 존재와 언어의 문제에서 언어만의 문제로 시적인 주제를 바꾸고 있다. 그가 생각하는 것은 구체적인 현실이 아니라 추상의 세계이며 그것을 언어로 표현하는 방식이다. 언어에서 의미를 제거하고 현상학적인 기술에 치중하는 '무의미시'(「처용단장」)는 이런 맥락에서 나온다. 추상은 현실적인 시공간의 파기이며, 현실적인 인간의 폐기이다. 그것은 세계 상실을 전제로 하여, 그것에 대응하는 문학적인 방식인 것이다. 따라서 김춘수를 비롯한 이 시기 모더니즘시의 추상적 성격은 한층 강화된 정치적인 억압에서 온 세계와의 단절감을 간접적으로 드러내고 있는 것이다.

　이 시기의 모더니즘을 설명할 때 빠뜨릴 수 없는 것이 〈현대시〉 동인의 등장이다. 이들은 섣불리 새로운 시의 사조를 표방하지 않고 언어에 대한 탐구를 바탕으로 하며, 내면적인 리얼리티를 포착하는 것을 목표로 내걸었다. 이는 동인들이 의도적으로 시세계를 통일시키지는 않을 것이라는 점과 시의 재료인 언어에 대해 관심을 기울이겠다는 것, 그리고 인간 존재의 내면성을 탐구함으로써 당시 유행하던 참여시들과 구별되는 시를 쓰겠다는 것을 의미한다. 처음부터 직접적인 현실 참여와는 거리를 두겠다는 입장을 표명한 셈이다. 김수영, 김춘수와 달리 정치적인 억압과 그에 따른 문학 환경의 변화를 내재한 상태에서 출발한 이들의 시는, 현실과 거리를 두는 대신 언어를 통한 내면의 탐구에 치중하며, 이것은 자연스럽게 미학적인 자율성의 형식으로 나타나게 된다.

　동인들 중에서 모더니즘적인 경향을 보이는 시인은 오세영, 이승훈, 이건청 등이다. 오세영의 초기 시는 감성적이고 신선한 이미지들을 사용하여 문명에 대한 비판을 시도하고 있다.

　　타버린 정신들은 어디 갔는가
　　가령, 雪原에 버려진 장미꽃 하나
　　혹은, 알타이에 떨어지는 햇살,
　　바람과 소나기, 그리고 六月은
　　불탄다.

　　내 살 속에서 희미한 불빛들이
　　뛰어가고, 알콜이 출렁이는 바닷가에서
　　이십세기는 불을 지핀다. 物質이 흘린

피. 싸늘한

> 實用의 새는 날 수 있을까,
> 어두운 내 얼굴들을 날아서, 찬서리 내린 굴뚝과,
> 기계들이 죽은 무덤을 넘어서
> 어제의 어제를 넘어서
> 달에, 도달할 수 있을 것인가,
>
> — 오세영, 「불 1」 부분

이 시에서 그려지는 것은 물질에 대한 비판과 정신적인 가치의 우월성이다. '물질이 흘린 피' 는 싸늘한 것으로 표현되고 기계로 대표되는 실용주의는 인간의 현재 삶을 부정적인 것으로 만드는 요인으로 파악된다. 시인은 이러한 비인간적인 요소들로 가득찬 현실 속에서 '타버린 정신' 을 그리워하고 있다. 그러나 이 시에서 두드러지는 것은 문명 비판이라는 직접적인 주제보다 '설원에 버려진 장미꽃 하나', '알타이에 떨어지는 햇살' 과 같은 감성적인 이미지들이다. 이런 감각적인 언어들은 이후 그가 철학적인 사유 쪽으로 방향을 바꾸면서 절제되고 다듬어진 언어들로 변화된다.

이건청의 첫시집에 실린 시들은 환상적이고 초현실적인 성향들을 다분히 내포하고 있다.

> 피묻은 손이 하나 날아간다
> 날개 없는 젊음의 손 하나가
> 水平線 끝에 떠 있다
> 힘의 뿌리가 쓰러진 바다에

　　혼자서 출렁였다

　　질펀한 思惟의 늪에

　　비늘에 싸인 파아란 針

　　길다란 내 몸을

　　돌로 쳐라, 짓이겨라

　　아, 그렇게 나는 죽겠다

　　잘려진 손이 떠 있는

　　水平線 너머에

　　日沒이 걸린다

　　한밤이 머문다

— 이건청, 「별」 전문

　'피묻은 손'이 날아가고 '날개 없는 젊음의 손'이 수평선에 떠 있는 모양은 마치 초현실주의적인 영상을 보는 것같은 인상을 준다. '돌로 쳐라, 짓이겨라, 아 그렇게 나는 죽겠다'에서 느껴지는 심리적인 절박성, 그로테스크하고 비현실적인 상황은 현실과는 무관한 시인의 내면의 심리 상태를 나타내는 것이다. 이건청의 초기시는 이처럼 언어적인 실험들로 이루어져 있다.

　이승훈은 같은 〈현대시〉 동인들 중에서도 이색적인 존재이다. 그는 대상을 주지적으로 묘사하는 데 그치지 않고 한 걸음 더 나아가 대상을 인식하고 그것을 옮겨 적는 것 자체를 거부한다. 개념적인 언어들을 거부하고 철저히 직관에 의한 언어를 선택하는 것이다. 그의 시에서 언어는 대상을 설명하거나 묘사하는 것이 아니라, 언어 자체의 구조에 의해서 연결된다.

사나이의 팔이 달아나고 한 마리 흰 닭이 구 구 구 잃어버린 목을 좇아 달린다. 오 나를 부르는 깊은 명령의 겨울 지하실에선 더욱 진지하기 위하여 등불을 켜고 우린 생각의 따스한 닭들을 키운다. 닭들을 키운다. 새벽마다 쓰라리게 정신의 땅을 판다. 완강한 시간의 사슬이 끊어진 새벽 문지방에서 소리들은 피를 흘린다. 그리고 그것은 하이얀 액체로 변하더니 이윽고 목이 없는 한마리 흰 닭이 되어 저렇게 많은 아침 햇빛 속을 뒤뚱거리며 뛰기 시작한다.

— 이승훈, 「사물 A」 전문

이 시에는 현실적인 대상 대신 단절되어 있는 몇 개의 기호들만이 나열되어 있다. 제목인 '사물 A'는 이 시의 대상이 특정한 어떤 것이 아님을 보여준다. 여기서 드러나는 것은 단지 시인의 직관을 통해 파악된, 비대상의 영역에 놓여 있는 이미지들이다. 언어는 개념을 설명하지 않고 비대상을 지시하는 근원적인 모순 속에 놓여 있다. 이승훈의 시는 언어의 한계를 드러내면서 그것을 넘어서려는 실험의 의지를 보여준다.

이와는 별도로, 문덕수와 황동규의 시에 나타나는 주지성은 대상을 객관적으로 인식하고 주지적인 언어를 사용하여 그것을 표현한다는 점에서 김춘수, 김구용, 김광림 등의 언어적인 실험의 연장선상에 있다. 문덕수가 철저하게 조형된 언어를 통하여 감정을 제거하고 건조한 이미지를 만들어내는 데 치중하고 있는 반면, 황동규는 서정성을 기본적인 주조로 하고 주지적인 요소를 첨가함으로써 시적인 완성도를 높이고 있다.

이같은 주지성은 1970년대의 정현종과 오규원의 사물시에서 심화된 양상을 보이게 된다. 정현종의 시는 사물의 사물성을 드러내는 방식을 넘어서 사물과의 친화성을 보여주는 데까지 이르고 있다.

　　사물은 각각 그들 자신의 거울을 가지고 있다. 내가 나의 거울을 가지고 있듯이. 나와 사물은 서로 비밀이 없이 지내는 듯하여 각자의 가장 작은 소리까지도 각자의 거울에 비추인다. 비밀이 없음은 그러나 서로의 비밀을, 비밀의 많고 끝없음을 알고 사랑함이다. 우리의 거울이 흔히 바뀌어 있는 것을 발견한다. 거울 속으로 파고든다. 내 모든 감각 속에 숨어있는 거울이 어디서 왔는지 나는 모른다. 사물을 빨아들이는 거울. 사물의 피와 숨소리를 끓게 하는 입술式 거울. 사랑할 줄 아는 거울. 빌어먹을, 나는 아마 시인이 될 모양이다.

— 정현종, 「거울」 전문

　　사물과 '나' 의 관계는 서로의 비밀을 속속들이 알고 있는 투명한 관계이다. '나' 는 사물을 비추는 거울을 몸 안에 가지고 있고, 사물의 피와 숨소리를 느낄 수 있다. 사물과의 친화력은 시인의 기본적인 자질이다. 이러한 정현종의 입장은 사물의 사물적 존재성을 밝히고자 했던 김춘수, 신동집의 시와 같은 출발점에 있다. 그러나 김춘수와 신동엽이 사물을 있는 그대로 드러내는 데서 멈춰 있음에 대해, 정현종은 사물의 존재성과 더불어 '교감' 한다.

　　오규원 역시 사물에 주목하는 것은 마찬가지이다. 그러나 그에게서 사물은 사물적 존재성으로서 의미가 있는 것이 아니라 하나의 '현상' 으로 파악된다. 그가 관심을 두는 것은 사물의 '있음' 이라기보다 '어떻게' 있음이다.

　　떨어지는 순간
　　빛은
　　하얀 공간에

꽃병도 없이 어딘가 꽂힌

꽃이 된다.

낱말도 없는

문장에

꽂힌

한 송이의

꽃이 된다.

 (중략)

나의

고장난 수도꼭지에서도

뚜욱 뚜욱

언어들이 죽는다.

건강한 언어의

아이들은

어미의 둥지에서

알을 까고,

고요한 환상의

출장소

뜰에 새가 되어

내려와 쉰다.

의식의

고장난 수도꼭지에서

쉰다.

— 오규원, 「몇 개의 현상」 부분

빛은 꽃이고, 종교이고, 그리고 그 외의 다른 어떤 것들이다. 그러나 그 것은 꽃병도 없는 공간에 꽂혀 있는 꽃이고, 낱말도 없는 문장에 꽂힌 꽃 이다. 이같은 진술은 원관념인 '빛'의 의미를 더욱 혼란스럽게 한다. 그 것은 꽃이 아닌 것이다. 있는 실재를 마음대로 치환하고 명명하는 것은 결국 '언어'이다. 그러나 그의 시에서 언어는 실재를 지칭하는 지시적인 기호가 아니라 '추상의 나뭇가지에 살고 있는', 비지시적 언어이다. 그의 시에서 사물은 현상으로 나타나고 이것을 감지하는 것은 언어이다. 이처 럼 오규원은 처음부터 언어를 중요한 시적인 대상으로 한다. 정현종과 오 규원의 시를 통해 현대시는 시의 언어에 대한 새로운 자의식을 가지게 된 다.

3. 해체시와 포스트모더니즘

1980년대는 경제개발계획의 결과로 경제적인 부가 증대하고 그에 따 른 빈부 격차와 인간 소외, 노동 문제가 한꺼번에 불거지는 시기이다. 도 시는 근대 문명의 상징이 아니라 삶의 구체적인 현장으로 변모한다. 도시 에서 살아가는 소시민의 생활을 일상적인 언어로 진술하고 있는 김광규 의 시나, 화려한 자본주의의 이면에서 정체성을 상실하고 소외되는 인간 을 주제로 한 최승호의 시는 도시를 생활의 구체적인 공간으로 설정하고 있다는 공통점이 있다.

이 시기의 모더니즘시는 내면으로의 회귀 성향이 강했던 1960, 70년대 의 모더니즘과 달리 사회적인 현실에 바탕을 두고 있다는 점이 특징이다. 이는 광주 학살과 5공화국의 정치적인 탄압에 직접적인 원인을 두고 있 다. 광주민주화항쟁이 무력으로 진압되고 언론사가 통폐합되어 사회적인 진술의 통로가 닫히면서, 문학은 억압과 불의에 항거하는 임무를 부여받

게 된다. 이러한 시대적 요청에 부응하여 민중시가 대거 창작되고, 모더
니즘시 역시 질적인 변화를 겪을 수밖에 없었다. 그것은 결국 현실의 억
압을 어떤 식으로 받아들이고 용해시켜 표출하는가 하는 문제로 귀결된
다. 직접적인 현실 비판인가 아닌가에 상관없이, "억압된 타자가 어떻게
그 억압의 틀을 뚫고 자기 목소리를 내게 되었는가"가 모더니즘시를 설명
하는 중요한 기준이 되는 것이다. 시적인 형식을 파괴하거나 변화시킴으
로써 현실 비판을 수행하는 시들은 정치 사회적인 상황과 긴밀하게 연결
되어 있다. 또한 적극적인 현실 비판의 의지를 드러내지 않고 개인의 내
면을 주제로 하고 있는 시들 역시 사회적인 원인에 뿌리를 두고 있다. 이
때 개인은 사회적인 억압과 부조리를 한몸에 집약시키고 있는 대표 단수
인 셈이다.

이성복은 억압된 현실 속에서 왜곡되는 주체의 내면을 의식의 흐름 기
법을 통해 나타낸다. 혼잣말이나 중얼거림 혹은 가위눌림과도 같은 그의
시는 억압된 현실과 분열되는 자아의 모습을 그려낸다.

누이가 듣는 음악 속으로 늦게 들어오는
남자가 보였다 나는 그게 싫었다 내 음악은
죽음 이상으로 침침해서 발이 빠져 나가지
못하도록 잡초 돋아나는데, 그 남자는
누구일까 누이의 연애는 아름다워도 될까
의심하는 가운데 잠이 들었다

목단이 시드는 가운데 지하의 잠, 한반도가
소심한 물살에 시달리다가 흘러들었다 벌목
당한 여자의 반복되는 임종, 병을 돌보던

청춘이 그때마다 나를 흔들어 깨워도 가난한
몸은 고결하였고 그래서 죽은 체했다
잠자는 동안 내 조국의 신체를 지키는 자는 누구인가
일본인가, 일식인가 나의 헤픈 입에서
욕이 나왔다 누이의 연애는 아름다워도 될까
파리가 잉잉거리는 하숙집의 아침에

— 이성복, 「정든 유곽에서」 부분

잠은 암울하고 억압된 현실이며 동시에 그것에서 도피하고 싶은 심리의 반영이다. '나'는 잠 속에서 누이가 연애하는 것을 보고, 조국인 한반도가 물살에 시달리는 것을 본다. 청춘의 끓어오르는 피가 나를 흔들어도 나는 죽은 척 하고 잠만 잔다. 그런 나의 머리와 몸에서는 잡초가 자라난다. '나'는 아무 것도 하지 않는 존재이지만, 아무 것도 하지 않는 그 행위를 통해서 세상의 억압을 드러내고 있다. 스스로를 유폐시킴으로 해서 세상의 불의와 왜곡을 간접적으로 드러내는 것이다.

현실과 동떨어져 있는 자아의 내면을 찬찬히 짚어가는 이성복의 시에 비해, 최승자는 그러한 자아의 존재 자체를 전면 부정함으로써 폭력적인 세계에 대해 항의하는 방식을 택한다.

일찍이 나는 아무 것도 아니었다.
마른 빵에 핀 곰팡이
벽에다 누고 또 눈 지린 오줌 자국
아직도 구더기에 뒤덮인 천년 전에 죽은 시체.

아무 부모도 나를 키워 주지 않았다

쥐구멍에서 잠들고 벼룩의 간을 내먹고
아무데서나 하염없이 죽어 가면서
일찍이 나는 아무 것도 아니었다

떨어지는 유성처럼 우리가
잠시 스쳐갈 때 그러므로,
나를 안다고 말하지 말라.
나는너를모른다 나는너를모른다.
너당신그대, 행복
너, 당신, 그대, 사랑

내가 살아 있다는 것,
그것은 영원한 루머에 지나지 않는다.

— 최승자, 「일찌기 나는」 전문

이 시에서 최승자는 자신의 육체와 자신의 뿌리인 부모를 부정함으로써 자신의 '살아 있음' 자체를 부정해 버린다. 이는 폭력적인 세상에 똑같이 폭력적인 방식으로 대응하는 것이다. 그러나 그것은 세상에 대한 폭력이 아니라 자기 자신에게 가해지는 폭력이라는 점에서 마조히즘적인 양상을 띤다. 스스로를 철저하게 파괴해버림으로써, 나를 파괴하는 세상의 폭력 자체를 비웃고 조롱하는 것이다.

김혜순의 시에 나타나는 자아는 여성이라는 성별을 보다 뚜렷하게 드러내고 있다. 자신의 존재와 정체성에 의문을 던진다는 면에서 그녀의 시는 이성복, 최승자의 시와 유사하지만, 시적인 주체가 시인을 포함한 일반적인 여성 주체라는 차이점이 있다.

그는 넣었다 토마토 케첩을

끓어오르고 있는 나의 뇌수에.

그는 논리정연한 태도로 발라내었다 끓어오르는 뇌수에서

실핏줄과 튀는 힘줄을.

그는 맛있게 먹고 있었다

입맛마저 다시며.

그의 앞엔 나의 촉수가 불을 밝히고 있었다.

그는 다시 이성적으로 휘저었다 예리하고

작은 나이프로

아직 익지도 않은 마지막 뇌수마저.

　　　　　— 김혜순,「프레베르의 아침 식사에 대한 나의 저녁 식사」 부분

'나' 와 '그' 는 먹고 먹히는 관계이다. '논리정연' 과 '이성적' 이라는 말로 대변되는 '그' 는 '나' 의 '끓어오르는' 뇌수를 발라먹고 있다. '그' 로 지칭되는 존재는 '나' 의 머리와 살과 피와 머리칼까지를 먹어치우는 폭력적인 타자이다. 김혜순의 시에서 폭력적인 타자는 대부분 남성 혹은 남성이 지배하는 사회의 제도적인 억압을 의미한다. 또한 가해자와 피해자의 관계는 '먹는다' 는 가장 원초적이고 본능적인 관계로 종종 묘사됨으로써 왜곡된 인간관계를 그로테스크하게 묘사한다.

이성복, 최승자, 김혜순의 시가 억압당한 개인의 내면적인 상처와 무의식을 드러낸다면, 황지우, 박남철, 장정일의 시는 정치적인 억압에 대항하는 형식의 실천적 가능성을 탐색하고 있다. 황지우는 정치적인 폭압에 대한 저항의 방법으로 시 형식을 파괴하고, 풍자와 조롱, 야유를 섞어서 어두운 현실을 고발한다.

김종수 80년 5월 이후 가출

소식 두절 11월 3일 입대 영장 나왔음

귀가 요 아는 분 연락 바람 누나

829—1551

이광필 광필아 모든 것을 묻지 않겠다

돌아와서 이야기하자

어머니가 위독하시다

조순혜 21세 아버지가

기다리니 집으로 속히 돌아오라

내가 잘못했다

나는 쭈그리고 앉아

똥을 눈다

— 황지우, 「심인(尋人)」 전문

　세 가지의 심인 광고 중에서 초점이 맞추어져 있는 것은 첫 번째 광고
이다. 1980년 5월 이후에 가출했다는 것으로 미루어볼 때, '김종수'의 가
출 원인은 광주항쟁과 연관되어 있고, 입대 영장이 나왔다는 것으로 보아
그의 나이는 대학생 정도일 것으로 짐작할 수 있다. 이러한 정황으로 볼
때, 아마도 김종수는 80년 광주항쟁 당시 행방불명된 대학생이라고 추정
된다. 짧은 1연에 담겨있는 상황은 행방불명된 대학생의 사연을 암시함으
로써 만연해 있는 억압과 폭력을 드러낸다. 황지우는 이를 신문의 심인란
형태를 빌려 전달하고 있는 것이다. 신문광고란을 끌어들인 이 시의 형태

는 일상성에 길들여진 독자의 의식에 충격을 주고 그들로 하여금 현실의
억압에 대해 질문을 던지도록 유도하는 역할을 한다.

　'해체시'라는 명칭으로 불리우는 형태 파괴 시도는 박남철의 시에서
좀더 극단화된다. 황지우가 형태 파괴를 시도하면서도 시라는 관념을 끊
임없이 의식하고 있는 반면, 박남철은 패러디와 풍자, 펀(pun) 등의 테크
닉을 구사하여 기존의 시라는 관념 자체를 전복시킨다.

　내 詩에 대하여 의아해하는 구시대의 독자 놈들에게 → 차렷, 열중쉬
엇, 차렷,

　　이 좆만한 놈들이……
　　차렷, 열중쉬엇, 차렷, 열중쉬엇, 정신차렷, 차렷, ○○, 차렷, 헤쳐모엿!

　　이 좆만한 놈들이……
　　헤쳐모엿,

　　(야 이 좆만한 놈들아, 느네들 정말 그 따위로들밖에 정신 못 차리겠어,
　엉?)

　　차렷, 열중쉬엇, 차렷, 열중쉬엇, 차렷……
　　　　　　　　　　　　　　　　　── 박남철, 「독자놈들 길들이기」 전문

　이 시에서 박남철은 고의적으로 독자들을 향해 욕설을 퍼붓고 조롱함
으로써 시는 특별하고 아름다운 것, 위안을 주는 것이라는 독자들의 기대
를 무너뜨린다. 독자들은 마치 군대에서 훈련을 받는 것처럼 단순한 동작

들을 반복하도록 강요받으며 인격을 모독당한다. 그럼으로써 시에 대한 기성관념을 전복시키고, 군대의 훈련 장면을 묘사함으로써 군사독재가 판을 치고 있는 현실에 대해 비판을 가하고 있는 것이다. '시'라는 문학 형식에 대한 비판은 이렇게 해서 사회현실에 대한 비판까지 연결된다.

기존의 형식을 파괴하는 것에서 한 단계 더 나아가 시라는 관념까지를 부정하는 이러한 경향은 1990년대의 포스트모더니즘적인 경향으로 자연스럽게 연결된다. 1990년대는 1980년대적인 저항의 열기가 사그라들면서 사회 전반적으로 개인주의가 팽배한 시기이다. 모더니즘시 역시 정치적인 저항보다는 자본주의 문화와 기술문명에 대한 비판으로 주제를 옮겨 간다. 유하는 영화와 광고, 무협지, 만화 등 대중문화를 시에 끌어들여 '키취시'라는 장르를 만들어내고 있다.

우리나라 신식 국자는 무슨 국자? 일명 신식민지 국독자?
처음 코카콜라가 등장했을 때 웬 간장이냐며 국에 뿌린 년도 있긴 있을라
난 느껴요— 코카콜라, 언제나 새로운 맛 신식 국독자로 떠먹는 코카콜라
그때마다
톡 쏘는 맛처럼 떠오르는 여자가 있다 코카콜라 씨에프에서
팔꿈치로 남자를 때리며 앙증맞게 웃는 여자, 그 몇 프레임 안 되는 장면
하나가 방영되자마자 연예가 일번지 압구정동 일대가
술렁였댄다 그것 땜에 애인 있는 남자들의 옆구리가 순식간에 멍들었다
는데……
　　　　　　　(중략)
하여튼 단 십초의 미소로 바보상자의 관객들과 쇼부를 끝낸 여자 심혜진
그녀가 요즘 씨에프에서 닦여진 순발력 있는 연기로 은막에서도 한참 주
가를 올리고 있다 제목은 물의 나라

감독은 얼씨구나 양파 껍질처럼 끝없이 옷을 벗기기 시작하는데, 그녀만
보면 파블로프의 개처럼 코카콜라를,
　　삼성 에이 에프 오토 줌 카메라를, 해태 화인쥬시껌을 사고 싶어지는 내
눈알, 나는 본다 저 알몸 위로 오버랩되는……
　　온 산을 갈아엎는 사람들을 세상을 온통 콜라빛 폐수로 넘실대게 하는 사
람들을 이 땅을 온갖 욕망의 구매력으로 가득 채우는 사람들을 그리하여
　　　　　　　　　　　　　　　－ 유하, 「콜라 속의 연꽃, 심혜진論」 부분

텔레비전의 상품 광고를 소재로 한 이 시에서 유하는 광고가 어떻게 사
람을 길들이고 있는가를 보여준다. 광고 모델에 매혹된 사람들은 그녀를
볼 때마다 그녀가 선전하는 온갖 상품들을 연상하고 구매 충동을 느낀다.
유하의 '압구정동' 은 이러한 소비자본주의적 행태가 가장 적나라하게 드
러나는 공간이다. 그러나 대중문화적인 소재들을 적극적으로 끌어들이는
유하의 시는 한편으로 대중문화에 깊게 침윤되어 있어서 비판적인 거리
를 상실할 위험을 안고 있다.
　함민복 역시 광고로 상징되는 자본주의 문명에 대한 비판의 시각을 드
러낸다. 그러나 함민복의 자본주의 비판은 키취적인 것에 대한 관심보다
는, 자본주의 사회를 살아가는 가난하고 보잘것없는 서민의 애환을 바탕
으로 하고 있다는 면에서 유하와 구별된다.

　　이제부터 네 스스로 음식을 섭취해라
　　어머님이 여며주신 생명의 단추
　　굶주린 배꼽을 움켜잡고
　　아직도 흑백 주제에 무엇을 이겼다고
　　V자 안테나를 머리에 이고 있는

흑백 텔레비전을 철커덕 틀면

돈까스를 먹을까, 아냐. 설렁탕을 먹을까,

아냐. 아냐. 소화가 안되니 굶지 뭐.

(이때 모델은 회전의자를 휙, 돌려 등을 보인다

그리고 텔레비전 화면에 가득 차는 음식들)

꼴깍,

굶주린 나에겐 좀처럼 소화가 안되는

88올림픽 공식 소화제 선전을 보고 있노라면

내 속에서 김동인이 꿈틀거린다

숟가락이 닮았다.

— 함민복, 「흑백텔레비젼을 보는 저녁」 전문

남들은 모두 컬러텔레비전을 보는 시대에 실내 안테나까지 있어야 볼 수 있는 흑백텔레비전을 보고 있는 '나'는 텔레비전 속의 광고와는 상반된 처지에 놓여 있다. 광고 안의 모델이 산더미처럼 음식을 쌓아놓고 소화불량에 걸려 있는 반면, '나'는 굶주린 배를 안고 오늘도 굶기로 한다. 굶주려 쓰린 속이나 배가 불러 더부룩한 속이나 위장이긴 마찬가지지만, 광고 속 현실과 '나'의 현실은 전혀 딴판이다. 광고가 선전하는 소화불량증은 나아가 88올림픽이라는 환상으로 포장된 사회 현실을 꼬집고 있다.

자본주의 문명에 대한 몰입과 비판이라는 상반된 반응은 모더니즘 시의 지속적인 주제이다. 2000년대의 새로운 모더니즘적 주제는 자본주의 비판이라는 대동소이한 주제에서 벗어나 디지털 시대의 기술 발전의 결과를 시에 구현하는 것으로 변화된다. 특히 이 부분에서 주목할 만한 것은 전자 매체의 시적인 수용이다. 온라인상에서 이루어지는 게임, 채팅,

정보 교환에 익숙한 젊은 시인들은 그러한 경험을 시에 끌어들이고 있다. 컴퓨터 게임을 소재로 하는 서정학의 시나, 전자 매체의 매력을 '전자 신체' 라는 형태로 담아내고 있는 이원의 시가 그 예이다. 이들은 기술 발전의 혜택을 누리면서도 그에 대한 의혹의 시선을 견지해 왔던 이전 세대의 이중적인 반응과는 사뭇 다른 양상을 보인다. 기술 발전에 대한 시각이 부정적인 것에서 제한적이나마 긍정적인 것으로 바뀌고, 나아가 진보된 기술을 적극적으로 시에 차용하는 방식으로 변화되는 조짐을 보이는 것이다. 아직은 아마추어적인 수준이지만, 사이버 문학, 하이퍼 텍스트 문학의 대두 역시 이같은 맥락에서 설명될 수 있다. 넓은 의미에서 본다면, 그것은 '해방' 과 '억압' 이라는 모더니즘의 속성 중에서 '해방' 에 초점을 맞추는 것이라고 해석할 수 있다. 물질적 생산력의 발전과 도시 문명, 그것이 가져온 기술 복제의 가능성에 대한 기대가 자본주의 사회에 대한 낙관론을 낳았듯이, 사이버 공간의 개방성, 전자 매체를 이용한 전자 민주주의가 새로운 해방의 대안으로 떠오르고 있는 것이 현실이기 때문이다. 앞으로 쓰여질 모더니즘시는 어떤 방식으로든지 이 주제에서 자유롭지 못할 것이다.

(작가연구, 2003. 하반기)

모더니즘 시의 전개와 발전 (Ⅲ)

1. 도시성, 인공성, 반자연성

모더니즘 문학의 대전제는 도시의 문학이라는 것이다. 모더니즘은 기술 문명의 발달과 더불어 시작되었고 자본주의의 발전에 대응하며 변화해왔다. 그러므로 그것은 자연의 질서에 순종하고 그것으로부터 의식주에 필요한 물적 자원을 조달받아온 농경공동체적 사고와는 구별된다. 도시에서 탄생한 모더니즘은 그 자체가 반자연적이며 인공적인 성격을 가지고 있다.

기술이 발달하면서 인간은 보다 효율적인 인공물을 만들기 위해 자연을 갈취하고 파괴해 왔다. 문명의 발달은 인간이 자연의 일부로서 부여받은 바 그대로인 상태에서는 기대하기 어려웠던 '편리함' 을 제공했고, 그것이 인간의 파괴 행위를 정당화했다. 그러나 이 '편리함' 은 인간을 육체적인 노동에서 자유롭게 하는 한편, 인간 소외를 불러왔다. 월등하게 효율적인 기계가 들어서면서 수많은 노동자들이 일자리를 잃었고, 분업으로 인해 생산량은 배가된 대신 사람들 사이의 유대감은 약화되었다. 힘을 합쳐서 노동해야 할 필요가 없어진 개인 간의 관계는 점차 느슨해졌고, 그들은 각각 단절된 자기만의 공간 속으로 되돌려졌다. 물신주의가 팽배하면서 인간 사이의 관계는 더욱 더 황폐해졌다. 모더니즘은 자연과 더불어 생활했던 인간이 이러한 새로운 도시적 환경에 마주했을 때 느끼는 당혹감을 반영한 것이다. 타자와의 소통 단절, 세계와의 불화는 모더니즘 문학의 고전적인 주제이다.

이는 우리의 모더니즘 문학을 설명하는 데도 동일하게 적용된다. 도시성은 1930년대의 정지용, 김기림 등의 시에서부터 현재에 이르기까지 모더니즘 시의 가장 중요한 특징이다. 그러나 식민지 시대의 모더니즘이 '도시성=새로움'이라는 등식을 가지고 있다면, 이후의 모더니즘 시에서 도시성은 더 이상 새롭고 유니크한 경험이라고 할 수 없다. 그만큼 도시적인 삶이 일반화되었기 때문이다. 도시성에 대한 반응은 경이와 매혹/비판과 우울이라는 상반된 것으로 나타나는데, 대부분의 경우 이러한 반응은 공존한다.

> 압구정동에 겨울—나무로부터 봄—나무에로라는 까페가 생겼다
> 온통 나무 나무로 인테리어한 나무랄 데 없는…
> 그 옆은 뭐, 매춘의 나영희가 경영한대나 시와 포르노의 만남 또는
> 충돌… 몰래 학생 주임과의 충돌을 피하며 펜트하우스를 팔고 다니던,
> 양아치란 별명을 가진 놈이 있었다 빨간 책과 등록금 영수증을
> 교환하던 녀석, 배나무숲 너머 산등성이 그애의 집을 바라볼 때마다
> 피식, 벌거벗은 금발 미녀의 꿀배 같은 유방 그 움푹파인 배꼽 배…
> 배나무가 바람에 흔들리는 밤이면 옹골지게 익은 배가
> 후두둑 후두둑 녀석은 도둑고양이처럼 잽싸게 주워담았다

배로 허기진 배를 채운 새벽, 녀석과 난 텅 빈 신사동 사거리에서
유령처럼 축구를 … 해골바가지 … 난 자식아, 여기 최후의 원주민이야
그럼 난…… 정복자? 안개 속 한남동으로 배추 리어카를 끌고 가던
외팔의 그애 아버지 …… 중학교 등록금……와르르 무너진 녀석의
펜트하우스, 바람부는 날이면 녀석 생각이 배맛처럼 떠올라 압구정동
그 넓은 배나무숲에 가야 했다 그의 십팔번 김인순의 여고 졸업반
휘파람이 흐드러진 곳에 재건대원 복장을 한 배시시 녀석의 모습
그 후로부터 후다닥 梨田碧海된 지금까지 그를 볼 수 없었다 어디서
배꽃 가득한 또 다른 압구정동을 재건하고 있는지…… 바람부는 날이면
배맛처럼 떠오르는 그애 생각에 배나무숲 있던 자리 서성이면 ……
— 유하, 「바람부는 날이면 압구정동에 가야 한다 1」 부분

이 시에서 '압구정동'은 카페가 있고 연예인이 경영하는 고급 가게가
늘어선, 도시의 화려한 단면을 보여주는 곳이다. 강남의 부자들이 모여
산다는 그 곳에서 화자가 기억하는 것은, 그 자리가 배나무 숲이던 시절
의 가난했던 친구와 그에 얽힌 기억이다. 친구 가족은 개발 바람이 불면
서 쫓겨났고, 친구는 자신이 살던 집을 허문 자리에 새로운 아파트를 건
설하는 재건대원이 되었다. 화려한 도시 한복판에서 화자가 가지는 상실
감은 문명에 대한 매혹과 비판이라는 이중적인 반응을 대표한다.

이에 비할 때 1990년대 이후의 모더니즘 시는 도시 경험을 생래적인 것
으로 한다는 것이 특징이다. 이 세대의 시인들은 병원 분만실에서 태어나
아파트에서 자라고 단지 내의 놀이터와 놀이방에서 성장한 '아파트 세
대'가 중심을 이루고 있다. 인공의 공간에서 출생하고 성장한 그들은 도
시의 인공성을 '자연스럽게' 받아들인다. 설령 젊은 시인들의 시에서 도
시에 대한 환멸과 문명에 대한 비판의식이 드러난다고 하더라도, 그것은

자신이 살아가는 주변 환경에 대한 감상일 뿐이지 자연친화적인 것과는 거리가 멀다. '나쁜 도시 대 좋은 자연'이란 도식도 물론 성립되지 않는다.

　도로에는 신호등과 횡단보도와 노란 중앙선이 있고
　도로의 위에는 구획 정리가 끝나지 않은 하늘과 세계를 불쑥불쑥 가로지르는 그림자가 있다 도로의 밑으로는 시간이 뿌리처럼 뻗어나가고 나도 그 배선의 일부여서 생산 목표가 있고 작동 조건이 있고 전원이 있다 나는 내 몸을 켜놓고 나를 전송해주는 휴대폰을 들고 지하철 순환선에 올라탄다 나를 태운 순환선이 움직이기 시작한다 나는 지금 가벼운 것에 올라타 있다 날아가거나 녹지는 않는 것이다 나의 휘발성은 일시적이다

　엘리베이터
　자궁의 시간은 미끌거리고 깨질 듯이 환하다 소리는 천상에서 떨어진다 하늘의 자궁은 태양 뒤에 가려져 있다 사방의 미끄러운 벽에 두리번거리는 내가 복제된다 오른쪽 모니터에서는 쉴 새 없이 바뀌는 오늘의 증시가 표시되고 왼쪽 모니터에서는 습도와 온도가 있다 양쪽 눈에 모니터가 와 박힌다 모니터가 내 눈을 대체한다 내가 건너온 출렁거리는 강과 강을 가로지르는 은색 다리는 모니터 안에 저장되어있던 것일까 7층에 도착했다는 소리가 떨어지자 정확히 엘리베이터의 한가운데가 쫙 갈라진다 순간 세계는 급작스럽게 광폭이 된다 나도 기억 장치쯤은 확장할 수 있다
　　　　　　　　　　　　　　　　　　　― 이원, 「실크 로드」 부분

　화자의 생활 공간은 자동차와 지하철, 모니터와 엘리베이터로 이루어진 인공의 도시이다. 도로 위에서는 차들이, 도로 아래에서는 지하철이

쉴 새 없이 사람들을 실어 나르고, 화자는 거대한 자궁과도 같은 도시의 건물 엘리베이터에서 디지털로 번쩍이는 숫자들을 본다. 마우스를 클릭하면 날씨와 세계 정세와 주가를 동시에 볼 수 있는 웹 사이트에 접속이 되고, 화자는 그 안을 돌아다니며 하루 종일을 잘 논다. 스스로 '전자사막의 유목민' 임을 자청하는 이들 세대는 더 이상 자연에 연연하지 않는다. 자신들이 살아가는 주거 환경을 그대로 표현하는 것만으로도 그들의 시는 인공적이고 반자연적이다. 자연에 대한 반감을 가지는 것이 아니라, 자연에 대한 경험이 없기 때문에 특별한 기억이나 친화력을 가지고 있지 않은 것이다. 자연이 이상적이고 화해로운 공간이라는 것은 학습을 통해 얻어진 관념일 뿐이다. 이들의 시에서 유기체적인 사고나 친자연적인 성향을 찾으려 하는 것은 무의미한 일이다. 도시의 인공성은 이제 가장 일상적인 삶의 환경이 된 것이다.

2. 주체의 과잉과 유희성

모더니스트들은 객관적인 현실이 따로 존재하는가에 대해 회의를 표명한다. '현대성' 이란 사실주의 문학이 표방하는 '실제적' 진실이나 플라톤식의 '이데아적' 진실과 같은 지상의 진실로부터 현실을 제시하거나 언표함으로써 현실을 창조하는 자아의 진실에로의 전이를 의미한다. 현실은 오직 개개인의 내면에만 있다. 이런 의미에서 모더니즘은 주체의 자유를 최대한 허용하는 문학적 경향이라고 할 수 있다.

그렇다고 해서 모더니즘 시에 객관적인 현실이 전혀 나타나지 않는다는 말은 아니다. 모더니즘 시에 나타나는 현실은 시인의 주관적인 시각에 의해 선택되고 재해석된 것이라는 점을 강조하는 것일 뿐이다. 보들레르가 '산책자' 라고 명명한 '예술가(시인)' 라는 존재는, 대도시의 거리를 배

회하며 문명의 상징인 호화로운 건물들과 군중들을 본다. '본다'는 것은
보이는 대상과 보는 주체의 심리적 거리를 전제로 하는 것으로서, 비판적
인 성격을 내포하고 있다. 모더니즘 시인들은 현실을 '보고' 그려냄으로
써 일그러진 문명의 자화상을 그려내고자 한다. 세계와 심각한 불화를 겪
으면서 불화한 자리에 자신을 세워둠으로써 긴장과 갈등 상태를 유지하
는 것이다. 이는 주체가 내면으로 침잠해 들어가면서도 현실에 대한 관심
과 객관적인 거리감을 상실하지 않음으로써 가능하다.

아무 일도 아닌 걸 가지고 아버지는 저리
화가 나실까 아버지는 목이 말랐다 물을
따라드렸다 아버지, 뭐 그런 걸 가지고
자꾸 그러세요 엄마가 말했다 애, 내버려
둬라 본디 그런 양반인데 뭐 아버지는
돌아누워 눈썹까지 이불을 끌어 당겼다

1982년 단밀 보통학교 졸업식
며칠 전 장날 아버지 떡 좀 사먹어요
그냥 가자 가서 저녁 먹자
아버지이…… 또! 이젠 너 안 데리고 다닌다
네 월사금도 내야 하고 교복도 사야 하고……
아버지, 아버지는 굶었다 그해 모심기하던
날 저녁 아버지는 어지러워 밥도 못 잡숫고
그 다음날 새벽 돌아가셨습니다
아버지, 藥 한 첩 못 써보고

아무도 일찍 잠들지 못했다 아버지는 꽃 모종
하고 싶었지만 꽃밭이 없었다 엄마, 어디에
아버지를 옮겨 심어야 할까요 살아 온 날들
물결 심하게 이는 오늘, 오늘

— 이성복, 「꽃 피는 아버지」 부분

　무능력하고 소심한 가장인 '아버지' 는 더 이상 바람직한 모델이 되지 못하는 과거의 권위를 상징하고, 동시에 무기력한 화자와 닮은꼴이다. 화자는 그런 아버지를 바라보면서 눕거나 잠들고 혼잣말을 하며 지낸다. 아버지의 권위 상실과 화자의 무기력함은, 집을 비우라는 땅 주인의 재촉이나 개선되지 않는 가난한 생활과 같은 현실적인 문제들로 인해 더욱 심화된다. 화자는 점점 현실적인 대응력을 잃고 내면으로 빠져든다. 그러나 이러한 상황들이 현실과의 접점을 가지고 있는 덕분에, 화자의 개인적이고 내면적인 고통은 독자들과 공감대를 형성하게 된다.

　이에 비하면 1990년대 이후의 모더니즘 시인들은 먼저 단절을 자청하고 자신을 닫아버린다는 특징이 있다. 그들은 객관적인 현실이 아니라 자신의 머릿속에 투영된 이미지들을 '보고' 있다. 객관적으로 존재하는 세계가 있는지의 여부는 중요하지 않다. 그들은 자신 이외의 세계에 무관심하며 타자와의 의사소통에도 관심이 없다. 당연히, 독자의 이해나 동조를 희망하지도 않는다.

　모더니즘이 내면 회귀적인 성향과 사회비판적인 성격이 주기적으로 교차되며 진행되어 왔다고 할 때, 유희적 성격이 두드러지는 최근의 모더니즘시들은 내면회귀적인 성향의 변형 형태라고 할 것이다. 그러나 이것이 1960, 70년대의 모더니즘시의 내면성과 구별되는 이유는, 주체의 과잉 상태가 개인적인 놀이 형태로 귀결된다는 것이다. 그들은 각각 혼자만의

놀이에 열중해 있는데, 혼자 하는 놀이이므로 약속이나 규칙 따위는 필요
치 않다. 순간순간 자신의 마음에 따라 규칙을 바꾸기도 하고, 규칙 없이
마구 흩어놓기도 한다.

> 첫번째는 나
> 2는 자동차
> 3은 늑대, 4는 잠수함
>
> 5는 악어, 6은 나무, 7은 돌고래
> 8은 비행기
> 9는 코뿔소, 열번째는 전화기
>
> 첫번째의 내가
> 열번째를 들고 반복해서 말한다
> 2는 자동차, 3은 늑대
>   — 박상순, 「6은 나무 7은 돌고래, 열 번째는 전화기」 부분

　숫자를 가르치는 장난감에서 유추된 듯한 이 시에서, 숫자와 대응되는
사물간의 관계는 그야말로 우연적인 것이다. 설령 숫자놀이 장난감에 있
는 대응 관계를 따르는 것이라고 해도, 그것 사이에 필연적인 연결성은
없다. 2를 비행기, 8을 늑대라고 하더라도 시의 의미는 변하지 않는다. 이
대응 관계는 시인의 입장에서는 특정한 기준에 의거한 것일 수 있지만,
다른 사람이 볼 때는 의미 없는 우연적인 조합에 불과하다. 독자는 규칙
을 발견하지 못하고, 따라서 그 규칙이 일부 바뀐다고 하더라도 아무런
변화를 느끼지 못할 것이다.

놀이의 규칙은 시인에 따라 개별적인 차이가 있지만, 전체적으로 보아 그들은 자신의 놀이에 다른 사람이 끼어드는 것 자체를 달가와하지 않는다는 공통점이 있다. 그들은 각각 자신만의 세계를 가진 고립된 주체들의 집합이다. 유희적 성격이 강해지면 강해질수록 독자는 놀이를 이해하는 극소수 혹은 시인 자신으로 한정되는데, 그것은 결국 타자와의 단절을 불러온다. 그럼으로써 단절과 불화에서 시작된 유희는 결국 단절을 합리화하고 공고하게 하는 아이러니를 낳게 된다.

3. 닫힌 환상과 강박증

모더니즘 시에서 환상은 주체의 고립된 내면과 자아 분열을 표현하는 방식으로서 사용된다. 그것은 실제적 현실에서 억압당하고 배제된 것들을 호출함으로써 현실의 불확정성을 드러내는 동시에 주체의 상처를 치유하는 역할을 한다. 특히 젊은 시인들의 시에서 환상은 필수불가결한 요소처럼 보이는데, 이는 영화와 애니메이션, 비디오 등 시각적 매체에 익숙해진 세대의 특징을 반영한다. 그들이 경험하고 있는 세계는 이미지가 현실을 지배하는 전도된 상황이다. 기호에 의해 산출된 시뮬라크르로 채워진 세계는, 환상이 피어날 수 있는 보다 유리한 조건을 제공한다.

환상은 현실과의 분리 여하에 따라 '열린 환상' 과 '닫힌 환상' 으로 나누어진다. '열린 환상' 이 현실과 환상이 복합적으로 섞여 있어 경계가 모호한 것이라면, '닫힌 환상' 은 현실과 환상이 철저히 분리된 상태에서 이루어지는 환상을 말한다. '열린 환상' 이 환상과 현실을 끊임없이 중첩시키며 결국에는 현실을 향한 메시지를 담고 있는데 비해, '닫힌 환상' 은 환상을 보여주기 위해 현실을 벗어난다. 그러므로 닫힌 환상은 현실과의 직접적인 연관성은 거의 없는 것이 특징이다. 다음 시는 '열린 환상' 의 구조를 선명하게 드러내고 있다.

　　나는 내가 모든 학생인 그런 학교를 세울 수 있지. 쉰 살의 나와 예순 살의 내가 고무줄 양끝을 잡고, 열 살의 내가 고무줄 뛰기 하는 그런 학교. 이를테면 말이야. 지금의 내가 기저귀 찬 나에게 엄마 엄마 이리와 요것 보세요 말을 가르칠 수도 있고, 여중생인 나에게 생리대를 바르게 착용하는 법도 가르칠 수 있을 거야. 어쩌면 열 살인 내가 예순 살인 나에게 인생이란 하고 근엄하게 가르칠 수 있을지도 몰라. 또, 이를테면 말이야, 나는 또 내가 모두 등장인물인 그런 소설도 지을 수 있지. 실연당하고 미친 듯이 농약을 구해 온 열아홉 살 나와 네가 싫어 그랬다고 우리집 담을 도끼로 부수던 남자를 바라보는 스무 살의 내가 함께 나오는 그런 소설도 지을 수 있을 거야. 이런 소설은 어때? 열 살의 나와 예순 살의 나에게 겸상으로 우리 엄마가 밥상 차려주는 그런 소설. 결혼 전의 내가 공원에 앉은 지금 나의 뺨을 때리고, 일흔 살의 내가 뺨맞은 나를 위로해 주는 그런 소설 말이야.

　　　불 다 꺼진 한밤중의 공원 벤치
　　　나는 지금 가방을 열었어
　　　일 년 삼백육십오 일 하고도 곱하기 삼
　　　밥상 당번하는 것 지겨워 사춘기 소녀 식모처럼
　　　징징거리며 오늘밤 나는 가출했거든
　　　그런데 무심코 가방을 열자
　　　수많은 나와 가출해 주위를 떠는 내가 동시에 만나버린 거야
　　　　　　　　　— 김혜순, 「내가 모든 등장인물인 그런 소설 1」 부분

　　1연에 나오는 서로 다른 나이의 '나'들의 놀이는, '소설'이라고 표현

되는 환상에 속한다. 이 환상이 발생한 현실적인 근거는 2연에 있다. 현실에서 화자는 반복되는 주부로서의 일상이 지겨워서 가출해 공원 벤치에 앉아 있다. 그러나 이 시가 지향하는 현실은 가출이라는 현실적인 행위가 아니라 가부장제 하에서 주부 혹은 엄마라는 이름으로 강요되는 여성에 대한 억압의 역사와 그 현실이다. 환상 속에서 그녀가 보는 쉰 살의 나와 예순 살의 나, 밥상을 차려주는 엄마는 그러한 여성들의 자화상이다. 환상 속에서 '나' 들은 서로 위로하고 이해하며 문제의식과 갈등을 공유한다. 환상을 통해 현실을 비판하고 갈등의 구조와 해결책을 모색하려 하는 것이다.

이와 비교할 때, 1990년대 이후 모더니즘 시에서 현실은 대부분 지워져 있다. 대신 자유롭게 출몰하는 이미지와 동화에 가까운 이야기, 의미가 포착되지 않는 언어의 조합들이 시를 만들고 있다. 현실과 환상의 절대적 분리를 지향하는 '닫힌 환상' 에 해당하는 것이다. 이 시들에서 역시 환상은 은폐되어 있는 개인적이거나 집단적인 상처들을 드러내는 기능을 한다. 그러나 이들은 환상을 통하여 억눌려 있는 주체를 해방시키는 것이 아니라, 끊임없이 자신을 트라우마에 얽어매고 그러한 강박 상태를 시적인 원천으로 하려는 경향이 짙다. 환상은 자신을 드러내지 않기 위한 필사적인 몸부림처럼 보인다.

장례식이 몇 시였지요 곧 가야 해요 겟 백 겟 백 미치겠군 그 노래 좀 꺼주시겠어요 유리창의 무늬라도 가져갈래요 어쨌든 오 년 넘게 이 방에서 당신과 뒹굴었으니 시간이 흐른 뒤, 저 삐뚤삐뚤한 무늬들이 떠오르지 않으면 그만 죽고 싶겠죠 두시라고 했나요 그래요 그 손 좀 치워요 당신은 나를 한시도 내버려두지 않는군요

항상 부르는 사람 방문을 열 줄만 알았지 닫을 줄 모르는 사람 문틈으로
새어들어오는 빛이 내 눈을 얼마나 아프게 하는데 나는 여자예요 때로 방문
을 걸어 잠그고 작은 불을 켜고 한 계단, 한 계단, 눈썹이 참 짙군요 당신 아
당신 듣기 좋은 멜로디예요 귀를 자를까요 자르겠어요 꿈이겠죠 너무 멀리
가지 말아요 물고기는 싫어요 기르기 힘들죠 당신을 핥고 싶군요 개처럼 곧
이별이겠죠 그전에 당신을 떠날까 봐요 아니 떠나지 않겠어요 입술이 차갑
군요 당신 참 무서운 사람이에요 사랑할까요 사랑할래요 당신 차라리 죽어
버려요 아니 죽지 말아요, 계단을 내려서듯 더 많은 혼잣말을 통해서만 계
단 끝의 당신에게로 하는, 그래요 나는 상처투성이 여자 좀 까다로운 여자
입니다

— 황병승, 「그 여자의 장례식」 부분

최근 가장 각광을 받고 있는 새로운 시인의 시이다. 여기에 우리가 짐
작할 수 있는 현실은 없다. 이 시에서 환상이 가지는 문학적 의미를 찾을
수 있는 사람(비평가를 포함해서)은 많지 않다. 사실 이 시는 '의미적' 으
로 읽히는 것 자체를 거부하고 있다. 환상은 현실과의 긴장 관계를 상실
하고, 현실과 무관한 동화 속 이야기처럼 제시된다. 시를 읽는 독자들 역
시 이 시가 현실과 완전히 분리된 환상임을 알고 있으므로, 환상 이상의
다른 의미를 구하려 하지 않는다. 독자들은 오히려 편하게 시를 읽고 별
다른 부담 없이 그것을 잊어버릴 수 있다. 『반지의 제왕』 이나 『나니아 연
대기』 같은 판타지를 볼 때, 현실과 별다른 연관 없이도 충분히 재미있고
즐거울 수 있는 것과 마찬가지다.

이때 환상성은 현실의 억압과 부조리를 폭로하는 고유의 전복적인 기
능을 상실한다. 환상의 두 가지 측면—낯설음과 불편함을 제공함으로써
기존의 질서를 전복시키는 측면과 대리 만족을 통해 거짓 화해를 부추기

는 측면—중에서 비판적인 성격이 사라지고, 현실의 고통을 잠시 망각하게 하는 역할을 하게 되는 것이다. 환상성에 기댄 적지 않은 시들이 의외로 뿌리가 빈약해 보이는 것은, 환상이 종종 인위적으로 조작된 테크닉으로 사용되기 때문이다. 놀이를 위한 놀이가 금방 진력이 나듯이, 놀이를 위해 강박적으로 되풀이되는 환상은 지루하고 뻔한 것이 된다.

4. 갈등의 미해결성과 상호복제 현상

대부분의 환상이 어두움과 혼란스러움, 엽기적이거나 그로테스크하고 파괴적인 형태로 나타나며 해결되지 않는다는 것 역시 모더니즘 시의 특징이다. 위악적인 포즈들은 김언희를 비롯해서 김민정, 이민하, 고현정 등 여성 시인들의 시에서 더욱 빈번하게 나타난다. 이들은 '여성' 이라는 주변화된 성별에서 오는 억압과 상처들을 뒤틀린 가족 관계나 절단되고 훼손된 신체, 난무하는 폭력과 죽음 등 그로테스크하고 엽기적인 형태로 표현한다.

이리 온 내 딸아
네 두 눈이 어여쁘구나
먹음직스럽구나
요리 중엔
어린 양의 눈알요리가 일품이라더구나

잘 먹었다 착한 딸아
후벼 먹힌 눈구멍엔 금작화를
심어보고 싶구나 피고름이 질컥여

물 줄 필요 없으니, 거

좋잖니……

— 김언희, 「아버지의 자장가」 부분

김언희의 시에서 아버지는 권위와 남근의 상징으로서, 화자를 억압하고 착취하는 존재로 등장한다. 딸의 눈알을 파먹고 딸과 섹스하는 아버지의 형상은, 규칙과 제도라는 이름으로 자행되어온 이성의 폭력에 대항하는 도발적이고 전복적인 상상력의 발현이다. 이는 여성 일반으로서 겪는 불평등한 제도의 억압과 개인적인 트라우마를 결합함으로써 만들어진다. 그렇게 만들어진 고통과 갈등, 불화는 계속해서 반복되고 확산될 뿐 해결될 기미를 보이지 않는다.

이같은 사건의 미해결성은 모더니즘의 본연의 성격인 '현재성'과도 연관이 있다. 모더니즘은 본질적으로 '현재'의 문학이다. 그것은 이상적인 과거와는 단절되고 미래는 불확실하고 예측할 수 없는 데서 오는 불안과 고통으로 대변된다. 현재의 갈등은 과거의 유토피아로부터 분리된 데서 비롯되지만, 과거로 회귀함으로써 해결되는 것은 아니다. 선조적인 시간은 되돌릴 수 없으며, 과거와 현재, 미래는 단절되어 있다. 이러한 불연속성은 모더니즘을 존속시키는 가장 중요한 특징이다. 주체와 세계의 불화 역시 마찬가지이다. 모더니즘은 본래 비유기체적 세계관에 바탕하고 있다. 주체와 세계 사이에 교감은 성립되지 않고 유추와 상응 또한 불가능하다. 따라서 모더니즘 시가 주체와 세계와의 불화를 주제로 하는 것은 당연한 것이다. 만약 화해가 가능하다면, 모더니즘 시는 과도기적이고 한정된 것으로서 시효가 다하면 폐기되어 사라져 버릴 것이다. 그것이 내세우고자 하는 것은 고통과 갈등이 지속된다는 사실이며, 그것이 모더니즘 시를 의미 있게 한다.

　문제는 고통이 해결되지 않는다거나 해결하려는 노력이 보이지 않는다는 것이 아니라, 그것이 자기증식을 하면서 점점 타성화된다는 점이다. 이같은 현상이 반복될 때 고통은 놀이의 방법이 되고 자기 연민과 현실 도피를 정당화하는 방어막이 된다. 이는 병증의 원인을 규명하는 것을 회피하고 오히려 그것을 즐기는 새디즘적인 기벽을 드러내는 것일 뿐이다. 또한 더욱 중요한 사실은, 고통이 서로 다른 시인들에게서 상호 복제되며 그럼으로써 확대 생산된다는 점이다. 특히 최근의 젊은 시인들의 시에는, 뒤틀린 화법과 자기 분열적 상황의 전시, 환상이라는 이름으로 행해지는 기행과 엽기의 상상력이 유행처럼 만연해 있다. 그들의 시는 각각 개별적인 방식으로 자신의 트라우마를 드러내고 있지만, 한 걸음 물러선 자리에서 보면 엇비슷한 문제의식과 그만그만한 언술의 방식을 가지고 있다. 자신의 고통의 정체를 정직하게 들여다보려는 노력이 없다면, 그들의 시는 기교의 모사와 복제에 그치고 말 것이고, 그것은 또 다른 기교주의를 낳을 것이다.　　　　　　　　　　　　　　　　　　　　　　　(시와반시, 2006.가을)

2부

기억이 끝나는 지점과 환상이 시작되는 지점

최정례

　최정례의 시는 시간의 시이다. 그녀는 시간을 고무줄같이 자유자재로 늘였다 줄였다 하며, 한정된 시간이 보여줄 수 있는 환상의 최대치를 보여준다. 순두부를 먹는 십오 분이 채 못 되는 시간(「보푸라기들」), 게 눈을 바람이 때리는 찰나(「게 눈 때리러」), 혹은 3분 동안(「3분 동안」), 그녀는 그리고 그녀의 시는 세포가 되었다가, 버러지가 되었다가, 티끌이 되었다가, 전혀 다른 생을 산다. 그녀 자신이 '착란의 순간'이라고 표현하는 이 짧은 시간은 그녀의 시가 시작되고 끝나는 시간이다. 최정례의 시에서 시간의 길이를 조절하는 기제는 기억과 환상이다. 현실의 어느 한 순간 찾아든 기억은 시간을 머언 과거로 돌려놓고, 환상은 이성적인 논리로는 설명할 수 없는 무한의 시공간으로 독자를 이끈다. 한마디로 그녀의 시는 지금 이곳의 시간에서 '언젠가의 생'으로 넘어가는 경계에 있다.

　먼저, 기억. 최정례 시의 특징은 착란의 순간이 비교적 뚜렷하다는 것이다. 말하자면 시인이 어떤 계기를 통해 환상으로 들어가게 되는지 그

접점을 가늠하기가 용이하다는 것이다. 현실에서 시작한 그녀의 시는 잠시 동안의 환상을 겪고 다시 현실로 회귀하는, 현실 → 환상 → 현실의 순환구조를 취하고 있다. 시적 화자는 현실에 있되 시의 내용은 환상에 포인트를 두는 일종의 액자적인 구성인 셈이다. 액자 안에 전개되는 환상이 시인 자신의 개인적인 경험이나 가정사와 연관될 때, 그것은 환상이라기보다는 실제 사실에 근거한 추억에 가까와진다. 예를 들어 「기차, 바퀴, 아버지」에서 방 가운데 누워있는 기차가 아버지이고, 「바람결에」에서 주전자를 들고 막걸리 심부름을 가는 여자아이가 시인의 유년의 모습일 것이라는 점은 쉽게 짐작되고도 남는 일이다. 이 때 액자 속의 환상은 그녀의 어린 시절과 연결된 의미 맥락 속에서의 정신의 방치이다.

　　엄밀한 의미로 본다면 그것은 환상이 아니라 베르그송이 말하는 '무의식적인 기억' 혹은 '순수기억'이다. 무의식적 기억은 정신이 이완된 상태에서 현재의 어떤 감각이 계기가 되어 표면으로 떠오른다. 우리의 삶에서 무의식적 기억이 되살아나는 순간은, '자기의 생에 무관심해졌을 경우'이다. 잠을 잘 때 꿈 속에서 잊혀진 기억들과 마주하게 되듯이, 무의식적 기억은 정신의 '나태'한 상태 혹은 '放心 상태'에서 되살려진다. 기차를 타고 가거나(「먼 지붕」), 잠을 자거나(「붉은 구슬」), 매미 소리를 듣는(「바람결에」) 행위는, 모두 일상의 시간에서 일탈한다는 공통점을 가지고 있다. 매일매일 반복되는 일상적인 생활에서 벗어나 잠시 정신이 한가로와질 때, 그것이 바로 무의식적 기억이 찾아드는 시점이다.

　　기차가 서서히 역을 떠나
　　첫숨을 몰아쉬는 언덕배기
　　거기서 보았다

판자와 비닐로 기운 누더기 지붕
울타리 대신 살구나무를 둘러 세운 집

벌판 가운데로
어떻게 우리집이 걸어가 피어난 것일까
휩쓸려 날리다 떨어져서
돋아난 버섯처럼 엎드려서

어서 일어나라 밥 먹고 학교 가야지
비 구름 몰려온다 빨래 걷어라
식구들 목소리
흩어지고 사라지는 안개에 덮이고

우리집 한때 雷雨에 기진했었다
들판의 바람 속에서
발자국을 지우고 길들을 흐려놓고

그 집 몸뚱이 속에 심장처럼 뛰고 있는데
살구꽃을 저녁 불빛처럼 매달고
벌판에 느닷없이 돋아났는데

그냥 지나치고 있었다
잊은 듯이

—「먼 지붕」 전문

　기차를 타고 가는 행위는 목적에 상관없이 그것 자체가 일상에서 놓여 남을 의미한다. 자신이 생활하는 공간에서 벗어나 다른 공간으로 이동하는 것은 그 자체가 현실 논리의 정지이며 일탈이다. 즉 무의식적 기억이 틈입할 수 있는 방심상태인 것이다. 시인은 기차를 타고 가다가 언덕배기를 지날 즈음, 어린 시절에 살던 집 생각을 한다. 아니, 언덕배기를 지날 즈음에 무의식의 창고 안에 쌓여있던 과거의 기억들이 갑자기 시인의 머릿속에 떠오른다. 밥 먹고 학교 가라는 소리, 빨래 걷으라는 소리가 울려 퍼지던 추억 속의 그 집, ‘뇌우’로 표현되는 불행을 함께 겪었던 식구들……. 그것들을 불러온 계기는 ‘기차가 지나는 길에 있는 언덕’이라는 현실적인 장소이다. 마들렌 과자가 프루스트에게 콩브레의 기억을 불러 왔듯이, 기차길 옆의 언덕은 최정례의 머릿속에 어린 시절 살았던 집에 대한 기억을 불러들인다. 의지와는 무관하게 찾아든 그것은, 그녀의 삶을 잠시 과거의 한 순간으로 돌려놓는다. 유년의 기억에 바탕한 대부분의 시들은 이와 유사한 과정을 거쳐 쓰여지고 있다. 이 경우 액자 속에 있는 것은 환상이라기보다 어릴 적의 추억이 스며 있는 빛바랜 사진과 같다.

　그러나 추억의 순간은 이내 현실로 되돌려진다. 방심했던 의식이 다시 깨어나면서 무의식적인 기억의 통로를 봉쇄하기 때문이다. 의식이 개입하면서 기억은 다시 과거 속으로 돌려지고, ‘나’는 과거를 바라보는 현실의 자리로 되돌아온다. 현실에서 시작해서 현실로 되돌아오는 순환구조는 의식이 개입한 결과이다. 그녀의 시에서 현실과 환상의 경계가 비교적 선명한 것은 그녀 자신이 환상으로 빠져들어가는 순간을 정확히 알고 있다는 것이고, 돌아나오는 출구 역시 예상하고 있음을 뜻한다. 다른 말로 하면, 이는 주체의 의지가 견고해서 환상 속의 자아까지를 지배하고 있다는 것이다.

　그녀는 곳곳에서 자신의 생이 자신만의 것이 아님을 감지하고 있지만,

그 소리는 종종 현실적인 '나'의 목소리를 넘어서지 못한다. 일례로 그녀
는 한 늙은 여자에게서 자신의 모습을 보지만 그 늙은 여자의 생과 그녀
의 생은 섞이어 융합되지는 못한다(「늙은 여자」). 그녀가 늙은 여자에게
서 발견하는 동질성이란, 늙은 여자 역시 한때는 아기였고 청춘이었던 시
절이 있었으며, 자신 역시 시간이 흐르면 저 여자처럼 늙을 것이라는 일
반적인 생각을 넘지 않는다. 중심은 여전히 시를 쓰는 주체인 '나'에 있
고, '늙은 여자'는 '나'가 바라보는 대상일 뿐이다. 주체끼리의 몸 바꿈은
이루어지지 않는다. 그녀의 시가 현실로 돌아와서 마감되는 것 역시 이런
맥락에서 설명될 수 있을 것이다.

그러나 그녀가 돌아오는 현실은 또 어떤가? 그녀의 시에는 일상 생활
속의 '나'(두 아이의 엄마, 한 가정의 주부, 한 남자의 아내 등)의 모습은
거의 드러나지 않지만, '나'를 둘러싼 현실에 대한 인식은 일관되게 나타
나 있다.

　　그는 밖에 있고
　　나는 안에 있다
　　깜깜하다
　　문은 없다
　　쟁쟁 울리는 망치 소리
　　아무도 듣지 못한다

　　그는 안에 있고
　　나는 밖에 있다
　　얼마나 오랫동안
　　부리 하나로

깜깜한 방을 두들겼는지

돌 속에 깃털
돌 속에 부리와 까만 눈
돌 속에 울음 소리
듣지 못한다
날아간다

저기 까만 점처럼
새들이 무리지어 날아간다
누가 던진 돌들이

—「돌 속에 새」 전문

현실은 의사소통이 완전히 단절된 곳이다. 내가 안에 있으면 그는 밖에 있고, 내가 밖에 있으면 그는 안에 있다. 어둠 속에서 헤아릴 수 없는 시간 동안을 부리로 두들긴다 해도 아무도 듣지 않고, 문은 애초부터 없다. 사람들은 각각 돌 속에 갇혀 있지만, 누구도 서로를 알아보지 못한다. 타인의 삶은 쉽게 던져지는 돌멩이같이 무관심한 것이다. 이런 현실에서 삶은 오직 추락하는 것이다. 오직 사랑하는 자만이 날아오를 수 있는데, 아무도 날 수 없다는 것(「비행기 떴다 비행기 사라졌다」)이야말로 현실의 상황을 가장 적확하게 표현한 것이다. 누군가를 사랑한다는 것, 누군가와 의사소통을 할 수 있는 가능성은 애초부터 없다.

그러한 시인의 현재 정황은 암담하다. '깜깜하고 좁고 아득한 길'(「꽃」), '어두운 골목', '처음 가본 곳' (「비행기 떴다 비행기 사라졌다」) 등은 시인의 어두운 내면을 반영한 표현들이다. 이 암담함은 시 쓰기에 대한 고통스러운 질문을 보여주는 것이기도 하다. 그녀에게 있어 시를 쓰는 행위는 마치 내려가고, 올라가고, 온갖 방향으로 흔들리다가 어느 길목에서 누군가에게 쫓겨 죽도록 달려가는 모양과 흡사하다("깜깜하고 좁고 아득한 길을 찾아/ 색깔의 폭도들이 몰려오면/ 빨강에게 보라에게 껌정에게/ 쫓겨다니라구?" ―「꽃」). 끊임없이 다가가보려 했지만, 여전히 아주 먼 곳에 있는 '웅크린 돌멩이', 그것이 그녀가 생각하는 시이다.

환상은 이처럼 출구가 막혀버린 현실에 부딪칠 때 피어난다. 그러나 그것은 현실을 외면하거나 그것에서 도피하는 수단으로 만들어지는 것이 아니라 자연스럽게 열리는 것이다. 그녀의 눈에 비치는 모든 대상과 사건, 상황은 단지 눈앞에 있는 그것만이 아니라 그것이 아닌 다른 것을 감추고 있는 것들로서 기능한다. 모든 것은 동시에 모든 것이 아니다. 현실적인 자아가 이성의 통제를 잠깐 풀어놓는 짧은 시간 동안의 환상 혹은 착란의 경험이 한 편의 시가 된다.

교복을 입고 있었다 엎드려 울고 있었다 내 이름은 이홍주라고 했고 고3이었다 미닫이 문 저쪽엔 어린 동생이 죽어 누워 있었다 방 하나에 부엌이 딸린 집 문을 열면 연탄 아궁이가 보이고 아궁이 옆에 신발을 벗어놓고 쪽마루를 디뎌야 방으로 들어갈 수 있었다 방문은 닫혀 있고 찬 바닥에 얼굴을 대고 흐느껴 울었다 울음소리에 흔들려 깨어났다

매일 지나다니는 길 옆에는 파출소가 있다 파출소 앞에 갑자기 모란이 한 무더기 매달렸다 차들이 지날 때마다 모란 꽃송이가 부르르 떨었다 곧 먼지에 덮였다 졌다

―「붉은 구슬」 부분

찬 바닥에 얼굴을 대고 울고 있는 이홍주는 시인의 꿈 속 퍼스나이다. 그러나 현실적으로는 아무 연관도 없는 이홍주라는 '나'는 너무 생생해서 현실이 꿈인지, 꿈이 현실인지 분간이 되지 않는다. 그 후 시인은 파출소 앞에 있는 모란나무가 꽃이 피고 먼지에 덮여 떨어지는 것을 예사롭지 않게 보게 된다. 그것은 현실이라고 생각했던 삶이 붉은 구슬 속에 갇힌 것 같고, 꿈 속의 현실이 오히려 더 현실 같은, 도착된 경험이다. 이 '언젠가의 생'에 대한 느낌은 논리적으로는 설명할 수 없는 것이다. 마치 자신이 알지 못하는 어느 세계에 살았던 듯한 느낌. 그녀는 황사바람에서 먼 곳에 있는 집의 아이들의 웃음소리와 아내의 살빛, 부엌의 숟가락까지를 듣고 보기도 하고(「황사」), 환상 속에서 바다로 떠내려가 용암이 굳어진 모자상으로 남은 폼페이 여인의 몸이 되기도 한다(「여기는 어디」). 이들 시에서 시인은 시공간이 다른 타자의 몸 안으로 들어가 그 몸을 산다.

트럭이 프라스틱통 400개를 싣고 간다구
버스가 손잡이에 매달린 사람들을 싣고 간다구

나는 죽었다구
죽어 몸을 잃고 떠다니는데
아무도 알아채지 못한다구

저 지붕들 더럽게 흘러가는 강들 한없는 구름들
잊을 수 없는 차가운 가위들 핀셋들 약냄새
주사바늘 차갑게 부딪는 소리 신음들 발소리

트럭이 프라스틱통 400개를 싣고 간다구

나무토막을 빈 상자를 석유를 가스를 싣고 가는데

나는 죽었다구 나는 몸을 잃어 흘러간다구

헛간의 한구석에는 빈 병이 있구 쓰러져 있구
시큼한 술냄새 같은 게 아직 남아 있구
죽은 내가 그리루 간다구 가서 눕는다구

—「흘러가다」 부분

시인의 시선은 마치 전지적 작가처럼 모든 것을 들여다보고 내려다보는 자유로운 위치에 있다. 약을 먹고 죽은 이의 영혼인 듯한 화자의 목소리는 트럭에 실려가는 플라스틱통과 구름과 지붕과 강을 보고, 콩을 까는 여자와 둘러앉은 아이들의 식탁 주위를 배회한다. 그러나 아무도 알아보지 못한다. 다만 '나'만이 '나'의 존재를 알고 있을 뿐이다. 이 '나'는 현실의 나가 아닌 '또 다른 나', 자신도 잘 모르는 'the others'이다. 〈식스센스〉나 〈디아더스〉에 그려지는 죽은 '나'를 연상시키는 이 기묘한 목소리들은, 현실적이고 이성적인 자아의 통제를 완전히 풀어놓은 상태에서 자유롭게 떠다닌다. 죽음과 삶을 중첩시키는 이러한 시들은 『붉은 밤』에서 발견되는 독특한 특징이다.

이러한 중첩성은 「햇빛 속에 호랑이」에서 이미 선을 보인 바 있다. 이 시에서 그녀는 신호등에 빨간 불이 들어온 몇 분 동안, 빨간 신호등과 호랑이 눈깔, 뜨거운 햇빛을 한데 연결시키며 증조할머니와 할머니, 어머니, 자신으로 이어지는 여성의 삶의 중첩성을 치밀하게 짜낸 바 있다. 환상 속에서 그녀의 삶은 조상인 할머니의 삶과 연결되며 얽이어 간다("햇빛은 광광 내리퍼붓고/ 아스팔트 너무나 고요한 비명 속에서// 노려보고 있었던 거라, 증조할머니 비탈밭에서 호랑이를 만나, 결국 집안을 일으킨 건 여자들인 거라, 머리가 지글거리고 돌밭이 지글거리고, 호랑이 눈깔 타들어가다 못해 슬몃 되돌아 가버렸던 거라, 그래 전재산이었던 엇송아 지를 지켰고, 할머니 눈물 돌밭에 굴러 싹이 나고 잎이 나고// 그러다가 떡 하나 주면 안 잡아먹지 하는/ 식의 호랑이를 만난 것이라/ 신호등을 아 무리 노려봐도 꽉 막혀서" ―「햇빛 속에 호랑이」).

이와 비교한다면, 「흘러가다」나 「붉은 구슬」 같은 시들은 구성적인 치 밀함이 희석된 대신 인위적인 조작의 느낌이 사라지고 시인의 목소리가 한결 자유로와졌음을 볼 수 있다. 「햇빛 속에 호랑이」가 이성적인 계산 하 에 치밀하게 엮어진 것이라면, 「흘러가다」, 「붉은 구슬」의 중첩성은 시간 과 공간, 삶과 죽음의 경계까지를 가볍게 뛰어넘음으로써 훨씬 자유롭고 풍부한 환상의 세계를 열어보이고 있다. 그런 면에서 이 시들은 이전 시 집에 실린 「끈」이나 「끝장면」의 연속선상에 놓여 있다.

그녀의 시는 이제 현실에서 촉발된 무의식적 기억과 현실을 넘어서는 환상 사이의 경계에 놓여 있다. 그녀의 환상이 열리는 지점, 그 곳은 '붉 은 밭이다. 기차를 타고 가다 본 그 곳, 풀 한 포기 없는, 팍팍한 유년을 떠 올리게 하는 그곳. 상처이면서 동시에 원형인 그곳. 환상은 그곳에서 들 판과 나무와 길을 순간에 환히 밝히던 천둥번개처럼, 짧은 순간에 강렬하 게 피어난다. "착란의 순간은 짧고 거의 모든 시간 동안 돌멩이는 땅바닥 에 팽개쳐져 나뒹군다."(「시인의 말」 중에서) 나뒹구는 돌멩이를 날아오 르게 하는 힘은, 결국 환상이 아닐까.   (파라 21, 2003. 가을)

문정희

문정희의 시는 한마디로 '당당하다'. 진솔하고 전면적인 그녀의 시는 읽는 사람의 마음을 후련하게 하는 매력이 있다. 이러한 특징은 그녀의 시가 가지고 있는 페미니즘적인 성격에 바탕을 두고 있다. 당당한 그녀의 시는 가장 여성적이고 가장 모성적이며 나아가 가장 자연적이다. 아니, 더 정확하게 표현하자면 '가장 여성적이고 가장 모성적이며 가장 자연적인 그녀의 시는 당당하다.' 라고 해야 옳을 것이다.

그녀의 시에는 여성/몸/자연이 있고, 그 대립항에 남성/이성(정신)/문명이 있다. 이 대립쌍만으로 본다면, 그녀의 시는 '여성=모성=자연' 이라는 공식을 바탕으로 하는 여타의 여성시와 별반 다르지 않을 것이다. 그러나 그녀의 시는 분명히 다른 여성시들과 구별된다. 그것은 여성성을 전제로 하는 것이 아니라, 여성성으로 귀결된다. 전면적임 혹은 당당함이라고 부를 수 있는 그녀 시의 여성성은 삶의 경험을 통해 스스로 체득되는 것이다.

그녀는 시로써 세상일을 예단하는 것이 아니라 차라리 한 발 늦추어 가는 쪽을 택한다. 이러한 시 쓰기 방식으로 보면, 그녀의 시가 뒤늦게(?) 페미니즘적인 성향으로 선회하는 것은 당연한 것일 수도 있다. 그러한 시적 변화는 갑작스러운 것이 아니라 그녀의 생활 속에서 서서히 그리고 찬찬히 준비되어오고 있었던 것이다. 유행과는 무관하게 자신의 길을 묵묵히 가고 있던 그녀의 시가 '여성성'이라는 코드를 발견할 때, 그녀의 시는 마치 물을 만난 고기처럼 활달하고 거침없어진다. 그것은 남보다 한 발 늦추어가는 시간 동안, 시인이 겪은 삶의 경험에 바탕을 둔 자유로움이요 힘이다.

그녀의 시에서 여성은 가부장제 하에서 억압당하고 소외된 존재들이다. 그들은 남성과 똑같이 교육을 받고 대학 입시에 당당히 합격을 해도, 결국 "크고 넓은 세상에 끼지 못하고 부엌과 안방에 갇혀"(「그 많던 여학생들은 어디로 갔는가」) 지내는 신세로 전락한다. 남자들이 밖에서 정치와 문화를 논할 때, 여자들은 가스불 앞에서 곰국을 끓이고 집안을 청소하고, 아이들을 키운다. 꿈과 희망으로 넘치는 재주 많던 여학생은 사라지고, 남자 뒤에서 뒤치다꺼리를 도맡아하는 헌신의 의무를 짊어진 주부만이 남는 것이다.

그들의 몸 역시 일방적인 성욕의 대상이거나 남자들의 아이를 출산하는 기관으로 인식된다. 남녀간의 성은 상호적이지 않고 아이를 낳는 수단적인 과정에 불과하다. 아이를 낳는다는 것은 또 어떤가. 임신과 출산은 한 생명의 탄생이 다른 생명(여성)의 삶을 억압하는 모순을 낳는다. 설령 각고의 노력 끝에 남성중심의 사회에 진출해서 일을 한다고 하더라도, '처녀'와 '아줌마' 사이에는 또 다른 차별이 생겨난다. 아이를 낳은 여성들은 사회적 지위를 반납하기를 요구받거나 '아줌마'에게 가해지는 다양한 형태의 모욕과 무시를 참고 견뎌내야 한다. 육아는 여성에게 주어진 당연한 의무이고, 육아와 일을 동시에 하고자 하는 여성들은 사회적인 냉대를 달게 받아야 한다. 결국 임신과 출산은 여성을 사회로부터 도태시키고 가정과 자식이라는 명목으로 굴종의 삶을 강요하는 굴레인 것이다.

주목할 것은, 이러한 왜곡과 소외가 발생하는 공간이 도시라는 점이다. 문명/인공/도시는 여성을 억압하는 공간적인 상징이다. 그곳은 가부장제의 억압이 문명의 이기와 결합하여 새로운 소외를 낳는 곳이다. 여성들은 아파트라는 폐쇄된 공간의 한켠에서 편리를 내세운 가정용품들에 둘러싸여 '옛날보다 나은' 가사노동의 환경에 감사하며 다시 누군가를 위해 봉사해야 한다("하얀 밀가루 한 줌이 싱싱한 기름바다에서/ 잠시 파득이고 나면/ 달덩이 도넛으로 떠오르는 부엌은/ 꿈같은 마술의 공간이었다. / 냄새나는 양파와 피흐르는 고깃덩이도 / 그곳에만 들어가면 뚝딱 불고기가 되는 곳/ 부엌은 신비하고 신성한 손이 살고 있는/ 마술어머니의 밀실이었다./ 그러나 나는 알았다. 그곳은/ 마술어머니가 아니라 한 여자가/ 뜻도 모른 채 갇히는 천년 습관의 동굴임을. / 그녀가 식칼로 고기를 자르는 동안/ 그녀의 젊음도 함께 잘려 나가고/ 그녀가 믹서로 야채를 가는 동안/ 그녀의 싱싱함도 함께 갈아진다는 것을. / 그리고 그녀가 밥풀 묻은 식기를 닦고 있을 때/ 남자들은 느긋이 차를 몰고 나가/ 자유와 정의와 평등을 의논하고/ 그녀가 시퍼런 가스불로 딸기쨈을 만드는 동안/ 남자들은 핵폭탄 실험을 토의하면서/ 세계 뉴스의 1면 톱을 장식한다는 것을." ─문정희, 「다시 부엌노래」).

문정희는 이같은 왜곡된 현상이 자연스러운 본성을 망각한 데서 온 것이라고 생각한다. 인위적인 제도와 관습이 개입하기 이전의 사회에서 남성과 여성은 동등한 권리와 자격을 가진 양성이다. 그들간에 이루어지는 성적 결합 역시 '씨름' 에 비유되는, 동등하고 상호적인 것이다. 즉 그것은 왜곡된 성적 욕망에 의한 일방적인 행위가 아니라 동등한 양성 사이에서 행해지는 건강한 놀이와도 같은 것이다("해마다 튼튼한 보리를 기르고/ 산돼지 같은 남자와 씨름하듯 사랑을 하여/ 알토란 아이를 낳아 젖을 물리는/ 탐스런 여자의 허리 속에 살아있는 불" —「몸이 큰 여자」).

임신과 출산은 그 과정에서 이루어지는, 자연스럽고도 자랑스러운 것이다. 생명의 잉태와 출산은 숭고한 것이고, 다산은 곧 공동체의 풍요로움이며 대지의 풍요로움이 된다. 그 원시적인 생명의 건강성이야말로 가장 본성에 가까운 생활이다. 자신의 본성을 그대로 드러내는 '자연'으로서의 여성은 대지와 생명, 모든 것들과 더불어 소통하는, 자연스럽고 편안한 생기로운 삶을 대표한다.

가을이 오기 전
뽀뿔라로 갈까
돌마다 태양의 얼굴을 새겨놓고
햇살에도 피가 도는 마야의 여자가 되어
검은 머리 길게 땋아내리고
생긴 대로 끝없이 아이를 낳아볼까
풍성한 다산의 여자들이
초록의 밀림 속에서 죄 없이 천년의 대지가 되는
뽀뿔라로 가서
야자잎에 돌을 얹어 둥지 하나 틀고
나도 밤마다 쑥쑥 아이를 배고
해마다 쑥쑥 아이를 낳아야지

—「머리 감는 여자」 부분

그녀의 최근 시에서 중요한 소재로 등장하는 자연은 이러한 맥락에서 설명될 수 있다. 자연은 여성의 가장 강력한 후원자인 어머니가 있는 공간이다. 그곳은 자연과 모성과 여성이 행복하게 어우러지는 공간이다. 어머니는 그 조화로움을 관장하고 완성했던, 가장 중요한 요인이다. 그녀가 있음으로 인해 보잘것없는 집은 궁궐이 되고 평범한 여자아이는 공주가 될 수 있는 것이다("작은 옹기만한 내 뒤를/ 엄마가 쑥잎으로 닦아줄 때면/ 쑥 향기 사방에 퍼져/ 으스스한 측간 도깨비들 꼼짝 못하던/ 시골 공주의 행차/ 대나무 숲 속 작은 황토 궁전에/ 하루에도 두어 번/ 이런 소름 돋게 아름다운 행차가 있었지" ―「그리운 도깨비」).

어머니의 삶에 대한 인식의 변화는 그녀의 시에서 가장 아름답고 독특하게 개성화되어 있는 부분이다. 일차적으로 어머니는 '무엇을 세우려고 고통하지 않고 맘껏 무너져내리는' (「분수」) 헌신적인 존재로 나타난다. 여성에게 있어 어머니는 가장 든든하고 한결같은 후원자이지만, 가장 벗어나고 싶은 애증의 대상이기도 하다. 어머니와 다른 삶을 살기 위해, 딸들은 책을 사고 공부를 하고 그럼으로써 어머니와 다른 미래를 꿈꾼다(사실 그것은 딸을 통해 어머니가 꾸는 꿈이기도 하다. 어머니들은 자신의 딸들이 어떤 방식으로든지 자신보다 나은 삶을 살기를 원하기 때문이다. 설령 그 방식이 어머니인 자신의 삶을 부정하는 것일 때조차 말이다). 그러나 과연 그럴까? 문정희는 그러한 자신의 욕심이 이성/남성 중심적인 사회의 잣대에 자신을 맞추고자 하는 가식과 허영일 뿐이었음을 고백한다. 그것은 결국 "검은 활자를 갉아먹고/ 홀로 꿈틀거리며/ 집 한 채도 짓지 못하는 책벌레" (「벌레를 꿈꾸며」)를 닮아감으로써 남성들의 사회에 편입되기를 갈망하는 소극적이고 노예적인 방식이라는 것을 깨닫고 있는 것이다.

이러한 자기반성을 통해 그녀는 어머니로 대표되는 옛날 여자들의 삶을 이해하고 긍정하게 된다. 그녀들은 인고와 소외의 세월을 견디며 살수밖에 없었던 수동적인 존재가 아니라, 자신의 삶을 주체적으로 살아낸 강인한 존재로 새롭게 인식된다.

> 일찍이 어머니가 나를 바다에 데려간 것은
> 소금기 많은 푸른 물을 보여주기 위해서가 아니었다
> 바다가 뿌리 뽑혀 밀려 나간 후
> 꿈틀거리는 검은 뻘 밭 때문이었다
> 뻘 밭에 위험을 무릅쓰고 퍼덕거리는 것들
> 숨쉬고 사는 것들의 힘을 보여주고 싶었던 거다
> 먹이를 건지기 위해서는
> 사람들은 왜 무릎을 꺾는 것일까
> 깊게 허리를 굽혀야만 할까
> 생명이 사는 곳은 왜 저토록 쓸쓸한 맨살일까
> 일찍이 어머니가 나를 바다에 데려간 것은
> 저 무위한 해조음을 들려주기 위해서가 아니었다
> 물위에 집을 짓는 새들과
> 각혈하듯 노을을 내뿜는 포구를 배경으로
> 성자처럼 뻘 밭에 고개를 숙이고
> 먹이를 건지는
> 슬프고 경건한 손을 보여주기 위해서였다

—「율포의 기억」 전문

어머니가 어린 '나'에게 보여준 것은 생명의 힘과 노동의 신성함이다. 살아간다는 것은 무릎을 꺾고 깊게 허리를 굽혀 먹을 것을 찾아야 하는 지난한 과정임에 분명하다. 그러나 그것은 굴욕이 아니라 생명 있는 것들에게 주어진 삶의 당연한 법칙이다. 자신의 희생과 노력 없이는 아무 것도 얻을 수 없다는 것만큼 공평무사한 진리가 또 있을까. 어머니는 몸으로 터득한 이 삶의 진리를 생활로 깨우쳐주었던 것이다.

건강한 노동과 강인한 생명력을 가진 어머니는 '집집마다 신을 보낼 수 없어' 신 대신 보내진, 살아있는 신(神)과 같은 존재로 격상된다(「찬밥」). 어머니의 삶은 더 이상 한스럽고 수동적인 것이 아니라 당당하고 적극적인 가장 자연스러운 것으로 인식된다. 여기서 페미니즘은 당당하고 너그러우며 강력한 힘의 발현이라는 적극적인 의미를 가지게 된다. 그녀의 시가 당당할 수 있는 것은, 어머니의 삶에 대한 강력한 지지와 확신에서 오는 자기 정체성의 발견에 뿌리를 두고 있는 것이다.

이러한 깨달음을 바탕으로 한 그녀의 시들은 한결 여유롭고 편안해보인다. 그녀는 이제 남성 대 여성, 젊음 대 노쇠라는 날선 이분법에 개의치 않는다. 남성은 이제 적이 아니라 동반자이며, 여성과 똑같은 가부장제의 피해자로 인식된다. 죽어라고 일해서 돈을 벌고, 주말에는 그 중 얼마간을 부의금으로 냄으로써 체면치레를 하는(「우리들의 주말」) 그들 역시 원치 않았던 삶을 살아가기는 마찬가지다. 그녀는 자신의 남편을 "끌려온 맹수처럼 내가 만든 우리 주위를 빙빙 도는 남자"(「평화로운 풍경」)라고 표현한다. 남성은 나와 적대적인 관계에 있는 듯 하면서도 더불어 살 수밖에 없는 존재들이고, 그러면서 상처를 나누어 갖는 동반자이다("그러고 보니 밥을 나와 함께/ 가장 많이 먹는 남자/ 전쟁을 가장 많이 가르쳐준 남자"—「남편」). 그들은 적이 아니라 여성에 의해 인정받고 사랑받기를 원하는 단순하고 나약한 존재들인 것이다. 그러한 세상의 남자들을 바라보는 문정희의 시선은 오히려 연민에 가득 차 있다("오빠로 불리워지고 싶어 안달이던/ 그 마음을/ 어찌 나물 캐듯 캐내어 주지 않을 수 있으랴// 오빠! 이렇게 불러주고 나면/ 세상엔 모든 짐승이 사라지고/ 헐떡임이 사라지고// 오히려 두둑한 지갑을 송두리째 들고 와/ 비단구두 사주고 싶어 가슴 설레는/ 오빠들이 사방에 있음을/ 나 이제 용케도 알아버렸다.”—「오빠」).

　나이들어감에 대한 생각 역시 편안하고 자연스럽다. 시간은 나의 몸을 비로소 ‘나’에게로 되돌려준다. 한창의 나이에는 남자들을 설레게 하고, 아이를 낳고 나서는 그들에게 젖을 물리는 것으로 역할을 다했던 유방은 찌그러져 흉한 외양으로 나에게 돌아온다(「유방」). 현실적인 필요와 매력을 상실한 축 늘어진 유방. 거기에 있을지 모르는 근종의 덩어리를 찾아내려고 차가운 기계 앞에 서서, 그녀는 비로소 그 ‘보잘 것 없는’ 것이 자신의 것이었음을 깨닫는 것이다. 그것은 난생 처음 외부 시선의 개입 없이 들여다본 자연인으로서의 ‘나’의 모습이다. 누군가에게 잘 보이기 위해, 누군가에게 먹이기 위해 존재하는 것이 아닌, 태어난 그대로의 ‘나’의 모습. 그것이 자신의 원래의 모습이었음을 발견하면서, 그녀는 오히려 자유롭고 편안해진다.

　삶은 아름답고 고귀한 것만이 아니라, 위선과 가면이 섞이고 그늘도 적당히 섞인, 때묻고 너절한 것이다. 지나보면 가진 것보다 흘려보낸 것이 더 많은 날들이지만(「손의 고백」), 그녀는 그 얽히고설킨 시간들에 대해 연민과 동의를 표한다. 그것은 자신을 둘러싼 내외부적인 질곡에서 벗어난 자유로움과 세상을 향한 자신감의 표현이다. 스스로가 스스로를 오롯이 떠받치고 있는 느낌, 내가 비로소 전면적으로 ‘나’인 느낌, 거기서 펼쳐지는 무한한 자유를 온몸으로 받아들이며, 그녀의 시는 무한히 광대한 세계로 막 들어서고 있다.

　다가서지 마라

눈과 코는 벌써 돌아가고

마지막 흔적만 남은 석불 한 분

지금 막 완성을 꾀하고 있다

부처를 버리고

다시 돌이 되고 있다

어느 인연의 시간이

눈과 코를 새긴 후

여기는 천년 인각사 뜨락

부처의 감옥은 깊고 성스러웠다

다시 한 송이 돌로 돌아가는

자연 앞에

시간은 아무 데도 없다

부질없이 두 손 모으지 마라

완성이라는 말도

다만 저 멀리 비켜서거라

—「돌아가는 길」 전문
(시와시학, 2004. 여름)

생산과 불모의 장, 낳는 몸과 가두는 몸

이선영

아이를 낳는 여성의 몸은 생산적이다. 자신을 내어주고 다른 생명체를 완성시키는 일, 그 일은 생산적이고 또 자기희생적이다. 여성은 자신의 몸 안에 아이를 키우면서, 자신의 몸이 자신의 것만이 아님을 깨닫게 된다. 태아의 발달 단계에 따라 변화하는 몸과 나날이 공처럼 부풀어오르는 배. 열 달 동안 여성들은 자신의 몸이 자신이 아닌 것에 의해 완전히 지배당하는 물질적인 경험을 하게 된다. 모성애는 그러한 열 달 동안의 몸의 기억에서 자연스럽게 만들어진다. '나'가 아니면서 '나' 안에 자라고 있는 존재에 대한 자연스러운 애정과 집착. 그렇게 본다면 '내 배 아파 낳은 내 자식'이라는 말만큼, 모성애의 본질을 적확하게 꿰뚫고 있는 말도 없을 것이다. 그런 면에서 모성으로서의 여성성은 자연스럽고 물질적인 본성이다.

그러나 또한 여성의 몸은 불모와 황폐의 장소이다. 여성은 자신의 몸 안에 다른 생명을 키우게 된다는 사실을 놀라움과 환멸과 함께 배운다. 여자아이들에게, 나의 몸이 다른 생명의 탄생을 위한 준비를 하고 있다는 것은 경이롭고 축복받은 일이라기보다는 불편하고 수치스러운 일이다. 자신의 의지와는 무관하게 주어진 임신과 출산이라는 의무를 다하기 위해, 여성들은 한달에 한번씩 몸을 열어 몸 안의 죽은 세포들을 밖으로 내보내야 한다(여성의 생리 현상을 '마술에 걸린다' 고 표현하는 것은 얼마나 남성적이고 자본주의적인 말장난인가!). 또한 몸이 항상 생명을 잉태할 준비가 되어 있다는 것은 아이들에게 막연한 불안과 피해의식을 심는다. 얼마나 많은 여자아이들이 엄마로부터 '여자는 잘 익은 과일과 같다' 는 훈계를 들으며 자라나는가. 여성 혹은 모성이라는 이름으로 종용되는 인고와 희생의 항목은 또 얼마나 많은가. 그러므로 여성들에게 몸은 자아를 억압하고 규정하는 굴레이다. 이에 대한 거부가 중심이 될 경우, 여성의 몸은 생산성과 모성 대신 불모와 황폐의 상징으로 그려진다.

이선영의 '몸' 은 이 생산성과 불모성을 동시에 가지고 있는 몸이다. 그녀의 몸은 실제 아이를 품고 출산하는 여성의 몸이며(「산고, 탈고, 배설고」,「네가 꽉 채운 나의 배는」,「내가 천사를 낳았다」), 거기에서 유추된 생산하는 모든 것이다(「헌화」,「수박씨」). 내 안에서 다른 생명체를 키우고 세상에 내보내는 일은 기쁘고 보람 있는 일이다. 나 아닌 다른 생명체의 무거움으로 인해 '내 몸 전체가 허덕이는' 수고로움은 뱃속의 것이 '수천송이 꽃들' 로 갈라지며 세상으로 나아가는 순간, 더할 수 없는 기쁨과 회열을 안긴다. 수고스럽고 힘들지만 그 고통만큼 보람이 더하는 일. 아이를 낳는 것과 글을 쓰는 것과 배설하는 것은 그런 면에서 동일한 고통과 뿌듯함을 주는 일이다.

이러한 경험을 말하는 시인의 목소리는 수식이 없이 솔직하다. '내가 천사를 낳았다' 는 것은 아이를 낳아본 여성만이 말할 수 있는, 경험에 의거한 진술이다. 그녀와 그녀의 아이들을 소재로 한 시들은 대부분 엄마로서 느끼게 되는 생각과 느낌들을 수수하게 써내려간 것들이다. 적지 않은 분량을 차지하고 있는 이 시들(「수」, 「네가 그 위에 앉아 있을 때」, 「은지 비누」, 「이」, 「손톱이 닮았다」, 「지호야, 지호야」, 「가을 잎」, 「사랑, 그것」)에 나타나는 아이들에 대한 애정과 연민은, 그녀의 시가 '여성의 몸이 가지는 존재성'을 통해 '사랑의 회복'에 이르렀다는 결론(이재복, 「일상·소멸 그리고 종이에게 영혼을 파는」, 시집 해설)을 유도해내는 근거가 되기도 한다.

그러나, 다시 말하건대 그녀의 시에서 이 생산성은 불모를 견디고 극복한 이후에 오는 것이 아니라 불모성과 동시에 있다. 몸(여성성)에 대한 이중적인 인식은 그녀 시의 출발점이며 현재진행형인 주제이다. 그녀는 자신의 몸을 생산의 장으로 볼 것인지, 자신을 가두는 무덤으로 볼 것인지 망설인다. 그녀의 시에는 모성으로서의 자신을 수용하는 자아가 있고 그 한편에 그럼으로 인해 고통받는 또 하나의 자아가 있다. 타고난 모성을 수용하고 있는 자아와 그 모성이 왜곡되면서 스스로를 강제하는 질곡의 현실을 인식하고 있는 자아는 끊임없이 갈등을 일으킨다. 아이들의 엄마이며 그것으로 인해 뿌듯함과 기쁨을 느끼는 자아와 그럼에도 불구하고 늘 허기가 지는 자아 사이의 갈등(「지호야, 지호야」, 「먹을수록 나는 자꾸」)은, 여성이라는 성별을 가진 존재들이 겪는 일반적인 갈등과 고민을 솔직하게 드러내고 있는 것이다. 그들이 지향하는 것은 독기를 품은 유도화(「유도화」)나 시들지 않는 영혼(「시든 꽃」)이지만, 엄마로서의 현실적인 자아는 '실없이 터져버리는 무른 연시'(「생각은 감자 비린내처럼 강하다」)와 같은 것이다.

그녀는 생물학적인 몸이 가지고 있는 생산성과 나날이 황폐해져가는 정신의 불모성 사이에서 불안하게 서성거린다. 만약 그녀의 시에서 이 서성거림이 잦아들고 모성을 바탕으로 한 포용과 사랑만이 넘쳐나게 된다면, 그녀의 시는 여성의 몸이 감추고 있는 복잡하고 다양한 갈등과 자기모순에 대한 탐색을 그만두고 극히 원론적이고 전통적인 여성시로 회귀해버리고 말 것이다. 그 예로 관용과 생산의 모티프를 담고 있는 「수박씨」
나 「헌화」는 모범적이긴 하지만 그녀만의 시각이라고 생각되는 부분은
거의 없는 고정적이고 타성적인 결론으로 귀결되고 만다.

그녀의 시에서 눈길을 끄는 것은 무던하고 평범한 얼굴을 한 시들이 아
니라, 읽어가다가 순간 덜컥 걸리는, 순간 강렬하게 끓어오르는 몇 편의
시들이다. 무던함을 내어걸기 위해 시인이 감수해야 하는 심적인 고통을
보여주는 이 시들은, 평범한 그녀의 시에 군데군데 마디를 박는다.

> 내 몸 속에선 잎들이 와글와글 끓어오른다
> 남는 것은 갈수록 되레 진해지는 분노라서
> 짙어지는 상처라서
> 참지 못하겠다고 잎들이
> 내 살갗을 뚫고 숭숭 돋아나온다
> 불거진, 붉은
> 이파리들 잔뜩 내뱉은 이 나무가
> 안에서는 폐허를 만들고 있는 이 나무가
> 바로 단풍(丹楓), 나무다
>
> —「단풍」 부분

마치 붉은 단풍 이파리를 보듯 강렬한 이 시에는, 조용하고 누추한 일
상의 기록들 이면에 감추어진, 혹은 애써 감춰왔을 분노와 피로와 절망이
붉게 내비치고 있다. 일상에 적응하며 그저 그렇게 무던하게 사는 삶이,
끊임없이 자신을 억누르고 정련시켜 만들어진다는 것도 알 수 있다. 편안
하게 써내려간 듯 보이는 시들의 이면에는 비상(非常)한 세계와 대결하는
시인의 힘들고 긴 싸움이 있다. '이파리를 잔뜩 내뱉고는 안에서 폐허를
만들고 있는 이 나무'는 결국 시인의 모습인 것이다.

그런데 이 폐허를 해결하는 치유책은 그녀의 바깥에 있지 않다. 그녀는 외부와의 싸움이나 화해 같은 적극적인 방식이 아니라 자신의 몸 속에서 해결책을 찾으려 한다. 절망의 끝에 다다랐을 때, 그녀가 이겨낼 힘을 찾는 곳은 바로 자신의 몸 속이다("내가 손을 넣어 뒤지고 있는 것은 아으 나의 몸이다" ―「당신의 별난 식탐」). 그녀는 그때마다 자신의 안을 뒤져 고통을 감내할 무엇을 찾아낸다("내 속에 낚싯대를 드리우면/ 건져올릴 수 있을까, / 신생의 바다로 나를 떠오르게 할 섬" ―「섬」). 그녀의 시가 자신 속에 갇혀 있다고 느껴지는 것은 이같은 특징 때문이기도 하다. 결국 자신을 감당할 수 있는 것은 자신뿐인 것이다.

이러한 폐쇄성은 상대방을 나의 몸 안에 가두는 행위로 형상화된다. '네 몸을 내 안 깊이 찔러넣고'(「비」), '나의 속 너무 깊숙이 집어넣어 잘 보이지 않는 당신'(「당신의 별난 식탐」) 등에서, 몸은 생명체를 '품는' 모성적인 것이 아니라 그것들을 '가두는' 장소이다. 이러한 행위가 극단화될 때, 나와 당신의 관계는 '가두고', 갇힌 그곳에서 '갉아먹는' 비정상적인 관계로 변화한다("당신은 내 안에 있으나 내 곁에 없다/ 내 곁에 없으면서 당신은 내 안에서/ 나의 내장들을 갉아먹고 내 피를 데워마신다" ― 「당신의 별난 식탐」). 이 사이에서는 자연적이면서도 헌신적인 모성애와 같은 사랑은 없다. 사랑은 지배이고 폭력이며 착취이다("한데/ 도무지/ 뿌리칠 수가 없는/ 너, 너의/ 착취" ―「사랑, 그것」). 인간이 맺는 관계 중에서 가장 아름답다는 사랑이 그러할진대, 나머지 삶의 장면들에서야! 그래서 그녀는 아이를 바라보며 문득 문득 "내가 너에게 한 짓이 무엇이냐"를 고통스럽게 묻는다(「네가 그 위에 앉아 있을 때」).

아이러니컬한 것은, 그녀의 시가 폐쇄적인 틀을 깨고 보편성으로 나아갈 수 있는 저력은 생산성이 아니라 불모성에서 나온다는 점이다. 그녀는 '나' 안에 있는 불모에서부터 세상 모든 것의 근원적인 불모성을 발견하는 데 도달하고 있다. 그녀가 바라보는 '나'의 자화상은 낙엽처럼 소멸하는 중이거나(「낙엽」) 사막처럼 메마른 것이다(「선인장」). 그 황폐함은 지독한 것이어서, '내 안에 들어오면 모든 꽃들의 잎은 가시로 변한다.' 이 황폐함은 「선인장」의 마지막 연 "풍요의 모래바람이 부는 막막한 사막 한편에/ 가시 링거를 온몸에 꽂은 채 숨쉬고 있는"에서 극대화되어 있다. 사막의 모래바람이 오히려 풍요롭다는 역설은 그녀의 내부가 얼마나 황폐한지를 효과적으로 강조한다.

그나마 사막에서 숨쉬기 위한 유일한 방편은 가시뿐인데, 이 가시는 외부의 모든 것들이 내 안에 들어와서 변질된 것이다. '나'는 사막을 견디기 위해 꽃잎들을 가시로 바꾸어버린다. 사막에서 살아가며 몸 속에 사막 하나를 더 키우는 것, 그것이 자신이 살아가는 세상이 사막임을 알고 있는 자의 견디는 방법이다. 나 안의 불모성은 "나라는 사막을 견디려고/ 모든 꽃들은/ 타고난 잎을 버린다"에서 유사한 성질을 가진 존재(모든 꽃)의 속성으로 확대된다. 그리고 그것은 "실은, 나는, / 모래땅에 여러 개 선인장들이/ 저마다 가시를 세우고 늘어서 있는 광경이 들여다보이는/ 조금 더 커다랄 뿐인 선인장이다"에서 모든 존재의 불모성으로 확장된다. 나는 나의 불모성을 통해 여러 개 선인장이 늘어서 있는 세상의 불모성을 발견하고 있는 것이다. 이를 통해 '나'는 폐쇄적인 자신만의 공간에서 보편적인 세상으로 나아가려는 움직임을 보인다.

그러나 그 움직임은 아직 뚜렷하게 포착되는 것은 아니다. 선인장이 가시로 자신의 몸을 외부로부터 보호하듯이, 그녀의 시 역시 아직은 가시 링거를 꽂은 채 숨쉬고 있는 자신의 내부를 골똘히 들여다보고 있기 때문이다. 아직도 '생각은 감자 비린내처럼 강하다'. 이 감자 비린내가 "하늘에서 와르르 무너져내리는 유리창, 공기의 하얗게 벌어지는 열매"(「눈」)와 같은 물질적인 실재감과 마주칠 때, 아마도 그녀의 시는 세상으로 힘차게 걸어나오지 않을까.　　　　　(생각과 느낌, 2003. 겨울)

의지와 연민, 정신과 생활 사이의 시학

한영옥

한영옥의 시는 단아하고 조용한 외양 속에 일렁이는 갈등과 그로 인한 통증을 감추고 있다. 그녀는 세상에 흥건하게 깔려있는 비천함 속에서 고통받고 위축된다. 대부분의 사람들이 아무렇지도 않게 해내는 사교적인 언사와 충고, 사람들과의 어울림 같은 관습적인 일상이 그녀를 불편하게 하고, 그 안에서 내뱉었던 자신의 말들이 그녀를 옥죄는 굴레가 된다. 의미 없는 말을 줄이고 의식을 다잡으려는 생각이 강해질 때, 그녀의 시는 완강해지고 불투명해진다. 표면상 어려운 단어나 구절 없이 평이하게 서술되는 형태임에도 불구하고, 대충 읽는 것으로는 의미가 통하지 않는 이유는 그 때문이다. 모나지 않은 외양과는 달리 내부에 응집되어 있는 내용들이 겹쳐지면서 섣부른 이해를 거절하는 것이다. 이를 잘 보여주는 하나의 예.

지금의 네가

조금 전의 캄캄했던 너를
찬찬히 들여다보았으면
내일의 네가
더욱 캄캄해진 오늘의 너를
뚫어져라 쳐다보았으면,

토막토막 튀어 오르며
모서리 벼리는 널 보며
구슬처럼 꿰어지기를 바랬던
오랜 기다림의 제단 위에
기다리지 말아야 할 것까지를
기다리게 했던 '기다림' 의
가혹한 관념을 도려내어 바친다.

—「가혹한 관념」 부분

지금의 너, 조금 전의 너, 내일의 너가 나란히 나오는 1연부터가 당혹스러움을 준다. '지금의 네가 ~ 들여다보았으면' 의 3행까지만 읽으면, '지금의 너' 는 현재 캄캄하지 않은 상태에 있으리라고 짐작할 수 있다. '~했던' 이라는 과거형 연결어미가 이러한 짐작을 뒷받침한다. 이렇게 해서 유추된 '캄캄하지 않은 너' 에 대한 시인의 입장은 '찬찬히 들여다보았으면' 이라는 구절에서 읽어낼 수 있다. '찬찬히 들여다보다' 는 반성, 성찰, 숙고 등의 의미를 내포하고 있다. 그러므로 '(캄캄하지 않은) 지금의 너' 가 '조금 전의 캄캄했던 너' 를 찬찬히 들여다보았으면 좋겠다는 것은, '캄캄했던 시간을 기억하며 현재의 시간들을 지내야 한다' 는 정도의 의미로 읽힐 수 있을 것이다.

그러나 바로 이어지는 '내일의 네가 ~ 쳐다보았으면' 이라는 구절은 이 같은 연결고리를 단숨에 끊어버린다. 시인은 이번에는 '내일의 너' 에게 '더욱 캄캄해진 오늘의 너' 를 쳐다볼 것을 희망하고 있다. '오늘의 너' 가 왜 캄캄해졌는지, 1연만으로는 알 길이 없다. 역시 자기 성찰과 숙고와 반성 등을 의미하는 '뚫어져라 쳐다보다' 라는 서술어가 나와 있다고 하더라도, 상황은 마찬가지다. 그래서 독자들은 과거와 현재와 불쑥 나타난 미래 때문에 당혹하게 된다. 어디선가 접질리고 얽힌 시간의 타래를 풀기에 1연은 어떠한 단서도 제공하지 않는 것이다. 이해를 위해서는 다음 연으로 옮겨갈 수밖에 없다.

2연을 이해하는 키포인트는 " '기다림' 의 가혹한 관념" 이라는 구절이다. ' '기다림' 이라는 가혹한 관념' 으로 해석되는 이 구절은 2연의 행위들을 지배하는 주체이다. 기다림이라는 가혹한 관념이, 기다리지 말아야 할 것까지 기다리게 하고, 기다린 세월이 구슬처럼 아름답게 꿰어지기를 바라게 하는 것이다. 결국 1연에서 '오늘의 너' 가 더욱 캄캄해진 것은 이 '기다림이라는 가혹한 관념' 때문이다. 어제, 오늘, 내일로 시간이 흐를수록 그래서 기다림이 깊어질수록, 마음 속의 어둠은 짙어갈 수밖에 없다. 너를 기다리며 키워낸 환상이 덧칠되어 기다림은 더욱 커지고 그것이 더 큰 절망감을 안긴다. 그 과정에서 너를 향했던 기다림은 타성이 되고, 기다림 자체가 하나의 관념이 되어 나를 옥죈다. 그러면서도 '나' 는 나의 기다림이 너를 향한 아름다운 사랑이라고 스스로의 행위를 미화한다("구슬처럼 꿰어지기를 바랬던 오랜 기다림의 제단"). " '기다림' 의 가혹한 관념을 도려내어 바친다" 는 것은, 이러한 타성의 굴레를 스스로 벗어던지겠다는 시인의 의지를 보여주는 것이다.

그러나 강력한 의지의 또 한편에는, 아이러니컬하지만 그녀가 버리고 싶어하는 비천한 세상의 존재들에 대한 연민과 애정이 있다. 세상의 비천함을 외면하고 오직 정신으로만 살아가기에는 그녀의 마음은 너무 여리고 따뜻한 것이다. 그녀는 주위의 작은 것들이 걸어오는 말을 뿌리치지 못하고, 잠깐잠깐 그것에 마음을 내어준다(「냉이꽃밭쯤」). 「새벽일기」나 「어머니가 계시다」, 「꽃사과, 메모리」 등에 나타나있는 주위 사람들에 대한 배려와 연민 또한 잠재된 상태로 남아 있다. 의지와 연민, 정신과 생활이라는 서로 모순되는 이 두 가지 특징은 수시로 부딪치고 갈등하며 그녀의 시를 이끌어간다.

그녀의 시의 중요한 주제인 사랑은 이같은 모순을 한덩어리로 싸안고 있는 것이다. 사랑의 대상은 사람일 수도 있고, 시일 수도 있고, 정신적인 고결함 혹은 신성(神聖)일 수도 있다. 즉 사랑은 그녀가 생각하는 관념, 정신, 고결함 등에 인격을 부여함으로써, 그녀의 생각을 현실 속에서 구체화해낸 형태인 것이다. 사랑을 주제로 한 그녀의 시가 사랑의 아름다움과 풍성함보다는 어긋나는 인연과 결국 자기에로 돌아옴이라는 내용을 담고 있는 것도 이같은 맥락에서 연유한 것이다. 현실과 이상 사이의 괴리감은 종종 사랑하는 사람과의 사이에 놓여있는 어쩔 수 없는 거리감으로 표현된다. "그러나, 한두 줄 떨리는 금이/ 부풀었던 가슴께 겨우 닿더라도/ 너를 무섭게 오해하는 것으로/ 너에 대한 나의 이해는 끝나리라"(「새털구름 보며」) 너를 이해하려는 나의 노력은 결국 너에 대한 오해로 끝나고, 나는 다시 뎅그러니 남게 된다.

그러나 그러한 절대적인 거리감은 슬픔이나 절망스러움으로 연결되지 않는다. 한영옥은 그 절대적인 거리를 인정해버림으로써 오히려 그것에서 자유로와진다. 이제 '그 사람'은 보이지 않고 잡히지 않지만, 그렇기 때문에 오히려 늘 그리운 대상으로 남는다("깊이 드는 잠 속, 그 사람 늘 푸르다"—「갸웃갸웃, 달개비꽃」). 늘 네게로만 뻗치던 촉수가 이제는 움찔거리지 않고, 꺼끌해져 스스로에게 감촉되는 것이 오히려 편안해진다.

섭섭함도, 편안함도 이제는 그녀를 송두리째 흔들지 못하고 다만 '슬쩍'
지나쳐갈 뿐이다. 이 담담함은 나이가 들면서 자연스럽게 얻어지는 체념
어린 너그러움이 아니라, 파격적이고 역동적으로 얻어진 '자유로움'에
가깝다.

> 임자 없는 옷 한 벌 짓느라
> 오래도록 정신 팔고 품팔았다
> 고단하여 잠시 누웠던 꽃나무 밑 잠,
> 꽃봉오리가 터지며 나도 터졌다
> 치명적 도약이었다, 규정이 확 터졌다
> 풀어진 이마에서 쏟아지는 푸른 기억의
> 송곳에 한번 더 깊숙이 찔린다
>
> —「치명적」부분

그것은 그녀가 말한 것처럼 '치명적 도약'을 거친 후에 오는, 태풍 뒤
의 고요함 같은 것이다. 열망의 시작과 끝이 도약까지의 과정이라면, 그
녀는 이제 그 열망이 결국 자신의 안을 돌고 도는, 그래서 자기반복적인
것이었음을 깨닫는다("열망의 시작과 끝은/ 못 본 채 머리 돌리고서/ 보
푸라기나 떼어 날리다/ 제 집구석에 기어드는 걸……" —「입추」). 자신의
안쪽만을 들여다보는 아집을 깨달으면서 지금까지의 '규정'이 한순간에
확 풀리는 것이다. 이처럼 그녀의 시는 어느 순간, 과감하게 도약한다. 의
지와 연민 사이의 갈등이 곪아 더 이상 견딜 수 없게 될 때 폭발하는 비약
의 시점이다.

신작시들은 이 비약의 순간이 지난 후 찾아온 그녀 시의 변화를 보여주
는 셈이다. 굳이 말한다면, 이 시들은 의지와 연민, 정신과 생활 중에서 의

지와 정신 쪽에 좀더 가깝다. 이파리를 떨어뜨리고 맨몸으로 겨울을 견디는 은사시나무의 고고함에 대한 흠모, 쉽게 노하고 쉽게 기뻐하며 얽히고 설켜 있는 세상살이의 복잡한 관계를 떠나 오직 꼿꼿한 정신만으로 살고 싶은 소망, 정신적 삶의 지향("번쩍이며, 우듬지에/ 별 한 송이 걸려 있어도// 내 몫 아니라는 손사래로, / 방죽 가득 은빛을 끼친다" —「은사시나무, 겨울」). 그녀는 자신의 시를 지배해온 어쩔 수 없는 거리감을 시인의 숙명으로 받아들인다. 횔덜린이 말한 것처럼 시인은 신과 인간 사이의 아득한 거리를 조화롭게 이어주는 존재이다. 아직 도래하지 않은, 혹은 오래 전에 도래했다 사라진 신을 부르는 것이 시인의 임무라면, 기다림은 시인의 운명이다. 담담함은 "만나야 할 것을 만나지 못하고 다만 그것을 향해 바치는 〈슬픔〉의 양만을 불려가면서 온 몸이 슬픔이 되는" 고통이 시의 본원적인 속성이라는 것을 깨달음으로써 얻어진 것이다. 이상에 도달할 수 없으리라는 것을 알면서도 기꺼이 그 길을 걸어가는 자, 그것이 시인이다.

그녀는 다시 자세를 가다듬어 기다림을 시작한다. 결코 다다를 수 없는 신에게 바쳐지는 이 여정은 애달픈 것임에 틀림없지만, 그 애달픔은 일상의 비천함에서 그녀를 구원하는 유일한 힘이다. 이런 면에서 그녀의 시는 독자를 정화시키기 전에 시인 스스로를 구원한다. 그녀는 끊임없이 시인이 어떤 존재여야 하는가를 묻고, 자신이 과연 그러한가를 비추어본다. 그런 면에서 시는 그녀를 비추는 거울인 셈이다. 이 끝없는 자기반성은 그녀의 시가 긴장을 잃지 않게 하는 중요한 원동력이다.

(현대시학, 2003.11)

여행의 상상력과 내면성의 미학

| 김명인

1. 원체험으로서의 바다, 항해의 이미지

김명인의 시를 설명하는 몇 가지 주제들 중에서 빼놓을 수 없는 것 하나는 '여행'이다. 그의 시들은 직간접적인 여행 경험에서 가장 많은 소재를 취하고 있다. 마음과 몸이 함께 떠난 여행길은 특정한 목적과 구체적인 방향성을 가진 것이다. 그것은 무언가를 보기 위해 떠난 여행이거나, 직업상 부여받은 잠시 동안의 체류이다. 최근 시집 『파문』 역시 바닷가 시골집에서 머물렀던 몇 달간의 경험을 소재로 하고 있다. 「장엄 미사」, 「매물에 들다」, 「바람 경작」, 「滿朝」[1] 등의 시들은, 풍경에 대한 감상과 거기서 오는 인생에 대한 깨달음이라는 여행시 일반의 특징을 보여주고 있다.

---

[1] 김명인은 등단 후 지금까지 총 여덟 권의 개인 시집을 내고 있다. 『동두천』(1979), 『머나먼 곳 스와니』(1988), 『물 건너는 사람』(1992), 『푸른 강아지와 놀자』(1994), 『바닷가의 장례』(1997), 『길의 침묵』(1999), 『바다의 아코디언』(2002). 『파문』(2005)이 그것이다. 이하에서는 발간 순서에 따라 각각의 시집을 1~8권까지의 숫자로 표시한다. 시 옆의 숫자는 해당 시집을 뜻한다.

이와 관련하여, 그의 시에 빈번하게 등장하는 '바다'에 대해서 말하지 않을 수 없다. 그의 시에 나타나는 여행의 상상력은 대부분 바다라는 공간적 배경을 가정하고 있기 때문이다. 바다는 김명인의 시를 있게 하는 가장 중요한 원체험이다. '바다'라는 단어가 두 번이나 시집 제목으로 사용되고('바닷가의 장례', '바다의 아코디언'), '물 건너는 사람', '파문'이라는 제목 역시 물의 이미지를 가지고 있는 것을 보면, 시인의 바다에 대한 애정이 어느 정도인지 쉽게 짐작할 수 있다.

바다의 이미지가 동해안의 바닷가에서 보낸 유년시절의 경험에서부터 비롯되었다는 것은 시인 자신과 다른 평자들에 의해 누누이 강조되어 온 사실이다. 초기 시집인 『동두천』, 『머나먼 곳 스와니』에서 바다는 유년기의 불행했던 생활과 가난하고 암울한 기억들과 얽혀 있다. 잠시 동안 맡겨졌던 고아원과 그것을 둘러싼 바다에 대한 기억은, 시인으로 하여금 오랫동안 바다를 어둡고 우울한 공간으로 인식하게 한다. 그러나 행복했던 경험만이 축적되는 것은 아니다. 가슴 아프고 슬펐던 기억 역시 한 사람의 삶을 지탱하는 중요한 요인이 되는 것이다. 김명인의 시에서 이런 아이러니는 선명하게 확인된다. 어린 시절 장해물로 작용했던 바다는 원체험으로 가라앉아 있으면서, 이후 그의 시와 삶을 지탱하는 가장 중요한 원형으로 자리하게 되는 것이다.

그의 최근의 시들 역시 '바다'의 자장에서 자유롭지 않다. 그는 오래 전에 고향의 바닷가를 떠났지만, 여전히 바닷가 주위를 배회한다. 낚시를 빌미로 바닷가에 들기도 하고, 소일하며 바닷가 주위를 서성거리기도 한다. 잊어버리고 싶은 고통스러운 기억까지가 어느 틈엔가 몸속에 스며들어, 이제 바다와 분리될 수 없는 지경에 이른 것이다. 그가 바다와 관련된 현실에 특별히 민감한 것 역시 바다에 대한 애증을 보여준다. 시인 자신은 바다와 무관한 직업을 가지게 되었지만, 바다가 삶의 터전인 사람들에게 그것은 여전히 떠날래야 떠날 수 없는 현실적인 삶의 터전이다(「가두리」(8)). 그것을 바라보는 시인의 마음은 마치 자신의 일을 보는 듯 편치 못하다.

　그러나 그의 시에는 바다를 소재로 한 시가 많다는 설명은 소재주의적인 해석을 넘어서지 못한다. 정작 중요한 것은 바다라는 소재 자체가 아니라 거기서 비롯되는 상상력이다. 바다는 이제 시인의 생활 속으로 들어와서 아예 삶의 한 부분이 되어 있다. 그 증거로, 김명인의 시는 늘 바다와 배, 항해의 이미지를 밑바닥에 깔고 있다. 비교적 최근에 발표된 「조이미용실」(8)이나 「밤의 갈증」(7) 같은 시만 보더라도 그렇다. 늙은 미용사가 운영하는 미용실은 '거룻배'에 비유되고(「조이미용실」), 늦은 시각 귀가하는 사람들은 '뱃사공'에 비유된다(「밤의 갈증」). 인생은 배를 저어 나가는 항해와 같고 사람들은 항해에 나선 뱃사공인 셈이다. 인생을 항해에 비유하는 것이 새삼 새로울 이유는 없다. 그러나 김명인의 시에서 이 항해는 단순한 은유 차원이 아니라, 몸에 새겨진 표지 같은 것이다.

　　꽃이 피면 마음 간격들 한층 촘촘해져
　　김제 봄들 건너는데 몸 건너기가 너무 힘겹다
　　피기도 전에 봉오리째 져내리는
　　그 꽃잎 부리러
　　이 배는 신포 어디쯤에 닿아 헤맨다
　　저 望海 다 쓸고 온 꽃샘바람 거기 부는 듯
　　몸 속에 곤두서는 봄 밖의 봄바람!
　　눈앞 해발이 양쪽 날개 펼친 구릉
　　사이로 스미려다
　　골짜기 비집고 빠져나오는 염소떼와 문득 마주친다

염소도 제 한 몸 한 척 배로 따로 띄우는지

萬頃 저쪽이 포구라는 듯

새끼 염소 한 마리,

지평도 뿌우연 황샛길 타박거리며 간다

마음은 곁가지로 펄럭거리며 덜 핀 꽃나무

둘레에서 멈칫거리자 하지만

남몰래 출렁거리는 상심은 아지랑이 너머

끝내 닿을 수 없는 항구 몇 개는 더 지워야 한다고

닻이 끊긴 배 한 척,

―「봄길」 전문(6)

만경평야는 바다에 비유되고, 그것을 지나는 화자는 한 척의 배에 비유된다. 화자는 봄날, 김제 들녘을 지나면서 염소 떼와 마주친다. 황사바람이 누렇게 일어나는데, 화자의 심경은 시만으로는 알 수 없는 어떤 원인으로 인해 착잡하고 복잡하다. 이러한 심경은 바다의 이미지와 연결되어 표현되어 있다. 상심은 물결처럼 '출렁거리며', 화자의 마음은 마치 '닻이 끊긴 배' 처럼 여전히 들녘을 헤매고 있다. 구릉을 '해발이 양쪽 날개를 펼쳤다' 고 표현하거나, 염소가 포구를 향해 가고 있다는 것 역시 같은 발상이다. 항해의 이미지와 현재 '나' 의 상황은 빈틈없이 연결되어 있어서, 언뜻 보면 시의 공간적인 배경이 들녘인지 바다인지 구별할 수 없을 정도이다. 항해하는 것, 그것이야말로 그의 시의 여행적 상상력의 절정이다.

그러므로 김명인의 시를 여행시라고 할 때, 그의 시의 여행적인 성격은 좀더 세밀하게 구별지어질 필요가 있다. 첫째, 그가 찾는 여행지는 대부분 단절된 공간이다. 그가 찾는 사원이나 절, 바다, 낚시터 등은 수려한 경관을 가진 곳이 아니라 오히려 자신을 돌아보게 하는 환경이다. 둘째, 거기서 포착되는 풍경은 대동소이하다. 어느 여행지에서든 그가 발견하는 느낌은 적막과 쓸쓸함, 외로움이다. 풍경을 보거나 사람을 보거나 그것들은 모두 시인의 쓸쓸한 심리적 정황에 수렴된다. 이것은 그의 여행이 외부를 향한 것이라기보다 사실은 자신의 내면을 들여다보는 길이라는 것을 말해준다. 셋째, 그리고 그것은 무언가를 찾아 떠나는 길이 아니라 무언가가 없다는 것을 확인하러 가는 길이다. 이것은 자신의 심리적 정황을 들여다보는 길이라는 두 번째 특징과 상통한다. 그의 심리적 정황이란 '인생은 결국 무를 향해 가는 것'이라는 것을 아는 데서 오는 허무감이다. 결국 시간은 모든 것을 무화시키고, 인생은 어차피 무화될 그 시간 속을 천천히 걷고 있는 것이다. 피할 수 없는 유한성을 인식하고 있는 시인의 눈에 별다른 풍경, 별다른 시간은 있을 수 없다. 넷째, 여행의 상상력은 일상 속에서도 작용한다. 시인은 사소한 현상에서 그 뒤에 숨겨진 과정들을 유추해내는데, 이 과정에서 여행의 상상력이 개입한다(예컨대 그는 수족관의 열대어에서 연어의 모습을 상상하고, 그 먼 여행길을 상상한다.—「내 물길로 오는 천사고기」(5)). 그러므로 그의 시에서 여행은 소재나 시적 동기일 뿐만 아니라 시 창작의 조건 혹은 방법이라고까지 할 수 있는 것이다.

2. 풍경과 내면의 얽힘

따라서 김명인의 시는 여행시이되 다른 여행시들과 구별된다. 가장 큰 변별점은 그의 여행이 몸과 마음을 쉬기 위해 좋은 풍광을 찾아가는 것이 아니라는 점이다. 그의 시에서 여행은 방황, 방랑, 길, 바다, 배 등의 단어들을 총괄하고 있다. 그의 시가 여행시인 까닭은, 그가 어디에 있든지 상관없이 늘 길 위에 있기 때문이다. 굳이 어떤 특정한 장소를 찾아가는 여행이 아니라고 하더라도, 그는 상상 속에서 다른 시간과 공간들을 떠다닌다. 특히 최근의 시에서 여행길은 외부의 길이 아니라, 마음 안으로 낸 내면으로의 길이다. 여행의 성격으로 본다면, 그의 시는 '실제의 여행→ 여행의 상상력'으로 혹은 '외부지향적→ 내면회귀적'으로 변화한다. 그리고 이것은 김명인 시의 특징인 '내면성의 미학'을 창조하는 중요한 원천으로 사용된다.

기실 이 '내면성의 미학'은 사회성이 두드러지는 초기의 시집 『동두천』이나 『머나먼 곳 스와니』에서도 선명하게 드러나는 것이었다. 심지어 『동두천』에서도 사회적인 이슈들은 시인의 개인적인 경험과 얽혀 있다. 시인의 개인적 불행과 사회적인 상황이 결합되어 비극적인 아름다움을 만들어내는 이 시들은, 엄밀히 말하면 사회현실에 대한 적극적인 비판이나 개혁의 의지를 보여주기보다는 타자의 불행한 상황을 함께 아파하는 시인의 공감이 두드러진다. 자신의 삶을 말하는 것이 곧 사회적인 아픔을 말하는 일이 되는 경우인 것이다(「동두천」 연작이나 「베트남」, 「켄터키의 집」 등이 그 예이다). 여기서 발견되는 것은 불행한 사람들을 위한 투사적인 목소리가 아니라, 그들의 불행에 함께 젖어드는 불행한 자아의 목소리이다(이처럼 떠밀리듯 불행한 역사의 한가운데 서게 되는 특별한 체험을 축복이라고 해야 할까, 저주라고 해야 할까).

그리고 십년 후에 발표된 두 번째 시집 『머나먼 곳 스와니』에서부터 사회적인 이슈에 대한 직접적인 발언보다 스스로를 돌아보는 목소리가 도드라지기 시작한다("하염없는 안개의 혀 저 가등들의 네 길거리에는/ 서시오 서시오 늘 그만큼서 가로막는/ 붉은 수신호의 세월/ 길은 흘러도 캄캄한 모래 속일 뿐 출구가 없으니/ 어디쯤에 열려 있는가 내 密經의 문이여/ 독경 소리 하나 들리지 않는 자욱한 최루가스 속/ 나는 서 있다"—「天

쓰」(2)). 목소리는 한결 낮아지고, 사회적인 상황보다 자신의 내면을 향하는 시선이 발견된다. 이러한 내면화 경향은 세 번째 시집 『물 건너는 사람』 이후부터 그의 시를 규정하는 중요한 특징이 된다.

외부를 향한 시선과 목소리가 자신 안으로 돌려질 때, 시인이 발견하는 것은 허무와 쓸쓸함이다. 삶이란 '물살의 중심'을 향해 죽어라고 배를 저어가지만 결국에는 '내 소용돌이 안쪽으로 떠밀려 오는 것'(「침묵」(6))이다. 시간을 이기는 것은 아무 것도 없다. 살아간다는 것은 시간이 예정해 놓은 길을 찬찬히 밟아가는 일일 뿐인 것이다. 그것을 아는 시인의 목소리는 어둡고 극히 나지막하다. 그는 더불어 살아온 날들을 지우고 스스로를 유폐시킨다("그동안 내 안의 절도 몇 채 허물었습니다/ 내가 왜 그곳 그리움과도 단절한 채 홀로/ 가혹한 침묵을 견뎌내려 하는지, // 하나둘씩, 모둠살이의 흔적 지워지고 있습니다" —「사십일」(6)).

날새들 떠다 밀고 사라지는 황혼 저켠으로
축축히 젖어오며 별들, 한 등 두 등
사원 추녀 끝으로 번져갈 때
늙어버린 세상
속의 고요함이여, 혼자 고립된 내 방은
이런 일몰로부터 더욱 먼 곳으로
날마다 저를 떠메고 떠났어야 하리라
저 적조와 적막에도 길들여 유폐의 시절
깊었다는 것을 사원은
몸은 새삼 기록이나 할까

—「오래된 사원 1」 부분(5)

사원은 침묵 수행과도 같은 견딤을 구체적인 형상으로 드러내고 있는 공간이다. 시인은 수도승들이 다 돌아간 사원에서 적막한 자신의 내면을 만난다. 그가 바라보는 것은 사원의 적막함이되, 거기서 깨닫는 것은 '몸'의 적막이다. 「오래된 사원」 연작의 모든 시들은 공통적으로 " ~사원은/몸은(내 귀는, 그대 몸은, 내 몸은) ~" 형태로 끝난다. 즉 '사원'과 '몸'이 동격으로 처리되어 있는 것이다. 그럼으로써 사원의 적막하고 쓸쓸한 풍경은 곧 내 몸의 적막이 된다. 기실 사원을 찾아간다는 것은 자신의 마음 속에 있는 적막과 고요를 확인하러 가는 길이다. 이때 여행은 자신의 내면을 찾아가는, 결국은 자신의 안을 향해 돌아가는 길이다.

이 여행길은 시인 자신의 표현을 빌려 "마음이 풍경을 얻어 스스로의 완성으로 나아가는"(「오래된 사원 1」(5)) 과정이다. 그의 시의 풍경은 그저 보여지는 대상이 아니라 시인의 섬세한 내면의 움직임을 담고 있는, 시인과 소통하고 있는 내면의 한 부분이다. 풍경은 대부분 고요하고, 자세히 살펴보면 아주 미세하게 흔들린다. 『파문』에서 가장 아름다운 시편 중의 하나를 보자.

아무래도 저 꽃은
너무 춥고 어두운 곳에서 왔나 보다
며칠만 머물다 가는 가지 끝에
밤낮으로 밝혀놓은 수만 꽃燈들!

가야 할 곳은 온 길보다 먼데도
막 밝아오는 아침을 건너는
이 지상에서의 출근길
하지만 궂은날 일찍 작파하려는 일터인 듯

오늘은 봄비 속으로

허락된 일과표 한 장씩 씻어 보내고 있느니

나는 저 파문에 겹쳐

느닷없이 병을 선고받은 친구를 떠올리며

창밖 화사한 소등을 바라보고 있다

미적대느라 그새 밀린 일 산더미 같다더니

저도 간밤에는 나뭇가지 위에서 꼬박 떨며 지샜는가

둘레가 온통 설익은 잠으로 어질러져 있네

졸음을 물리느라 밤새껏 까뒤집은

땅콩 껍질 같은 꽃멍울도 여기저기

흙바닥에 잔뜩 흩어놓고

—「消燈」 전문(8)

꽃이 활짝 피어나는 것은, 너무 추운 곳에서 왔기 때문이다. 여기에는 감각적인 수사를 넘어서는 아픔과 쓸쓸함이 배어 있다. 춥고 어두운 곳에서 오래 살아본 사람들은 알리라, 단 며칠 동안을 머물며 밤낮으로 환하게 꽃을 피워 불을 밝히는 꽃의 심경을. 어두운 지하에서 살았던 사람이 넓은 창과 햇살을 가진 방에 혹하듯이, 꽃은 며칠 동안 활짝 피어남으로써 어둡고 긴 시간 동안의 아픔을 스스로 위로하고 있는 것이다.

이 잔잔하고 쓸쓸한 시에는 몇 개의 이야기가 겹을 이루고 있다. 출근하는 ‘나’와 지는 꽃, 병을 선고받은 친구. 2연에서 이 세 가지 사건은 만난다. “가야 할 곳은 온 길보다 먼데도”라는 표현은, ‘나’와 꽃과 친구 모두에게 해당되는 정황적인 진술이다. ‘나’의 입장에서 보자면 길을 출발한 지 얼마 안 되어 도착지까지 한참 남았다는 의미이고, 친구와 꽃에게는 공통적으로, 지상의 짧은 삶을 마감하고 가야 할 길이 멀다는 것을 의미한다. 그 출근길에 비가 내리고 한껏 피어난 꽃들이 지고 있다. 그 모양이 '궂은 날 일찍 작파하려는 일터'의 모양을 보는 듯하다. 그것은 당연히 '느닷없이 병을 선고받은 친구'를 연상시킨다. 떨어져 내리는 꽃과 이제 떨어져 내릴 친구. 봄비 속에 떨어지는 꽃망울에서 시인은 다시, 병을 선고받고 불안과 착잡함으로 밤을 지샜을 친구를 생각한다.

시인의 눈에 보이는 풍경은 봄비에 활짝 핀 꽃들이 지고 있는 모양이다. 출근길에 나선 시인은 그 모양을 하염없이 바라보면서, 친구의 병 소식을 떠올리고 있다. 지는 꽃처럼 삶이 얼마 남지 않았을 친구를 생각하는 착잡함은 어느 곳에서도 직접적으로 드러나지 않는다. 그러나 그러한 시인의 심경은 시 전체를 지배한다. 지상에서의 짧은 며칠 동안 만개한 꽃들과 봄비, 떨어진 꽃망울까지, 시의 모든 구절들은 친구의 소식과 그로 인한 시인의 착잡한 심경을 대변하고 있다. 시인이 풍경 위에 존재하는 것이 아니라, 풍경이 시인의 내면과 얽혀 있어 구별되지 않는 것이다. 그의 시가 단순한 기행시로 끝나지 않는 이유, 그리고 허무주의로 침몰하지 않을 수 있는 비결은 여기에 있다.

3. 타자를 향한 연민과 배려

내면으로 깊은 시선을 드리우는 김명인의 최근 시들은 읽는 사람을 진정시키고 위무하는 독특한 힘을 가지고 있다. 화려한 치장도 없고, 그럴듯한 경구도 없다. 그렇다고 시인이 친절하게 말을 걸어오는 것도 아니다. 그럼에도 불구하고, 독백과 같은 시를 따라가다 보면 마음이 함께 고적하게 내려앉는 것을 느끼게 된다. 내면으로 들어가는 그의 여행길에 동행한 탓이다. 그러나 그보다 더 중요한 원인은, 그의 내면에서 발견되는 연민과 배려의 마음 때문이다.

　물론 타자에 대한 배려와 관심은 그의 시에서 낯선 것이 아니다. 초기 시집들에서 타자에 대한 연민과 공감은 보다 직접적으로 드러난다. 이와 비교한다면, 최근의 시들은 직접적인 사회성을 띠는 경우는 거의 없지만 연민을 느끼는 대상은 오히려 확대되고 있다. 대상이 되는 사람들은 적조로 물고기를 모두 잃은 가두리 양식장 주인(「가두리」(8))에서부터 울러나온 옆집 여자(「밤의 갈증」(7))에 이르기까지 다양하다. 이는 자신의 주변에 있는 평범한 사람들 역시 세상을 항해하는 외로운 한 척의 배라는 사실을 인정하는 데서 오는, 편안한 공감이다.

　　　오랫동안 너무 많은 질문 혼자서 새겼으므로
　　　이 오솔길 어디만큼 이어졌다 끝나는지
　　　울타리 너머 누가 사는지
　　　울창한 그늘에 가려 짐작이 안 되는 대로
　　　널판자 엮어 세운 쪽문 틈새 가끔씩 엿보기도 했습니다
　　　해마다 만발했던 들꽃들이 경계 이쪽으로도
　　　떨기 흩어놓아 그 꽃철 다 가기까지
　　　마음 홀로 얼마나 자주 울타릴 넘나들었는지요

　　　　　(중략)

　　　만발하던 울타리 너머의 꽃들 해마다 지고
　　　우레를 끌고 가며 염소 울음처럼
　　　오래 질척거리며 한철 우기도 잦아들었지만
　　　더는 이어지지 않는 산책길

　　지금은 아니지만 언젠가 나도 울타리 너머로 끝없이

　　따라 걷고 있을 거라고

　　아직도 흐느낌처럼 그때의 떨림 남아 있어서

　　울타리 저쪽 숲의 주인이 누구인지

　　궁금해질 때마다 마음 갈피 더는 어둡지 않게

　　등불 환하게 밝혀둡니다

―「울타리」 부분(8)

　그가 타자를 대하는 방식은 강요하거나 무리하지 않는 것이다. 여지를 주고 기다려주는 것, 타자의 영역을 침범하지 않은 채 지켜보는 것. 위의 시는 이러한 시인의 태도를 단적으로 보여준다. 산책길에 있는, 뾰족한 쇠가시 울타리를 두른 집. 주인인 듯한 사내는 쪽문을 못질하여 누구도 넘볼 수 없도록 문을 닫아걸었다. 시인은 자주 그 안으로 들어가고 싶은 충동을 느끼지만, 그 마음을 억누르고 언젠가 갈 수 있는 그 날까지 "궁금해질 때마다 마음 갈피 더는 어둡지 않게 등불 환하게 밝"히며 기다리기로 한다. 보채지 않고, 다그치지 않고, 기다리는 것이다.

　그는 상처로 얼룩진 사람들의 마음을 속속들이 들여다보지만, 호들갑스럽게 아파하는 포즈를 취하거나 섣부르게 위로하려 들지 않는다. 한 예로 그의 시에는 죽음이 빈번한 소재로 차용되는데, 그것은 최대한 감정이 배제된 상태로 진술된다. 기차에 뛰어들어 목숨을 버리는 자살 현장을 본 시인은, 죽은 자가 남긴 신발에서 "살이 닳도록 헤맨 바닥의 시간"(「신발」(8))을 읽어낸다. 순간에 일어난 사고의 충격보다도 더 오래 시인의 머릿속에 각인되는 것은, 남겨진 신발, 그리고 그것이 보여주는 신산한 삶의 흔적이다. 그러나 시인은 스스로 목숨을 버릴 만큼 아픈 것들, 상처를 가진 것들이 전해오는 통증을 내색하지 않는다. 다만 그저 바라볼 뿐이다. 이런 면에서 김명인의 시는 이지적이고 객관적이다.

다른 말로 하면, 이것은 그의 시가 여전히 긴장을 유지하고 있다는 것을 뜻한다. 일반적인 기행시들이 자주 풍경 속으로 매몰되어버리는 것과 달리, 그의 시는 여행을 통해서 오히려 단단해진다. 이는 세상을 살아가는 시인의 마음이 헐거워지지 않았다는 것을 의미하는 것이기도 하다. 이러한 긴장력은 그의 시에서 간간이 발견되는 사변적이고 관념적인 경향에 대한 염려를 덜어준다. 그의 시가 가지고 있는 '쓸쓸한 아름다움' 은 실존적인 고뇌나 인간의 숙명 같은 거창하고 관념적인 주제에서 오는 것이 아니라, 풍경 속 타자들의 신산한 삶이 내면의 쓸쓸함과 용해되며 이루어내는 조화와 긴장에서 발생하는 것이다. (열린시학, 2005. 가을)

만물평등주의 혹은 지극한 생태시

이문재

이문재의 시를 생태시라고 규정짓는 것은, 그리 개운한 일이 못 된다. 그의 시는 충분히 미학적이고, 서정적이고, 낭만적이다. 생태시가 미학적이거나 서정적이거나 낭만적이지 않다는 이야기가 아니다. 그의 시의 낭만성에 대해 혹은 그의 시에 나타나는 길의 미학에 대해 등등 그의 시를 설명하는 다양한 코드가 있다는 말이다. 이처럼 다양한 해석의 키를 남겨둔 채 그의 시를 말하는 것은, 미진한 일이 아닐 수 없다.

그러나 신작시 다섯 편을 두고 말한다면, 그의 시는 어쩔 수 없이 '생태시'라는 용어로 설명될 수밖에 없다. 예를 들어 「금줄」 같은 시를 생태나 생명이라는 말을 빼고 설명할 수는 없는 것이다. 생태학적 상상력을 사용하고 있다는 시인의 말을 참고하지 않더라도, 그의 최근 시는 생태에 대한 무한한 관심과 애정을 보여주고 있다. 따지고 보면, 생태와 환경에 대한 지향이 급작스러운 것은 아니다. 그는 이미 두 번째 시집인 『산책시편』에서부터 환경 오염과 생태계 파괴, 문명의 폭력성에 대한 생각들을 보여준 바 있다. 산책은 속도와 경쟁으로 상징되는 문명 사회에 대한 저항적 의미의 ‘게으름’ 의 표현이었던 것이다. 따라서 그의 시는 환경과 생태라는 대 주제를 반복하고 있다고 할 수 있다.

그러나 ‘생태’ 라는 주제는 이제 진부하기조차 하다. 환경 오염에 대한 경고는 이미 1980년대 후반에 시작되었고, 그 후 생태시는 1990년대 시단을 이끌어온 중요한 논의 중의 하나였다. 생태와 환경은 이미 익숙해진 전사회적인 주제라는 것이다. 그러므로 지금에 와서, 이문재가 생태학적 상상력에 바탕하고 있다거나 생태시를 쓴다는 것은 하등의 특별한 일이 못된다. 중요한 것은 그가 생태시를 쓴다는 사실이 아니라 그의 시가 어떻게 생태학적 상상력을 드러내고 있으며, 그것이 어떻게 변화하고 발전하고 있는가 하는 것이다.

그의 시는 처음부터 문명의 중심과는 떨어진 곳에서 시작된다. 『내 젖은 구두 벗어 해에게 보여줄 때』부터 『제국호텔』에 다다른 지금까지, 그의 시는 중심에서 주변으로, 안에서 밖으로, 끊임없이 중심을 벗어나려는 원심력에 의해 쓰여지고 있다. 초기시에서 그것은 젊은 시인들의 시에 흔히 나타나는 주변부 의식, 아웃사이더 기질과 유사하지만, 점차 반문명적 요소가 두드러지면서 문명/악의 세계를 벗어나 자연/선의 세계를 지향하는 것으로 고정된다.

‘제국호텔’ 은 문명에 대한 비판이 가장 적극적으로 표현된 것이다. 문명 세계는 모든 것이 전원으로 연결된 ‘제국’ 의 영역이다. ‘원주민’ 으로 표현되는 사람들은 본국에서 하달되는 지시를 받고 그것에 의해 관리되며 조종당한다. 전원 하나로 모든 것이 연결되는 네트워크 세상은 제국주의적인 속성을 여실히 드러낸다. 컴퓨터가 있는 곳은 어디든지 제국의 식민지이다. 전원을 켜는 순간, 사람들은 제국의 네트워크에 연결된다(“전원이 곧 삶이다/ 제국발전소에 연결되어 있지 않은/ 시민은 시민이, 아니

생명체가 아니다"—「제국호텔—더 이상 빌어올 미래가 없다」). 사람들은 오직 컴퓨터를 통해 세상에 대한 정보를 얻는다. 손끝 하나로 모든 것이 해결되는 이 네트워크야말로, 사람들을 제국의 노예로 만드는 첨단의 병기이다.

> 이곳 원주민들은 @에 모여 산다
>
> @ 뒤에서 가을이 민첩하다 분주하다
>
> 전국의 활엽수들이 사 일 만에 낙엽을 생산했다
>
> 비밀번호 정책은 대성공이었다
>
> 원주민들은 너도나도 비밀번호를 만들었다
>
> 저들은 자신의 비밀번호에 갇힐 것이다
>
> 디지털 정책은 완벽 완전하다
>
> @에 불이 들어와 있다
>
> 오늘 달빛은 아무래도 악성 바이러스 같다
>
> 저런 달무리가 며칠 더 계속되었다간
>
> 원주민들이 잃어버린 감수성을 회복할 것 같다
>
> 경계하고 경계하고 또 경계할 일
>
> 자정에 외계인 관련 뉴스를 하나 띄우고
>
> 내일 아침 톱은 EQ를 높이는 웰빙 음식들이다
>
> 이곳 비밀번호들은 의외로 건강에 예민하다
>
> —「제국호텔—비밀번호」 부분

　사람들은 이제 그야말로 범지구적인 월드 와이드 웹(www)상에 자신의 주소와 집을 가지고 있다. 마음만 먹으면 하루에도 몇 채씩 집을 지었다가 허물어뜨리고, 수시로 주소를 바꿀 수 있다. 어디든지 마음에 드는 부지(사이트)를 골라 찍기만 하면 된다. 지상에서는 평생을 살아도 이루지 못할 꿈들이 웹상에서는 현실이 되는 것이다. '꿈★은 이루어진다'. 모든 정보는 실시간으로 전달되고, 텔레비전 드라마부터 정치적인 발언까지 자신이 하고 싶은 말을 마음껏 할 수 있다. 얼굴을 대한 적이 없는 사람들끼리도 의견을 모아 현실의 정치와 사회에 막대한 영향을 미칠 수 있다. 위대한 네티즌의 힘이다. 바야흐로 '네티즌의 선택'이 가장 중요한 시대가 온 것이다.

그 이면에는 모든 것을 조종하는 제국이 있다. 비밀번호를 부여하고, 정보를 쥐어주고, 평등한 세상을 보여주는 제국은, 적절한 뉴스거리들을 간간이 제공함으로써 원주민들을 관리한다. 웰빙이나 외계인에 관한 정보처럼, 원주민의 관심을 끌 거리는 얼마든지 충분하다. 제국은 끊임없이 감각을 현혹하는 정보들을 제공함으로써, 생각의 여지를 없앤다. 꿈이나 기억은 가장 먼저 제거해야 할 악성 바이러스이다.

자연은 이처럼 완벽하게 길들여진 문명세계에 대한 저항으로 남는다. '순하다'는 자연 혹은 자연과 닮은 삶과 사람들을 특징짓는 단어로서, 억지스럽지 않음, 자연스러움을 뜻한다. 그것은 단순함과도 일맥상통하는 것으로서, 피곤한 도시에서 벗어나 휴식을 취할 수 있는 '쉼'의 공간의 특징이다. '나'는 자연으로 돌아감으로써 거기서 휴식과 재충전의 힘을 얻는다.

　　잣나무숲 속에는
　　전원이 없다
　　핸드폰을 끄고
　　침낭 속으로 들어가
　　얼굴을 내민다

내 얼굴과 어둠 사이에
아무 것도 없다

마침내 언플러그드
빈틈없는 어둠
꿈 없는 잠
나는 탈주에 성공한 것이다

―「비박」 부분

 '나'는 핸드폰의 전원을 끔으로써 '자연과 나 사이에 아무 것도 없'는 상태(「몇 볼트의 성욕」)에 도달한다. 도시에서 살면서 늘 아픈 몸은 자연으로 들어가 전원을 *끄*자 '후각에 흔쾌해지면서 한 칸씩 몸으로 돌아'(「서신」)온다. 자연이 보유하고 있는 치유력 덕분이다.

 이 상태는 '나'가 나에게서 벗어남으로써 얻어진다. 자연은 '나'를 놓을 수 있는 조건이다. 호수와 하늘과 공기와 흰 꽃이 있는 '아주 먼 곳'에서 비로소 '나'는 나를 완화하고, 활발해진다. 그리고 흔쾌하게 '나'의 바깥에 있게 된다("그곳에서 멀어진 만큼/ 나는 나를 완화하고 있었다/ 나는 나에게 활발해져 있었다/ 흔쾌하게 나의 바깥에 있었다" ―「신새벽에 나를 놓다」). 이문재에게 자연은 몸이 요구하는 본능에 가깝다. 그는 자연의 선함과 긍정적인 힘을 몸으로 감지한다. 생태학적 상상력은 그에게 체질적으로 가장 편안한 것이다. 따라서 그의 생명 예찬은 이유를 설명할 수는 없지만 그 자체가 당연하고 옳은 것이 된다.

 그에게 있어서 자연은 '지나간 과거'이자 앞으로 와야 할 '오래된 미래'이다. 과학과 합리, 이성과 효율의 이름으로 행해지는 문명의 폭력에서 인간을 구제할 수 있는 것은, 흙에 바탕한 농경공동체의 윤리이다. 그것은 모든 것들이 자연의 법칙을 따라서 순환하고, 무언가를 위해서가 아니라 태어난 그대로의 모습으로 충실하게 살아가는 것이다. 그것이 이문재의 '농업'이다. 가장 바람직한 모습은 과거에 있는 것이다.

이것은 선천적인 감수성과 맞물려, 그의 시를 자꾸 과거에 대한 그리움에 젖게 한다. "내 유전자는 그리워하는 정보밖에는 가진 게 없다"(「유전자는 그리워만 할 뿐이다」)고 스스로 단언했듯이, 모든 좋은 것, 긍정적인 것은 과거에 있다. 늘 과거로 촉수를 뻗치고 있는 이 시인의 현재의 삶은 따라서 척박할 수밖에 없다.

특이한 것은, 이 척박한 현실을 함께 살아가는 '타자'의 모습이 거의 발견되지 않는다는 점이다. 시인이 비판하는 현실에는 도시에서 살아가는 사람들의 구체적인 일상이 없다. 일상을 살아가는 사람들은 그의 시의 주제가 되지 못한다. 문명의 폭력과 자연의 부름을 알아채고 고민하는 유일한 감각의 주체는 '나'이다. 도시의 폭력성을 아는 그의 동료들은 아픈 몸을 고치러 산으로 들어가거나 벽지로 귀향해 버렸다. 남아있는 사람들은 제국에 의해 조종되는 현실을 눈치채지 못하는 어리숙한 원주민이거나 그것에 적극적으로 부응하며 길들여지는 군중일 뿐이다.

화자는 자신의 안쪽을 들여다보거나 바깥으로 눈을 돌려 자연을 본다. '죽어라고 살아낸 것'(「금줄」)은 생물들만이 아님에도 불구하고, 그는 사람들에게서는 공감을 느끼지 못한다. 모든 사유는 오직 '나'에게로 돌려진다. 이는 이따금씩 유아론적(唯我論的) 사고로 귀결되고, 그 결과 또 다른 관념론을 만들어낸다("내가 살아 있어야/ 내 죽음도 이렇게 살아 있다/ 내가 죽어야/ 내 죽음도 죽는다" —「내가 죽어야 내 죽음도 죽는다」). 그가 자주 사용하는 '몸'이라는 단어 또한 종종 구체적인 이미지를 확보하지 못하고, 관념의 대상으로 드러나기도 한다("몸에게 엎드려 절하자/ 내 몸부터 잘/ 모시자" —「몸은 더워져야 산다」). 가장 구체적인 '몸'이 오히려 관념화되는 아이러니가 발생한다.

이러한 특징들은 그의 시가 가지고 있는 추상적인 성격을 보여주는 것이다. 인간은 오직 생태계 파괴의 숨은 장본인으로서만 존재하고, 자연 대 문명은 선과 악의 구도로 단순화된다. 게다가 좋았던 모든 것은 과거에 있기 때문에, 현실은 더욱 척박해진다.

이와 비교할 때, 신작시에 나타난 두드러진 변화는 생태적 관심이 체질적인 차원을 넘어서 만물평등주의 사상으로 자리잡기 시작한다는 점이다. 자연을 그리워하고 예찬하는 데서 끝나는 것이 아니라 자연과 평등해지는 것이다. 이것은 권력에 대한 거부와 궤를 같이한다.

지금은 없어졌지만
큰비에 쓸려 갔지만
선배 따라 처음 가본
아나키스트들이 묻힌 곳
벽제 공원묘지 남서향 비탈
일렬횡대로 누워 있던 무명씨들
빛바랜 묘비명이 지키고 있었다
돌이 아니라 나무에 씌여 있던
단 한 문장

권력이 있는 곳에 정의는 없다

저 단 한 문장
그해 큰비에 떠내려갔지만
아무도 복구하지 않았을 테지만

—「나무에 새기다」 전문

　아나키스트는 권력이 한곳에 집중되는 것을 용납하지 않는 사람, 아니 권력 자체를 부정하는 사람이다. 스스로 몸을 불리는 속성을 가진 권력은 생겨나는 순간부터 부패한다. 그러므로 권력은 애초부터 없어야 한다. 어느 하나에 집중하거나 매이는 것을 거부하는 시인 역시 이런 면에서 아나키스트이다. 이문재가 비판하는 인간중심주의 또한 같은 맥락이다. 우주 안에 존재하는 것들 중에 지구, 지구에서도 인간이라는 종의 우월성을 믿고 그것의 편의를 위해 다른 모든 생태계를 파괴하는 행위야말로 권력이 행사하는 엄청난 폭력이다. 생태학적 상상력은 인간 아닌 생물과 인간인 생물을 평등하게 대우하는 것, 어느 하나에 우선권을 두지 않고 독립적으로 존재하도록 하는 데서 시작되어야 한다.

　　하루 세 번 식탁을 마주할 때마다
　　내 몸 속에 들어와 고이는
　　인간의 성분을 헤아려보는데
　　어머니 지구가 굳이 우리 인간만을
　　편애해야 할 까닭은 어디에도 없습니다

　　우주를 먹고 자란 쌀 한 톨이
　　내 몸을 거쳐 다시 우주로 돌아가는
　　커다란 원이 보입니다
　　내 몸과 마음 깨끗해야
　　저 쌀 한 톨 제자리로 돌아갈 터인데
　　저 커다란 원이 내 몸에 들어와

툭툭 끊기고 있습니다

—「지구의 가을」 부분

　인간은 순환하는 우주의 한 지점일 뿐이다. 우주의 양분과 공기와 물을 먹고 자란 쌀 한 톨이 다시 우주로 돌아가는데 필요한 한 지점. 인간을 살리기 위해 쌀이 만들어지는 것이 아니라 쌀이 다시 우주로 돌아가기 위해 인간을 거쳐간다는 생각은, 인간중심적 사고를 정면으로 뒤집는 것이다. 우주는 커다란 원과 같고, 인간은 쌀 한 톨과 마찬가지의 자격으로 그 원의 한 지점에 있는 것이다. 밥과 입과 똥이 한 원 위에 있어야 한다는 생각(「시인과 농부」) 또한 같은 것이다. 밥을 만드는 농부나 그것을 먹고 말하는 '입'인 시인은 같거나 가까워야 하고, 똥 역시 밥과 가까워야 한다(이것이 가능한 것이 바로 과거의 농업이다. 먹고 싸는 일이 한 자리에서 이루어지고, 똥이 거름이 되어 다시 먹거리가 되는 그러한 과정이야말로 우주적인 순환의 섭리에 충실한 것이다. 그런 면에서 「시인과 농부」는 「농업박물관 소식」에 비해 한결 성숙해진 생태학적 상상력의 전개를 보여주는 것이다).

　인간중심주의가 파괴한 자연을 복원하는 방법은 '나'의 우월성을 버리고 다른 생명들과 평등해지는 것이다. 나는 '나'와 평등한 모든 생명들을 사랑함으로써 새롭게 살아갈 힘을 얻는다("내가 나의 전부가 아닐 수도 있다는/ 여기가 거기가 아닐 수도 있다는/내가 여태까지 확신범이었다는 / 생각이 드는 것이다// 살아갈 힘이 사랑할 힘이라는/ 생각이 드는 것이다"—「초오유」).

　도시에서 멀어진 지 석 달째
　이렇게 온라인 바깥으로 나오자

　　　　지금이 길고 여기가 넓다

　　　　나는 내가 아니어서 나다
—「여름」 부분

　　이러한 생각은 '나는 내가 아니어서 나다'라는 결론을 이끌어낸다. 화자가 도시를 벗어나서 자연 속으로 들어가 칩거하는 것이나 전원을 끄고 온라인 밖으로 나오는 것은 이전의 시들과 흡사하지만, 결론은 훨씬 단정적이고 분명하다. '내가 아니기 때문에 나'라는 발언은 나와 나 아닌 것 사이의 평등성을 전제로 할 때만 가능한 것이다. 이것은 '나는 생각한다 고로 존재한다'라는 유명한 명제를 거꾸로 뒤집은 것이다. 지금까지 나의 존재 의의였던 이성적 사고는 인간중심주의를 낳았고 다른 생명에 대한 인간의 폭력성을 합리화하는 근거가 되어 왔다. 이것이야말로 주관적이고 독선적인 인간의 인식이다. 바람직한 미래는 이 틀에서 벗어나 '나'와 다른 생명을 평등하게 볼 때 비로소 열리는 것이다.

　　만물평등주의적인 시각을 통해, 이문재의 시는 몇 가지 변화된 특징들을 가지게 된다. 우선, 시간의 평등성을 들 수 있다. 만물이 평등하다는 것은 지금 현재 존재하는 것들 사이의 평등이다. 이제 과거는 지나간 추억이 아니라 현재의 삶에 영향을 미치는 어떤 사건으로 틈입해 들어온다("옛날은 가는 게 아니고/ 이렇게 자꾸 오는 것이었다"—「소금창고」). 주체가 과거로 회귀하는 것이 아니라 과거가 현재 속에 들어오는 것이다. 이것은 회상하는 주체가 현재의 시점에 발을 딛고 있다는 점에서, 과거지향적인 특징과 구별된다. 과거는 그렇게 해서 현재와 나란히 있는 것이다. 미래 역시 마찬가지다.

　　　　가지 않은 곳은 모두 미래다

그날 만나지 못했던 그 사람도
읽지 않은 그 책의 몇 페이지도
옛날이 아니다

(중략)

화살기도하듯이 외운다
안나푸르나 칸첸중가 시샤팡마 초오유
희박한 산소를 모아 중얼거린다
저기, 히말라야 하이웨이
내 전생들이 새카맣게 올라오고 있다

—「샹그리라」 부분

'가지 않은 곳은 모두 미래다' 라는 생각은 과거와 현재와 미래가 한 시점에서 만나는 대목이다. 일상적인 생각으로 보면 '가지 않은 곳' 은 과거에 속한다. 그러나 실제 내용을 따지고 보면, 그곳은 가지 않았고 그러므로 아직 완료되지 않은 상태로 남아있는 미래인 것이다. 히말라야 산맥의 산 이름을 외고 있는 현재의 시점에서 '전생' 이 떠오른다. 그것은 분명 '나' 의 과거의 일이되, 내가 겪지 않은 일이므로 미래에 속한다. 나는 현재의 자리에서 과거와 미래를 동시에 보고 있는 것이다. 시각의 평등성은 이처럼 시간의 평등성을 불러온다.

또한 나와 나 아닌 생명들을 평등한 것으로 바라보게 되면서, 시인은 '나' 를 둘러싸고 있는 주위의 다른 사람들에게도 시선을 돌리고 있다. 주체의 평등성이다. '나' 의 심정과 소망을 간절히 빌다가 '나 하나만 잘된다는 게 도무지 현실적일 수가 없다' 는 결론에 이른 것이다(「기도하는 법」). 그것은 너무나 당연하고 소박한 생각이지만, 이문재의 시에서 이러한 깨달음은 타자의 삶에 대한 관심을 예정하는 것이어서 의미심장하다. 분단 현실에 대한 관심은 개인의 관심이 다른 사람들의 문제로 확산되는 한 예라고 할 수 있다.

> 6일 동안의 일정을 마치고 다시 고려항공에 올랐습니다
> 평양공항에서 인천공항까지 불과 한 시간
> 가는 데는 60년이 걸렸지만 돌아오는 데는 그냥 한 시간이었습니다
> 착륙하자마자 출발할 때 맡겨둔 휴대전화를 돌려받았는데
> 문자 메시지가 여럿 떠 있었습니다
> 식구나 친구들이 도착 시간에 맞춰 연락해놓았던 것이겠지요
> 로동신문이 펼쳐쳐 있는 비행기 안에서 얼른 열어보았습니다
>
> 보관된 편지 001
> 비씨 이문재님, 오늘은 제일 비씨 결제일입니다.
> 즐거운 하루 보내시기 바랍니다. 7/25 12:58p
>
> 보관된 편지 002
> 〔외한카드〕이문재님, 카드 대출 이자율 8월 31일까지
> 4% 포인트 인하. 수신 거부 08088888881 7/25 1:06p
>
> 나는 성큼성큼 자본주의 속으로 걸어들어왔습니다
>
> —「즐거운 하루」부분

남과 북의 작가들이 함께 보냈던 가슴 벅찬 감동은 '나'와 타자가 심리

적으로 하나가 되는 드라마틱한 경험이다. 짧은 시간 동안의 일정을 마치고 자본주의 세계로 들어서는 초입에, 핸드폰 문자 메시지가 반갑게 나를 맞는다. 기계를 통해 자동적으로 이자율과 결제일을 알려오는 이 공간은 비인간적이고 비생태적인 공간이다. 이문재는 이에 착안하여 "분단 현실도 넓게 보아 생태학에 편입할 수 있다"고 말한다. 생태학적 상상력을 인간인 타자와의 관계로 확산시키는 것이 앞으로의 그의 과제가 될 것임을 보여주는 대목이다. 분단 현실은 그 끝 정도에 있지 않을까.

이처럼 이문재의 생태시는 체질적인 것에서 논리적인 것으로, 개인적인 것에서 공동체적인 것으로, 과거적인 것에서 미래적인 것으로 변화하고 있다. 그는 생태학적 관점에서 '지금 우리가 영위하고 있는 도시적 삶은 전적으로 전복되어야 한다' 고 본다. 그것은 지구에 존재하는 아니 전 우주의 만물의 질서를 평등한 입장에서 새롭게 개편하는 것이다. 그러나 그것은 이론적으로는 매력적인 일일지 모르지만, 그것 자체가 또 다른 이데올로기가 될 위험성을 안고 있다. 이문재 역시 이것을 경계하고 있다. 그의 시가 다른 생태시와 다를 수 있는 가능성은, 이같은 반성에 있다. 메시지가 강해지면 구호가 되고, 구호가 되는 순간 시의 생명은 끝난다. 생태학적 상상력을 지속시키면서 그것이 맹신이나 이데올로기로 전락하지 않기 위해는, 생태학적 상상력 자체에 대한 반성과 비판이 이루어져야만 하는 것이다. 사족을 덧붙인다면, 이문재의 경우 그 반성은 그가 지닌 '젖은 감수성' 에서 온다. 당위나 실천으로 귀결되는 생태주의적인 발언이나 문명 비판만으로는, 이문재의 시를 다 말할 수 없다. 홍건함과 지극함으로 표현되는 것들, 체질적으로 젖어있는 그것들이, 그의 생태학적 상상력을 개성있게 하는 것이다. 그의 시가 메시지로 경직되지 않는다면 말이다.

(한국문학, 2005. 가을)

전시하는 육체와 전시된 육체,
바라본 구멍과 내 몸의 구멍

김언희

1. 버려진 딸

김언희의 시는 변화하고 있다. 이때 '변화' 는 질적인 의미의 '발전' 과 단계적인 이동이라는 '추이' 의 의미를 내포하고 있는 개념이다. 그래서 그녀의 최근 시집 『뜻밖의 대답』을 읽는 것은 기분 좋은 일이다. 물론 한 시인의 시를 굳이 연대기순으로 혹은 시집별로 분석하고 설명할 필요는 없다. 때로 연대기에 의거한 분석은 그야말로 픽션을 만들어 내기도 한다. 그러나 김언희의 세 권의 시집[1]은 확실히 서로 다르며, 각각은 부분적인 단절과 확장의 관계에 놓여있다. 『트렁크』가 상식과 도덕을 전복시키고 엽기적이고 발칙한 상상력으로 경악을 자아내는데 성공했다면, 『말라죽은 앵두나무 아래 잠자는 저 여자』에서 이러한 특징은 한층 더 두드

---

1) 독자의 편의를 위해서 인용하는 시가 실린 시집을 표시한다. 이하에서 『트렁크』는 1, 『말라죽은 앵두나무 아래 잠자는 저 여자』는 2 그리고 『뜻밖의 대답』은 3으로 표시할 것이다. 시의 제목 옆에 병기된 숫자들은 그 시가 실린 시집을 의미한다.

러지면서 구체적인 방향성을 획득한다. 엽기의 화살은 가부장제라는 제도에 맞추어지고 대립의 구도는 단순 선명해진다. 두 시집에서 모두 시인은 훼손된 육체와 왜곡된 관계들을 전시하고 연출하는 위치에 있다. 『뜻밖의 대답』에서 가장 두드러진 변화는, 시인이 전시를 기획하는 연출자가 아니라 스스로 전시의 일부분이 된다는 데 있다. 말하자면 '고름을 흘리는 구멍'을 전시하고 조종하는 입장이 아니라, '썩어가는 구멍'을 가진 스스로의 몸을 돌아보는 것이다. 내게 이 시집은 시인의 위독함을 알리는 절실한 구조 요청 신호처럼 보인다. 예컨대 「예를 들면」(3) 같은 시. 이제 그녀는 모독을 가하는 주체에서 모독당하는 주체로, 전시하는 몸에서 전시되는 몸으로 옮겨앉아 있다. 그 이동의 과정에는 당연히 농담과 섹스와 엽기가 있다. 세간의 비난과 지지를 동시에 받으며 세 권의 시집을 내는 동안, 그녀는 왜 이처럼 과격하고 비정상적인 언술만을 고집하는 것일까?

지금까지 김언희의 시는 주로 아버지와의 관계를 중심으로 논의되어 왔다. 「HOTEL ON HORIZON」(1)이나 「아버지의 자장가」(1), 「가족극장, 이리와요 아버지」(2) 등의 시들은 표면상 근친상간의 욕망 혹은 매저키즘적인 성욕을 상징하고 있는 것처럼 보인다. 물론 여기서 '아버지'는 실제의 아버지와는 구별된다. 그것은 여성인 화자가 가지고 있지 못한 남근을 가진 남성 일반이고, 실제의 아버지를 포함한 '아버지'라는 권위이다. '나'는 아버지를 증오하고 부정하며 동시에 애타게 갈망한다. 아버지에 대한 모독과 부정은 역으로 아버지에 대한 강한 집착을 의미한다. 아버지와의 섹스 욕망은 아버지에 대한 미움과 그리움이라는 양가감정을 상징적으로 표현하는 것이다.

이때 아버지와 딸의 관계는 일상적인 부녀관계와 크게 다르지 않다. 아버지의 입장에서 딸은 '언젠가는 남의 집 사람이 될 예비적인 남'이고, 딸의 입장에서 아버지는 '아들을 통해 자신의 대를 잇기를 바라는' 가부장제적 욕망을 가진 존재이다. 그러므로 대를 잇는 것과는 무관하게 사랑을 갈구하는 딸의 욕망과 대리인을 물색하는 아버지의 욕망은 결코 일치할 수 없다. 아버지에 의해(대부분의 경우 어머니에 의해서도) 버려진 딸들은 아울러 돌아갈 '집'을 상실한다.

> 그것 말고는 아무것도 너를 기다리고 있지 않은 집으로 너는 돌아간다 한 번도 집이었던 적이 없는 집으로 그 집에서 너는 한 번도 밥이었던 적이 없는 밥을 먹는다 경멸과 면박의 망각과 질식의 더운밥을 먹는다 한 방울 피에도 되살아나고 되살아나는 괴물의 집 외눈박이 의처의 집에서 너는 한 번도 잠이었던 적이 없는 잠을 잔다 한 번도 꿈이었던 적이 없는 꿈 매일 밤 똑같은 꿈을 꾼다 하룻밤도 **빠짐없이** 한 장면도 **빠짐없이**
>
> —「애야, 집이 어디니?」(3) 부분

여성에게 있어서 집은 평화와 휴식의 공간이 아니다. 그곳은 아버지의 법이 지배하는 남자들만의 공간이다. '음산한 죽음의 교실' 같은 그곳에서 아버지는 자기 방식대로 사물을 나누고 계산하는 법을 가르친다(「이제부터 진짜」(3)). '나'가 가족을 부정하게 되는 것은 이러한 원체험에서부터 비롯된 것이다. 가족은 나를 구박하고 경멸하고 차별하는 요인으로만 존재한다. 그것은 '도살기구들이 흔들거리는 벙커'(「벙커 A」)와 같고, '아낌없이 주면서 남김없이 죽이는 흉기'(「어떤 입에다 그걸」)와도 같은 것이다. 그것들은 나를 강하게 만드는 것이 아니라 '제 오물로 돌아오고 돌아오는 개'로 만든다.

이러한 생각은, 정도의 차이는 있지만 여성이면 누구든지 체험하게 되는 일상적이고 보편적인 경험이다. 그것이 특정한 개인에게 가해지는 부성의 폭력이든지 아니면 가부장제의 질곡이든지, 그 생각만으로는 타성적인 굴레를 넘지 못한다는 말이다. 문제의 핵심은 그녀가 아버지와 화해하지 못한다는 사실이 아니라 그렇게 된 원인 즉 아버지를 부정하고 불화하는 이유가 무엇인가 하는 것이다. 그 이유를 탐색해가는 가운데 우리는 아버지의 존재 뒤에 있는 거대한 형상, 어머니를 만나게 된다.

2. 나를 낳고 또 삼키는 어머니

김언희 시에서 어머니는 아버지 못지않게 자주 반복되는 이미지이다. 실제 김언희의 시에는 어머니가 아버지보다 더 큰 위협으로 자리잡고 있다. 어머니는 나에게 생명을 준 동시에 언제든지 그것을 거두어갈 수 있는 위협적인 존재이다. 크리스테바에 의하면, 어머니는 일정한 시기가 되면 젖을 거두어감으로써 아이에게 분리와 거부의 경험을 안겨준다. 이러한 분리의 경험은 소급해 올라가서 출산에서부터 시작된다. 출산은 어머니가 자신의 몸으로부터 아이를 밖으로 밀어내는 강제적인 추방이며 거부이다. 이로 인해 아이들은 영원히 어머니를 그리워하게 되며, 어머니가 다시 자신을 삼켜버릴지도 모른다는 공포에 휩싸이게 된다.

낙, 낙, 낙, 나킹 온 헤븐스 도어, 이봐요 의사 선생
지금 저 산모는 가랑이로 신생아를

삼키고 있잖소, 낙, 낙, 낙, 앞문은
폐문, 낙, 낙, 낙, 뒷문도

폐문, 옆집 문을
두드렸죠, 낙, 낙, 낙, 네 이웃을

네 몸처럼 핥아라, 핥았죠, 릭, 릭, 릭,

천국의 문고리를, 릭, 말장난은

—「Knock, Knock, Knock」(3) 부분

어머니의 가랑이에 머리가 끼어 있는 신생아의 모습은 마치 프리다 칼로의 그림 「나의 탄생」을 보는 듯하다. 출산의 순간은, 거꾸로 보면 신생아를 삼키는 모양과 같다. 그것은 출산과 동시에 어머니의 공포가 시작됨을 상징한다. 특히 『말라죽은…』의 「가족극장, 중절되지 않는」, 「가족극장, 목단」, 「가족극장, 살진 어머니」, 「가족극장, 구렁이」 등에서, 어머니는 나를 삼키고 빨아먹고 씹어먹는 거대한 입 혹은 구멍으로 표현된다.

개같은

똥구멍

갈보같은 구멍

천역에 찌들린 구멍, 피로로

썩어가는 구멍, 이미

끝장이 난 구멍

끝장이 난 다음에도 중얼거리는

크르륵거리는 구멍, 풍선껌을

씹는, 말랑말랑한 이빨로

내 머리를 씹는, 옴쭉

옴쭉 나를

삼키는

구멍

—「황혼이 질 때면」(2) 부분

　여기 나오는 구멍은 어머니의 생식기이다. 섹스를 하고 아이를 낳느라 평생을 시달리며 천역을 거듭하던 구멍, 이제 피로해진 썩어가는 구멍, 섹스도 출산도 끝나버린 늙은 여자의 생식기. 그럼에도 불구하고 어머니의 구멍이 나를 낳았다는 사실은 변하지 않으며, 그 구멍은 언제든지 나를 도로 삼켜버릴 수 있는 위협으로 자리잡고 있다. 이빨이 빠진 늙은 노파가 옴쭉거리며 무얼 먹듯이, 내 머리를 옴쭉 옴쭉 삼키는 구멍. 이는 표제시이기도 한 「말라죽은 앵두나무 아래 잠자는 저 여자」에서도 동일하게 반복된다.

　　말라죽은 앵두나무 아래 잠자는 저 여자는 아직도 죽지 않았다 양 한 마리가 무릎을 꿇은 채 여자의 잠속을 절룩절룩 걸어다닌다 도끼에 찍힌 자국들이 헐벗은 사타구니처럼 드러나 있는 앵두나무 저 여자는 언제 죽을까 죽은 앵두나무 아래 죽을 줄 모르는 저 여자 미친 사내가 도끼를 들고 다시 등 뒤에 선다 미래의 상처가 여자의 두개골 속에서 시커멓게 벌어진다 앵두나무 죽은 앵두나무 말라죽은 앵두나무 도랑을 가득 채우고 흐르는 것은 검은 머리카락이다.

—「말라죽은 앵두나무 아래 잠자는 저 여자」 전문

　앵두나무가 '말라죽었다' 는 것은 남자와의 성적인 교접이 이루어지지 않음을 상징하고, '말라죽은 앵두나무 아래 잠자는 저 여자' 는 불임의 여자이다. 그럼에도 불구하고 그 여자는 '아직도 죽지 않았다.' '도끼에 찍힌 자국들이 헐벗은 사타구니처럼 드러나 있는 앵두나무' 의 이미지는 「황혼이 질 때면」의 '천역에 찌들린 구멍, 피로로 썩어가는 구멍' 의 이미지와 동일하다. 그러나 출산과 섹스가 끝난 후에도 죽지 않는 저 여자, 그것이 바로 어머니이다. 그럼에도 불구하고 어머니는 여전히 나를 삼키는 구멍으로 나를 지배하고 있다("어깨 위에 삿을/ 벌리고/ 걸탄// 내 어깨 위에 목단꽃처럼 피어 흐드러진 어머니" —「가족극장, 목단」(2)).

3. 남근 없는 아버지

'나' 가 아버지를 필요로 하는 이유는 이 어머니의 공포에서 벗어나기 위한 것이다. 여자아이는 아버지의 시선을 빌려 어머니의 육체를 비천한 것으로 취급함으로써 어머니와 분리된다. 이것이 크리스테바가 말하는 아브젝션(abjection)이다. 여자아이가 아브젝션 단계를 거치기 위해서는 '상상의 아버지' 즉 상징계의 기준을 가진 아버지의 법을 필요로 한다. 만약 그 아버지가 없다면, 유아는 아브젝션을 거쳐 어머니와 분리되는 것이 아니라 아브젝션에 의해 삼켜진다. 썩어 문드러지는 육체, 고름을 흘리는 구멍, 늘어나서 더 이상 수축되지 않는 음순 등은 '비천한 몸' 의 대표적인 예들이다. 『트렁크』와 『말라죽은…』에 등장하는 대부분의 육체 이미지들은 이 선상에 놓여있다.

문제는 김언희의 시에 이러한 상상의 아버지가 존재하지 않는다는 것이다. 「HOTEL ON HORIZON」(1)이나 「아버지의 자장가」(1)에 등장하는 나와 섹스하는 아버지의 형상은, 「가족극장, 이리와요 아버지」(2), 「가족극장, 과부가 된 아버지」(2)에서는 여성의 성을 부여받고 여성 성기를 뒤집어쓴 형상으로 바뀌어 있다. 아버지는 나에게 어머니를 대체할 만한 어떠한 조건도 갖추지 못한 무능력한 존재일 뿐 아니라, 어머니가 나를 위협하기 위해 보낸 가련한 희생물이다.

있지, 아빠

왜파의 나라에선

원숭이를 겁주려고 닭을 죽인대

죽인 닭은 유리병에 넣어

생일 선물로

준대, 나도

받았어…… 아빠

내가 받은

닭은

닭은, 아빠였어

머리와 자지를

떼낸

―「가족극장, 왜파의 나라」(2) 전문

'머리와 자지를 떼낸 아버지'는 독립성을 완전히 상실했을 뿐만 아니라 성적으로도 무능력한 존재이다. 그는 이제 나에게 아무 도움도 주지 못하는 존재이다. 어머니는 나에게 거세된 아버지를 보냄으로써, 나 역시 어머니의 지배 영역에서 벗어나지 못한다는 것을 암시한다("담 너머로 어머니가 아버지를 훌쩍/ 던져준다// 덥석, 입으로 받아문다 아버지를/ 몰고 흔드는 나를// 담장 위에 걸터앉은 어머니가/ 내려다보고 있다//아버지를 먹여/ 기른 나를// 언젠가, 어머닌……"―「가족극장, 언젠가는」(2)). 결국 '나'는 어머니의 육체를 비천시하면서도 그를 대체할만한 다른 권위를 가지지 못함으로 인해 헤매게 되는 것이다.

이것은 김언희 시의 '나'가 오이디푸스 단계로 진입하지 못하고 전오이디푸스 단계에 머물러 있음을 증명하는 것이다. 프로이트에 따르면, 남근기는 여자아이와 남자아이에게서 각각 다르게 진행된다. 여자아이는 자라면서 자신에게 남근이 없음을 발견하고 어머니에게 그 원인을 돌리며, 동시에 아버지의 남근을 선망하게 된다. 남자아이가 아버지의 거세위협에 부딪치면서 오이디푸스 단계를 벗어나는 데 비해, 여자아이는 아버지의 남근을 선망함으로써 비로소 오이디푸스 단계에 진입하게 된다. 그러나 자지를 떼낸 아버지는 이러한 남근선망의 모델이 되지 못한다. 그럼으로써 '나'는 오이디푸스 단계로 옮겨가는 데 실패하는 것이다. 결국 문제는 아버지와의 관계가 아니라 어머니와 '나'의 관계로 되돌려진다.

4. 어머니와의 싸움

실제 삶에서 어머니는 여성인 '나'에게 자신의 삶의 방식을 반복할 것을 종용한다. 엄마가 부재한 공간에서 엄마의 역할을 대신하는 것은 딸이다. 딸들은 식사와 빨래를 책임져야 하고, 여자라는 이유로 남자형제들에게 양보할 것을 강요당한다. 반대로 귀하고 좋은 것은 우선 아들의 몫이다. 이러한 규칙을 만들고 시행하는 것은 아이러니칼하게도 같은 여성인 어머니이다.

홀로 어머니와 맞서게 된 '나'의 싸움은 이런 어머니의 규율을 어기는 것으로 요약된다. '나'는 자신의 난관을 태워버림으로써, 어머니의 상징이자 특권인 출산을 거부한다. ("자궁으로 가는 길은 불태워졌다// 소작(燒灼)된 길/ 위에서/타고 남은 내 몸은// 내가 낳은 난자를 먹어치운다// 피가 벌건/ 입으로" ―「가족극장, 소작된」(2)) 이때 출산은 여성에게 주어진 의무가 아니라 자신의 의지에 의해 선택할 수 있는 선택적 사항이다. 이는 출산과 양육을 통해 자신의 존재 위치를 지키고자 했던 어머니의 방식을 전면 부정하는 것이다. '나' 는 대를 이을 아이를 낳은 보상으로 한 집안의 일원으로 인정받기를 거부하고, 차라리 미친여자가 되는 길을 택한다.

　　밥상 밑의 인당수, 침대 밑의 인당수, 의자 밑의 인당수, 행간의 인당수, 살기 위한 천 행의 거짓말, 천 행의 죽음 너는

　　쓴다, 쓴다는 醜態, 극단과 말단을 위한, 집요한 천착을 위한, 무한 반복을 위한 진정제, 이미 항문이 열려버린 세계를 위한 진정제, 너는

　　쓴다, 쓴다는 惡行, 불타는 집에서 머리카락에 불이 붙은 여자가 창문마다 뛰어다니며 창살을 쥐고 흔드는 동안, 목맨 여자가 거기 아직

　　매달려 있는 동안, 너는 쓴다, 영원하고도 더러운 지옥, 동어 반복의 지옥을 헤매며, 썩은 고기를 파내는 개처럼, 파낸다 자궁 속에서

　　썩어가는 아버지를, 더럽게 맛없는 금단의 단백질을, 파낸다 피를 뻘뻘 흘리며, 천 년 묵은 겸자, 퍼렇게 녹슨 겸자로
　　　　　　　　　　　　　　　　　　　　　　　　　　—「시, 추태(醜態)」 (3) 전문

　　이 시의 '인당수' 는 어머니의 삶을 증거해 주는 가장 중요한 상징이다. 전통적인 우리의 어머니들(혹은 현재의 대부분의 어머니들까지도)은 희생과 헌신, 인내를 여성의 당연한 의무로 여기며, 그것을 바탕으로 한 남

자(남편, 오빠나 남동생, 아들)의 성공을 자신들의 삶의 최고의 성공이라고 생각한다. 이것이 극적으로 형상화된 모델이 심청이다. 그러나 나는 심청이 되길 거부함으로써 어머니의 규율을 거부하는 것이다.

한편 이 시는 김언희 시의 창작 동기의 일면을 밝혀주고 있어 흥미롭다. 그녀에게 있어 '쓴다'는 행위는 결국 어머니의 규율에서 벗어나기 위한 것이다. 즉 밥상 밑, 의자 밑, 침대 밑 어디에나 있는 인당수, 즉 오직 남성을 위한 희생과 헌신을 요구하는 상황을 벗어나기 위한 몸부림인 셈이다. '쓴다'는 행위의 절실함, 그리고 고립무원함은 '머리카락에 불붙은 여자', '목맨 여자'로 형상화되어 있다.

5. 내 몸의 구멍, 위독한 자아

그녀는 육체를 훼손하고 어머니의 규율을 어김으로써 공포의 어머니로부터 도피하고자 한다. 이 싸움에서 그녀는 이길 수 있을 것인가?

그러나 그녀가 이 과정을 통해 발견한 '뜻밖의 대답'은 훼손된 육체가 곧 '나'의 것이라는 자각이다. 추행하는 자와 추행당하는 자의 이름이 같고(「밀담」(3)), 모독하는 자와 모독당하는 자가 결국은 같다는 것. 즉 누워서 침 뱉기, 자기 모독인 것이다. 썩어가는 육체는 곧 자신의 육체이다.

예를 들면, 백 년 동안 장롱 아래 깔려 있듯이, 깔린 채 팔만 개의 막대 사탕을 빨듯이,

예를 들면, 흡혈귀 이상으로 흡혈귀가 되어가듯이, 하루도 남의 피를 빨지 않고서는 살 수 없듯이,

　　예를 들면, 장님이 되어가는 사람의 하나 남은 눈동자를 후벼 먹듯이, 하나뿐인 출구가 매독 걸린 입이듯이,

　　예를 들면, 그것의 피를 묻히지 않으려고 이것의 피를 묻히듯이, 뭔가를 안 하려고 뭔가를 하듯이,

　　예를 들면, 주방 기구와 섹스하듯이, 너무나 모멸적인 섹스 파트너, 그것이 너를 삼키듯이 토해내듯이,

　　예를 들면, 어제가 기억나지 않듯이, 어제 뭐 했지? 어제 뭐 했더라……? 1분도 기억나지 않듯이,

―「예를 들면」(3) 전문

　　'나'는 백 년 동안 장롱 아래 깔려있고, 단 하루도 남의 피를 빨지 않으면 살아갈 수 없는 흡혈귀 같은 존재이다. 몸에 있는 모든 구멍, 출구는 막히고, 남은 입은 매독에 걸려 있고, 그러면서 그 입으로는 장님이 되어가는 자의 마지막 눈동자를 먹어야 하는 최악의 상황. 구멍은 '나'의 몸에 있는 것이고, 그 구멍마저 막힐 때 나에게는 오직 절망만이 남는다. 썩어들어가는 것은 어머니의 몸만이 아니라 '나'의 몸이기도 한 것이다. 그러나 이 모든 상황에서 도망칠 수는 없다. 이것을 피해 달아나면 저것이 있고, 저것을 피하면 또 다른 저것이 있는, 선택할 때마다 상황은 더더욱 나빠지기만 하는 상황. '나'는 이 극단적인 고립과 한계상황에 있다.

　　지금까지의 김언희의 시가 의도적으로 모멸의 대상을 제공해 왔다면, 『뜻밖의 대답』에서는 모멸을 느끼는 주체가 보인다. 여기서 김언희는 처음으로 관음증적 시선 앞에 전시된 육체에 대해 발언한다. 그것은 환멸과

불안과 공포의 산물이다. 그녀는 동어반복적으로 생산되어온 엽기적인 장면들을 잠시 중단하고 그것이 나오게 되기까지의 과정에 대한 성찰을 드러낸다. '쓴다'는 행위가 어머니의 공포를 벗어나기 위한 절박한 표현이었다고 한다면, 이제 자신에게서 어머니의 구멍을 발견한 '나'에게, '쓴다'는 행위는 무언가 다른 의미로 재정의되어야 한다. 이는 결국 시 쓰기 행위 자체에 대한 반성과 질문으로 연결된다.

김언희의 많은 시에서, '시'는 반복해서 쓰여지는 농담이고 신음이며 악몽이고 망상으로 표현된다. 그것은 '어쩌다가 당신 입 안에 들어간 내 개가 눈 똥'(「시」(3))이고, '숙련된 갈보의, 리플레이 되는 집요한, 荒淫의 트랙'(「볼레로」(3))이며, '쓰면 쓸수록 코를 찌르는 악취'(「이보다 더」(3))를 풍기는 것이다. 그녀는 기존의 '시'를 모독하고 부정하는 데 자신의 창작의 의의를 두는 것처럼 보이기도 한다("넌 뭐 하나 해놓은 게 없어 네가 한 게 뭐 있니 죽은 닭의 털구멍처럼 종이의 털구멍이 훤히 보이기까지 헛소리밖에 더 했니 종이 아가리가 찢어지도록 네 년의 더러운 종이 가랑이가 찢어지도록 벌려주기밖에 더 했니 젓가락을 든 구더기들이 밑구녁을 다 파먹기까지" —「누가 내 시에 마요네즈를 발랐지」(2)). 이같은 야유와 모독은 『뜻밖의 대답』에서도 여전히 계속되고 있다. 다만 여기서 특징적인 것은 이러한 야유와 함께 자신의 시 쓰는 행위 자체에 대한 반성과 질문이 등장한다는 점이다.

오늘도 어김없이 칠판이 오고 시작도 끝도 없는 칠판 검은 복면의 칠판이 오고 끄적거리면서 네가 사라지는 끄적거려지면서 네가 사라져가는 밤의 칠판 아침의 칠판 오후 네 시의 칠판 콧구멍에서 허옇게 석회가 흐르는 徒勞의 마멸의 쓰디쓴 환멸의 칠판이 오고 네 입속 분필처럼 부러지는 혀 네 질 속 분필처럼 부러지는 성기 면상 가득 허옇게 회가 흐르는 막다른 칠판 새벽 세

시의 칠판이 오고 불면의 악몽의 질주의 칠판이 오고 피할 수 없는 칠판 네
가 허연 가루로 으깨어져 내리는 검은 구멍의 칠판이 오고
—「오늘도 어김없이」(3) 전문

오늘도 어김없이 찾아오는 검은 칠판은 시를 쓰는 상황이다. 그것이 비
록 스스로 물린 "자발적인 재갈"(「시, 거룩한」)이라 하더라도, 쓰고 나면
다시 검은 구멍으로 남는 칠판은 시인의 정신을 압박하는 요인임에 틀림
없다. '한 자를 쓰면 두 자가 지워지고 한 줄을 읽으면 두 줄이 잊혀지는'
(「오늘도 쓴다마는」)막막함, 끄적거리는 동안 '나' 가 사라지고, 이윽고
쓰는 것 자체가 자동화되어 자신의 의지와는 무관하게 '끄적거려지면서'
시가 쓰여질 때의 위기감. 이것은 김언희가 처한 시적인 상황을 솔직하게
드러내고 있는 부분이다. 자신의 경멸의 대상을 자신 안에서 발견할 때,
'나' 가 할 수 있는 일은 무엇일까? 시가 썩은 세상을 향해 던지는 조롱과
야유가 아니라 스스로를 향해 돌려지는 질문이라면, 시란 무엇을 할 수
있는가?

　이제 김언희는 문학적 삶의 클라이막스이자 전환점에 이른 듯하다. 그
녀의 시는 공포의 어머니와 남근 없는 아버지 사이에서 떠돈다. 즉 주체
는 아버지와 어머니 어느 한 쪽에서도 동일화할 수 있는 대상을 발견하지
못한다. 그녀의 시가 파괴와 전복, 해체와 전시에만 매달리는 것은 이 때
문이다. 그러나 자신이 훼손하고 전시한 육체가 결국 자신의 것이었음을
발견하면서, 그녀의 시는 독설과 야유 뒤에서 잠시 주춤거린다. 썩어가는
자신의 육체를 돌아보는 그녀의 목소리는 긴박하고 위독해 보인다. 전시
하는 육체에서 전시된 육체로 옮겨앉은 그녀의 시가 어떻게 변화할 것인
지, 흥미로운 일이 아닐 수 없다. 위기는 곧 기회일 수도 있다.
(오늘의 문예비평, 2005.가을)

젊은 서정시의 현재와 미래

문태준

　서정시는 기본적으로 자아와 세계의 동일성을 전제로 한다. 이는 서정시의 자아가 항상 세계와 조화로운 관계에 놓여 있다는 것이 아니라, 서정시가 주체와 세계 사이의 아날로지에 바탕하고 있다는 것을 말한다. 그것은 우주적 '상응'이라는 개념을 전제로 하는데, 이에 의하면 세계는 인간을 포함한 모든 존재들이 자신의 닮은꼴과 상응을 발견하는 조화로운 공간이다. 서정시에서 자연과 인간이 종종 은유 관계에 놓이는 것은 이같은 원리에 기반한다. 은유란 본질적으로 서로 다른 사물 사이의 유사성에 의해 성립되는 것이기 때문이다.

　서정시의 자아가 세계와 조화로운 관계에 있는가 하는 것은 이와는 다른 차원의 문제이다. 서정시가 본질적으로 자아와 세계 사이의 아날로지에 바탕한다고 하더라도, 개별적인 서정시의 자아가 세계와 어떤 관계를 맺고 있는가 하는 것은 차이가 있기 때문이다. 서정적 자아가 어떤 이유로 해서 세계와의 조화로운 관계를 지속하지 못할 때, 슬픔이 발생한다.

본래 하나였던 것에서의 분리가 더욱 큰 상실감을 불러일으킨다. 서정시에서 흔히 나타나는 한과 애상은 여기서 생겨난다. 그렇다고 해서 서정시인이 자아와 세계의 유비 관계를 부정하는 것은 아니다. 상실감은 오히려 유비 관계의 파기에서 온다. 요약하자면, 서정시는 '세계와의 유비관계를 전제로 하는 서정적인 경향을 띠는 시'라고 할 수 있다.

이 때 서정시는 기본적인 몇 가지 특징들을 가지고 있다. 우선 서정시는 자연을 중요한 소재로 하는데, 이는 서정시가 자아와 세계의 유비 관계를 전제로 한다는 것과 무관하지 않다. 자연은 주체인 인간과 관계를 맺는 일차적이고 현실적인 세계로서, 인간의 삶과 더불어 있는 환경으로서 시의 소재가 된다. 그것은 생활의 공간으로 나타나기도 하고 휴식과 위안의 상징이 되기도 한다. 특히 서정시에서 자연은 인간적인 속성을 가진 것으로 해석되곤 하는데, 이는 자연과 인간에 대한 유비적 이해를 직접적으로 보여주는 것이다.

또, 서정시의 시간은 과거와 현재, 미래가 원환으로 이루어져 있다. 미래는 과거에 있고, 미래와 과거는 또한 현재에 있다. 과거의 시간은 서정시에서 특히 중요한 의미를 갖는다. 서정시의 중요한 계기가 되는 '유년'은 과거의 시간이 현재에 어떻게 영향을 미치는가를 보여주는 예이다. 의미 있는 과거의 한 순간은 마치 정지된 한 장면처럼 각인되어 있다가 수시로 현재에 틈입한다. 이 때 시간은 물리적인 흐름에서 벗어난 '지속'의 형태로 현재화된다.

젊은 서정시인을 대표하는 문태준의 시는, 자연을 소재로 하면서 시간의 흐름과 인간의 삶의 모습을 천착함으로써 이상과 같은 서정시의 특징을 잘 보여준다. 세 번째 시집 『가재미』는 자연이라는 배경, 늙음에 대한 편애, 여성에 대한 우호적인 태도 등 그의 시가 보유해온 특징들을 그대로 유지하고 있다. 그런 한편으로, 그의 시가 조금씩이나마 변모의 양상을 보이고 있음을 감지하게 하는 몇 가지 단서들이 포착된다는 점에서 흥미롭다.

1. 불가항력의 시간, 과거로 향하는 '늙음'

문태준은 기본적으로 외부 세계를 수긍하고 받아들이는 자세를 견지한다. 대표적인 것이 시간에 대한 긍정이다. 그는 생명을 가진 것들이 태어나고 자라고 늙어서 죽어가기까지의 과정에서 시간의 흐름을 실감한다. "몸이 뿌리로 줄기로 잎으로 꽃으로 척척척 밀려가다 슬로비디오처럼 뒤로 뒤로 주섬주섬 물러나고 늦추며 잎이 마르고 줄기가 마르고 뿌리가 사라지는 몸의 숙박부"(「극빈 2」) 라는 구절은 이러한 시간의 흐름을 적확하게 표현하고 있다. 씨앗이 발아하고 물과 양분이 뿌리로부터 올라와서 줄기와 잎으로 옮겨지고 꽃이 만개했다가, 어느 날 꽃이 지고 잎이 마르고 줄기가 마르고 이윽고 뿌리까지 사라지는 식물의 생과 같은 것이 인간의 삶이다. 그것을 바라보는 시인의 입장은 지나칠 만큼 담담하다. 강아지는 어미젖을 떼고 나면 다시 그 시간으로 돌아갈 수 없고(「젖 물리는 개」), 화병의 꽃은 시들어가듯이(「이상한 화병」), 아이는 자라게 마련이고 늙은이는 죽게 마련이다. 그것이 피해갈 수 없는 시간의 법칙이라면, 그것에 대응하는 방법 역시 자명하다. 흘러가는 시간을 그대로 받아들이는 것, 그것만이 현실적으로 가능한 일이다. 문태준은 너무도 자명한 그 답안을 처음부터 받아들이고 있다. 결국은 시간의 흐름에 묻혀 사라질 존재라는 운명을 수임하는 일, 그것이 문태준의 방식이다.

그가 혈기왕성한 젊음 대신 늙고 쇠한 것들에 애정을 가지는 것도 이 맥락에서 설명될 수 있다. '늙음' 이란 시간의 흐름을 몸으로 받아낸 것들이 지니는 자랑스러운 징표 같은 것이다.

반쯤 감긴 눈가로 콧잔등으로 골짜기가 몰려드는 이 있지만
나를 이 세상으로 처음 데려온 그는 입가 사방에 골짜기가 몰려들었다
오물오물 밥을 씹을 때 그 입가는 골짜기는 참 아름답다
그는 골짜기에 사는 산새 소리와 꽃과 나물을 다 받아먹는다
맑은 샘물과 구름 그림자와 산뽕나무와 으름덩굴을 다 받아먹는다
서울 백반집에 마주 앉아 밥을 먹을 때 그는 골짜기를 다 데려와
오물오물 밥을 씹으며 참 아름다운 입가를 골짜기를 나에게 보여준다

—「노모」 전문

늙어서 입가에 주름이 진 어머니의 모습에서 시인은 산새소리와 구름 그림자, 꽃과 덩굴이 있는 골짜기를 연상한다. 아이처럼 오물거리며 밥을 먹을 때 생기는 주름은 아름다운 자연을 품고 있는 골짜기처럼 아름답다. 이같은 찬사는 자신의 어머니만이 아니라 늙은 것들 전부(예를 들어, 알을 많이 낳아 뒤가 청동주발 같은 오리, 천년을 살았을 법한 은행나무, 늙은 오이와 토란잎 같은 것들)에 대한 감사와 사랑의 표현이다. 그것들은 시간의 흔적을 안고 있다는 공통점을 가지고 있다.

직선적인 시간의 흐름에서 '늙음'은 젊음 후에 오는 미래적인 양태이지만, 문태준의 시에서 '늙음'은 미래적이기보다 과거의 사건을 품은 시간으로 설정된다. 늙은 어머니의 주름은 '나를 이 세상에 데려온' 시간을 품고 있는 것이고(「노모」), 시들어가는 화병의 꽃은 '새 꽃'이었던 시간을 품고 있는 것이다(「이상한 화병」). '늙음'에서 문태준이 보고 있는 것은 실상 미래가 아니라 과거의 시간인 것이다. 그의 시의 중요한 특징인 과거지향성은 이렇게 설명된다.

그의 시는 거의 대부분 과거의 시공간에 포인트를 두고 있다. 몸은 현재에 있되 정신과 마음은 항상 과거를 향해 열려 있어서, 언제든지 과거

의 시점으로 넘어갈 채비를 갖추고 있는 것이다. 강가에서 둥근 돌을 보면 아픈 배를 돌로 문지르던 어린 날이 떠오르고(「돌의 배」), 꿈을 꾸어도 어린 날 아버지로부터 받아오던 소 생각이 나고(「꿈」), 자루를 보면서 어린 날 볍씨 한 자루를 꿔 돌아왔던 아버지를 생각한다(「자루」). 현재의 생각은 과거로 흐르고, 과거의 기억은 현재 속에 스며들어 하나가 된다. 현재는 과거와 감정상으로 동일선상에 있는 것이다. 과거와 현재는 사실상 분리되지 않고 더불어 주어져 있다. 과거의 이야기는 닫혀 있는 것이 아니라, 기억이라는 방식을 통해서 현재에 재경험되고 반복된다.

자루는 뭘 담아도 슬픈 무게로 있다

초봄 뱀눈 같은 싸락눈 내리는 밤 볍씨 한 자루를 꿔 돌아오던 家長이 있었다 그 발자국 소리를 듣고 일어나면 나는 난생처음 마치 내가 작은댁의 자궁에서 자라난 것을 알게 된 것처럼 입이 뾰족한 들쥐처럼 서러워서 아버지, 아버지 내 몸이 무러워요 내 몸이 무러워요 벌써 서른 해 전의 일이오나 자루는 나를 이 새벽까지 깨워 나는 이 세상에 내가 꿔온 영원을 생각하오니

오늘 봄이 다시 와 동백과 동백 진다고 우는 동박새가 한 자루요 동박새 우는 사이 흐르는 銀河와 멀리 와 흔들리는 바람이 한 자루요 바람의 지붕과 石榴꽃같은 꿈을 꾸는 내 아이가 한 자루요 이 끊을 수 없는 것과 내가 한 자루이오니

보리질금 같은 세월의 자루를 메고 이 새벽 내가 꿔온 영원을 다시 생각하오니

—「자루」 전문

시인은 어느 새벽녘, 실제로 놓여 있는 자루를 본 것일까. 싸락눈 내린 초봄 밤에 볍씨 한 자루를 꿔오던 아버지와 그 모양이 왠지 서러워서 몸이 무거웠던 '나'의 기억은, 서른 해 전의 이야기이다. 그러나 과거의 이 장면은 그대로 남아 불현듯 현재의 시간에 끼어든다. 초라해 보이는 아버지가 마냥 서러웠던 어린 날의 '나'와 아버지의 관계가, 꿈을 꾸며 자고 있는 '나'의 아이와 '나'의 관계로 전이되는 것이다. 이 전이는 동백꽃과 동박새, 은하와 바람의 관계로 확장된다. 그리고 그 관계는 혈육의 정과도 같은 끌림의 관계, 상호 연민의 관계이다. 세상의 것들이 모두 그러할진대, '나'는 이 새벽에 자루를 보며 내가 그 관계의 한 부분을 살고 있음을 느낀다. 과거의 기억이 현재에 틈입해서 현재의 관계를 형성하는 것이다. 문태준의 시는 이처럼 과거의 기억으로 끝없이 되돌려지며 그것을 현재 시점으로 가져와서 재경험하게 하는 것이 특징이다. 현재는 늘 과거를 향해 있고, 과거는 현재 시점에서 반복되며 복원된다.

그러나 그는 이따금 시간의 흐름을 긍정하는 것을 넘어서 그것에 매료된 듯한 태도를 보이기도 한다. 예를 들어 그는 "후두둑 후두둑 듣는 빗소리가/ 공중에 무수히 생겨난다/ 저 소리를 사랑한 적이 있다/ 그러나 다 옛일이 되었다"(「바닥」)는 단정 어법을 사용하여, 자신의 젊은 날, 한창인 시절이 이미 지나갔다는 애늙은이 같은 포즈를 취한다. 수시로 차용되는 과거의 일들, 회상조의 말투, 이미 끝났다는 식의 체념은, 이미 첫 시집에서부터 부분적으로 발견되는 특징이다. 체념의 포즈가 두드러질 때 그의 시는 감상으로 기울어질 위험을 내비친다.

2. 자연의 관념성

문태준 시의 또 한 가지 특징은 거의 모든 시가 자연을 소재로 하며, 그것과 인간사를 결합시키고 있다는 점이다. 자연은 그 자체로 자족한 존재로서 그 안에 사는 생물들이 서로 화답하며 살아가는 세계이다. 새의 울음소리가 돌의 귀를 깨우고(「작은 새」), 매미는 감나무를 껴안고 울고, 감나무는 매미를 통해 한번도 울어보지 못한 자신의 울음을 운다(「감나무 속으로 매미 한 마리가」). 이러한 조화가 최고의 단계에 이르면, 벌 하나가 날아가자 밤송이가 갈라지고, 물살 하나에 물고기의 몸이 확 휘고, 햇살이 비치자 꽃망울이 갑자기 터진다(「찰라 속으로 들어가다」).

시인은 자연의 오묘한 이치에 경탄하며, 이따금 자연을 의인화하는 수준을 넘어서 신격화하는 단계에 이르기도 한다("멧새 한 마리/ 시골집 울에 내려와/ 가늘은 발목을 얹어 앉아/ 붉은 맨발로/ 마른 목욕을 즐기신다/ 간밤에 다녀간 그분 같은데/ 밤새 시골집을 다 돌아보고선/ 능청을 떨고/ 빈 마루를 들여다보고 계신다" ―「한 마리 멧새」). 이때 그의 시는 자연과의 친화감을 과시하거나 자연에 경의를 표하는 다른 시인들의 시들과 별반 다르지 않다. 자연은 절대선이며, 우주적인 통일과 조화를 담고 있는 완벽한 세계로 나타난다.

정작 그의 시가 그다와지는 부분은 자연이 인간과 함께 있을 때이다. 그는 자연과 인간의 삶을 나란히 배치하기를 즐기는데, 자연의 대상이 인간의 일을 불러오기도 하고 정반대로 인간을 말하기 위해 자연을 끌어오기도 한다. 예를 들어 감국화를 '잔 주름이 자글자글하다' 고 표현하는 것(「시월에」)과 노모의 입가 주름에서 골짜기를 보는 것(「노모」)은 정반대의 방향으로 이루어진 비유이다. 전자가 자연물을 보면서 인간적인 특징을 끌어왔다면 후자는 인간을 표현하기 위해 그에 해당하는 자연을 빌려온 것이기 때문이다. 비유의 방향은 반대이지만, 자연과 인간을 하나로 묶는다는 데서 둘의 표현은 동일하다.

문태준 시의 자연이 '관념적' 이라는 것은, 달리 말하면 이같은 자연과 인간의 결합이 작위적이고 동어반복적이라는 말이다. 그는 항상 자연에서 인간의 삶의 어떤 면을 추출해낸다. 자연을 소재로 하면서도 그것의 본성을 살리는 것이 아니라, 시인의 해석이 우선한다는 것이다.

열무를 심어놓고 게을러
뿌리를 놓치고 줄기를 놓치고
가까스로 꽃을 얻었다 공중에
흰 열무꽃이 파다하다
채소밭에 꽃밭을 가꾸었느냐
사람들은 묻고 나는 망설이는데
그 문답 끝에 나비 하나가
나비가 데려온 또 하나의 나비가
흰 열무꽃잎 같은 나비 떼가
흰 열무꽃에 내려앉는 것이었다

(중략)

발 딛고 쉬라고 내줄 곳이
선잠 들라고 내준 무릎이
살아오는 동안 나에겐 없었다
내 열무밭은 꽃밭이지만
나는 비로소 나비에게 꽃마저 잃었다

─「극빈」

문태준 시의 '자연'의 성격이 상징적으로 드러나는 시이다. '나'는 채소를 얻으려고 열무를 심어놓고, 막상 먹어야 할 뿌리와 줄기는 놓치고 '꽃'을 얻는다. 생활로서의 자연이 완상의 대상으로 바뀐 것이다. 사람들은 웃으며 '채소밭에 꽃을 가꾸었느냐'고 묻고 '나'는 할 말이 없는데, 나비 떼가 흰 열무꽃에 내려앉아 잠시 쉰다. 거기서 '나'는 열무꽃의 또 다른 면을 발견한다. 지친 나비들에게 휴식이 되어주는 것. '나'에게는 남을 쉬도록 하는 자리도, 내가 쉬어갈 자리도 없었음을 깨달으며, 시인은 열무꽃마저 나비에게 내어준다. 열무가 아닌 꽃을 얻으면서 완상의 대상으로 변했던 자연은, 이번에는 '휴식'이라는 관념을 얻는다. 결국 시인이 열무에서 얻은 것은 열무도 꽃도 아닌 '휴식'이라는 관념인 것이다.

이러한 상태를 '극빈'이라고 칭하는 발상 또한 그렇다. 그것은 나비에게 꽃까지를 내어준 비움의 상태를 의미하는 것인데, 그것이 도달한 지점은 결국 무욕이나 안빈낙도의 상태와 크게 다르지 않다. 눈앞에 보이는 현실의 자연에서 도출된 것은 결국 관념이다. 그의 시의 자연이 관념적이라는 것은 이를 두고 하는 말이다. 문태준의 시에는 이처럼 끊임없이 관념으로 이끌리는 경향이 짙다. 게다가 자연은 대부분 인간과 같이 있지만, 시인은 자신이 그린 그 풍경 속에 포함되어 있지 않다. 그의 시에 나타나는 자연이 종종 관념적이라고 느껴지는 데는, 시인과 대상과의 거리감 역시 중요한 이유가 된다.

3. 인간에 대한 이해

이상에서 말한 두 가지 특징은 문태준의 이전 시집에서도 공통적으로 드러나는 것이다. 그러나 『가재미』는 기존의 특징을 그대로 유지하는 한편 미세한 변화를 담고 있다. 그 중 하나가 인간의 삶이 보다 구체적으로 드러나면서 그에 대한 진정한 이해를 보여준다는 점이다.

　　김천의료원 6인실 302호에 산소마스크를 쓰고 암투병 중인 그녀가 누워
있다
　　바닥에 바짝 엎드린 가재미처럼 그녀가 누워 있다
　　나는 그녀의 옆에 나란히 한 마리 가재미로 눕는다
　　가재미가 가재미에게 눈길을 건네자 그녀가 울컥 눈물을 쏟아낸다
　　한쪽 눈이 다른 한쪽 눈으로 옮아 붙은 야윈 그녀가 운다
　　그녀는 죽음만을 보고 있고 나는 그녀가 살아온 파랑 같은 날들을 보고
있다
　　좌우를 흔들며 살던 그녀의 물속 삶을 나는 떠올린다
　　그녀의 오솔길이며 그 길에 돋아나던 대낮의 뻐꾸기 소리며
　　가늘은 국수를 삶던 저녁이며 흙담조차 없었던 그녀 누대의 가계를 떠올
린다
　　두 다리는 서서히 멀어져 가랑이지고
　　폭설을 견디지 못하는 나뭇가지처럼 등뼈가 구부정해지던 그 겨울 어느
날을 생각한다
　　그녀의 숨소리가 느릅나무 껍질처럼 점점 거칠어진다
　　나는 그녀가 죽음 바깥의 세상을 이제 볼 수 없다는 것을 안다
　　한쪽 눈이 다른 쪽 눈으로 캄캄하게 쏠려버렸다는 것을 안다
　　나는 다만 좌우를 흔들며 헤엄쳐 가 그녀의 물속에 나란히 눕는다
　　산소호흡기로 들이마신 물을 마른 내 몸 위에 그녀가 가만히 적셔준다
―「가재미」 전문

　　'나'가 죽음을 앞둔 그녀의 병실 침대에 나란히 눕자, 산소마스크에 의
지해서 가는 숨을 이어가던 그녀가 '나'를 알아보고 눈물을 흘린다. 그런
그녀를 보며 '나'는 그녀의 신산했던 삶을 떠올린다. 평생을 가난하고 척

박하게 살아온 그녀, 그녀에게 '나' 가 해줄 수 있는 일은 아무 것도 없다. 다만 가재미처럼 누워 눈을 맞추어 잘 가라는 인사를 해줄 수 있을 뿐이다. 그런 '나' 를 아끼는 그녀의 마음인 양, 산소호흡기에서 뿜어져 나오는 김이 '나' 를 덮는다.

시인은 부피가 느껴지지 않을 만큼 야위어 침대에 붙어 있는 느낌을 주는 그녀, 몸을 움직이지도 못하고 간신히 눈동자만을 움직여 의사 표현을 하는 그녀를 '가재미' 에 비유하고 있다. 이러한 발상은 어물전 개조개의 모양과 사람들의 춥고 각박한 '맨발' 을 오버랩시키는 방식(「맨발」)과 크게 다르지 않다. 그러나 「맨발」이 인간의 삶에 관한 일반적이고 추상적인 생각을 적은 것임에 비해, 「가재미」는 '가재미' 라는 비유와 죽음으로 가는 '그녀' 의 상황이 구체성을 가지고 절묘하게 연결되어 있다. '가재미' 는 일차적으로는 누워있는 그녀의 모습을 시각적으로 표현한 것이지만, 오직 죽음을 향해 천천히 나아가는 그녀의 현재 상태를 적확하게 표현한 것이기도 하다("나는 그녀가 죽음 바깥의 세상을 이제 볼 수 없다는 것을 안다/ 한쪽 눈이 다른 쪽 눈으로 캄캄하게 쏠려버렸다는 것을 안다"). 즉 '가재미' 는 나란히 누워 옆눈으로 서로를 보는 모양의 시각적 묘사("나는 그녀의 옆에 나란히 한 마리 가재미로 눕는다/ 가재미가 가재미에게 눈길을 건네자 그녀가 울컥 눈물을 쏟아낸다")에서, 죽음으로 향해가는 그녀의 현 상황에 대한 표현으로 확대되면서 슬픔을 배가시킨다.

시의 내용은 감상적일 만큼 쓸쓸하고 슬프지만, 그러한 정황을 그려내는 시인의 손은 정확하고 예리하다. 그럼에도 불구하고 시인이 애써 자신의 감정을 통제하고 있다는 느낌을 거의 받을 수 없다는 것은, 이 시가 지닌 돋보이는 장점이다. 시인은 충분히 울고 있지만, 울음소리를 들키지 않는다. 그럼으로써 「가재미」는 표현의 적확함과 내용의 서정성을 두루 갖춘 보기 드물게 아름다운 시가 된다.

이 아름다움의 바닥에는 인간에 대한 깊이 있는 이해와 포용이 있다. '나'는 누워서 그녀가 살아온 날들, 흙담조차 없던 집과 가늘은 국수로 상징되는 대대로 가난했던 그녀의 가계와 힘겨웠던 삶을 찬찬히 떠올린다. 한 인간을 이해한다는 것은 결국 그의 삶의 전부를 알고 그것을 마음으로 받아들인다는 것이다. 인간에 대한 애정은 이처럼 전폭적인 이해와 연민으로 완성되는 것이다.

아울러 '나'의 입장이 바라보는 것에서 행위하는 것으로 바뀌고 있다는 점 또한 주목할 필요가 있다. 개복숭아나무를 보며 아이를 놓친 여인네를 떠올리거나 입가에 주름이 골짜기처럼 자글자글한 어머니를 볼 때, 화자의 입장은 어디까지나 그것을 '바라보는' 위치에 있는 것이었다. 그러나 「가재미」에서 '나'는 그녀의 침대에 나란히 누움으로써 그녀와 눈을 맞춘다. 중요한 것은 그녀를 기억하는 '나' 역시 종종 물고기에 비유된다는 것이다("나는 더 가늘게 눈을 뜨고/ 손을 감추고 물고기처럼 누워/ 어항 속에서 바람과 놀았네" ―「小菊을 두고」). 그녀와 병상에 나란히 누워 비로소 그녀의 삶이 찬찬히 나에게 들어오고, 이윽고 '나'가 그녀의 삶 속으로 헤엄쳐 들어가게 되는 것이다.

문태준은 처음부터 박복하고 사연 많은 것들, 쇠잔한 것들을 편애하는 특징을 보여왔다. 특히 아이를 잃거나 아이를 가질 수 없는 여인네, 남편 없이 고된 평생을 살아야 했던 그녀 등 여성의 신산한 삶은 그의 시를 이루는 중요한 소재이다. 여기에 등장하는 여인들의 삶이 주변에서 보아왔거나 전해들은 이야기의 차원이라면, 「가재미」 연작은 구체적인 한 여인의 삶을 클로즈업시키면서 그녀의 삶에 대한 시인의 적극적인 이해의 태도가 두드러진다. 바라보는 삶이 아니라 상대방의 삶에 스며들어 그 고단함을 추체험하는 형식인 것이다. 「가재미 2」와 「가재미 3」은 그녀의 죽음 후에 있었던 화자의 구체적인 행위를 보여준다. 그녀를 땅에 묻고 돌아온

'나'는 그녀가 기르던 개를 집으로 데려오고, 그녀의 집의 아궁이의 재를 치움으로써 이승에서의 그녀의 삶을 정리해 주고 저승길이 편안하기를 빈다. 이러한 실제적인 행위는 그의 시가 보다 구체적인 인간의 삶에 다가가 있다는 것을 보여주는 것으로써, 변화의 조짐을 예고한다.

4. 여성성의 의미 변화

『가재미』에서 발견되는 또 다른 변화는 여성성의 문제이다. 그의 시에는 처음부터 여성이 자주 등장하는데, 그것은 시인이 직·간접적으로 만난 여성의 삶에서 추출한 소재적 성격이 강한 것이었다. 그러나 『가재미』에서 여성성은 둥긂, 무덤, 물고기, 물과 같은 여성적인 상징의 옷을 입고 나타난다. 그녀가 살아온 세상은 '물속'으로 표시되고(「가재미」), 그녀의 무덤 역시 '등 둥근 물고기'로 묘사된다(「가재미 2」). 물, 둥긂, 무덤 같은 이미지는 일반적으로 여성성을 띠는 상징들로 인식되는 것들이다. 이는 여성성이 여성이라는 실제 성별에서 상징의 차원으로 변화하고 있다는 것을 보여준다. 따라서 이 변화는 구체적 실재에서 추상화의 방향을 향하고 있는 것으로 해석될 수 있다. 그가 차용하고 있는 상징들이 기존의 여성적 상징 이상의 것을 확보하지 못하고 있다는 면에서 더욱 그렇다. 그렇다면 이런 여성성의 변화는 또 다른 관념성을 초래하는 결과를 낳을 것이다. 그러나 거기에는 또 다른 측면이 공존하고 있는데, 그것은 시인이 내재한 여성성을 감지하는 듯한 단서들 역시 발견된다는 것이다. 「思慕」는 이러한 양면성이 한눈에 드러나는 시이다.

바퀴가 굴러간다고 할 수밖에
어디로든 갈 것 같은 물렁물렁한 바퀴

무릎은 있으나 물의 몸에는 뼈가 없네 뼈가 없으니

물소리를 맛있게 먹을 때 이(齒)는 감추시게

물의 안쪽으로 걸어 들어가네

미끌미끌한 물의 속살 속으로

물을 열고 들어가 물을 닫고

하나의 돌같이 내 몸이 젖네

귀도 눈도 만지는 손도 혀도 사라지네

물속까지 들어오는 여린 볕처럼 살다 갔으면

물비늘처럼 그대 눈빛에 잠시 어리다 갔으면

내가 예전엔 한번도 만져보지 못했던

낮고 부드럽고 움직이는 고요

단번에 보아도 현저하게 여성적인 이 시의 단어들—물렁물렁함, 뼈가 없음, 미끌미끌함, 축축함, 낮고 부드러움, 어두움 등은 여성의 자궁을 떠올리게 하는 자연적인 상징에 해당한다. 귀와 눈, 손, 혀의 촉감을 빌리지 않고 그냥 몸으로 전해지는 고요의 상태란, 태아가 자궁에 있을 때와 같은 평온하고 안전한 느낌을 재 경험하는 것이다. 물의 안쪽에서 시인이 느끼는 한없는 편안함, 경험해보지 못한 고요와 평정의 상태는 이같은 원초적인 몸의 기억에서 오는 것이다('물속까지 들어오는 여린 볕'이라는 구절은 '나'의 위치가 물 안에 있음을 명확하게 해준다. '나'가 물속에 있음으로써 거기까지 '들어오는' 볕을 느낄 수 있기 때문이다).

'나'는 물속으로 들어가 처음으로 낮고 부드러우면서도 움직이는, 말로는 설명할 수 없는 '고요'를 경험하고 있다. "미끌미끌한 물의 속살 속으로/ 물을 열고 들어가 물을 닫고/ 하나의 돌같이 내 몸이 젖네"는 '나'가 물과의 융합을 통해 물속에 용해되는 과정을 그린 것으로써, 시인이 내재한 여성성을 인정하고 그것에 젖어드는 모양을 보여주고 있다. 그것은 감각하고 이해하는 것이 아니라 그냥 몸으로 알게 되는 것이다. 그런 면에서 '귀도 눈도 만지는 손도 혀도 사라' 진다는 표현은 의미심장한 대목이다. 이성적인 사고와 이해 대신 몸의 감각적인 직접성을 감지하는 부분이기 때문이다. 이 대목에서 문태준의 시는 여성을 소재로 하는 차원에서 여성성을 몸으로 감지하는 어떤 순간에 다다랐다고 볼 수도 있을 것이다.

그러나 이러한 변화가 어떤 식으로 전개될 것인지는 아직 미지수다. 그의 시에 나타나는 여성성은 바라보는 것에서 몸으로 감지하는 것으로 변화를 예고하고 있지만, 이같은 변화는 한편으로 또 다른 관념성을 낳을 수도 있기 때문이다. 이번 시집에서 눈에 띄는 물이나 물고기의 이미지는 아직 뚜렷하게 개성화되어 있지 않다. 직선에 대한 원, 뾰족함이 아닌 둥굶, 양수의 성격을 가진 물 등 기존의 상징성을 넘어서지 못하고 있다는 것이다. 따라서 이 변화가 여성성의 적극적인 발현으로 나타날지, 여성성의 관념화로 귀결될지는 좀더 시간을 두고 지켜보아야 할 일이다.

(문학들, 2006. 겨울)

서사성의 도입과 농촌공동체의 복원

박성우

　젊은 시인들의 변모를 바라보는 것은 설레면서 내심 착잡한 일이다. 첫 시집의 평판이 화려했다면 더욱 그렇다. 우리는 시집 한 권으로 일약 스타가 되었다가 쓸쓸히 퇴장해간 몇몇 시인들을 기억하고 있다. 문단 역시 연예계와 다를 바가 없어서, 괜찮은 신인이 나타나면 너 나 할 것 없이 청탁을 넣고 상을 안기고 평을 대다가, 어느 시점부터 찾는 전화가 뚝 끊긴다. 열광이 무관심과 홀대로 바뀌는 데는 그다지 많은 시간이 걸리지 않는다. 발표한 몇 작품이 태작이면, 시단의 관심은 또 다른 파릇파릇한 신인을 찾아 나선다. 시인으로서는 부담스럽고 두려운 일이 아닐 수 없다.

　그 기로에 놓이는 것이 두 번째 시집이다. 첫 번째 시집은 그간 갈고 닦은 시들을 모아 출간하는 것이므로 양이나 질에서 크게 문제가 되지 않는다. 그보다는 오랫동안 준비한 시들을 폼 나게 지원해줄 메이저급 출판사를 찾는 일이 더 중요하다. 이 과정이 끝나고 모든 것을 쏟아 부어 첫 시집을 내고 나면, 슬럼프가 온다. 이제 아마추어도 신인도 아니고, 독립된 시인으로서 행보를 결정해야 하기 때문이다. 참신함이 어설픔을 막음해 주던 첫 시집과는 달리 두 번째 시집은 시인으로서의 사활을 걸고 냉정하고 객관적인 평가를 기다려야 한다. 그래서 두 번째 시집을 내는 시인은 부담스럽고, 그것을 보는 비평가 역시 착잡해진다. 내심 기대를 걸고 있었던 시인의 두 번째 시집이라면 더욱 그렇다.

개인적으로는 박성우의 시가 그렇다. 가난하고 신산한 가족사를 자분자분 들려주던 시집 『거미』를 기억하는 나로서는, 그의 시의 섬세함과 잔잔한 슬픔, 고통 속에 가라앉아버리는 자기 연민이 어떻게 변모할 것인지 자못 궁금했던 것이다. 첫 시집인 『거미』로 문단의 주목을 받은 것이 2002년. 5년 만이고 보니, 두 번째 시집을 내기까지의 시간이 결코 짧지 않다.

박성우의 두 번째 시집 『가뜬한 잠』은 기본적으로 첫 시집의 관심사와 시적인 태도를 이어받고 있다. 가난하고 힘든 사람들에 대한 연민, 신산한 가족사, 힘들고 부정적인 상황에 대한 수동적인 대응 등 기본적인 특징들은 『거미』와 거의 유사하다. 그가 찬찬히 말해주는 이야기 속에는 잘나고 풍족한 사람은 없다. 특별할 것 없는 그저 선량한 사람들이 사는 이야기. 그러나 이야기의 내용은 그들의 선량함과는 상관없이 모질고 가슴 아프다(「장마」). 박성우는 선하고 순박한 사람들에게 오는 삶의 불평등함, 비정함을 담담하게 그려낸다.

그러나 이번 시집은 공통점 못지않게 변화된 특징들을 담고 있다. 우선 눈에 뜨이는 것은 이야기성의 도입이다. 이번 시집의 전체적인 배경은 농촌이다. 박성우는 특히 농촌공동체에서 일어나는 이야기들을 소재로 삼음으로써, 사라져가는 농촌의 생활과 정서를 복원해내려 한다. 「장 담그기」는 메주를 씻어서 소금물을 붓고 장을 담그기까지의 과정을 생생하게 그려내고 있고, 「장독」은 오줌장을 만들어서 채소에 뿌리는 독특한 재래식 작법을 보여주고 있다. 이 시들은 전통적으로 내려온 살림의 방식을 보여줌으로써 풍속시적인 성격을 드러낸다. 그런가 하면 「고추」, 「모내기」 등은 생활공간으로서의 농촌에서 현재 벌어지는 생활의 모습을 그대로 보여주고 있다.

또한 농촌 공동체의 구성원들을 소재로 한 인물시들도 상당수 포함되어 있다. 「오두막 이야기」처럼 옛날이야기 속에나 나올 법한 바보신랑과 각시 이야기가 있는가 하면, 곱사등이 새모리댁 (「새모리댁」), 양지다방 김양(「자귀꽃」), 한쪽 다리가 짧은 대기아저씨(「장작불」) 처럼 일상에서 흔히 마주치는 이웃이 주인공이 되기도 한다.

이런 이야기성의 도입이 자각적이라는 사실에 주목할 필요가 있다. 그의 시는 개인적인 가난과 슬픔, 삶의 신산함을 바탕으로 하고 있다. 따라서 소재 자체가 가지고 있는 슬픔과 감상성을 극복하기 위해서는 소재와 거리를 유지할 수 있는 장치가 필요한데, 그 장치가 바로 이야기성인 셈이다. '이야기' 를 만들어 전달함으로써 소재에 대한 시인의 감정이 직접적으로 노출되는 것을 방지한다. 예를 들어 「고요한 밤」은 가장 애잔한 대상인 어머니를 소재로 하면서도 안타까운 심정을 가능한 한 절제하고 있다. 건망증으로 냄비를 태우고, 바늘에 바늘귀가 없다는 것을 모를 만큼 시력이 나빠진 어머니에 대한 연민과 가슴 아픔은 이야기체에 실려서 마치 옛날이야기를 전해 주듯 능청스럽게 넘어간다("암만 혀도 실이 안 들어간께 깝깝시러 죽겄다이/ 어머니가 내민 바늘에는/ 바늘귀가 끊어져 나가고 없었어요/ 바늘에 실을 꿰려던 제가 먼저 피식 웃었어요/ 어머니도 피식피식 피식거리기 시작했구요"). 『거미』의 「어머니」와 흡사한 방식이다("막둥이인 내가 다니는 대학의/ 청소부인 어머니는 일요일이었던 그날/ 미륵산에 놀러 가신다며 도시락을 싸셨는데/ 웬일인지 인문대 앞 덩굴장미 화단에 접혀 있었어요/ 가시에 찔린 애벌레처럼 꿈틀꿈틀/ 엉덩이 들썩이며 잡풀을 뽑고 있었어요"). 그럼으로써 소재에 대한 자신의 감정이 센티멘탈리즘으로 떨어지는 것을 방지하고 있는 것이다. 이는 박성우 스스로가 자신의 시의 최대 강점이자 약점이 습기 있는 서정임을 알고 있다는 것을 증명한다.

사실 이야기성은 이미 『거미』부터 예견되었던 것이다. 「거미」는 외형상으로는 자살한 사내를 거미에 비유한 길지 않은 시이지만, 그 뒤에는 사내의 자살에 얽힌 이야기가 깔려 있다. 죽은 사내의 눈이 양조장 사택을 겨누고 있었다는 것이나 사내의 아내가 그를 양조장에 묻겠다고 하는 것은, 사내의 자살이 양조장과 관계가 있는 것임을 암시한다. "거미는 스스로 제 목에 줄을 감지 않는다"라는 구절은, 사내의 죽음이 내적인 동기에서 온 것이 아니라 외부적인 요인에 의한 어쩔 수 없는 선택이었다는 것을 말해준다. 박성우의 시는 처음부터 서정성 이면에 감추어진 서사를 지향하고 있었다고 할 수 있다.

서사성의 도입은 개인의 상처를 풀어 말하는 것에서부터 자신이 뿌리박고 있는 공동체의 삶으로 나아가려는 적극적인 움직임이라고 해석된다. 자신의 가족사에 얽힌 이야기들에서 벗어나 농촌의 생활을 이야기의 주된 소재로 하고 있는 것이 그 증거이다. 『거미』에 비한다면, 이번 시집의 배경은 농촌으로 좁혀져 있고 그곳에서의 삶을 소재로 함으로써 개인의 감정 표현을 넘어선다.

두 번째 특징은 그 이야기 속에 시인 자신이 포함되어 있다는 점이다. 일반적인 풍속시에서 시인은 객관적인 위치에서 여러 가지 풍속들을 전달하거나 지나간 옛날의 기억을 불러오는 주체 역할에 그친다. 즉 풍속에 직접 개입하거나 만들어가는 주체라기보다는 그것과 거리를 두고 바라보며 전달하는 입장이라는 것이다. 그러나 박성우 시의 이야기에는 '나'가 어떤 식으로든지 개입되어 있다. 그의 시에서 풍속은 대대로 내려오는 고풍스러운 생활 습속이 아니라 화자와 직접 관련된 생활의 한 장면이다.

즉 현재의 생활과 연결되어 있는 현재성을 가진 것이라는 점이다. 그의 시가 일반적인 풍속시와 다른 점은 이것이다.

　화자는 이야기를 말해주는 전달자의 위치에 있지만, 기본적으로는 이야기의 내용이 행해지는 시공간에 함께 자리하고 있다. 「장산도 가시내」, 「새모리댁」, 「오두막 이야기」처럼 다른 사람의 이야기를 할 때도, 화자는 이야기 속의 주인공과 함께 현실의 시공간에 있다. 즉 이야기 속의 인물들은 현실에 존재하는 사람들이고, 화자는 그들과 함께 살면서 그들의 이야기를 하는 것이다. 좀더 적극적인 경우, 화자는 시적인 상황을 바라보거나 만들어내는 역할을 한다. 「봄날은 간다」에서 화자는 할머니들의 노래자랑 현장을 객관적으로 묘사하다가, 맨 마지막 연에서 자신도 그 노래마당에 있었음을 밝힌다("중절모 사회자의 시작 손짓에/ 연분홍 치마 흩날리며 봄날은 가고/ 허명순 할머니는 열아홉 허명순이로 간다// (……)//노래 마친 할머니도/ 아코디언 연주하던 중절모들도/ 할머니 봄날 앙큼하게 더듬어보던 나도/ 느티나무 아래 평상도/ 평상시 봄날로 간다"). 그런가 하면 「삼학년」은 화자의 실제 경험을 이야기한 시이다("미숫가루를 실컷 먹고 싶었다/ 부엌 찬장에서 미숫가루통 훔쳐다가/ 동네 우물에 부었다/ 사카린이랑 슈거도 몽땅 털어넣었다/ 두레박을 들었다 놓았다 하며 미숫가루 저었다// 뺨따귀를 첨으로 맞았다"). 미숫가루를 실컷 먹어보고 싶다는 바람은 화자만의 것이 아니라 우물을 공동으로 사용하는 마을 아이들 전체의 소원이었을 가능성이 크다. 시인은 이러한 과정을 통해서 자신의 경험을 공동체 안의 개인의 경험으로 위치 지우려고 한다.

　의도된 사회화에 해당하는 이러한 변화는, 일상적인 차원에서 본다면 '결혼'이라는 통과제의를 거치면서 어긋난 피붙이와 화해하고((「신혼 첫날,」), 가정이라는 울타리이자 굴레 안에 스스로를 정착시키는 행위와 연결되어 있다. 일반적으로 결혼은 일상성의 족쇄를 채우는 제도로 작용하지만, 박성우의 시에서 그것은 강요에 의한 것이 아니라 스스로 선택한 것이다("그러고는 까마득히 잊었으나, / 첫 번째 만든 코뚜레에 걸려든/ 서울처녀한테 장가를 들고/ 두번째 만든 코뚜레에 걸려든/ 강변 빈집을 거저 얻었다// 그리고 마지막 코뚜레에/ 스스로 걸려든 내가, / 고분고분 얌전해져 있었다"―「코뚜레」). 이러한 과정을 거쳐 화자는 여린 감수성을 지닌 문학청년에서 한 가정을 짊어진 성인으로 거듭나게 된다. 일상적인 굴레들을 거부하지 않고 받아들이며 그 안에서 긍정적인 측면을 찾고자 하는 박성우의 특기가 발휘되는 대목이다.

세 번째 특징은, 시집 전반적인 특징과는 이질적이지만 강렬한 관능성을 품고 있는 시가 발견된다는 점이다. 관능성은 『거미』의 「황홀한 수박」, 「달팽이가 지나간 길은 축축하다」, 「개야도 김발」, 「방」 등에서 부분적으로 드러나는 특징이기도 하다. 가난하고 소박한 농촌의 정경과 시인의 연민어린 시선에 가려 잘 드러나지는 않지만, 사실 관능성은 그의 시가 가진 두드러진 강점임에 분명하다.

풋앵두 송송 열린
우물집 뒤란에서 잡풀을 뽑는다

앵두나무 아래서
능구렁이를 보았다는 안주인은
독은 없을 거라 말하고는
예닐곱 골이나 되는 토란밭을 꿰찬다

능구렁이 생각은
물컹물컹 울렁울렁 밟혀오고

여우비는 아까 그쳐 풀 뽑기는 마침맞다

앵두나무 아래서
머뭇머뭇 풀줄기를 당긴다
능청능청 당겨 올라오는
능구렝이 생각은 엉클어져
능구렝이는 이내 손등을 물어오고
능구렝이는 이내 발등을 물어온다

능글능글 기어나오는 능구렝이
싱그레 벙그레 막대기로 걷어
풀숲에 놓아줄 거뭇한 사내처럼
잔가지 무성한 앵두나무 아래서
우거진 잡풀을 뽑고 앵두 헛가질 쳐낸다

나를 안보는 척 훔쳐보는 안주인도
비암이라면 아주 기겁을 하는 나도
능글능글 능글맞은 능구렝이 눈이다

—「능구렝이」 전문

안주인과 '나'의 미묘한 심리 뒤에는 풋앵두와 능구렝이, 여우비, 우거진 잡풀이 만들어내는 끈적한 관능성이 농밀하게 배어든다. 비가 잠깐 지나간 풀숲에서 풀을 뽑으며 안주인과 '나'가 은밀하게 주고받는 희롱이 교묘하게 표현되어 있다. 안주인은 능구렝이가 있었다고 말을 하고 '나'는 그 말에 겁을 집어먹고 있을 뿐인데, 상황은 그와는 전혀 다른 방향으로 전개된다. 물컹물컹 울렁울렁 밟혀오다가 능청능청 당겨 올라오는 것은 사실상 능구렝이 생각이 아니라 은밀하게 밀려오는 성적인 욕망이다. '능구렝이를 걷어 풀숲에 놓아줄 거뭇한 사내' 는 강한 성적 능력을 가진 사내를 상징한다. 앵두 헛가지를 쳐내는 '나' 는 심리적으로 그러한 사내를 지향하고 있다. 흘끔흘끔 '나' 를 훔쳐보는 안주인이나 뱀에 대한 두려움을 가장하고 있는 '나' 나 은밀한 욕망으로 달뜨기는 마찬가지다. 이처럼 미묘하고 달뜬 상황이 '물컹물컹', '울렁울렁', '능청능청', '능글능글' 같은 감겨드는 것 같은 형용사의 어감을 빌려 농밀하게 표현되어 있다.

찬찬히 들여다보면, 양지다방 김양을 소재로 한 「자귀꽃」("자귀나무 연분홍 꽃잎이 헤프게 흩날린다/ 배알도 없이 헤프게 으응 자귀 자귀야/ 야들야들한 코맹맹이 꽃 입술/ 엉덩이 흔들어 날려보낸다 아찔한 속살/ 조마조마하게 내비치기도 하면서")이나, 애인의 뜨거운 입김을 느끼게 하는 「목도리」("애인은 어느새 내 등을 안고 있다 가늘고 긴 팔을 뻗어 내 목을 감고는 얼굴을 비벼온다 사랑해, 가늘고 낮은 목소리로 귓불에 입김을 불어넣어온다"), 신혼 첫날의 이야기를 다룬 「신혼 첫날」("구월의 볕만 뜨거운 것은 아니어서/ 신혼 첫날밤도 네 번이나 속옷을 벗어던졌다") 등의 시에서도 관능성은 중요한 요소로 나타난다.

뿐만 아니라 직접적으로 관능성이 표출되지 않는 시들에서도 성적인 뉘앙스가 다분하다. 「봄날은 간다」에서 반추되는 할머니들의 '열아홉 꽃망울' 맺힌 봄날이 그렇고("열아홉 꽃망울은 복사꽃밭서 터지고/ 복사가지 흔들흔들 꽃잎은 흩날린다/ 어찌야 쓰까이 요로코롬 피어부러서,"), 「보라, 감자꽃」에서 드러나지 않는 전제로 깔려 있는, 쪼글쪼글해진 홀어머니의 젊은 날의 생이 그렇다. 그러나 이같은 뉘앙스는 대부분 아주 흐릿하게 처리되어 있을 뿐 표면으로 드러나지 않는다. 그 이유는 성적인 욕구가 상대의 부재나 세월의 흐름 등의 이유로 인해, 실현될 수 없는 결손의 형태로만 존재하기 때문이다. 직접적으로 표출되든 혹은 흐릿한 배경으로 드러나든 상관없이, '성(性)'은 박성우 시가 지니고 있는 또 다른 가능성의 영역이다.

그러나 이러한 장점들 한편에는 한계 또한 있는 것이 사실이다. 우선 시적인 공간을 농촌으로 한정시키고 그 안에서 살아가는 사람들의 생활을 소재로 하는 것은, 관심 영역을 개인사적인 것에서부터 공동체적인 것으로 확대시키고 있다는 면에서 긍정적이다. 그러나 이러한 변화가 반드시 긍정적인 측면만을 가지고 있는 것은 아니다. 그의 시에서 농촌 공간은 대부분 긍정적이고 따뜻한 것으로 그려지는데, 미화된 감이 없지 않다. 그의 시에서 농촌은 내세울 것 없는 사람들이 전근대적인 방식으로 살아가는 정적인 공간이다. 이러한 공동체의 삶은 외부적인 환경 변화에 의해 서서히 파괴되어 가고 있지만, 그 안에 사는 사람들의 심성이나 생활에 근본적인 변화를 가져오지는 못한다. 변한 것은 폐교가 되어버린 분교처럼 농촌의 외적인 환경일 뿐이고, 그 안에서 사는 사람들은 여전히 옛날의 방식에 의거해서 살아가고 있다. 간장을 담그고 윷놀이를 하고 같이 새참을 먹으며 일하는 사람들의 모습에는 노동의 힘듦과 불안정한 삶 대신 현대인이 돌아가고 싶어 하는 공동체적 윤리와 평화가 있다.

이러한 논리를 확장하면, 농촌과 도시의 대응 관계는 긍정적인 것과 부정적인 것의 대응으로 단순화된다. 그러나 실제로는 농촌이나 도시나 사람이 살아가는 모양새는 비슷하고, 개개인의 욕망이 충돌하며 갈등을 빚는 인간관계의 양상 또한 크게 다르지 않다. 현실의 농촌은 도시적 삶의 양태를 축소해 놓은 공간이며, 도시적인 갈등 양상이 그대로 재현되는 공간이다. 모든 갈등이 공동체적인 질서와 윤리에 의거해서 해결되는 것은 드라마에서나 보이는 농촌의 신비화에 지나지 않는 것이다.

더 큰 문제점은 시적인 공간의 축소가 힘든 삶을 영위하고 있는 사람들에 대한 관찰의 시선을 희석시키고 있다는 것이다. 『거미』의 「거미」나 「달팽이」에서 보였던, 주변인에 대한 관찰과 그 너머의 사회적인 문제점들에 대한 고발의 의지는 거의 나타나지 않고, 대상이 가지고 있는 상처들은 너무 쉽게 해소되어 버린다. 공동체의 정서에 기대어 삶의 상처들을 어루만지고 위무하는 방식은, 한편으로 보면 관념적이며 타성적인 해결 방식이다. 농촌 현실은 「고추」, 「한로」 같은 시들에 나타나는 것처럼 그렇게 따뜻하고 긍정적인 것만은 아니다. 농촌의 삶은 현실보다 아름답고 순수하며 서정적인 색깔을 입고 나타난다. 천성적으로 선량한 시인의 심성이 대상의 성격을 한정해 버리는 것이다. 농촌의 관념화는 농촌이라는 배경 자체가 가지고 있는 한계가 아니라, 그것을 바라보는 시인의 시선의 한계에서 온 것이다.

박성우 시의 한계는 모범적이고 건전한 대신 참신함이 떨어진다는 것이다. 모범답안은 말 그대로 모범적이어서 대상이나 사건에 대한 평준화되고 상식적인 기대를 넘어서지 않는다. 다르게 말하면, 그만큼 대상에 대한 독자적인 해석이 부족하다는 의미일 수도 있다. 예를 들면 「소금벌레」에서 아마도 평생을 염전에서 일했을 것이라고 짐작되는 여인에 대한 연민은 시인의 따뜻하고 인간적인 심성을 보여주기에는 충분하지만, 그러한 아름다운 마음이 시의 질과 항상 일치하는 것은 아니다.

소금을 파먹고 사는 벌레가 있다

머리에 흰털 수북한 벌레 한 마리가
염전 위를 기어간다 몸을
고무줄처럼 늘렸다 줄였다 하면서

연신 소금물을 일렁인다

소금이 모자랄 땐
제 눈물을 말려 먹는다는 소금벌레,
소금물에 고분고분 숨을 죽인 채
짧은 다리 분주하게 움직여
흩어진 소금을 쉬지 않고 끌어모은다
땀샘 밖으로 솟아오른 땀방울이
하얀 소금꽃 터트리며 마른다

—「소금벌레」 부분

이 시의 진부함은 우선 대상에 대한 해석의 상식성에서 온다. 소재가 된 늙은 여자는 개별성을 담보하지 못한 채 눈에 보이는 그대로 묘사되고 있다. 대상을 보고 시인이 느끼는 감정 역시 막연한 동정이나 연민 이상이 되지 못한다. 말하자면 이 시는 일하는 여자에 대한 카메라적 관찰에 그것에서 느껴지는 인간적인 연민을 결합한 것에 불과하다. 이는「김일무선」에서 조짐이 보이는 대상과의 교감의 가능성("어림짐작으로 주파수를 맞춰보면서 나는/ 서른다섯 내 나이 무렵의/ 김일씨에게 전파를 날려보냈다/ 치익 치지직 치직 운이 좋게도 답신이 왔다/ 시를 쓰다가 그냥저냥 늙은 나는/ 서른다섯을 건너는 가전제품수리공 김일씨와/ 무선으로 교신을 나누며 찜통더위를 식혔다")을 차단하고 있는 것이다. 대상에 대한 구체적인 이해를 동반하지 않은 관찰은, 대상을 그저 풍경 수준에 머무르게 한다.

해석의 상식성은 표현의 상식성과 나란히 진행된다. 인간의 삶이나 행위를 다른 동물에 비유하는 방식은 첫 시집인『거미』에서도 자주 나타나는 것으로서, 박성우 시의 가장 중요한 창작 테크닉이다. 자살한 사내를 거미에 비유하거나(「거미」), 실직한 사내를 달팽이에 비유하고(「달팽이」), 잡풀을 뽑는 어머니의 모양을 마치 나비처럼 "화단에 접혀 있었다"(「어머니」)고 표현하는 방식이 그 예이다. 이것은 소재를 다른 대상에 비유함으로써 교훈을 얻어내는 알레고리의 방법으로서 창작의 초보적인 테크닉이다. 늙은 여자를 벌레에 비유한 것은 이 차원에 머물러 있다. 소금을 긁어모으는 여자의 외양을 기어가는 벌레에 비유한 것도 그렇지만, '소금이 모자랄 때 제 눈물을 말려먹는다' 거나 '일생을 소금만 갉아먹다 생을 마감할 것' 이라는 구절 역시 일상적인 차원의 비유를 넘지 못한다. '눈물을 먹고 사는 세월' 처럼, 오래된 유행가 가사에서도 흔히 발견되는 상식적이고 타성화된 비유라는 것이다.

이 시가 「거미」에 미치지 못하는 이유는, 대상에 대한 관찰력과 해석의 폭에 차이가 있기 때문이다. 「거미」에서 '거미' 는 자살한 한 남자의 모양을 묘사하는 동시에, 아슬아슬하게 삶의 공중그네를 타는 사내의 삶을 예리하게 포착하고 있다. 사내의 아내를 '유령거미' 에 비유하고 그들이 떠나버린 집을 '거미집' 에 비유한 것 역시 타당성 있는 비유이다. 시의 처음부터 끝까지 '거미' 라는 보조관념과 '사내의 삶' 이라는 원관념이 긴밀하게 연결되어 있다. 또한 소재가 지닌 가볍지 않은 무게가 시를 지탱한다. 한 사람을 죽음으로 몰고 간 외부 요인이 강하게 암시됨으로써 시가 소품으로 떨어지는 것을 방지하고 있는 것이다. 이에 비한다면, 「소금벌레」와 유사한 몇몇 시들 예컨대 「소금창고」, 「고양이」 같은 시들은 이러한 긴장을 상실한 채 매너리즘에 빠진 것은 아닌가 하는 노파심을 가지게 한다.

그럼에도 불구하고, 박성우의 『가뜬한 잠』은 한계보다는 가능성을 더 많이 담보하고 있는 시집이다. 서사성의 도입이나 농촌공동체를 시적 원형으로 채택하고 있는 것, 자신을 공동체 안의 개인으로 끌어올리려는 노력은, 박성우의 시가 지향하고 있는 기본적인 방향을 보여준다. 비록 소재가 된 농촌에 대한 시각이 다소 낭만적이고 추상적이라고 하더라도, 그 공동체와 경험을 공유할 수 있다는 것은 박성우가 가진 강점이다. 풍속시적인 성격이나 인물시편들도 다른 가능성이다. 기존의 시들과의 차별성을 확보하는 것이 쉽지는 않겠지만 시도해 볼만한 목표들이다. 능청맞고 은밀하게 깔리는 관능성을 어떻게 다듬어낼 것인지 또한 박성우의 시가 보여줄 수 있는 또 다른 영역임에 틀림없다.

전체적으로 볼 때 이번 시집은 감정의 습기가 많이 제거되고 소재와 거리를 유지하려는 노력이 눈에 뜨인다. 소재 자체의 감정적인 습기에 기대지 않고 그것을 다스리겠다는 의지의 표현이다. 아직은 거칠지만 여러 가지 변화와 시도를 보여주는 이번 시집은, 박성우가 시적 방향을 모색하기 위해 쉬지 않고 노력하고 있었다는 사실을 증명해준다. 첫 번째 시집에 대한 호평에 만족하지 않고 끊임없이 자신을 채찍질하는 겸손함과 성실성은, 그의 시가 조로하지 않도록 하는 방어막이 될 것이다. 『가뜬한 잠』은 그의 시가 계속 진행되는 과정에 있음을 그리고 시인이 성실하게 노력하고 있음을 증명해 보인다. 세 번째 시집을 다시 기대해볼 수 있다는 것만으로도, 이 시집의 의의는 충분하다.   (문학수첩, 2007.가을)

『이것은 시가 아니다』의 네 가지 모순

| 이승훈

1. 자율성 미학을 비판하는 자율성의 시론

"이것은 시가 아니다"라고 말하는 이 시집에서, 시로써 시를 부정하는 행위는 지극히 의도적이다. 이승훈은 시집 뒷부분에 붙인 시론에서 시 「이것은 시가 아니다」를 "이것은 시가 아니다. 그러나 시지에 발표되었기 때문에 시로 대접받는다. 휴지통에 넣으면 휴지가 되고 편지로 보내면 편지가 되고 일기로 쓰면 일기가 되고 정신과 의사의 노트에 적으면 병력이 된다."라고 말하고 있다. 이 말은 기존의 '시'라는 개념을 전제로 한 것이다. 그가 생각하는 기존의 '시'는 "삶의 세계를 그대로 옮기는 게 아니라 이런 세계를 소재로 새로운 세계를 창조해야 하고 창조는 상상력과 정서를 동반해야" 하는 것이다. 그러나 자신의 시는 상상력도 정서도 없이 그저 삶의 세계를 그대로 옮겨놓은 것이기 때문에 기존의 개념에 따르면 시가 되지 않는다는 것이다.

당연히, 이와 구별되는 이승훈이 생각하는 '시'란 무엇인가를 물을 수 있다. 그렇다면 "도대체 시는 어디 있는가?" 이번 시집에서 그것은 곧 '생활'이다. 일상적인 생활 세계를 그대로 옮겨놓는 것. 서문에서 그는, 시집 『비누』 이후 관심을 둔 것이 '현실을 그대로 옮기는 것'이라고 말하고 있다. 스스로 밝히고 있듯이, 이 현실은 리얼리즘적인 의미의 '리얼리티'와는 아무 관련이 없다. 시대 상황이나 사회적 이슈를 반영한 현실성 혹은 진실성이 아니라 단지 '평범한 개인의 적나라하고 보잘 것 없는 사소한 일상사'를 지칭한다. 예컨대 그는 술을 먹은 이야기를 상세하게 늘어놓고 (「해가 환한 다섯시」, 「멸치」, 「모든 게 잘 되어간다」), 집 근처에서 통닭이나 고추를 샀다는 이야기(「고추」, 「비 오는 밤」), 혹은 갈비뼈에 금이 갔는데 지네를 먹으면 좋고(「눈 내린 아침」), 자신의 두통에는 부루펜이 잘 듣는다는(「나는 빠르게 늙어간다」) 그야말로 사적인 이야기들을 지루하게 늘어놓는다. 이야기된 내용들은 너무 사소해서 일상의 대화꺼리조차 되지 못하는 시시껄렁한 것이다. 그는 이러한 것들을 '거리에 비가 오면 시 속에도 비가 오는' 방식으로, 자신의 인생 있는 그대로를 드러내는 것이라고 주장한다(「이런 것에 대해서는 할 말이 전혀 없다」).

　이런 파괴적이고 무모한 방식을 선택함으로써 그가 의도하는 바는 무엇일까? 그것은 시란 무엇인가에 대한 원론적인 질문을 다시 던지는 것이다. 그것에 대한 이승훈 자신의 답변은 '생활을 그대로 가져오는 것'이다. 그럼으로써 그는 "시 따로 인생 따로 노는 이 시대 시인들의 위선과 오만을 미적으로 비판하고 근대 부르주아 예술이 강조한 이른바 자율성 미학을 파괴하고 일상과 예술의 단절을 극복"하겠다고 말한다. 이 말은 두 부분으로 나누어진다. 첫째는 시와 살아가는 모양을 동일시하겠다는 것 둘째는 그럼으로써 자율성 미학을 비판하겠다는 것이다. 시와 인생을 동일시한다는 것은, 시를 쓰는 이승훈의 자질구레한 일상의 모습들을 그대로 보여줌으로써, 시는 고상하게 쓰면서 생활은 그렇지 못한 대다수 시인들의 위선을 비판한다는 것이다. 그 비판이 '미적'이라고 말하는 것에 주목할 필요가 있다. 이것은 동시에 자율성의 미학에 대한 비판을 겨냥하고 있다. 자질구레한 일상의 나열이 미적이라고 말하는 것은, 미적인 것이 따로 존재하지 않는다는 발언과 다르지 않기 때문이다. 시가 현실과는 별개의 미학적인 가치를 가지며, 때문에 일상생활과는 다른 기준으로 평가되어야 한다는 생각에 반기를 드는 것이다. 그는 "시와 삶의 경계를 만드는 것은 시인들이 좀 특수하다는, 일반인과 좀 다르다는 선민의식 아니면 차별의식에 지나지 않는다"라고 주장한다. 무료해서 시를 쓴다거나(「이런 것에 대해서는 할 말이 전혀 없다」) 시를 쓰며 바라는 게 없다(「언어가 있으므로 시를 쓴다」)는 것은, 시가 누려온 특수한 지위들을 모두 부정하는 것이다. 그의 시는 기존의 시를 부정하기 위해서, 오직 '~가 아니다'라는 것을 보여주기 위해서만 존재한다(「그럼 신경쇠약인가?」).

이때 이승훈이 생각하는 '자율성'은 시가 지닌 상징이나 은유 같은 미학적인 요소들이라는 개념으로 축소되어 있다. 그의 자율성 비판은 시에서 제반 미적인 요소들을 제거하는 것이다. 은유나 상징 같은 미적 가치를 지닌 현대시의 시대는 끝났기 때문이다. 그런 의미에서 그는 자신이 현대시의 종말을 향해 시를 써왔다고 말한다.

그러나 이러한 주장은 자체 모순을 가지고 있다. 본래 '자율성'의 개념은 예술이 생산되고 유통되는 사회 혹은 시대 현실에 대한 자율성이다. 예술이 탄생하는 데는 정치적이거나 경제적인 혹은 사회적인 요소들이 중요한 역할을 하는 것은 분명하지만, 예술에는 그것만으로 설명되지 않는 예술 자체를 존재하게 하는 미학적인 가치가 있다는 것이다. 즉 자율성이란 리얼리즘의 기본적인 바탕이 되는 사회성 혹은 현실성에 상대되는 예술성을 강조하는 개념이다. 예술의 자율성에 대한 찬반 논쟁은 예술성과 사회성의 대립으로 요약된다. 이런 맥락에서 예술의 자율성을 부정

한다는 것은 결국 예술의 사회적인 성격을 강조하는 것이 된다. 그러나
이승훈은 예술(시)의 자율성을 부정하면서 동시에 사회적인 성격까지도
부정하고 있다. 결국 사회적인 가치를 부정하는 측면에서는 '자율성'의
개념에 기대면서, 정작 미학적인 자율성은 부정하는 자체 모순을 가지고
있는 것이다.

2. 과장된 자기 희화화 혹은 자기 연민

『이것은 시가 아니다』를 지배하는 가장 중요한 특징 중 하나는 자기희
화화이다. 그는 자신을 보잘것없고 왜소하며 생활에 무기력한 인물로 그
리는 데 집중하고 있다. 이러한 모습은 특히 아내와의 관계에서 두드러진
다.

＊＊＊＊＊＊화장실 문이 잠겼네 화장실 문이 잠겼어! 난 화장실 앞에서 아내를 부르
네 석준이 시키세요 아내는 말하지 그러나 거실에도 건넌방에도 석준이는
없고 그럼 송곳을 구멍에 대고 여세요! 그러나 아무리 손을 대도 문은 열리
지 않고 안 열려! 소리치면 한심하다는 표정으로 아내가 온다 이리 줘요! 아
내는 쉽게 문을 연다

—「화장실 문」 전문

＊＊＊＊＊＊토요일 저녁 아들이 문을 열고 들어온다 학교에서 오는 거냐? 아니요 오
늘 병원협회 세미나가 있었어요 지도교수 명목으로 사흘 동안 집을 비우고
답사여행에서 돌아온 건 지난 밤 물론 술만 마시다 돌아왔지 그동안 아무 일
없었니? 이런 말은 하지 않고 대뜸 그런데 내 월급 명세서 좀 알아봐라! 난 인
터넷을 포기한 지 오래고 월급 명세서는 인터넷으로 나오고 난 아들에게 그

걸 부탁한다 이번 달 월급은 얼마인지 월급은 좀 올랐는지(올라도 내 잡비는
20만 원이지만) 아내에게 그걸 받아야 함으로! 글쎄 병원협회 세미나에서 돌
아온 피곤한 아들에게 그것부터 부탁하는 나도 문제가 많다

—「아들」 전문

　‘나’가 현실에 무능한 대책 없는 존재인 것과 대조적으로, 아내는 집안
의 대소사를 척척 해결해내는 해결사다. 송곳 하나로 잠긴 화장실 문을
가볍게 열고, 도배지를 직접 고르고 일꾼들을 부려서 집안 도배를 끝낸
다. ‘나’는 이러한 아내의 일상성에 의지해서 살아간다. 도배를 하는 동안
가장인 내가 하는 일은 내 방 책꽂이와 책상, 의자를 옮기고 방바닥을 닦
은 일뿐이다(「가을 도배」). 그런 ‘나’가 월급을 아내에게 헌납하고 아내
가 주는 얼마간의 용돈으로 살아가는 것은 당연한 이치다.

　생활에 무능력한 지식인과 생활적인 아내의 결합은 이상이나 김수영
의 시에서 이미 익숙해진 주제이다. 이승훈의 ‘아내’ 역시 이와 비슷한 성
격을 가지고 있다. 그러나 이상과 김수영의 ‘나’가 경제적으로 무능력한
존재인 데 비해, 이승훈의 ‘나’는 경제력을 가지고 있어서 가장의 기본적
인 역할을 해낸다. 단지 생활의 편의나 일상의 논리에 아내보다 덜 친숙
할 뿐이다. ‘나’가 아내에게 의지해서 살아가는 이유는 무능력해서라기
보다는 일상에 거리를 두고 싶기 때문이다.

　자신을 희화화하는 것은 이승훈의 이전 시에서도 나타나는 중요한 특
징이다. 그러나 이것이 자꾸 반복되면서 고정된 패턴으로 자리 잡는다는
것이 문제다. 게다가 이 희화화는 철저히 의도된 것이라는 점에서 진정성
이 떨어진다. 한 집안을 거느리고 있는 가장이고, 영향력 있는 시인이며,
대학교수로서 직장에서의 역할을 담당하는 일상적인 ‘이승훈’은 배제되
어 있다. 가장 평범한 삶의 모습은 배제하고 그것에 미달된 왜소하고 우

스운 측면만을 반복적으로 보여주는 것이다. 이러한 모습은 있는 그대로를 옮겨놓은 것이 아니라 우스꽝스럽고 비사회적인 측면만을 선택적으로 비추는 것이다.

이같은 선택에는 분명 자기풍자의 의도가 숨어 있지만 그 풍자에는 날이 없고, 지나친 경우 오히려 자기연민과 자기과시적인 경향을 드러낸다. 이전 시집에서 보였던 자신에 대한 풍자와 조롱은 사라지고, 남은 것은 사소해지려는 강박관념과 자기연민뿐이다. 사실보다 부풀리는 것만이 과장이 아니라 사실을 축소하고 깎아 내리는 것 역시 과장이라면, 이승훈의 자기 희화화는 일종의 과장벽인 셈이다.

이것은 "이 무수한 나를 버린다"(「가을이다」)고 말을 하면서 사실상 '나'를 전면화하는 것이다. 그가 버린 것은, 시가 특별함을 믿는 자율성 미학에 근거한 시를 쓰는 '나'일 뿐이다. 대신 그의 시에는 일상의 '나'가 확고히 자리 잡고 있다. '나'는 시 안에서 행해지는 모든 행위의 주체다. 실은 '나'를 버린 것이 아니라 사소한 '나'의 일상들에 집착하고 그것을 내보이는 것이다.

그의 시를 빌려 말하자면, "모든 이해는 주체성, 욕망을 토대로"(「인간은 태어나서 살다 죽는다」) 한다. 다시 말하면 타자에 대한 이해는 기본적으로 주체의 생각과 욕망에 바탕을 두고 있다. 다른 것에 대해서 말하는 것은 이미 나의 주체성과 욕망을 담고 있는 것이므로, 아무도 객관적으로 타자에 대해서 말할 수 없다. 내가 말할 수 있는 것은 '나'의 행위와 생각들뿐인 것이다. 오직 자신의 일상만을 소재로 하고 있는 그의 시들은 이런 맥락에서 이해될 수 있다.

그러나 그는 연이어 "한편 주체성은 객체성을 전제로" 한다고 말하고 있다. 그렇다면 나를 들여다보는 것은 결국 타자를 보는 시선으로 연결될 것인데, 이승훈은 이러한 연결 자체를 거부한다. 똑같이 일상성을 소재로 했던 김수영의 시와 그의 시가 갈라지는 지점은 여기다. 김수영은 자신의 일상성을 들여다보면서 그것을 통해 타자인 '모리배'의 삶과 만나지만, 이승훈은 이 부분에서 더 이상의 연결을 거부한다. 이전의 시들에 나타나는 실험 정신이 미학적인 사회 비판을 의도하고 있었다면, 『이것은 시가 아니다』는 그러한 실험정신조차도 부정하고 잡담의 수준을 고집한다.

3. 언어로써 언어를 벗어나기를 꿈꾸다

『이것은 시가 아니다』에서 추출되는 또 다른 특징은 언어에 대한 생각이다. 그는 언어가 곧 현실이고 우리가 태어나기 이전부터 언어가 있으며(「모두가 언어다」), 언어가 있으므로 그냥 시를 쓰는 것(「언어가 있으므로 시를 쓴다」)이라고 말한다. 그리고 아버지의 질서인 상징계를 대변하는 언어를 버려야만 일상에 구멍이 생긴다고 말한다.

> 언어가 현실이고 언어가 법이고 언어가 아버지다. 따라서 언어를 버리기 위한 시는 미친 소리이고 미친 소리가 구원이고 해탈이다. 미친 소리는 언어, 상징계, 현실에 구멍이 뚫리는 소리이고 상징계를 거부하는 소리이고 이 소리는 마침내 침묵의 소리가 되어야 하지만 시에 대한 나의 사유는 현재 이 미친 소리 부근에서 헤맨다.
>
> —「시론」, 『이것은 시가 아니다』, pp.139~140.

언어가 있기 때문에 시를 쓰지만 언어는 기본적으로 상징계를 벗어날 수 없으므로 결국 시는 언어조차 버리는 방식으로 나아갈 수밖에 없다는 것이다. 그런 면에서 자신의 시는 '언어도 버리고 시를 쓰기 위한 연습이고 훈련이고 시도이고 모험이고 모함'이며, 기존의 관점에서 본다면 그것은 '미친 소리'일 수밖에 없는 것이다. 그가 버리고자 하는 '언어'는 기존의 언어이고, '미친 소리'는 기존의 시를 부정하는 새로운 시도인 셈이다.

그러나 여기서 이승훈이 간과하고 있는 것은 '미친 소리' 역시 기성 언어의 질서에 바탕하고 있다는 점이다. 미학적인 장치를 사용하든 사용하지 않든 그의 시는 의미와 맥락을 가진 언어로 이루어져 있다. 일상의 사소한 일들에 대한 기록은, 언어의 일상적인 의미를 가장 충실하게 반영하고 있다. 예컨대 술을 마시러 갔다가 멸치가 없어서 제자가 멸치를 구하러 갔다거나 추워져서 옷을 껴입고 글을 쓴다는 것은, 문면에 드러난 의미 그대로를 읽으면 그만이다. 가장 상식적인 수준에서 언어의 의미를 받아들이면 되는 것이다. 이것이 '미친 소리'라는 것은, 기존의 미학적인 세련성을 거부하고 있다는 것일 뿐 언어가 아니라는 말과는 전혀 다른 것이다. 그의 시는 언어의 의미적인 측면을 부정함으로써 언어 자체를 파괴하는 것이 아니라, 의미 있는(특별하거나 중요한) 언어를 사소한 언어로 바꾸는 것, 미학적으로 가치가 있는 시적인 언어 대신 사소하고 지리멸렬한 일상의 언어들을 끌어들이는 것이다.

그가 주장하는 대로 언어를 버리고 상징계를 가격하려면, 언어의 가장 큰 특징인 '의미'를 제거해야 한다. 상징계의 질서를 공고히 하는 데 이바지하는 언어의 가장 큰 특징은 명명(命名)과 의미 부여이기 때문이다. 비슷한 고민에 부딪쳤던 김춘수가 '무의미시'를 주장하고 언어에서 의미를 제거하기 위해 고심했던 것은 이 때문이다. 이승훈 자신도 이러한 모순을 알고 있다. 미친 소리가 마침내는 '침묵'이 되어야 한다는 그의 말은, 시가 언어의 지배력을 벗어나기 위해서는 결국 언어라는 수단 자체를 버릴 수밖에 없다는 것을 뜻한다. 침묵의 상태, 해탈이나 선의 경지다. 그러나 그 단계에 이르면 '시'라는 것은 더 이상 아무런 의미가 없다. 우리가 어떤 것을 '시'라고 지칭할 때 그것은 일차적으로 언어라는 표현 수단을 가져야 한다. 설령 사진을 '시'라는 이름으로 가져다 놓는다고 하더라도, 하다못해 시 제목이나 사진 설명 형태로라도 언어가 개입하는 것이다. 만약 이 기본적인 전제를 부정한다면, 그것을 굳이 '시'라고 이름 붙여야 할 이유는 없다. 이승훈이 봉착한 딜레마는 여기에도 있다.

4. 환상은 언어의 틈?

재미있는 것은 일상을 그대로 옮겨놓은 시들과 구별되는 특이한 시들이 있다는 것이다. 환상 혹은 착각을 소재로 한 시들이 그것이다. 그는 느닷없이 돌아가신 김춘수 선생의 전화를 받고 통화를 한 후, 어떻게 죽은 사람이 전화를 걸어왔을까 의아해하고(「바람 부는 날」), 강릉까지 가는 표를 잃어버려서 기사와 옥신각신하다가, 담배를 피우고 난 후 기사도 없고 버스도 없다는 사실에 당황한다(「버스」). 이런 형태의 시들은 꿈과 현실, 감정적인 믿음과 이성적인 판단이 섞이어 있다.

> 김춘수 선생님 전화야요 난 아내가 건네주는 전화를 받는다 가을 오후인지 겨울 오후인지 기억이 안 난다 선생님 목소리다 그러나 내용은 기억나지 않고 난 수화기를 놓고 말했지 이상해 돌아가신 선생님이 어떻게 전화를 했을까? 아마 누군가 김춘수 선생님이라고 속였을 거야요 아내의 말이다 아니야 선생님 목소리가 맞아 도대체 알 수 없군 돌아가신 선생님이 전화를 하다니! 난 오늘도 꿈을 꾼다
>
> —「바람 부는 날」 전문

아내가 김춘수 선생님이라고 전화를 건네주고, 죽은 김춘수 시인과 통화를 한 것은 분명히 꿈이다. 통화의 내용이 기억나지 않는다는 것이, 그

것이 꿈임을 입증한다. 대부분의 경우 꿈은 어떠한 사건이 있었다는 대체적인 상황만으로 기억되고 구체적인 내용은 기억되지 않는다. 꿈에서 죽은 어머니와 오래 이야기를 했는데 무슨 이야기를 했는지 기억나지 않는다거나 누군가와 크게 싸웠는데 정작 싸운 이유가 생각나지 않는 것이 그 예이다.

전화 통화를 끝낸 나는 수화기를 놓으며 어떻게 죽은 사람이 전화를 했을까 라고 의아해한다. 이 부분이 꿈인지 현실인지 구별할 수 있는 근거는 '아내' 의 존재다. 아내는 의아해하는 나에게 누군가가 속였을 것이라고 말한다. 만약 이 부분이 현실이라면, 현실 속의 아내는 내가 꿈을 꾸었다는 사실을 깨우쳐줄 것이다. 그러나 시 속에서 아내는 김춘수 선생이라는 인물로부터 전화가 왔다는 사실은 인정한 상태에서, 그것이 누군가의 속임수라고 말하고 있는 것이다. 즉 시 속의 아내는 꿈의 일부분이다. 그렇다면 그렇게 말하는 아내에게, 내가 선생님 목소리가 맞다고 말하는 것 역시 꿈속의 상황이다. 이 시는 결국 모두 꿈속의 상황만으로 이루어져 있을까?

그렇지는 않다. '가을 오후인지 겨울 오후인지 기억나지 않는다' 라고 말하는 또 다른 '나' 가 있는 것이다. 꿈속의 상황이 가을인지 겨울인지를 모르겠다는 것인지, 아니면 그런 꿈을 꾼 때가 가을인지 겨울인지를 기억하지 못하겠다는 것인지는 불확실하다. 이 대목이 꿈인지 현실인지 정확하게 구별하는 것은 힘들다는 것이다. 다만 김춘수 선생으로부터의 전화를 구체적인 시간의 좌표로 표시하지 못한다는 것만이 분명한 사실이다. 그것이 언제의 일인지는 확실하지 않지만, 전화를 받고 통화를 하는 꿈을 꾼 것만은 확실하고, 꿈속의 일은 지금도 현실처럼 생생하다.

이렇게 말하는 층위와는 달리 "난 오늘도 꿈을 꾼다" 라고 말하는 '나' 가 있다. 이 '나' 는 김춘수 선생으로부터의 전화가 꿈이었다는 것을 알고 있고, 그럼에도 불구하고 그것을 생생하게 기억하고 있으며, 나아가 현실조차도 꿈이 아닌가 헤아려보는 '나'이다.

이 시에는 이처럼 꿈과 현실 사이의 다양한 층위에 놓여있는 '나'가 있고, 그 '나'가 위치하고 있는 겹겹의 시간들이 있다. 그 각각의 '나'와 각각의 시간들 사이에 분명한 경계를 짓기는 쉽지 않다. 과거의 일이 현재에 생생하게 반복되고, 현재는 과거에 비추어 다시 정의된다. 마찬가지로, 「버스」에서는 강릉까지 가는 버스를 탔던 과거의 경험과 버스도 기사도 없는 현재가 섞이고, 「그렇게 만나고 그렇게 헤어진다」 역시 봄밤 서귀포의 작은 카페에서 있던 일과 맥주를 마시며 그것을 기억하는 현재가 뒤섞인다. 심지어 미국에서 내일 온다던 아내가 집에 있기도 하고, 꿈속에서 1층에 사는 '나'가 3층에 사는 '나'에게 집을 살펴줄 것을 부탁하기도 한다(「나는 내가 없는 곳에 있다」).

이승훈은 이러한 환상이 상징계를 거부할 때 나타나는 정신병적 증상이라고 설명한다. 환상은 내가 아는 주체가 아닌 '모르는 주체'가 꾸는 꿈이고, '아는 주체'는 꿈을 통해 '모르는 주체'와 만난다. '모르는 주체'는 '아는 주체'인 나가 이성의 영역에서는 알아채지 못하는 숨겨진 욕망, 트라우마, 무의식이다. 그러나 이승훈은 아는 주체와 모르는 주체, 의식과 무의식이 선명하게 구별되어 있지 않다고 본다. 만약 내가 현실이라고 생각하는 상태가 꿈이라면, 현실에서의 아는 주체와 모르는 주체, 의식과 무의식의 관계는 역전된다. 그렇다고 해서 현실이 꿈이라고 단정짓는 것은 아니다. 이승훈이 말하는 것은 꿈도 현실도 확실하지 않다는 것, 경계가 불분명하다는 것이다. 환상의 역할은 이러한 불분명함을 드러내어 보여주는 것이다. 그럼으로써 현실과 꿈, 시와 비시, 본질과 비본질이 뒤섞여 있다는 것을 알려주는 것. 모든 단단한 것들에 틈을 내는 것이다.

환상을 소재로 한 위와 같은 시에서, 환상은 '꿈과 같은', '비현실적인' , '정신병적인' 이라는 의미와 유사하게 사용되고 있다. 이것이 고착된 언어의 질서를 교란시킨다고 할 때, 환상은 언어에 틈을 만드는 방법임에 틀림없다. 그러나 이승훈은 여기서 한 단계 더 나아가 언어 자체가 환상이라고 말한다. "현실이 언어이고 언어가 현실" 이라면, "현실이 꿈이고 환상이라면 언어도 꿈이고 환상" 이기 때문이다. '언어도 꿈이고 환상' 이라는 것은 '결국 언어도 헛것일 뿐이다' 라는 말을 다르게 표현한 것이다. 그럼으로써 이승훈은 환상이 가지고 있는 가능성들을 차단하고 '결국 모든 것은 헛되다' 라는 말로 그 의미를 무화시켜버리고 있다.

그는 이러한 자기모순을 정신분석을 통해 극복할 수 있을 것이라고 기대한다. 정신분석은 "환상 깨기, 환상 가로지르기이고 이런 시쓰기는 결국 상상계와 상징계에 대한 동시적 파괴를 노리고 따라서 언어로 표현할 수 없는, 그러나 존재하는 그것, 욕동 drive, 실재의 세계를 지향한다." 그리고 은유, 상징, 유사성, 동일성의 시학을 파괴해야 하고 이것이 상상계 파괴와 통하며, 문법과 기표와 기의의 관계를 해체함으로써 상징계를 파괴해야 한다고 주장한다. 은유와 상징을 상상계와 동일시하는 것이 온당한 것인가는 접어두더라도, 여전히 의문은 남는다. 상상계와 상징계를 부정함으로써 그가 찾고자 하는 '실재' 는 "자성이 없고 진리가 없고 본질이 없는 과정, 흐름, 변화 말하자면 비누"라고 설명된다. 그렇다면 실재는 단지 변화일 뿐일까? 정신분석과 환상은 아무런 상관이 없는 것인가?

질문에 대한 답변은 이승훈의 시 「윤 교수 전화」에 잠정적으로 나와 있다. 창작 방법과 철학적인 사유를 뒤섞고 문예사조와 종교를 아우르는 이런 행위는 윤 교수의 입을 빌려서 '하이모더니스트' 혹은 '하이퍼모더니스트' 로 지칭된다. 글의 제목은 '하이모더니스트' 이고 부제가 '모더니즘에서 불교까지' 이다. '하이퍼' 즉 '연결' 이라는 본래 의미에 충실하게 보면, 이승훈의 이러한 행위는 모더니즘에서 불교에 이르는 이질적인 것들

을 하나로 연결하는 '하이퍼' 적인 것이다. 이것은 이승훈의 시적인 사유
의 변화 과정을 설명하는 것이기도 하다. 초기 시부터 그가 추구해온 것
이 모더니즘이라면 최근의 이승훈의 시적인 화두는 모더니즘과 결별하기
혹은 모더니즘을 극복하기이다. 그리고 그 방법은 불교와 선처럼 이질적
인 분야와의 연결과 착종을 통한 것이다. 그런 의미에서 그를 '하이퍼모
더니스트' 라고 지칭할 수 있는 것이다. 이러한 시도가 어떤 결말로 귀결
될 것인지 주목해 볼만한 일이다.　　　　　　　(오늘의 문예비평, 2007. 가을)

3부

조화와 절제, 배려가 있는 서정시

김석규의 『김석규 시선집』

김석규의 시를 읽는 것은 차를 마시는 것과 같다. 차를 한 모금씩 마시는 동안 쌉싸름하고 떫고 쓰고 단 여러 가지 맛을 차츰 느끼게 되듯이, 그의 시를 읽으면 고난과 행복, 희망과 절망 같은 삶의 여러 가지 맛들이 차근차근 하나씩 살아난다. 그 맛들은 하나하나가 모두 독립적이다. 각각의 시들이 질적으로 대등한 수준을 유지함은 물론, 시의 구절 하나하나가 또한 가지런하다. 단어와 구절, 이미지 하나에까지 최선을 다한 데서 빚어지는 품격이다. 그렇게 갈고 닦인 그의 시들은 한결같이 깔끔하게 정제되어 있다.

이 가지런함을 유지하는 기본적인 비결은 서경(敍景)과 서정(抒情)을 조화롭게 배합하는 데 있다. 그의 시들은 대부분 서경적인 묘사를 배경으로 하는데, 풍경화를 연상시키는 소묘는 그의 장기이기도 하다.

양털 목도리를 한 푸르스름한 연기가 하늘로 오른다.

백발의 부모를 봉양하는 까마귀들 먹이를 싸 들고 일찍 돌아가고

어깨에 내려앉은 눈의 무게를 견디지 못해

나무들이 툭툭 털어내고 있는 저녁

설청의 시린 하늘을 다 적시며 선홍빛 노을이 걸린다.

치우다 남은 눈이 아직도 그대로 쌓여있고

개가 짖는 마을의 집집마다 등불이 어둠을 밝히면

버석거리는 얼음 딛고 찾아가는 골목

낮은 돌담 너머 군불솥에 장작불 타는 소리

오늘 밤 안으로 태어날 송아지를 위해 불빛 매달아 놓은

어느 집 외양간 구유 속엔 벌써부터 따뜻한 김이 서리고

쏟아지는 별이 새들의 초저녁 잠을 흔드는 대숲

한 사흘 쯤 있다가 다시 눈을 데리고 올 바람이 기어드는지

인동초 튼실한 뿌리쪽에서 물이 설설 끓어오를 때

베개 고쳐 베고 돌아눕는 사람들은 남향의 귀를 연다.

―「눈 온 날 저녁」 전문

　시인의 섬세한 필치가 돋보이는 서경시의 대표적인 예이다. 눈이 수북히 쌓인 날, 그 눈을 비추며 노을이 지고, 어두워지는 마을에는 하나 둘 등불이 켜진다. 장작불 타는 소리가 들릴 만큼 주위는 고요하고, 마을은 어둠에 잠긴다. 이 시에 흐르는 시간은 연기가 푸르스름하게 보이고 노을이 선홍빛으로 물드는 늦은 오후부터, 등불이 켜지고 비로소 별이 감지되기 시작하는 초저녁까지이다. 시인은 사물의 윤곽이 점점 흐려지다가 이윽고 어둠이 깔리기까지의 미세한 시간적 변화를 언어로 포착해내고 있다. 이때 시인은 자연의 변화를 관찰하고 옮겨 적는 기록자가 된다.

　그런데 그의 서경시는 항상 사람이 등장하는 것이 특징이다. 윗 시의

풍경 속에는 눈을 치우고 불빛을 매달아놓는 사람의 손길이 숨어 있다. 그것은 표면에 드러나지는 않지만 풍경과 이미 하나가 되어 풍경 속에 새겨진 인간의 모양이다. 이때 인간은 투명하게 존재한다. 있기는 하지만 풍경의 전체적인 분위기를 흐트러뜨리지 않고, 풍경의 일부분이 되어버린 산수화 속의 인물과 같은 것이다. 인간은 투명하게 존재하며, 풍경 속에 조화롭게 위치하고 있다.

> 들녘에 혼자 남은 들불 늦게까지 울고 있다.
> 날 저물어 어두워지고 어느덧 깊은 가을
> 문득 버려져 쓸쓸히 돌아눕는 연기
> 실없이 금이 간 마음도 이리 오래 아픈 것
> 주먹만하게 부어 올라 곪아 터진 자리도
> 흉터 하나 없이 아물고 이내 잘 낫더니
> 구름 낀 햇살에도 할퀴는 작은 상처
> 아픔은 잘 깊고 더 크게 덧이 나서
> 낙엽소리 무너져 내리는 빈 가슴 위를
> 아득히 들불 하나 연기도 없이 타고 있다.
>
> ―「들불」 전문

그런가 하면, 위의 시에서 화자는 풍경에 자신의 감정을 투사하고 있다. 연기는 '버려져 쓸쓸히 돌아눕고', 다 타고 남은 들녘은 횅하니 슬프다. 들녘의 풍경에서 슬픔을 읽어내는 것은 그것을 바라보는 화자의 마음이 그러하기 때문이다. 실상 울고 있는 것은 화자의 마음이고, 그것이 대상에 투사되어 우는 것으로 표현된 것이다. 서정이 서경을 압도하고 있는 대표적인 예이다.

그러나 이 시에서 화자의 감정은 들불이라는 매개체를 빌려 간접화됨
으로써 실제 시인과의 사이에 객관적인 거리를 확보한다. 들불, 연기, 가
을, 낙엽 소리 등은 시인이 자신의 감정에 함몰되는 것을 방지하는 요소
로 기능하고 있다. 그 덕분에 서경에 기댄 그의 서정시들은 너무 축축하
지도, 건조하지도 않은 알맞은 물기를 머금게 된다. 이처럼 그의 시는 서
경과 서정을 적절히 조화시킴으로써 절제된 아름다움을 발하는 것이다.

> 호호백발의 민들레 꽃씨 어디로 날아가나.
> 한나절 다 타도록 꿩은 울음을 참는다.
> 일렁이는 숲그늘만으로도 넘쳐나는 천지
> 솔개는 병아리 낚아채 들고 하늘로 숫구치고
> 얼마나 다급했던지 신발 한 짝도 벗어 던진 채
> 꼬리를 잘라 던져주고 가는 도마뱀을 보았다.
> 길이 다 파묻히도록 덤불렁듬쑥한 풀섶
> 찔레덤불 밑에 백골로 누워 꿈꾸는 새 한 마리
> 살모사는 하루 분의 독을 호리병에 쏟아 붓고
> 물 가득 실린 천둥지기엔 산그리메가 고여 있다.
>
> ─「늦은 봄날」 전문

서경과 서정이 절묘하게 조화를 이룬 시이다. 솔개가 병아리를 물고 올
라가는 것과 도마뱀이 꼬리를 자르고 달아나는 것은 인과관계일 수도 있
고, 전혀 다른 각각의 사건일 수도 있다. 그것을 시인은 도마뱀이 솔개 때
문에 화들짝 놀라 '신발 한 짝을 벗어던진다'고 표현하고 있다. 그럼으로
써 각각의 상황은 인과관계로 묶이면서 생생하게 살아난다. 그러나 그렇
다고 해서 각각의 상황이 시인의 해석에 의해 왜곡되거나 변형되는 것은

아니다. 솔개가 병아리를 낚아채고 도마뱀이 꼬리를 자르고 달아나는 풍경은 그대로 살아 있다. 또한 도마뱀이 다급해서 신발을 벗어던졌다고 표현한 시인의 해석 역시 적절한 비유이다. 눈에 보이는 풍경은 풍경 그대로, 그것을 본 시인의 해석은 해석 그대로 대등하게 놓여 있다. 시인의 해석이 풍경을 왜곡하거나 풍경이 시인의 해석을 압도하는 일방적인 관계가 아니라 공존의 관계인 것이다. 그는 봄날에 생명이 깨어나는 소리를 마음의 귀로 들을 만큼 민감한 감수성을 소유하고 있지만(「개화기」), 그것으로 대상을 지배하려 들지 않는다. 다만 겸허하게 그 소리들을 언어로 새기고 있을 뿐이다. 주체와 대상 어느 한 쪽에 치우치지 않는 균형미는 그렇게 만들어진다.

그의 시 전체를 이끌어가는 것은 포용과 배려, 공존의 원칙인데, 이는 어머니로부터 물려받은 덕성이다. 맑은 날에는 햇볕이 아까와서 빨래를 하고, 비 오는 날이면 고무신이라도 씻어 말렸던 그의 어머니(「사모곡」)는 생활의 고단함을 자연의 리듬으로 바꿀 줄 알았던 사람이다. 그럼으로써 그녀는 고단함의 연속인 나날을 감사와 풍요로움의 장으로 바꾸어놓는다.

가족들의 삶도 마찬가지다. 그의 가족들은 부지런하고 지혜로운 어머니가 있는 집안답게, 가난에 주눅 들지 않고 그것을 불편해하지 않는다. 밥 한 그릇을 두고 앉은 상 앞에서, 훌쩍 자란 아들을 보며 어머니와 누나가 슬쩍 숟가락을 내려놓고, 그것을 보며 어린 것들까지도 서로를 위해 숟가락을 놓을 줄 아는 가족이다(「지상의 보물」). 가난은 생활의 일부분이지만, 인간에 대한 믿음과 애정을 시험하지는 못한다. 그들은 오히려 가난 속에서 서로를 배려하고 사랑하는 법을 배우고, 겸양과 인내의 미덕을 깨우치고 있다. 그의 시가 가난에서 출발하면서도(그의 시에서 가난의 경험은 실제적인 성장 환경에서 형성된 것이다. 1941년생인 그는 열 살

남짓한 시절에 전쟁을 겪고 그로 인해 황폐한 어린 시절을 보내게 된다. 그러나 김석규의 시에서 가난의 경험은 불행의 요인이 아니라 오히려 순수하고 아름다운 기억으로 남아 있다.) 따뜻함과 꿋꿋함을 잃지 않을 수 있는 것은 여기서 형성된 인간에 대한 신뢰와 애정 덕분이다.

그러나 이러한 원칙들은 적자생존의 현실 앞에서 자주 무너져 내린다. 현실의 삶에서 그의 주변은 소외되고 좌절당한 이웃들로 가득 차 있다. 「서북풍에게」, 「모닥불」, 「노숙」, 「기상도」, 「깜깜한 봄」, 「이 시대의 희망」, 「이 궁핍한 시대의 시」 등은 IMF로 인해 실직한 사람들, 노숙자 등 현실적인 주변의 사람들을 시적인 소재로 하고 있다. 이들의 삶을 이야기하는 목소리는 높지 않지만, 시인은 그에 대한 관찰의 끈을 늦추지 않는다.

아직 떠나지 않은 겨울이 소매 끝에 시리다.
가뜩이나 움츠려 든 목덜미를 꺾어 누르고
한 군데도 가릴 곳 없는 맨살을 저며 엔다.
그러나 어디엔가 매화는 피고 있으리라.
어녹는 땅 푸르게 번지는 대숲 그늘 아래서
해거름녘 산봉우리의 잔설을 바라보며
또 그 너머 어김없이 물들어있는 하늘을 보며
암연히 수수로운 마음 정처없어라

—「잔설을 바라보며」 부분

그가 바라보는 현실은 '뒤숭숭한 세상', '밤낮없이 눈이 내리는 나라', '남은 겨울' 등으로 상징되는 전망없는 암울한 곳이다. 이는 날이 갈수록 노숙과 실직이 늘어나는 경제 상황과 그럼에도 불구하고 나아진 것 없는 정치사회적인 부조리를 비유하고 있는 것이다.

특이한 것은 이러한 비극적 상황의 한켠에 반드시 희망적이고 미래적
인 상징이 함께 한다는 사실이다. 매화, 대숲과 같은 동양적인 상징들이
그것이다. 이런 상징들은 이육사의 시를 연상시킨다. 그러나 육사의 시가
스스로를 비극적인 상황 속으로 몰아넣고 그 극한을 기다리는 데 비해,
김석규의 시에서 현실에 대한 시인의 대응방식은 '수수로운 마음', '정처
없음'과 같은 내면화된 개인적 발화로 나타난다. 이는 그가 지사적인 위
치보다 평범한 일상인으로서의 위치를 선택하고 있다는 것을 의미한다.
그는 스스로를 영웅의 반열에 올리는 대신, 현실 속에서 잃어버려서는 안
될 것과 지켜야 할 것이 남아있음을 일깨우고, 그것이 곧 희망의 근거임
을 보여주는 쪽을 택한다. 그런 면에서 그의 시는 가장 솔직하고 겸허한
자리에서 쓰여진 것이다.

그렇다면 평범한 개인일 뿐인 그가 이 암울한 현실을 견디어내는 방법
은 무엇일까? 그것은 행복한 순간의 현재화를 통해서 가능해진다. 그의
시의 바탕을 형성하고 있는 유년의 기억은, 단순히 시적인 소재에 그치는
것이 아니라 현재의 삶에도 그대로 보존되어 있다. 예를 들어 기억 속의
한 장면을 그린 「그 겨울」, 「흑백사진」의 분위기는 현재의 경험을 소재로
한 「실한 끈」에서 그대로 재현된다.

호롱불빛이 흐릿하기는 해도 따뜻함에는 더없이 넉넉하다.
식은 보리밥 한 숟갈 찬물에 말아먹고
개밥바라기 별 따라 일찍 언덕에 오르면
언제부터인가 달맞이꽃 하얗게 흔들리며 부르는 소리
검게 탄 얼굴에 이빨 드러나도록 웃으며 달려오던 희망이여
가난하였으므로 영양가가 없었는지는 몰라도
추억의 창고에는 아직도 알곡으로 그득하다.

—「흑백사진」 전문

뿔뿔이 흩어졌던 가족들이 모여 제삿밥을 먹는다.
현조고학생부군 신위의 지방을 불사르고
높고 낮은 차례대로 음복주 한 잔
섣달 설한풍에 부풀어있던 볼도 훈훈해 온다.
울고 싶어도 아직은 살아있어 던져버리지 못하는
헛기침을 섞어가며 저마다 코를 풀기도 하고
첫닭이 홰를 치고 나서야 일 나갈 걱정으로 눈을 붙이는
버석버석 얼음을 딛고 가 헛간에다 오줌을 눌 때
눈도 안 뜬 강아지들 줄기차게 젖 빠는 소리를 들었다.

—「실한 끈」 전문

호롱불 밑에서 보리밥을 먹으면서도 희망을 잃지 않았던 가족(「흑백사진」)은, 성인이 되어 각지로 흩어졌다가 제삿날 다시 모인다(「실한 끈」). 이들은 성인이 되어서도 여전히 삶의 크고 작은 애환을 안고 살아가는 평범한 사람들이다. 가난하고 적요한 배경도 여전하고, 그 속에 있는 사람들의 심성 또한 여전하다. 그러나 가족들은 가난하던 그 옛날과 크게 달라지지 않은 소박한 삶을 살면서도, 같이 모여 있음으로 해서 훈기를 느끼고 삶에 대한 애정과 희망을 확인한다. 그 일원인 시인은 이에 힘입어 '눈도 안 뜬 강아지들이 젖을 빠는' 희망의 소리를 확인하고 있다. 세월은 흘렀지만, 어린 시절의 순수하고 아름답던 경험은 그의 시에 여전히 영향을 미치고 있는 것이다.

그러나 그것은 지나가버린 날들에 대한 회한이나 과거에 대한 무조건적인 향수와 동일한 것은 아니다. 그의 시에서 과거와 현재, 미래라는 시

간의 직선성은 그다지 중요하지 않다. 단지 생에서 가장 순결하고 아름답던 한 시절만이 지속적인 빛을 발하고 있는 것이다. 이는 아름답고 순수한 생의 정점의 기억을 현재에 그대로 지속시키는 '순간의 지속'에 해당한다. 과거에 침몰되어 있는 것이 아니라, 아름다운 순간을 현재에 지속시킴으로써 현실의 고난을 이기는 방식이다. 그의 시가 자주 유년을 소재로 하는 것은 그것에서 현실의 어려움을 견디는 힘을 얻기 때문이다. 가난한 날들이었지만 꿈을 잃지 않고 살았던 과거의 경험은, 직면한 어둠을 견디는 가장 큰 원동력이다. 그의 시의 순수함과 아름다움은 가장 소박하면서 가장 적극적인 대응방식이 된다. 이것이 그의 시가 그토록 오랫동안 벼려온 따뜻하고 또 서늘한 시의 칼날이다.

김형술의 『물고기가 온다』

시인의 시에는 크고 작은 변화가 무수히 일어나고 사라진다. 처음의 시적 개성이 그대로 유지되면서 발전되는 경우가 있고, 흔하지는 않지만 시의 세계가 완전히 바뀌는 경우도 있다. 자신만의 트레이드마크를 가지고 있는 시인의 시는 독특하지만 지루해지기 쉽고, 급작스런 변화를 보이는 시인의 시는 신선하나 불안해 보인다. 한 시인의 시 세계의 변화는 안정과 타성 사이, 신선함과 불안함 사이를 위태롭게 오간다. 그래서 자기성찰을 거듭하며 변신을 시도하는 시인들의 시는 독자를 긴장시킨다. 김형술의 시 역시 그렇다.

'도시시'라는 이름으로 주목받았던 첫 시집 『의자와 이야기하는 남자』와 네 번째 시집인 『물고기가 온다』만을 놓고 본다면, 그의 시는 전혀 다른 의미망 안에 놓여 있는 것처럼 보인다. 딱딱하고 도시적이며 절제된 『의자와 이야기하는 남자』와는 달리, 『물고기가 온다』는 풍부하고, 자유롭고, 흥건하고, 흘러넘친다. 물론 여기서도 시적 자아는 도시문명의 한

가운데 놓여 있지만, 물고기를 매개로 한 환상의 세계는 그러한 시공간의 제약을 무화시키고 있다. 정반대로 보일 수도 있는 이 상반된 경향을 이 해하려면, 그의 시의 변화 과정을 거슬러서 올라가야만 한다. 그래서 그 의 시는 한 번 더 읽힌다.

『의자와 이야기하는 남자』(1995), 『의자, 벌레, 달』(1996), 『나비의 침 대』(2002), 『물고기가 온다』(2004)까지를 나란히 놓고 보면, 그의 시가 도 시의 한복판에서 그것을 벗어난 일탈의 공간을 지향하고 있음을 어렵지 않게 알 수 있다. 일 년의 간격을 두고 발간된 첫 시집과 두 번째 시집의 시들은 도시의 중심에 있는 자아의 소외된 삶의 기록이다. 여기에 실린 시들은 도시의 호흡에 어울리게 메마르고 팍팍하고 건조하다. 시적인 자 아는 이러한 도시성에 환멸을 느끼며 동시에 그것에 익숙해져 있다. 그는 존 레논과 짐 모리슨의 노래에 공감하고(「길 건너 신호등 아래 서 있는 不 在」, 「길 건너 전신주 아래 기대 서 있는 不在」), 제레미 아이언스의 눈에 서 자신의 신경증과도 같은 불안을 발견하며(「불안이라는 이름의 질병」), 텔레비전과 비디오 테이프와 더불어 시간을 보낸다(「어둠 속의 거울, 비 디오, 비상구」, 「통속적인 노을」). 김형술은 도시의 환경에 저항하기보다 그것에 흠뻑 빠져버린 자아를 등장시킴으로써 도시인의 일상을 그려낸 다. 숱하게 등장하는 팝송과 대중가요, 영화의 토막들은, 그의 세상을 읽 는 코드가 이미 문명적인 방식에 속한다는 것을 보여주는 것이다. 도시에 길들여진 도시의 아이인 시적 자아는 도시의 생활들을 선명하고 직접적 으로 그려낸다.

그 한편에는 이러한 도시의 속도를 잠시만이라도 늦추고 싶어하는 상 징인 '의자'가 놓여 있다. 의자는 '차와 식사, 독서와 TV보기 따위 기본적 인 임무 외에도 높은 벽에 못 박기, 애꿎은 발길질 당하기, 불안 해소용으 로 사정없이 흔들리기'와 같은 용도로 사용되는 일상의 도구이다. 그러나

의자가 진가를 발휘하는 것은 이러한 용도성을 폐기당하고 난 후부터이다. 망가질대로 망가져 도구로서의 가치가 없어진 의자는 모든 이의 관심에서 잊혀진 후 비로소 자신의 본질인 '꿈꾸기'에 몰입한다("신경통의 다리와 수전증으로 떨리는 팔을 매단 등은 형편없이 굽어버려 이젠 누구도 그에게서 평화와 휴식같은 사치를 기대하지 않으므로 모든 관심이 떠나버린 한가한 시간을 그는 오로지 꿈꾸기에만 매달린다. 꿈이란 얼마나 아름다운 위안인가. 모든 것이 그렇듯 지나치지만 않는다면." ―「의자, 벌레, 달」). 의자는 모두가 속도에 정신이 팔려 앞으로만 나아갈 때, 혼자 멈추어 자신과 주변을 돌아다보는 반성성을 상징한다. 그것은 '시인'이라는 존재가 가지는 의무이자 권리이다.

김형술의 시에는 '시인'이라는 존재의 정체성에 대한 질문과 답변이 줄곧 반복된다. 처음에 그것은 도시 속의 아웃사이더로서 메마르고 건조한 일상을 몸으로 구현하는 수동적인 존재이다가, 점차 꿈꾸기를 사수하는 적극적인 존재로 변모한다. 공통적인 것은, 시인은 말을 이해하고 그것을 다듬으며 끊임없이 말과 싸우는 존재라는 점이다("한줌 말의 영혼을 이해하기 위하여/ 얼마나 오래 어둠 속을 서성여야 하는지" ―「뜨거운 양철 지붕 위의 시인」). 말에 대한 자의식은 그의 시가 출발하는 지점이기도 하다. 타이프라이터, 팩시밀리 등 언어를 만들어내는 새로운 도구들에 대한 관심은 도시적인 '말'의 소통 상황을 살피려는 시도이다. 손으로 쓰는 글씨가 기계에 의해 대체되고 사람 사이의 말의 내용이 팩시밀리 하나로 전송되는 현실에서, 시인의 말은 빈사지경에 이른다("전 생애를 걸어 준비한 한마디는 미처 숨을 고르기도 전에 에러(당신의 생애는 지나치게 낡은 구형의 모델, 한번도 낳지 못한 말의 주검들이 쌓여 있군요 슬픔을 갈아끼우고 햇빛을 껐다가 다시 켜보시면……)―「팩시밀리는 날마다 유서를 쓴다」). 말의 공해 속에서 시인은 완결된 문장을 만들지 못하고 더듬

거리거나(「말더듬이의 별」), 토막난 말들을 부여안고 있는 자이다.

특이한 점은, 이처럼 비관적인 현실 인식의 한편에 그것을 치유하는 낙관적인 전망이 함께하고 있다는 사실이다. 낙관적인 전망은 두 번째 시집인 『의자, 벌레, 달』의 뒷부분에 있는 '노래' 들에서 나타난다.

> 모든 아름다움 속에 숨어있는 슬픔
> 슬픔 깃들지 않은 아름다움의 공허함
> 그걸 깨우친 건 그의 노래들
>
> 결코 내것이고 싶지 않았던 스무살
> 숨죽여 부르는 노래마다 묻어나는
> 칼날같은 적의를 허공에 휘두를 때
> 서투른 분노로 베어지는 건 없다고
> 말없이 고개를 짚어오던 것도
>
> ─한밤중에 눈이 내리네 소리도 없이
> 가만이 눈감고 귀기울이면
> 까마득히 먼데서 눈 쌓이는 소리
>
> (중략)
>
> 독풀처럼 자라는 어둠 한가운데서
> 꿈꾸었네 세상 모든 눈물과 선혈
> 온전하게 노래할 수 있게 되기를

접고 접어 아주 작아져버린 슬픔을

보일 듯 안보이게 영혼에 숨기고

시냇물보다 낮게

미풍보다 여리게

슬픔 속에 숨어있는 아름다움을

다스려 가만가만 눈뜨게 하는

노래의 힘을 가지리라고

—「노래, 침묵—송창식」 부분

이 시의 시적인 자아는 황폐한 도시에 맞서는 예민하고 불우한 자아가 아니라, 노래에 자신의 감정을 이입하는 낭만적 자아이다. 그의 분노와 적의를 다스리고 아픈 마음을 달래는 것은 노래의 구절이다. 노래는 조급한 마음을 달래고 슬픔을 아름다움으로 치환하며 가만가만히 희망과 미래를 일깨운다. 이는 송재학이 지적하고 있는 것처럼(「노래의 형식에 떠민 삶」,『의자, 벌레, 달』해설), '의자—증오'에 대응하는 '노래—기차'의 축이다. '의자—증오'가 도시 문명 속의 지치고 날선 자아의 고백이라면, '노래—기차'는 아련한 그리움과 희망을 간직한 서정적 자아의 목소리이다. 이러한 서정성을 간직하고 있음으로 해서 그의 시는『의자와 이야기하는 남자』의 출구 없는 절망에서 벗어난다.『의자와 이야기하는 남자』가 소외된 자아의 수동적인 삶을 보여준다면,『의자, 벌레, 달』부터 시작된 꿈꾸기는『나비의 침대』에서 본격적으로 시작되고,『물고기가 온다』에서 더 진전된 적극적인 꿈꾸기에 도달한다.

　시인은 노래에 기대어 세상을 견디고 구원하는 힘을 얻는다. 그는 상처받은 영혼일 뿐만 아니라 상처를 준 세상을 응시하고 상처를 딛고 일어서는 의지적인 존재로 변모한다. 그는 '꽃피는 틈을 꿈꾸는 초록뱀'이고

(「초록뱀가죽구두」), '제 안의 말을 태워 세상을 지키는' 존재(「보일러, 보일러」)이며, 자신의 몸 안의 바다 속에 물고기의 기억을 간직한(「욕망 이라는 이름의 물고기」) 존재이다. 이런 맥락에서 그의 시는 도시의 아웃 사이더가 꿈을 획득해 가는 과정이라고 해석할 수 있다.

『물고기가 온다』는 비극성과 낙관적인 희망이 함께 얽혀 있는 그의 시 적인 특징이 후자 쪽으로 좀더 기울어져 있다. 그것은 도시에서 자연으 로, 이성에서 감성으로, 인공물에서 자연물로 변화하는 시적인 변화 과정 을 압축하여 보여준다. 시집을 형성하고 있는 두 가지 대응축은 〈인공, 문 명, 부자연스러움—어둠—현실—딱딱함〉과 〈자연, 날 것, 자연스러움— 빛—환상—부드러움〉이다. 폐차장 시리즈가 전자를 대변하는 반면, 물고 기가 등장하는 시들은 후자에 속한다.

나는 부랑자, 즐거운 집 없는 사람, 세상 아무 다리 아래에서나 노래하죠 찌그러진 드럼통 위에 걸터앉아 다리를 흔들고 구멍난 구두 사이 때묻은 발 가락을 흔들며 크게 소리내어 랄라라 랄라 아무 것도 하지 않고 그저 노래만 불러대죠 "악마에게 연민을, 악마에게 연민을" 때대로 "연인"으로 잘못 노 래할 때면 구구구 비둘기떼 날아와 내 머리 속 쓰레기 더미를 쪼아대곤 하죠

나는 아무도 아닌 사람, 꺼릴 것 없는 천국의 이방인, 벽 없고 지붕만 있는 아름다운 집 그늘에서 붉고 푸른 폐수에 그림자를 씻죠 죽은 꽃, 썩지 않는 주검, 멈춰버린 시간들, 배낭 가득 채우고 이름 속에 구겨 넣으며 걷죠 멈추 지 않죠 죽음은 나의 누이, 나의 애인, 어머니, 잃어버린 죽음을 따라 하수구 를 따라가노라면 앞을 막아서는

갇혀있는 구름…

                                                        …닫혀있

    는 의자…

                                                  …울부짖는 집

                                                  …때 묻은 아침들…

                                          ―「폐차장에서 부르는 노래」 부분

    폐기된 자동차가 해체되어 쌓여 있는 폐차장은 문명의 하수구, 쓰레기
장이다. 찌그러진 드럼통과 붉고 푸른 폐수와 동작을 멈춘 기계 부품들이
쌓여 있는 곳. '나'는 그 곳에서 노래하고 밥을 먹고 책을 읽는다. '나'는
내 안에 칼날을 감추고(「식사」) 더러운 폐차장 한구석에서 노래하는 부랑
자이고, 천국의 이방인이다. 모든 것이 썩고 병들고 폐쇄된 현실에서, 시
인은 천장에 형광별을 붙이고 벽에 둘러싸여 있거나(「폐차장의 저녁」),
거대한 쓰레기 무덤에 갇혀 있다(「폐차장에서의 식사」). 김형술은 음습하
고 은밀한 도시의 이면을 익숙한 솜씨로 크로키한다. 특히 그의 시는 어
둠을 노래할 때 매력적인데, "지상으로 햇볕을 쏟아붓는 건 내 몸 속의 검
은 꽃", "검은 밥을 먹고 자라는 검은 꽃의 힘"(「소풍」)과 같은 구절에는
악마적인 이미지들이 꽃피어나는 듯한 불길한 매혹이 있다. 그의 시는 이
처럼 악취와 어둠, 폐쇄 속에서 탄생한다(「악몽을 방지하는 법」, 「유리침
대」, 「시간의 유령」, 「화려」).
    동시에 어둠은 그의 환상이 시작되는 시간적 공간적 조건이다. 밤은 신
비롭고 은밀하며 새로운 생성을 품고 있는 시간이다. 시적 자아는 자주
잠들어있고, 자다가 문득 어둠 속으로 호명당해 불려나간다. 한밤중에 가
위눌려 일어나고(「보일러, 보일러」), 잠과 현실 사이의 몽환 속에서 말 한

마리를 바라다본다(「어둠 속의 흰 말」). 그는 모두가 잠든 밤에 홀로 일어나 어둠을 지키고, 환상 속에서 새로운 세상의 도래를 예감한다("온 밤 내 거친 잠 속의 불씨들 다독인다 차가운 지붕을 어루만지며 지상으로 내려오는 순한 별빛들 받는다. 인적 드문 골목마다 일어서는 저 낮고 가열찬 심장의 박동소리.// 선홍빛, 꽃내음나는 새벽으로 성큼성큼 걸어간다." ─ 「보일러, 보일러」). 환상 속에서 어둠은 빛으로 통하고, 악몽은 희망과 섞이어 있다.

이번 시집에서 환상의 주된 소재는 물고기이다. 시인은 어둠 속에서 퍼득거리는 물고기 떼를 만난다(「물고기가 온다」). 물고기는 부드럽고 유연하고, 숨을 쉬고, 피어난다("어두운 벽들마다 물고기가 피었다. / 비늘인 양 물고기들을 매단 채/ 아가미를 단 듯 부드럽게 벽돌이 숨을 쉬었다" ─ 「안녕하세요! 물고기」). 벽을 뚫고 쏟아져나오는가 하면, 구름 사이를 날아다닌다("어떤 날은/ 흰 물고기들이 벽들 뚫고 쏟아져나와/ 구름 사이를 날아다닌다 딱딱한/ 등줄기를 거슬러 오른다/ 투명한 지느러미를 가진 물고기들" ─「물고기 편지」). 그것은 내 호주머니 속에도 있고(「욕망이라는 이름의 물고기」), 구름 속에도 있고(「구름 속의 교회」), 마주치는 사람의 등 뒤에도 있다(「물고기와 춤을」).

물고기는 도시의 딱딱하고 날카롭고 뾰족한 물질성과 대립되는, 유연함과 일렁임, 곡선, 생명의 호흡 등을 상징한다. 그것은 보이지 않는 벽들에 구멍을 내고 경계를 무너뜨림으로써(「물고기 편지」, 「물고기의 별」), 의사소통을 가로막는 것들을 허물고 길을 낸다. 또한 물고기는 굳어버리기 이전의 '날것'을 상징한다. 그것은 「클라리넷 부는 남자」(『의자, 벌레, 달』)에서 시적 자아가 몸 안에 감추고 있는 '벌레'와 상통한다. "벽 속의 숨겨진 균열 자국을 통하여 연기처럼 세상으로 날아 나오는 벌레들"은 내 안에 숨겨져 있는 순수함의 표상이다.

꽃 속엔 벌레
내 마음엔 우레

흔들림을 감추려
서로 외면하며
돌아서지만

꽃잎 사이 햇빛
내 마음엔 깨어진 거울

반짝이는 건 모두 웃음이라며
봄 한낮 느릿느릿 횡단보도를 건너간다

흔들리지 않는 것이 어디 있으랴는 듯 맹렬히 서 있는 것들을 흔드는 아
지랑이 나른히 녹아내리는 시간 속으로 흰 나비떼는 날아오고 바람은 아득
한 세상 밖에 서 있는데

거울조각으로 꽃잎 속 벌레들을 죽일까 꽃잎 모두 따서 이 거울을 덮을까
숨겨둔 날 선 기호들 증오로 흉폭해진 기표들 흔들림만이 살아있는 것이라
며 굳이 길을 막아서는 이 햇살을 왜 구부러지는가

꽃 속엔 우레
내 마음에 들끓는 벌레

꽃대궁 가득 화안한 꿈

내 안에 검은 산문

―「꽃과 우레」 부분

꽃 속에 숨어 있는 벌레는 내 안에 숨은 우레와 동일시된다. 내 안에 숨겨져있는 '날것'이 우레라면, 벌레는 꽃 안에 숨어 있는 날것이기 때문이다. 꽃과 나가 하나가 되고 우레와 벌레가 하나가 되면서, 내 안에는 '꽃대궁 화안한 꿈'이 열리고, 증오와 난폭함으로 갈등하는 마음은 다시 잔잔해진다. 날것들이 가지고 있는 힘은 무엇보다도 자연스러움이다. 인위적인 힘에 굴복하지 않고 생겨난 그대로를 유지하는 것이야말로 '날선 기호들과 증오로 흉폭해진 기표들'에 대항하는 방법인 것이다. 기호와 기표로 상징되는 도시성은 서로 다른 본성을 가진 것들을 정형화된 틀 안에 거두어 획일화시킨다. 물고기는 이처럼 경직된 현실의 힘살들을 물어뜯어 부드럽게 풀리게 함으로써 자연스러운 본성을 회복하게 한다("물고기들이 물어뜯어 부드럽게 풀린 물의 힘살"―「웃는 물고기」). 이런 면에서 물고기는 현실의 억압과 부자유를 풀어주는 해방적인 속성을 가지고 있다.

　이러한 물고기의 상징성은 이전의 시에서 그가 의자에 앉아 바라보던 '달'의 이미지와 연결되어 있다. '박제되어 굳어버린 인간의 정원'(「플라스틱 정원」)인 도시에서 바라보는 '구겨져 파지가 된 낮달'(「육교 위의 희망」)은 잊혀진 기억과 순수, 희망을 상징하며, 서정적이고 낙관적인 자아를 대변한다. 의자가 꿈꾸기를 가능하게 하는 조건이라면, 달은 꿈꾸기의 내용이다. 달은 거울처럼 모든 것을 비추고(「개와 담배와 거울」), 딱딱해진 것들을 부드럽게 바꾸며, 그 모든 것을 품는다(「달이 있는 겨울」). 『물고기가 온다』에서는 그 달이 물고기로 육화되고 있는 것이다("부풀어

제3부　269

오른 몸으로 달이 제 육신을 헐어/ 난바다와 기꺼이 몸을 섞는 밤/ 물방울처럼 가볍게 솟아올라/ 어둠 속에 제 문신을 찍는// 물고기 집을 가지지 않는다/ 넓고 깊고 둥근 하늘을 가질 뿐"—「물고기의 별」).

　그리고 무엇보다도, 물고기는 우리 모두의 가슴 속에 있다. 우리 안에 있는 그것은 잊혀진 자유의 기억, 흐름의 기억이다. 그것은 가장 자연스럽고 날것인, 몸 안에 각인된 원시로부터의 생명의 표지이다. 김형술은 "저와 춤을 추시겠습니까 다시 한 번"이라고 말하며, 다른 이들에게도 꿈을 꾸어보라고, 당신의 가슴에 몸에 묻혀 있는 물고기를 꺼내어보라고 권유한다.

　　　물고기 한 마리 꽃인 양 귓등에 꽂고
　　　저와 춤을 추시겠습니까.

　　　어깨를 껴안고 바람을 가를 때마다
　　　수줍게 숨을 쉬는 건 물고기가 아니라
　　　그대 안에 잠들었던 바다입니다

　　　등줄기에 숨겨진 지느러미
　　　물풀처럼 부드럽게 부풀어오르고
　　　햇빛에 반짝이는 비늘, 비늘로
　　　온통 물빛 투명한 세상
　　　그대 몸내음 꽃보다 붉으니

　　　　　　　　　　　　　　　　　—「물고기와 춤을」 부분

　여기서 주목해야 할 점은 물고기가 가지고 있는 환상성이다. 물고기는 꽉꽉한 현실에서 탈피하고자 하는 시인의 바람이 만들어낸 환상이다. '물고기'는 자연에서 구해진 소재이지만 실제의 물고기가 아니라 추상적인 상징어일 뿐이다. 『물고기가 온다』에서 자연은 달, 물고기, 나비, 바다, 구름 등의 단편적인 이미지가 교차하는 환상적인 공간이다. 그것은 『의자, 벌레, 달』의 '황포돛대'와 '사랑이 메아리칠 때'의 서정적인 흐름에 연결되어 있지만 성격은 전혀 다르다. '황포돛대'가 자연적이고 유년적인 상상력에 바탕하고 있는 것임에 비해, '물고기'는 환상적이고 미래적인 상상력의 극치를 보여준다. 그러므로 그것은 도시성과 상반되는 자연성 혹은 현실과 대비되는 과거에 대한 그리움과는 성격이 다른 것이다. 김형술의 시는 돌아가고자 하기보다 무엇인가를 지향해서 나아간다. '물고기'가 미래적이라는 것은 이를 두고 하는 말이다. 경직된 현실을 넘어선 환상의 영역은 자유롭고 무한하다.

그러나 이러한 환상이 발전적인 것인가 라는 질문에는 서로 다른 대답이 존재할 것이다. 환상의 뒷면에는 언제든지 환상의 달콤함을 깨뜨릴 수 있는 현실의 어두운 심연이 놓여 있다. 현실은 천장에 인조별을 붙인 낡고 폐쇄된 벽 속의 벽이고, 반짝이는 죽음과 시든 꽃들로 뒤덮인 폐허이다(「폐차장의 저녁」). 이러한 현실에서 환상의 공간으로 옮겨가는 계기는 '얼음새벽', '얼음폭풍'인데, 그것은 다분히 묵시록적인 뉘앙스를 풍긴다. "얼음폭풍의 나날, / 날개달린 의자는 노래하는/ 예언서는 날마다 빠른 우편으로 와/ 하늘 가득 흩어져 저마다 별이 되고// 세상의 길들 모두 이곳으로 와/ 긴 허물을 벗고 낡은 혀를 뱉는다/ 죽은 길의 뒤쪽에서/ 일어서는 희디 흰 햇빛의 징후들"(「폐차장에서의 독서」)이나 "세상에서 가장 큰 풍랑이 오는 아침/ 태초의 말씀같은 빛이 솟는 저녁"(「천국의 물고기」)에서, 얼음폭풍은 난세를 치죄하는 전복의 징후이며, 새로운 세계의 도래를 알리는 전주곡이다.

　노아의 대홍수를 연상시키는 이 부분은 『의자, 벌레, 달』의 「장마」에서
도 이미 나타나 있다. '곧 하늘이 무너지리라는 소문'이 떠돌고 불길한 싸
이렌 소리가 도시를 휩쓸고 지나간다. 연이어 들이닥치는 폭우와 번개가
썩은 도시를 강타한다. 그 소란 속에서도 '눈물 글썽이는 해맑은 눈빛의
가로등 행렬'을 등장시켜 희망적인 암시를 주는 것은 「폐차장에서의 독
서」와 비슷한 결말이다. '장마'가 현실적이고 소박한 비유라면, '얼음폭
풍'은 종교적이고 장대하다. 두 시의 공통점은 부정적인 현실을 넘어서는
방법으로, 인간의 능력을 벗어난 믿음과 환상을 끌어들이고 있다는 것이
다. 이런 면에서 그의 시는 낭만적이다. 이 때 낭만성은 자신의 소망을 현
실이라고 믿고 싶은 심리의 발현이거나 소망이 이루어질 수 없음을 아는
데서 오는 허무주의와 맺어져 있다.

　환상의 극치를 보여주는 이번 시집에서 김형술은 자신 안에서 와글와
글 들끓고 있는 말들을 그대로 풀어놓는다. 꿈틀거리는 말, 살아 있는 말,
날것 그대로의 말이 풀려나오며 단어와 이미지가 반복되고 말들은 화려
해진다. 표면상으로 본다면, 적어도 이 시집에서 그는 말에 대한 엄격한
자의식에서 조금은 자유로와진 것처럼 보인다. 어조는 조금 더 높아졌고,
숨어 있던 감성들은 자유롭게 풀려 있다. 절제되고 다듬어진 언어들 대신
풍부하고 강렬하며 자기 암시에 찬 언어들이 쏟아져 나온다. 여기서 말은
이해되기보다 느끼고 품고 새기는 것이다.

　'의자'라는 개성적인 상징을 보유하고 있는 그가 새롭게 선택한 상징
은 '물고기'이다. 이 상징은 물고기 자체에 대한 새로운 해석에 바탕한 것
이라기보다는, 반복되는 말들과 화려한 수사로 꾸며져 일종의 주술성을
띠고 있다. 그런 면에서 이번 시집의 시들은 분석이나 해석을 원하지 않
고 공감하기를 원한다. 그의 '물고기'는 이해되기보다 함께 하기를 권유
하고 있는 것이다. 그의 예민한 도시적 감수성에 매력을 느꼈던 독자들에

게, 이러한 변화는 낯설고 예기치 않은 것일 수 있을 것이다. 이러한 변화
가 시적인 전환인지, 나선형의 발전의 한 과정인지는 두고 보아야 할 일
이다. 그래서 그의 시는 한 번 더, 읽힌다.

사회적인 당위와 미학적인 욕망의 조화를 위하여

강세환의 『상계동 11월 은행나무』

두 번째 시집 『바닷가 사람들』이 출간된 것이 1994년이니, 강세환의 이번 시집은 십여 년도 더 지난 후에 발간되는 셈이다. 짙은 서정성을 바탕으로 하고 사회적인 관심사에 눈을 돌리는 기본적인 특징은 변하지 않았다. 강세환은 여전히 자신보다 주변 사람들의 일을 더 중시하고, 그들의 힘든 삶에 힘겨워하는 선량한 시인이다. 빨랫 줄에 널려 있는 이웃의 와이셔츠를 곱게 다림질해서 걸어주는 여자(「옆집 여자」)와 이웃하고 살아도 좋을 남자. 늘 그렇게 주변의 사람들과 서로를 조용히 다독여주며 살 것 같은 사람. 그것이 시에 나타나는 시인의 모습이다. 그는 딱정벌레 한 마리가 기어가는 것을 그대로 두고 전철을 내린 것 때문에 잠을 이루지 못하는가 하면(「딱정벌레」), 언뜻 마주친 외국인 노동자를 외면한 것이 내내 마음에 걸리는 (「천변풍경」), 천성이 여리고 고운 사람이다. 첫 시집인 『월동추』나 두 번째 시집 『바닷가 사람들』에 나타나는 시인의 모습 역시 이와 크게 다르지 않다. 그의 시는 비틀린 세상에 맞서 싸우기를 종용하기보다는, 세상에 대한 분노와 한을 품은 사람들의 이야기를 들어주고 옮기는 역할을 한다. 분노와 증오 대신 이해와 연민이 있는 시인 것이다.

그러나 이번 시집은 이상과 같은 기본적인 특징들을 유지하고 있는 한편으로, 굵직한 몇 가지 변화들을 보여주고 있어서 주목을 요한다. 시집 발간 사이에 놓인 긴 시간만큼, 그의 시는 달라진 모습을 담고 있다. 우선 눈에 띄는 변화는 시의 어조가 한결 낮아졌다는 점이다. 『월동추』와 『바닷가 사람들』에서 시인은 민중의 목소리를 대신하는 존재를 자처하고 있다. 특히 『바닷가 사람들』에서 시인은 더 이상 삶의 근거가 되어주지 못하는 바다를 떠나는 어부가 되기도 하고(「어부 황씨」), 뱃사람인 남편을 바다로 내보내고 명태 덕장으로 나가는 아내(「해풍」)가 되기도 한다. 이렇게 쓰여진 많은 시들은 바닷가 사람들의 희망 없는 삶을 파노라마처럼 보여주는 데는 성공적인지 모르지만, 시인 자신의 진솔한 체험과 거리가 있음으로 해서 당위적인 요소가 짙은 것이 사실이었다. 이와 비교해 보면, 이번 시집은 시인이 자신의 진솔한 목소리를 처음 드러내고 있다는 점이 특징이다. 공감을 호소하는 독백과 다짐, 청유형의 목소리는 사라지고, 중얼거림과도 같은 화자의 독백이 대부분의 시의 어조를 이룬다. 시선 역시 주변에서 내면으로 향하고 있다.

자신의 내면으로 시선을 돌리면서 그가 마주한 것은, 자신의 이중성과 소시민성이다. 그것은 시인을 민중의 대변인으로 설정했던 지금까지의 시와는 전혀 다른 것이다. 민중을 위해서 민중 대신 노래한다는 사명감에서 벗어나서, 그는 이제 지금까지의 자신의 행위가 과연 진실이었는가 되묻는다. 돌아보면 '나'는 늘 사건의 '밖'에서 그것을 바라보기만 하는 위치에 있지 않았는가 라는 질문. 그는 축구를 하는 직장 동료 사이에서도, 그것을 지켜보는 노인에게서도 한발 비껴서 있고, 젊은 시절에는 마음에 둔 여자의 결혼을 앞두고도 망설이고만 있었으며, 절친했던 친구가 자퇴

를 하는데도 혼자 남았다(「내 영혼은 밖에 있었다」). 이번 시집에 나타나
는 화자는 이처럼 자신의 내면을 솔직히 드러내는 일상적이고 보편적인
자아이다.

　두 번째로, 이러한 어조의 변화는 소재인 민중을 바라보는 시선의 변화
와도 연결되어 있다. 그가 관심을 가지고 있는 대상은 여전히 민중이지
만, '헐벗고 빼앗기고 억압당하는' 고정된 성격을 가진 민중이 아니라 실
생활에서 마주치는 이웃들이다. '민중' 의 범위 또한 때밀이, 지하도 계단
에 엎드린 거지, 산재를 당한 외국인 노동자, 밤무대에서 춤추는 러시아
댄서 등 복합적인 계층으로 확대되어 있다.

　　　광화문 지하도 계단에 거지가 있었다
　　　하루도 자리를 비운 적 없는
　　　안면 주름살이 복잡한 나이 먹은 거지였다
　　　삼복더위 여름 한철 어느 날엔가
　　　사흘씩이나 거지가 눈에 띄지 않았다
　　　자리를 비웠어도 빈 자리가 아닌 듯

　　　그 사흘 동안 양평인가 덕평 쪽으로
　　　식구들과 함께 피서 다녀왔다는
　　　앞에 빈 소쿠리를 만지작거리며
　　　꼬깃꼬깃한 삶을, 손금을 손바닥에 펴 보이며
　　　씨익 웃고 있던 검게 탄 맨얼굴
　　　내 마음에 빗금을 긋던 그 망설이던 길목에

　　　　　　　　　　　　　　　　　　　　　　—「거지」 전문

'나는 광화문 계단에 늘 보이던 거지가 삼복더위에 보이지 않자 불안
하고 허전해하며 며칠을 보낸다. 그러나 막상 그 거지는 사흘간 식구들과
함께 피서를 다녀왔다며 씨익 웃는다. 그 웃음에 빗금이 그어졌던 나의
마음은 순간에 환해진다. 다소 해학적이기조차 한 이 시를 읽고, 독자들
은 허를 찔린 듯한 경험을 하게 된다. 거지는 삼복더위나 휴가 같은 우리
의 일상생활과는 전혀 무관할 것이라는 생각에, 순간 혼란이 오는 것이
다. 식구들과 함께 양평이나 덕평 같은 곳에서 사흘 동안 여름휴가를 즐
기는 거지가 몇이나 될 것인가 라는 질문과는 별개로, 이 시는 강세환이
이제까지 짊어지고 있던 민중에 대한 부채의식 혹은 시혜의식에서 벗어
나고 있음을 단적으로 보여주고 있다. 여기에는 우리가 동정의 대상으로
만 여기는 거지, 때밀이, 폐지 줍는 노인, 장애인 역시 우리와 똑같은 삶을
살아가는 이웃이라는, 가볍지 않은 깨달음이 응축되어 있다. 이 때 민중
은 더불어 있는 구체적인 사람들이다. 그들을 바라보는 시인의 위치는 그
들의 상처를 치유하고 문제를 해결하는 해결사가 아니라, 그들이 무사히
살아가기를 가슴 졸이며 바라보는, 자신 역시 가진 것 없는 선량한 이웃
에 가깝다. 이처럼 시적인 소재가 당위적인 '민중'에서 일상적인 삶으로
옮겨오면서, 그의 시들은 조금 더 구체성을 확보하게 된다. 똑같이 때 미
는 사람을 소재로 하고 있는 두 시를 비교해보자.

일요일 아침마다 목욕탕엘 가면 즐겁다
일금 천원만 주면 나는 행복할 수 있어 좋다
건강한 때밀이의 시원한 인사를 받아 좋고
훌훌 옷을 벗는 것도 실은 즐겁다

(중략)

아직은 때밀이에게 내 몸을 맡기지 않아 행복하고
단돈 천원에 행복할 수 있어 즐겁다
등에 때를 밀 수 없어 언제나 찝찝하지만
그래도 나는 일주일에 한번 즐겁고 행복하다
선풍기에 머리를 말리고 나올 때
실은 때밀이 청년에게 미안하지만
언젠가는 그에게 나도 몸을 맡기겠지
아아 언젠가는 때밀이 청년의 등에
때를 밀어주고 싶다

—「대중목욕탕」 부분

첫 시집 『월동추』에 실린 위 시에서, 화자는 때밀이에게 때를 밀지 않아서 미안한 마음을 가지고 있지만, 한편으로는 아직 내 몸을 내가 직접 밀 수 있다는 사실에 행복을 느낀다. 아마도 나이가 더 들면 그 역시 때밀이에게 몸을 맡기게 될 것이다. 이런 평범한 생각은 마지막 구절 '아아 언젠가는 때밀이 청년의 등에 때를 밀어주고 싶다' 는 부분에서 갑자기 비약된다. 돈을 받고 때를 밀어주는 직업을 가진 때밀이와 미래의 손님이라는 일상적인 관계가 갑자기 동지적인 관계로 바뀌는 것이다. 때밀이 청년 등의 때를 밀어주는 행위는 직업적인 행위가 아니라 대상과의 유대 혹은 대상에 대한 이해라는 것은 두말할 필요도 없다. 평범한 일상의 이야기에 갑자기 메시지가 실리면서 시는 무거워지고 단순해진다. 이와 비교하면, 다음 시는 똑같은 소재를 가지고도 다른 시선을 보여주고 있다.

한 눈에 보아도 목욕탕 때밀이 남자
수도꼭지 앞에서 빨래를 치대던

그의 등에는 또 다른 땀방울이 글썽이고 있었다

아직도 밀린 빨래가 끝나지 않았는지

제 가슴 어딘가 손때처럼 붙어있는

어떤 슬픔을 마저 씻어내야 하는지

고개 푹 숙인 채 몸을 들썩이고 있었다

나는 벽을 향해 돌아앉아

그냥 면벽을 하고 말았다

하루 노동 끝에 무엇 하나 걸치지 않고

욕조 끝에 팔꿈치 대고 앉아

가장 인간적인 자세로 턱을 괴고 졸고 있는

군살 하나 없는 당당한 생을 보라

뭔가 머물렀던 벽면에 콕 박혀있는

내 앞에 어른거리다 멀어져만 가는

또 하나의 반가사유상(半跏思惟像)

면벽한 벽면에 어떤 칠이라도 덧칠하지 않기를

—「면벽」 전문

이 시에서 때밀이는 고단한 삶을 오롯이 짐지고 있는 한 개인이다. 화자는 일과가 끝나가는 목욕탕에서 빨래를 하는 때밀이를 차마 계속해서 바라보지 못하고 벽을 향해 돌아앉는다. 그러나 연민으로 가득한 눈길은, 후반부에서 최선을 다하며 살아가는 삶에 대한 경의로 바뀐다. 화자는 남자의 고단한 등에서 인간적인 나약함과 슬픔을 읽어내지만, 동시에 가장 당당하고 건강한 삶의 모습을 발견하고 있다. 그 삶 앞에 연민이나 동정은 끼어들 여지도, 필요도 없다. 때밀이 남자에 대한 연민과 자책이, 남자의 삶에 대한 있는 그대로를 인정하는 것으로 변화하고 있는 것이다. 시인은 비로소 민중을 자신과 동등한 위치에서 바라보고 있다. 그것은 더이상 동정이나 연민으로 채워져 있는 시혜적인 관계가 아니라 대상을 있는 그대로 인정하는 것이다.

이같은 중대한 변화를 담고 있음에도 불구하고, 노동에 대한 화자의 경의는 관념적인 부분이 있는 것이 사실이다. 즉 고단한 노동에 지친 남자에게서 당당함을 발견하게 되는 계기나 과정이 충분히 설명되지 않고 있다는 것이다. 때밀이 남자에게서 느껴지는 당당함은 대상 자체에서 발견되는 것이 아니라 시인의 희망이 반영된 관념일 가능성이 높다. 다음의 시는 그 관념성까지를 벗고 낮은 위치로 내려가 있는 화자를 보여준다.

운동은 무슨 운동 산책 삼아 나갔던 중랑천
저물녘, 올 여름 유독 잦은 비 때문인지
중랑천은 자기 속도로 유유자적하고 있었다
생의 속도를 추월하고 싶은 자전거도 있었다
생의 속도에 초월한 불편한 늙음도 있었다
문득 평균 속도에 뒤처진 생이 눈에 들어왔다
세종병원 환자복만 걸치고 천변을 거닐던
어느 외국인 노동자와 정면으로 마주쳤다
그의 눈은 달빛이 머뭇대던 수면(水面)이었다
엷은 미소를 살짝 가린 검은 얼굴이었다
그 눈빛에 머뭇대다 잠시 내 속도를 놓쳤다
아무 것도 못 봤다는 내 곁눈을 용서하라
아무 말도 못 했다는 내 침묵을 용서하라
그 걸음이라면 그는 아직 절반도 못 갔을 텐데
나는 내 생의 속도로 복귀한 걸 후회했다

내 속도만 고집하는 나를 따끔하게 꼬집어라

지금이라도 그대에게 조금 다가서려는 건

그 어디에 닿고자 뚜벅뚜벅 걷는 것이 아니라

나 자신에게 터벅터벅 다가가는 것이리라

―「천변풍경」 전문

산책 삼아 중랑천변을 걷던 화자는 환자복을 입고 걸어오는 외국인 노동자와 정면으로 마주친다. 아마도 산재를 입은 노동자일 '그' 는 낯선 한국 땅에 발을 붙이기 위해 애를 쓰는, '평균 속도에 뒤처진 생' 이다. 그와 눈이 마주치는 순간, 화자는 엉겁결에 그 시선을 외면하고 지나쳐 버린다. 그리고 나서 외국인 노동자의 검은 얼굴과 맑은 눈빛을 떠올리고는, 외면하고 얼른 일상으로 복귀해 버린 자신을 반성한다. 아직 절반도 못 갔을 '그' 에게 다가서야 한다고 다짐하는 것은, 그 노동자에 대한 연민이나 의무 때문이 아니라 그것이 결국 '나 자신' 에게로 터벅터벅 다가가는 것임을 깨달았기 때문이다. 뒤처진 타자의 생에 내 속도를 맞추는 것은, 세상의 속도에 쫓기며 살아가는 동안 빼앗긴 순수하고 진실한 '나' 의 본성을 회복하는 것이다. 화자가 외국인 노동자에게서 발견한 순수함은 결국 '나' 안에 있는 억압된 본성인 셈이다. 이런 면에서 이 시는 훨씬 개연성이 있고 그만큼 공감의 폭을 넓히고 있다.

세 번째 중요한 변화는 언어를 선택하는 방식에 있다. 지금까지 강세환의 시는 시적인 언어를 고르기보다는 자신의 감정과 생각을 진솔하게 표현할 수 있는 평이한 언어들을 사용한 것이었다. 이는 언어를 미학적인 장치로 보지 않고 시대의 이슈를 담아내는 사회적인 산물이라고 생각한 데서 온 것이다. 이번 시집에 실려 있는 시들은 부분적으로나마 언어의 선택에 유의하고 있음을 보여주어서 흥미롭다.

그 오류동 전철역 쓰레기통 옆에

어떤 굳은 물체처럼 어떤 청년이

주먹으로 얼굴을 가리고 땅바닥에 엎드려 있었습니다

삐뚜름하게 쓴 구걸 판을 목에 걸고

청년은 꼼짝 않고

바지 주머니에 손을 찔러 넣은 나도 꼼짝 않고

저는 장애자입니다

1000원만 도와주세요

진심으로 감사합니다

제발 때리지 마세요

겨울비 내리고 때 묻은 함박눈도 끼어들던

내 어깨 위에 묻은 주먹 눈을 털어도 털어도 털리지 않던

짓궂게도 궂은 날이었습니다

그 빈 손 앞에

나는 손에 쥔 것 하나 없는 빈 손만 감추고 서 있었습니다

―「빈 손」 전문

　전철역에서 구걸을 하는 청년을 소재로 한 이 시에서, 언어의 구조는
사회의 어두운 단면을 보여주는 내용의 강렬함에 의해 가리워져 있다. 내
용적 요소를 잠시 보류한 채 다시 한 번 시를 보면, 이 시는 구걸하는 청년
과 '나'의 대응 구조로 이루어져 있다. 청년의 얼굴을 가린 주먹은 '나'의
어깨 위에 내리는 주먹눈과 대응되고, 구걸하는 청년의 빈 손과 바지 주

머니에 찔러 넣은 '나'의 손이 대응을 이룬다. 엎드려 있는 청년의 얼굴 아래 놓인 주먹은, 내 어깨를 짓누르는 무거운 '눈'의 무게로 옮겨진다. 겨울비가 내리는 날이니만큼 기껏해야 몇 송이 떨어질 함박눈이, 털어도 털어도 털리지 않는 주먹처럼 단단한 눈으로 '나'의 마음을 짓누르는 것이다. 청년의 빈 손은 구걸을 위해 내민 손이고, '나'의 빈 손은 그를 위해 아무 것도 해줄 수가 없는, 부끄럽고 무력한 손이다. 그들의 아픔을 근본적으로 치유할 수 없는 '나'의 부끄러움, 고작 몇 푼의 동전으로 아량을 베풀었다고 스스로 위안을 삼을 얄팍한 '나'의 동정심에 대한 자책이다. 구걸판에 쓰인 '제발 때리지 마세요'—그들을 때리는 것은 어쩌면 '나'일지도 모른다는 생각. 그런 것들이 비와 눈이 섞여 내리는 질척한 겨울 날을 더욱 우울하게 한다. '짓궂게도 궂은 날'이다. 이번 시집에는 이처럼 비유와 상징 같은 언어적인 장치들을 사용한 시들이 적지 않게 눈에 뜨인다. 이것 역시 그의 시의 변화를 보여주는 부분이다.

이 모든 변화들을 한 마디로 총괄한다면, 이번 시집은 시인의 진솔한 고민과 갈등이 전면에 드러나 있다고 할 수 있을 것이다. 그 갈등은 사회적 당위와 미학적인 욕망의 충돌에서 빚어진다. 시인에게 있어서 사회적인 문제들은 여전히 가장 중요한 주제이다. 굳이 이전의 시집들을 들추지 않더라도 「과거를 묻지 마세요」 같은 시를 보면 그것을 알 수 있다. 시국 관련 시위에 참석하고 나서도 끌려가지도 도망가지도 않았다는 자책은 평생 시인을 따라다닌다. "그것이 내 생의 덫이며 닻"이라는 표현에서 알 수 있듯이, 그 자책감이 원죄의식이 되어 그를 옥죄고, 삶을 지탱하는 닻이 되어 그의 시와 생활을 지배한다. 시인 자신이 어조를 빌려온 바 있는 (「어느 날 교실을 나오면서」) 김수영의 고민을 연상시키는 대목이다.

그런가 하면 시인은 꼭 그만큼 혹은 태생적으로는 더 강하게, 미학적인 욕구를 가지고 있다. 미학주의자인 김종삼에 대한 경의와 찬미가 자주 반복되는 데서 알 수 있듯이(「김종삼」, 「김종삼 풍경」, 「삶의 전경」 등), 속된 가치가 끼어들지 않은 순수한 아름다움을 지키고 싶은 욕망이 그의 시의 중요한 한 축을 형성한다. 김종삼에 대한 추모가 첫 시집인 『월동추』에서부터 나타나는 것(「한국현대문학통사 5」, 「시인학교」)을 보면, 미학적인 것에 대한 추구는 억압된 가장 강렬한 욕망이라는 것을 알 수 있다. 시인은 미학적 욕망과 사회적인 당위의 경계에 놓여 있는 것이다.

이제까지 뒤로 밀려나있던 개인적인 갈등이 전면적으로 드러내는 데는, 일상적인 자아의 상황 변화 역시 중요한 요인으로 작용하고 있을 것이다. 젊음과 격동의 시기가 지나고 난 후 시인은 생의 한 전환점에 서 있다. 이제 오십 줄에 들어선 시인의 일상적인 자리는 '생의 갓길에 선 나이' 라고 표현된다(「갓길에 서서」). 수신호도 없이, 스스로 알아서 자신의 삶의 방향을 재정비해 주어야 하는 나이, 앞으로 달리기만 하는 고속도로에서 벗어나 갓길에 차를 세우고 긴 호흡을 다듬어야 하는 나이. 그 길에 선 시인의 착잡함 혹은 쓸쓸함은 「상계동 11월 은행나무」에서 잘 드러난다.

초겨울 낮달도 불쌍한 녀석이란 생각이 들었다 24시간 기사식당서 그 날 술잔을 털 때 은행나무도 손을 털고 있었다 혹시 플라톤한테 쫓겨난 시인들 하나 둘 모여 술잔 건네던 그곳에도 은행나무가 있었을까 거기서도 혹시 쫓겨나 자작(自酌)하던 시인이 있었을까 순복음 노원교회 앞 은행나무는 하혈한 제 아랫도리를 내려다보고 있었다 어떤 노파는 은행나무 밑에서 치맛자락 움켜쥐고 은행 알을 줍고 있었다 꽃무늬가 박힌 주름치마였다 시든 꽃이었다 초겨울 내내 나는 은행나무 곁에서 담뱃불 밖에 가진 게 없었다 이맘때쯤 시퍼런 핏줄 같은 고향 앞바다가 덜컥, 보고 싶었다 다 털어버린 11월 은행나무도 불쌍한 녀석이란 생각이 들었다

기사식당에서 술을 마시는 시인은 은행을 떨어뜨린 은행나무와 초겨울의 낮달, 은행을 줍고 있는 늙은 노파와 동병상련을 느끼고 있다. 한창이 지나 이제 소멸로 가는 것들, 시들어버린 것들이 주는 쓸쓸한 풍경이 현재 시인의 마음자리이다. 그러나 시인은 쓸쓸함이 감상적인 허무주의로 귀결되지 않도록, 자신을 갈무리하고 있다. 사회적인 당위와 미학적 욕망을 조화시키려는 그의 긴 싸움은, 이제 막 시작되고 있다.

귀울음은 불면을 부른다

조정의 『이발소 그림처럼』

　조정의 시는 '귀'의 울음에서 비롯된다. '귀'는 신체 기관으로서의 귀일 뿐 아니라, 들리지 않는 소리와 보이지 않는 것들을 감지하는 마음 혹은 몸의 감각을 대표하는 단어이다. 그녀는 사방에 있는 것들의 울음과 사연을 듣는 '귀'를 가지고 있다. 버드나무 가지의 소리에 잠을 깨고(「버들 귀」), 묻혀 있는 옹관 때문에 자다가 깨어 운다(「옹관」). 귀울음은 자주 이 세상 것이 아닌 것들과 연결되어 있어서, 그녀는 분화구에 무성한 억새에서 죽은 자들의 부름을 듣는가 하면(「용눈이오름」), 잠 속에서 땅 속에 있는 아이가 계단을 올라와 문을 열고 들어오는 소리를 생생하게 감지하기도 한다(「알을 배는 소리들」).

　이러한 귀의 감각은 시간을 거슬러 올라가서 과거를 현재에 복원해낸다. 그것은 지금이 아닌 언젠가 존재했었던 것 같은 기억의 편린들("자꾸만 어디다 무엇을 흘리고 오는데 목록을 만들 수조차 없었다"—「이발소 그림처럼」)로 나타난다. 예를 들어 「불면」에서 '나'는 잠깐 눈을 붙인 사이에 '백만 광년이 넘는 거리'를 이동해온다. 그것은 공간상의 이동이 아니라 '백만 광년'이라는 시간이 공간화되어 나타난 표현이다. 그러나 그렇게 오래, 먼 길을 걸었음에도 불구하고 "다리는 아프지 않고 저녁 먹고 마늘 대를 벗기던 손톱 밑이 아리다". 설핏 잠들었던 '나'는 "풋감이 떨어져 구르는" 짧은 시간 동안 '백만 광년'이라는 측량할 수 없는 시간을 거쳐 "마늘 대를 벗기던 손톱 밑이 아린" 현실의 시간으로 돌아온다. 그러나 그녀는 여전히 백만 광년의 시간에 의식의 한 편을 놓아두고 있다. 때문에 그녀는 "지나가던 혼백이 내 베개를 베는 소리"를 들으며 불면의 날을 보낸다.

　　님이여 건너지 마라

　　시끄러운 꿈 한 켤레 건지며
　　밤새
　　신기료장수처럼 우는
　　귀

　　강은
　　귓속으로 흘러든다

　　흰 머리카락 오천 丈 엉킨
　　목젖이 아,
　　흐, 백 촉 더 붓도록 부르지 못해

　　산발한 버들가지 들어 물낯을 친다

오라

오라

—「버들 귀」 전문

　"님이여 건너지 마라"라고 말하는 주체는 버들가지이다. 흰 머리카락
이 오천 丈 엉켰다는 것은, 버드나무의 수령이 그만큼 오래되어 가지를
축축 늘어뜨리고 있음을 표현한 것이다. 수령이 오래된 만큼 기다림도 안
타까움도 오래되고, 그만큼 절실함이 증폭된다. 그 긴 시간 동안 님을 부
르느라 목젖은 부어오르고 돌볼 새 없이 자라난 흰 머리카락이 엉켜 목을
막는다("흰 머리카락 오천 丈 엉킨/ 목젖이 아/ 흐, 백 촉 더 붓도록 부르
지 못해"). 목이 막혀 더 이상 님을 부르지 못하는 버드나무가, 산발한 머
리카락으로 물을 친다. '돌아오라, 돌아오라' 고("산발한 버들가지 들어
물낯을 친다/ 오라/ 오라").

　「공무도하가」의 말투를 빌린 "님이여 건너지 마라"에서 짐작할 수 있
듯이, 실상 님은 물을 건너갔다. 버드나무는 이미 떠난 님을 목소리가 나
오지 않을 때까지 부르다가, 이제 가지로 물을 치며 속으로 통곡하고 있
는 것이다. 이 절절한 들리지 않는 통곡 소리가 잠든 시인의 꿈을 어수선
하게 하고 설핏 든 잠을 깨운다. "시끄러운 꿈 한 켤레 건지며 밤새 신기
료장수처럼 우는 귀"는 그러한 '나'의 상황이다. '나'는 어수선한 꿈을
꾸며 뒤척거리며 잠을 이루지 못하고 있다. 시에 따르면, 그 원인은 '나'
의 귀가 강물에 쓸리는 버드나무의 기막힌 사연을 듣기 때문이다. 실제로
님을 부르며 애통해하는 것은 버드나무가 아니라 그것에 의지한 시인의
심정적인 정황이겠지만, 객관적인 외부 상황과 화자의 심적 상황은 구별
되지 않을 만큼 교묘하게 섞여있어서 절실함을 더한다.

그릇인 나를 위해 음식을 만드는 여자가 없어서
나는 그릇이 아니었다

젖은 가슴을 불 속에 놓고 아이를 받아 안은
나는 어미였을까

어린 새는 죽어서도 내 그물을 끊으며 날아갔다
애끓고 소란하여
천 년이 하루 같았다
머리맡에 풀이 욱거나 봄이 보습 날을 물고 지나갔다

—「애기 옹관」 부분

숨어 있는 소리들을 포착하는 시인의 귀는 더욱 예민해져서 옹관의 이야기까지를 전해 듣는다. 그릇은 그릇이되 음식을 담지 못하는 그릇. 죽은 아이를 받아 안은, 어미가 아니지만 어미의 고통을 고스란히 품은 그릇. 어린 아이의 주검을 품었던 기억 때문에, 옹관은 다시 무엇으로 거듭날 수 없을 만큼 깊은 상처를 마음에 새기고 있다("옹기장이가 나를 반죽하여 다시 무엇을 만들 수 없을 것이다"). 그것은 마치 죽은 아이를 가슴에 묻은 어미의 심정과도 같다. 어린 아이의 주검을 품고 땅 속에서 천년을 묵었던 옹관은 텅 비어 있는 항아리에 불과하지만, 시인은 그것에서 어린 아이의 주검과 그것을 품었던 옹관의 심적인 고통("어린 새는 죽어서도 내 그물을 끊으며 날아갔다/ 애끓고 소란하여/ 천 년이 하루 같았다")을 그대로 전해 받고 있다.

이상의 두 시는 '귀'의 울음에서부터 촉발되었다는 것 외에 대상들이 짧지 않은 세월을 응축하고 있다는 공통점을 가지고 있다. 버드나무의 기

다림은 흰 머리카락이 오천 丈에 이를 만큼 오래된 것이고, 애기 옹관의
사연 역시 천 년도 더 된 오랜 시간의 이야기이다. 이처럼 그녀의 시에 등
장하는 많은 소재들은 그 자체가 시간을 응축하고 있다. 오랜만에 찾은
방에는 흐르는 시간을 바라보는 의자가 있고(「아가미를 찾아」), 비어 있
는 집에는 죽은 시계와 아궁이, 장독이 태어나기도 전에 죽은 핏덩이들의
소리를 전해온다(빈집」). 시인은 사물들을 호명하며 그것의 지나간 시간
들까지를 건져 올린다.

> 귀 떨어진 시루가 소복이 꽃을 쪄내고 있다
> 자석처럼 오싹 나를 잡아당긴다
>
> 옷 갈아입어라, 공 약방 뒷집에 도둑이 들었다
> 내가 왜 가? 죄 없는 아이가 촛불 켠 시루 속을 보면 도둑이 보인단다
>
> 불꽃이 뜨거운 혀로 눈동자를 핥아
> 내 눈은 밝아져
> 독사 같은 생에게 쫓기는 내 뒷모습만 침침하게 보이던 저녁
> 나보다 죄 없는 아이를 열 명도 더 떠올리는 동안
> 꽃다운 나는 녹아내려 시루에 갇혔다
>
> —「꽃 한 시루」 부분

시인은 어릴 적 살았던 동네를 방문한 것일까? 귀가 떨어져 나간 시루
에는 떡 대신 꽃이 쌓여 있다. 그것을 바라보는 '나' 는 어린 날의 한 장면
을 떠올린다. 죄 없는 아이가 촛불 켠 시루 속을 바라보면 도둑이 보인다
는 속설 때문에, 알 수 없는 불안에 떨며 시루 앞에 앉아 있던 기억. 시루

처럼 늙은 '나'는 이제, 인생이 도둑의 누명을 쓰고 아무 이유 없이 쫓기듯이 살아가는 것이라는 것을 깨닫고 있다. 시루도 늙고 '나'의 꽃다운 청춘도 어느새 사그라들었다. 흘러간 세월을 품은 '나'와 시루가 서로의 기억을 깨우며 마주하고 있는 것이다.

　이처럼 응축된 시간이 깊이가 현실적인 경험과 연결되어 나타나는 시가 「통일호가 닿은 종각역」이다.

　　네가 먼저 알아보았다
　　노숙으로 얼굴이 부은 종각역에 통일호 열차가 닿았다
　　이십오 년 만에
　　봉사대 에이프런을 입은 나에게 다가오던
　　너는 김밥을 받지 않고 5번 출구로 달아났다

　　기다렸지만 오지 않았다
　　바짓단이 뜯어진 채 아침이
　　날이 밝아
　　몸 둘 바를 모르고 식어가는 토사물을 피해 천천히
　　지하도 계단을 내려왔다
　　낡은 신을 벗어 얼굴을 가리고 싶은
　　절망도 한때는 올라가는 길만 찾아 걸었을 것이다
　　　　　　　　　　　　　　　　　　―「통일호가 닿은 종각역」 부분

　'나'는 자원봉사자로 노숙자들에게 밥을 나누어주다가 이십오 년 전에 헤어진 '너'를 만난다. 통일호 열차를 타고 정읍역을 떠났던 '너'는 노숙자가 되어 우연히 '나'와 마주친 것이다. 먼저 알아본 '너'가 황급히 달아나고 '나'는 날이 밝을 때까지 기다리지만, '너'는 나타나지 않는다. 지금은 지하도 계단에서 구걸을 하며 노숙하는 영락한 처지이지만, '너'도 한때는 '올라가는 길'만을 찾아 걸었을 것이다. '너'가 살아왔을 고단한 시간이 '나'의 가슴을 먹먹하게 한다. 흰 머리카락이 돋아나는 나이가 된 '나'와 '너'의 만남은 저절로 세월의 무상함을 느끼게 한다. 이처럼 곳곳에서 발견되는 세월의 흔적과 깊이들은 그녀의 시가 지니고 있는 밀도와 내공이 만만치 않다는 것을 보여준다.

그녀의 시가 가지고 있는 이 밀도는 대상에 대한 정성스러운 배려와 이해에서 얻어진 것이다. 예를 들어 「옹관에 누워」, 「옹관」, 「애기 옹관」 세 편의 시는 '옹관'이라는 동일한 소재를 가지고 있다. 아마도 집 근처 어디쯤 혹은 지나는 길 어디쯤에서 발굴된 옹관을 본 경험이 바탕이 되었을 이 시들은, 그러나 각각 다른 내용으로 이루어져 있다. 「애기 옹관」에서 시인이 옹관과 일체가 되어 있다면, 「옹관에 누워」, 「옹관」에서 시인은 떨어진 자리에서 옹관을 바라보고 있다. 「옹관」은 옹관의 발굴과 '나'의 정서적인 반응을, 「옹관에 누워」는 먼 곳으로 떠나고 싶은 자유에의 갈망을 주제로 한다. 동일한 대상에서 끌어낸 시들이 각각 독립된 이야기와 감정을 가지고 있다는 것은, 대상에 대한 시인의 관찰과 사유의 시간이 그만큼 길었음을 의미한다. 시인은 대상의 현상을 정밀하게 파악하고 그것들의 말을 풀어낼 수 있는 공간을 만들어낸다. 그 결과 그녀의 시들은 대상에 대한 주관적인 해석이라기보다 대상이 품고 있는 말들을 전하는 것처럼 여겨진다. 배려와 공감에서 우러나온 시들은 정밀하고 아름답다.

대상과 주체가 하나로 섞여 있는 시 한편에는 여행과 풍경을 소재로 한 시들이 있다. 특히 3부에 있는 시들이 그러한데, 이것들은 제주도를 비롯한 여행지에 체류한 경험을 소재로 하고 있다. 풍경들은 대부분 바다를 끼고 있다. 「바다가 나를 구겨서 쥔다」, 「꽃과 소」, 「겨울 모슬포에 머물다」, 「숨비기 꽃베개」, 「아가미를 찾아」, 「갈치 낚시」, 「채석강」, 「매월리」, 「쇠소깍」 등 적지 않은 시에서, '바다' 는 시인의 시심(詩心)을 자극하는 외적 동기로 작용한다. 바다가 여행지의 풍경으로 드러날 때, 시인은 풍경을 관찰하는 제삼자의 위치에 있다.

이것은 '여행' 이라는 상황 자체가 가져오는 특징이기도 하다. 자신이 사는 곳을 떠나 낯선 곳을 향하는 행위의 이면에는, 생각의 올들을 풀어 놓고자 하는 의도가 숨어 있다. 주체적으로 이끌어오던 삶과 사유를 잠시 놓아두고 다른 이들의 삶을 바라보며 낯선 것에 잠시 나를 의탁하려는 것이다. 그러므로 나를 최대한으로 비우고자 하는 여행길에서, 주체의 적극적인 사유와 행위는 줄어들고 풍경의 관찰과 묘사가 두드러지는 것은 당연한 이치일지 모른다. 여행을 소재로 한 조정의 시들 또한 그렇다. 때문에 이 시들은 풍경의 소묘가 상대적으로 많은 부분을 차지한다.

그러나 그녀의 시들은 주체의 감정을 최대한 배제하고 상황만을 건조하게 지시하는 이미지즘적인 시들과는 다르다. 그녀의 시는 오히려 고정되고 정적인 이미지를 만들어내는 것을 애써 피해 간다. 시각에 호소하는 그림 같은 이미지는 없다. 대신 살아 움직이는 상황들과 그것에 대한 시인의 적극적인 개입이 있을 뿐이다. 시인은 자신의 감정을 객관적인 상관물에 의탁하여 표현함으로써 감정의 과잉 분출을 막는 동시에 시가 건조한 이미지들의 나열로 떨어지는 것을 방지한다.

낚시 몇 물고 있는 바다와 헤어져 돌아설 때 소처럼 움찔
검은 바위가 왼쪽 운동화를 벗기고
오른 발은 바위틈에 빠져 깊고 손에 든 핸드폰은 떨어져 턱을 찢었다
얽은 바위가 한 입 깨물다 놓아준 살에 피가 천천히 배어나왔다
너도 속 시원하냐

운동화 한 짝을 들고 걸었다

        (중략)

저녁에 들었다
내가 한쪽 신 벗고 돌아올 때 해안 절벽에서 몸을 날려 죽는 자가 있었다
한 몸 받아 들고
바다도 꽤 심정이 어지러운지
내일은 관처럼 깊은 안색을 보러 가기로 했다
마주보며 남몰래 웃어도 그나 나나 뒤꿈치가 좀 아프긴 할 것이다
                                               —「뒤꿈치가 깨진」 부분

바다를 보러 갔다가 운동화가 벗겨져 발을 다친 '나'는, 바다에서 돌아오던 그 시간에 한 사람이 해안 절벽에서 떨어져 죽었다는 것을 알게 된다. 같은 시간, 바로 옆에서 한 사람이 스스로 목숨을 끊었다는 사실은 섬뜩한 소식이 아닐 수 없다. 그러나 시인은 이러한 충격을 "한 몸 받아 들고/ 바다도 꽤 심정이 어지러운지"라는 표현으로 대신한다. 죽은 자에 대한 죄책감이나 죽음의 기운을 감지하는 불길함 같은 것은 표면에 드러나지 않는다. 한 사람의 죽음에 대한 시인의 반응은 "관처럼 깊은 안색"이라는 표현 하나에 집중되어 있다. 한 죽음을 거두어들인 바다의 안색이라고 했지만, 실상 그것은 시인의 마음의 표정이다. 그녀가 한 사람의 죽음을 그만큼 마음 깊숙이 무겁게 받아들이고 있음을 짐작하게 하는 부분이다. 그녀는 자칫 수다스러워질 수 있는 자신의 감정에 거리를 두고 객관성을 유지한다. 복잡한 심경을 '바다'라는 대상에 전이시켜버림으로써 과도한 감정의 표출을 막는 것이다.

　이러한 조정의 시는 간간이 사람들과 더불어 사는 일상과 마주친다. 2부의 시들에서, 시인이 만나는 것은 여자들의 고단한 삶이다. 뒤늦게 이혼한 남편의 병수발을 들어야 하는 여자(「견인지역」) 혹은 몸을 팔러 나온 아가씨들(「붉은 골목」, 「배롱꽃」)에 대한 발견은, 생활의 발견이자 새로운 시의 영역의 발견이다.

길을 잘못 들기는 흔한 일이어서
별 수 없이 다음 골목으로 꺾어들어도 길은 이어지기 마련인데
그 골목에서
늙은 개가 내 차의 브레이크를 밟은 건 아니었다
번호 붙은 유리문들이
홍등 아래 딸 하나씩 담고 사열 중이었다

나는 남대문 시장 지하에 앉아
아무도 내가 파는 물건을 사가지 않는 헐벗은 밤을 생으로 삼켜가며
오장육부를 조금씩 헐어 빚을 갚을 때였는데
길을 잘못 드는 사내도 없는 대낮 골목에 차를 세우고
생수 한 병 사들고
편의점 의자에 앉아 버렸다
와이드 판탈롱 밑 이십 센티 통굽 샌들에 저마다 잘못 접어든 길을 끌고
딸들이 흔들흔들 걸어 나와
내 간과 쓸개와 가래가 잡히기 시작한 허파
뚝뚝 떼어 먹었다
기도한 지 오래 되어 약도 되지 않는 나는 미안할 뿐이었다
—「붉은 골목」 부분

시인은 잘못 들어선 골목에서 몸을 파는 아가씨들을 보게 된다. 외진 골목에서 잘못 어긋난 생을 짊어지고 있는 그녀들의 삶과 가슴 한구석을 허물어가며 힘들게 지탱하고 있는 '나'의 삶이 만난다. 그 앞에서 '나'가 할 수 있는 일이란 아무 것도 없다. 그들의 시간을 사줄 수도, 그들을 위해 기도를 해줄 수도 없이, 그저 '간과 쓸개와 허파'가 떼어져 나가는 고통을 느낄 뿐이다. 대상의 고통을 몸으로 전해 받는다는 점에서, 이 시는 앞에서 언급한 시들과 크게 다르지 않다. 대상을 배려하고 의미를 부여하는 조정 시의 특징을 공유하고 있다는 것이다.

이같은 시들은 세상의 소리들을 몸으로 옮겨 받는 그녀의 시가 현실과 동떨어질 수 있는 위험을 방지한다. 주변 사람들의 삶을 소재로 한 시들은 대상을 가장 적극적으로 이해하는 방식이다. 현재로서는 이러한 경향이 예외적인 것처럼 보이지만, 그것은 조정의 시가 나아갈 수 있는 하나의 가능성을 보여준다는 점에서 의미가 있다. 풍경과 사람의 완벽한 혼융의 경지를 기대해 본다.

나의 생은 불안으로 삐걱거린다

길상호의 「모르는 척」

　첫 시집 제목인 '오동나무 안에 잠들다' 에서 알 수 있듯이, 길상호 시의 특징은 주변의 것들에 대한 근본적인 애정과 이해로 설명되어 왔다. 이번 시집에 실린 「버려진 손」, 「열매 떨어진 자리」, 「못」 같은 시들이 이에 속하는데, 이 시들은 기본적으로 세상에 대한 믿음과 이해를 근간으로 한다. 남은 열매를 키우기 위해 자리를 양보한 낙과(落果)(「열매 떨어진 자리」)나 죽은 아들을 가슴에 묻고 아들 무덤의 풀을 뽑는 어미(「못」)는 자신보다 자신 아닌 것들을 소중하게 생각하며 기꺼이 스스로를 희생하는 아름다운 존재들이다. 그들의 삶이 시인의 삶을 반성하게 하고 세상을 아름답게 한다. 예컨대 다음과 같은 시.

　제 허리 허물어 집 올리던 사람,
　모래처럼 흩어지던 날들을 모아
　한 장 벽돌 올리던 그 사람 떠올리며

  목장갑은 헐거운 생을 부여잡는다

  도로변에 버려진 손 한 켤레 있다

  내가 손놓았던 뜨거운 生이 거기

  상한 손가락으로 나를 가리키고 있다

—「버려진 손」 부분

　구멍이 뚫려 용도가 폐기된 목장갑은, 철근을 나르며 누군가의 집을 지어 올리던 사람의 노동을 생각하면서 남은 생을 맞이하고 있다. 그것을 바라보며 시인은 "내가 손놓았던 뜨거운 생"을 반성한다. 다른 것을 위한 희생과 양보의 미덕을 가진 것들의 삶에 비춘 자신의 삶의 반성이다. 시인의 선량함과 세상에 대한 애정을 동시에 보여주는 아름다운 시이다.

　그는 세상을 살아가는 모범적인 방식이 어떤 것인 지를 이미 알고 있다. 그것은 열과 성을 다하고 나서 오직 기다리는 것이다. '방부제로 무장하는' 따위의 가짜 정신으로는 아무 것도 얻을 수 없다. "생명이 온전히 호수에 들기 위해서는 한 점의 뼈까지 다 녹여야"(「심해, 그리고 호수」) 하는 것이다. 속을 다 비우는 것으로도 모자라서 "난간에 목을 매고서야" 비로소 하나의 소리를 얻는 것이다(「風磬소리」). 나 아닌 것들을 배려하고, 양보하고, 인내하는 것. 그것이 보편적으로 아름다운 것으로 받아들여지는 삶의 방식이다. 시란 지친 삶을 달래고 정화시켜주는 것이라는 생각에 충실한 모범답안이라고 할까.

　그러나 이번 시집에서 모범답안에 가까운 세계관을 보여주는 시들은 많지 않다. 「돌탑을 받치는 것」이나 「수종사에서 차 한 잔」과 같이 정밀하고 조화로운 시 옆에는 「계단이 없다」처럼 불안과 감상(感傷)으로 흔들리는 시가 있다. 두드러지는 것은 오히려 후자와 같은 음울한 불안의 흔적들이다. 그는 다른 사람의 이야기가 아닌 자신의 삶의 태도와 모습을 객관적으로 냉정하게 바라보고 있다.

바라보는 시선에 잡힌 '나'의 모습은 부정적이다. '나'의 모습은 '상한 지느러미로 물살을 가르다 금방이라도 물 위로 떠오를 것 같은 불안한 생'(「물의 집을 허물 때」), '물을 떠나서 다리를 잃고 허연 소금 묻히고 녹슬어갈 일만 남은 길상호'(「길상號를 보았네」), '붉은 망에서 썩어갈 일만 남은 양파'(「양파야 싹을 올리지 마라」), '불량제품으로 공장의 레일을 돌다 폐기처분되는 얼굴'(「서울이여, 안녕」) 등으로 표현된다.

특히 시인으로서의 자화상은 보다 부정적이어서, 한 무리의 송사리 떼 중 죽어서 버려지지도 않고 그렇다고 생생하게 살아 있는 것도 아닌 "하수구에아가미걸린물고기"(「배관 속을 헤엄치던 한 무리 시인들」), '지독한 비린내를 풍기는 썩은 언어'(「바다에는 썩은 물고기가 산다」)에 비교되고 있다. 이러한 표현은 자신만이 아니라 시를 쓰는 시인 전부에 대한 비판이자 경고장이다. 그는 시를 쓰는 일이 결국 자기들끼리 부딪치며 강한 놈만이 살아남는 각축장에서 헤엄치는 것과 같다고 본다(「배관 속을 헤엄치던 한 무리 시인들」). 또한 자신의 시 쓰기를 "주둥이가 찢어지도록 벌려도 바싹 마른 벌레 하나 넣어주는 어미 새는 오지 않"아서 "몸에 돋아나는 깃털을 뽑아 편지를 쓰는"(「악몽은 머리에 둥지를 틀었다」) 것이라고 표현하고 있다. 이는 다른 시인들과의 영향 관계를 부정하는 오만함과 동시에 기댈 데 없음을 상징하는 것이다. 의지할 곳 없는 그의 시와 영혼은 불안에 떤다.

이번 시집에 즉해서 말한다면, 길상호 시의 가장 밑바닥에 깔려 있는 것은 뜻밖에도 생에 대한 부정적이고 비관적인 시선이다. 다음 시의 섬뜩함을 보라.

　　가만히 앉아 있던 나에게 다가와

얼굴에 한 겹씩 종이를 바르는 사람이 있다

날카로운 햇살도 통과하지 못하는 문 안에서

그래도 살아보려고 헐떡이면

그대의 웃음소리는 참으로 따뜻하다

열어보려고 안간힘을 써도

도무지 열리지 않는 문,

몇 개의 손톱을 부러뜨리고서도

또 다시 문을 긁게 하는 그대가 있다

―「도무지」 부분

나에게 다가와 얼굴에 종이를 한 겹씩 바르고 숨통을 조이면서, 다시 살고 싶도록 안간힘을 쓰게 하는 '그대'는 누구일까? 운명? 아니면 생? 나의 얼굴에 물 적신 창호지를 발라놓고는, 헐떡이는 모양을 보며 그대가 내는 '따뜻한 웃음소리'는 얼마나 섬뜩하고 소름끼치는 것인지! 사람의 삶에 대한 생각은 "이승의 마지막 문턱을 위해 얼굴 구멍마다 창호지 문을 달던 사람"이라는 말에 집약되어 있다. 결국 죽음을 위해 매일을 살아가는 것을 알면서도 살아보려고 애써야 하는, 숨구멍을 서서히 조이는 창호지 안에서 손톱을 부러뜨리며 문을 긁어대야 하는 것이 인간의 삶이란 것이다.

게다가 부조리한 삶을 살아가는 각각의 사람들은 서로를 이용하고 공격하며, 타자의 불행과 약점을 기회로 하여 자신의 이익을 도모한다. 구더기가 상한 계란을 뜯어먹으며 자라듯이, 사람들은 유흥가에서 자신의 고통을 방출하고 홀가분해지기를 바란다. '나' 역시 누군가에게 날을 겨누고("남의 날개 꺾어 가슴에 우겨넣으며/ 죄의식은 각질로 덮고 덮었다가/ 탈피를 기다리던 곳"), 동시에 누군가의 노림에 무방비로 노출되어 있는 곳("수상한 냄새는 자꾸 따라와/ 내 몸에 알을 슬어놓으려는 듯/ 구석 구석을 뚫어대고 있다" ─「수상한 냄새」). 이처럼 살벌하고 낯선 것들이 함께 있는 것이 삶이다.

가족이라든가 이웃, 사회는 선의를 가진 사람들이 서로를 위로하며 사는 곳이 아니라, 이기적인 개인들이 제각각 자신의 편의를 도모하는 현실적인 공간이다. 가장들은 혼자 집을 빠져나갈 궁리를 하고("억센 근육의 가장(家長)들 몇이 모여/ 빚더미 안주삼아 술을 마시며/ 집 빠져나갈 계획을 짜고 있었다" ─「집 아닌 집 있었다」), 집으로 들어가려던 여자는 집 앞 주차구역에서 구토하는 술 취한 사내를 다른 곳으로 쫓아낸다("남의 집 앞에서 뭐 하는 거예요! 더러워 죽겠네!' ─「거주자 우선 주차구역」).

이같은 특징은 부분적으로 서울이라는 도시의 비인간적인 속성과 연결되기도 하지만(「서울쥐는 울었네」), 지역적인 특징이라기보다는 현재 우리 삶의 보편적인 양상에 가깝다. 부뚜막에서 운동화를 말려주시던 어머니가 만들어냈던 평화로운 세계(「한 켤레 운동화」)는 어디에도 존재하지 않는다. 현재 삶은 이러한 평화와 조화로움이 깨져버린 곳이다. 이 메마른 현실에서 '그녀'로 상징되는 갈구의 대상과 '나' 사이에는 관계가 형성되지 못하고, '그녀'는 결국 '나'를 황폐화시키는 거미줄이 되거나(「거미줄로 쓰다」) 명치를 쑤시는 치명적인 고통으로 남는다(「명치에 치명적인 붉은 점이」).

그뿐인가. 「버려진 손」이나 「열매 떨어진 자리」에서 보이는 희생과 봉사정신은 사실상 번번이 세상에서 밀려난다. 「구부러진 상처에게 듣다」에 나오는 노숙자의 생이 그렇다.

네가 박혀 있던 벽은
꽃무늬가 퍽 아름다웠다고 했지

뽑히면서 흠집을 냈지만
시들지 않던 꽃,
거기 향기를 심어주는 게
너의 평생 꿈이었다고
깨진 시멘트벽처럼 웃을 때
머리카락 사이로 선명하게
찍혀 있던 망치 자국,
지하도는 네가 뽑힌 구멍처럼
시큼한 녹 냄새가 났지

세상은 결코 시들지 않는 저 혼자 아름다운 단단한 꽃무늬 벽이고, 사람의 삶이란 거기에 지극정성으로 향기를 심어가며 살다가 뼛골 다 빠지고 난 후에 뽑힌 구부러진 녹슨 못과 같은 것이다. 걷고 또 걸어 발바닥에 물집이 잡힐 만큼 걸었건만 한순간에 모든 것이 꺼져버리는 허망하고 잔인한 것(「물의 집을 허물 때」), 그것이 생이다.

이 비관적 인식은 저주받은 천재가 그려낸 몽환적인 감상이 아니라, 시인으로서 그리고 생활인으로서 살아가는 한 평범한 개인의 좌절과 우울을 담고 있다. 그런 만큼 화려하지 않지만 과장되어 있지도 않다. 그는 생의 부조리를 알고 있지만 그것을 달관할 만큼 연륜이 쌓이지는 않은 삼십대의 불안함, 흔들림과 무방향성을 가감없이 드러낸다.

이러한 솔직성은 때로 거칠고 덜 다듬어진 시들을 만들어낸다. 「악몽은 머리에 둥지를 틀었다」, 「계단이 없다」는 관념적이고, 「안개에게 물린 자국이 없다」, 「실 감는 여자」, 「옷걸이의 물음표」, 「잘 자라 우리 아가」 등은 다른 시들에 비해 밀도가 떨어진다. 이는 시인의 진정성이 시의 질과 정비례하는 것은 아니라는 점을 말해 준다. 그럼에도 불구하고, 길상호는 잘 다듬어진 시들을 고사(苦辭)하고 자신에게 해가 될 수도 있는 거친 면들을 그대로 노출시키고 있다. '오동나무 안에 잠들다'의 자연친화적이며 평화로운 뉘앙스는 이번 시집을 읽는 도중에 깨진다. 시인은 잠들지 못하고, 불신과 부정을 품고 서성거린다.

길상호는 첫 시집인 『오동나무 안에 잠들다』로 현대시 동인상을 수상했고, 재능 있는 젊은 서정시인으로 기대와 관심을 모아왔다. 그는 이 부담스러운 기대를 보기 좋게 배반하는 시집을 들고 나왔다. 이러한 뜻밖의 변화는 그의 시의 서정적인 아름다움을 기억하는 독자들의 기대를 배반한다. 그러나 그는 두 번째가 되는 이번 시집을 독자나 평론가의 입맛에 맞추려 하지 않고, 자신의 삶과 시 쓰기를 점검하고 도약하는 계기로 삼고 있다.

나에게는, 모범답안을 앵무새처럼 되풀이하는 것보다 자신의 불신과 고통을 그대로 드러내는 이번 시집이 더 흥미롭게 여겨진다. 설령 종국에는 똑같은 답안을 제시하게 되더라도 거기에 이르는 과정은 개인마다 고유한 것이고, 자신에게 고유한 고통과 방황의 과정을 보여주는 것이 한 시인의 진정성이며 개성이기 때문이다. 그런 면에서 불편하고 까칠한 이번 시집은 매력이 있다. 인생이 까칠한 면을 깎아내고 두루두루 매끈해지기를 강요하는 것이라면, 가능한 오래 까칠하기를 바라는 것도 의미 있는 일이 아닐까.

김미승의 『네가 우는 소리를 들었다』

시집 첫머리에 실린 「아주 오래된 약속」은 김미승의 시적인 태도가 어떤 것인지를 짐작하게 한다. 그는 인간의 삶을, 신의 노여움으로 쫓겨나 화석이 되어버린 시조새의 환생이라고 본다. '켜켜이 쌓인 형벌의 지층'을 뚫고 마침내 태어난 새끼 시조새는 더 이상 새가 아니다. 그것은 잘린 날개를 등에 혹으로 붙이고, 제 날개의 무덤을 지고 사막을 가는 낙타이다. 그러므로 삶은 애초부터 비극적일 수밖에 없다. 게다가 태어난 후 세상을 살아가는 일은 염장당하여 통째로 먹히는 자반고등어(「자반고등어의 노래」) 신세와도 같은 것이다. 살아간다는 것은 형벌이며, 혼탁한 세상에 물들어가는 것이다.

김미승의 눈에 비친 (자신을 포함한)사람들의 모습은 비루하고 저급하다. 그들은 사소한 것들에 집착하고, 다른 사람을 헐뜯는 것으로 시간을 보낸다. "잡히는 대로 두서없이/ 싸잡아 씹었다, 씹는 재미가 쏠쏠했다"(「감자탕을 먹으며」)에서, 그들이 씹은 것은 뼈다귀에 붙은 고깃점이 아니라 그날의 안주거리로 올라온 누군가이다. 남의 험담을 하며 "별로 먹은 것도 없이 배부른" 뿌듯한 동지의식은, 우리 삶의 비루한 모습을 적절하게 풍자하고 있는 것이다. 「김밥 講論」은 비천한 삶에 대한 시인의 시각을 요약해서 보여주고 있다.

막막한 날들이라구요?
웬걸요, 우북우북 쌓이는 생각의 알갱일랑
쫘악 펴버리세요, 이미 적당히 간 들여진 꿈들
얌전히 엎드리는 굴욕도 아름답잖아요
아참, 흑백의 논리로는 설명이 부족하다구요
좀 더 선명한 알리바이가 필요하세요?
들끓는 세상에 풀죽은 시금치, 그 퍼렇던 객기
기억하시죠? 본색 수상한 단무지랑 등 기대는 거
보여요? 제 성질 못 버리는 얼굴 불콰한 햄이랑
얄팍한 변신이 뛰어난 계란의 찰떡궁합,
얼마나 힘차게 끌어당기고 있는지
그리고 다들 함께 이러구러 둥글게 말리는
저 속 꽉 찬 生 말이에요

—「김밥 講論」 부분

적절한 위트와 재치, 풍자가 섞여 있는 이 시에서, 삶은 '적당히 간 들여진 꿈들'을 얼버무려서 '얌전히 엎드리는 굴욕'으로 표현된다. 살아가는 동안 '퍼렇던 객기'도 꺾이고 쌓이는 생각의 알갱이들도 버린 채, 본색이 수상하거나 성질 더러운 놈, 변신을 거듭하는 기회주의자들과 섞여서 '이러구러 둥글게 말리는' 것, 스스로 알리바이를 만들어 그 속으로 숨는 것이다. 풍자의 어조도 도드라지지만, 김밥이라는 소재를 삶의 양태와 긴밀하게 연결시킨 재주도 돋보인다.

그러나 이러한 풍자적인 시각은 "저 속 꽉 찬 生 말이에요"라는 한 구절로 인해서 애매해진다. "얌전히 엎드리는 굴욕", "선명한 알리바이", "얄팍한 변신", "모쪼록 요약되어지는 세상" 등 부정적인 어사가 대부분을 차지하는 가운데 끼어들어 있는 "속 꽉 찬 生"이라는 긍정적인 어사는 시의 전체 흐름을 방해한다. "그리고 다들 함께 이러구러 둥글게 말리는/저 속 꽉 찬 生 말이에요"에서, '이러구러 둥글게 말리는'은 앞에서 나오는 '선명한 알리바이'의 연장선상에 있으면서 부정적인 어감을 내포하고 있다. 객기 시퍼렇던 놈들도 결국에는 본색을 믿을 수 없는 것들과 타협하고 그렇게 저렇게 하나로 섞여 산다는 것이다. 따라서 뒤에 이어지는 "저 속 꽉 찬 生"은 어색한 연결일 수밖에 없다. '속이 꽉 찼다'는 것은 흔히 '알차다, 실속이 있다, 튼실하다, 어른스럽다' 등으로 사용되는 표현이기 때문이다.

부정적인 시각과 긍정적인 시각의 혼재 현상은, 동일한 소재를 사용한 다른 시들에서도 발견된다. 예컨대 「아주 오래된 약속」에서 날개 잘린 시조새의 환생으로 등장하는 '낙타'는, 다른 시에서는 그 내부에 희망을 품고 있는 존재로 그려진다.

주술에 걸린 듯
굳은살 박인 熱沙의 시간들
긴 목 늘어 빼고
무엇을 보는 것일까
제 몸이 바다인 낙타는

푸르르 푸르르,

코를 벌름거리며

죽음보다 진한

물 냄새의 유혹에 전율하며

희롱하며

타클라마칸을 건너간다

— 「낙타는 사막을 희롱하며 간다」 부분

「아주 오래된 약속」에 나타난 낙타의 이미지가 고행(苦行)과 견딤, 고통 등을 의미하는 것에 비해, 위의 시에서 낙타는 사막을 '희롱하며' 간다. '희롱'이라는 단어의 의미를 '악조건을 견딘다/ 즐긴다/ 꺾이지 않는다' 등으로 해석한다면, 이 부분은 '어쩔 수 없는 고통이라면 차라리 그것을 받아들이고 즐기며 간다'는 것으로 해석할 수 있다. "세상의 독기에 몇 번 뒤집히고 나면/ 내성의 몸피도 붇는 법"(「집은 아프다」)이라는 구절과 일맥상통하는 부분이다.

낙타가 고행을 참을 수 있는 것은 "제 몸이 바다"이기 때문이다. '몸이 바다'라는 것은 일차적으로는 몸 안에 물을 비축하는 낙타의 생물학적인 속성을 말하는 것이지만, 비유적으로는 바다에 대한 그리움을 몸 안에 간직한 채 살아가는 삶을 의미한다. 어느 경우이든지, 낙타가 맡는 물 냄새는 자신의 몸 안에 있다는 것에 주목할 필요가 있다. 결국 희망은 외부에서 주어지는 것이 아니라 내 안에 있는 것이라는 말이다.

그의 적지 않은 시들은 이처럼 부정적인 상황에서 출발해서 긍정적인 뉘앙스를 풍기며 끝난다. 이는 시인이 희망을 보여주어야 한다는 강박관념을 가지고 있는 데서 빚어진 현상으로서, 종종 시의 완결성을 떨어뜨리는 원인이 된다.

　정작 긍정적인 부분들이 발견되는 것은 풍자적인 목소리와는 다른 조용하고 서정적인 시들에서이다. 김미승 시의 전체적인 주제는 일상성에 대한 고발과 비판이지만, 그것을 말하는 방식은 서로 다르다. 1부의 시들처럼 까칠한 풍자의 목소리가 있는가 하면, 2부의 시처럼 전형적인 서정시도 있다. 비판적인 의식이 서정성과 잘 결합된 다음 시를 보자.

허구헌날 허락된 굴레 안에서만
매해, 매해, 매해앰 돌다
제 모가지 칭칭 옭아매는 염소의
줄행랑을 꿈꾸는 아침,
외딴 저수지에서
젊은 부부의 버거운 생이 사뿐 인양되었다
아이 하나씩 꼭 껴안은 채
굴레를 벗어난, 말뚝 뽑힌 염소부부
함께 건져 올려진 소지품으로 보아
그들에겐 한 사나흘
짧은 방목의 날이 있었다고
마지막 비망록을 훔쳐본
잠 덜 깬 텔레비전이 웅얼거린다
말뚝 뽑힌 염소가 줄행랑을 놓다
문득 뒤돌아보고는
아무도 저를 붙잡는 이 없어
맥없이 매해, 매해해해해 갈 곳을 모르다가
길고, 깊은 울음 울었겠다
뽑힌 말뚝을 울었겠다 그때,

그들이 타전했을 붉은 메시지 하나가

아침을 두드린다

―「네가 우는 소리를 들었다」 전문

　자신의 삶이 굴레에 매인 염소와 같다고 느끼고 그것에서 도망칠 궁리를 하며 지낼 무렵, 젊은 부부의 동반 자살 소식이 전해진다. 아이 하나씩을 꼭 껴안은 채 삶의 줄을 끊어버린 부부. 힘겨운 삶을 마감하기 전에, 그들은 마지막까지 누군가의 도움을 간절히 원했을지도 모른다. "말뚝 뽑힌 염소가 줄행랑을 놓다/ 문득 뒤돌아보고는/ 아무도 저를 붙잡는 이 없어/ 맥없이 매해, 매해해해해 갈 곳을 모르다가/ 길고, 깊은 울음 울었겠다"라는 구절은, 그들의 죽음에 우리 모두 책임이 있다는 것을 암시한다.

　굴레에 갇힌 삶을 벗어나고 싶다는 '나'의 갈망은, 대부분의 사람들이 겪는 일상의 권태와 지루함의 표현이다. 그러나 젊은 부부가 실제 삶의 줄을 끊어버렸을 때, 이러한 불평과 절망은 사치가 된다. 자신의 삶이 버겁다는 생각에 빠져서 다른 사람의 아픔은 돌볼 줄 몰랐던 우리들. 그러한 무관심이 우리 곁에 있는 누군가를 죽음으로 내몰았을지 모른다는 반성이 시 전체에 깔려 있다. 그것은 일상성의 폭력에 무감각해진 우리의 삶에 대한 질타이며, '네가 우는 소리'를 들으라는 권유이다. 풍자적인 시들이 날카롭지만 미완으로 그치고 있는 것에 비해, 이 시는 한결 안정되어 있다.

　시인의 개인적인 경험과 생활이 드러나는 시들은 보다 친숙하게 읽힌다. 그의 시에는 '엄마'라는 존재가 중요하게 자리 잡고 있다. 몇 편의 시로 추정해보건대, 그의 어머니는 무심한 아버지와 행복하지 않은 삶을 살며 늘 속을 끓였던 것으로 보인다(「밤꽃」, 「폭우」). 그 와중에도 억척스레 아이들을 키웠던 어머니가 돈을 벌기 위해 자신을 남겨두고 떠났던 기억

(「고구마」)은 가슴 깊이 각인되어 있다가 현재에 투영된다(「손님」).

　시인의 개인적인 삶의 모습이 비교적 자주 눈에 뜨이는 4부의 시들은, 시인의 실제 삶이 그리 편안한 것이 못 된다는 것을 보여준다. 그가 어머니의 삶을 자주 떠올리는 것은, 어머니의 삶을 반복하는 자신의 입장을 반영한 것이다. 돈벌어 오마 하고 완행버스를 타고 사라지던 어머니에 대한 기억은, 늦은 밤 엄마의 퇴근을 기다리다 지쳐 잠든 자신의 아이의 모습에 중첩된다(「하루치의 희망」). 온종일 전셋집을 구하러 다니다 돌아오는 저녁, 건너편 집들에서 흘러나오는 따스한 불빛("건너편 밤늦은 가장의 몇몇 집에선/ 조촐한 희망의 식탁이라도 차리는지/ 두부빛 불빛이 끓어 넘친다" ―「별」)은, 세상의 풍파에 맞서 싸워야 하는 '나' 의 쓸쓸함과 외로움을 배가시킨다. 이처럼 시인의 개인적인 자아가 얼굴을 드러내면서, 1부의 비아냥거림과 풍자의 성급함은 안정을 찾아간다.

　이것은 시를 창작하는 데 있어서 경험의 중요성을 잘 보여주는 것이다. 자신의 체험을 진술하게 드러내는 시들이 가지는 감동이 이에 해당한다. 그러나 경험을 소재로 했다는 것 자체가 시의 우열이나 완성도를 보증하는 것이 아님은 두말할 나위도 없다. 시라는 것은 개인의 구체적인 경험들을 모으고, 거기서 보편적인 삶을 추출하는 것이다. 따라서 나의 특수한 경험들을 보편화시킬 수 있는 능력이 중요하다. 그러기 위해서는 주관적인 감정과 상처들을 걷어내고 나의 경험을 공통적인 경험의 영역으로 끌어올려야 한다. 특히 개인의 경험을 주된 소재로 하는 시들은 반드시 이러한 단계를 거쳐야만 한다. 이 과정에서 가장 필요한 것은, 자신의 경험에 냉정해지는 것 즉 자신과의 거리 두기이다.

　김미승 시에 나타나는 풍자나 위트는 이러한 거리 두기의 일환으로 발생하는 듯하다. 자신의 개인적인 경험에 매몰되지 않기 위한 방법일 수 있다는 것이다. 그러나 거기에 몰두한 나머지, 세계에 대한 시인의 입장 자체가 불분명한 것이 흠이다. 풍자를 택할 것인가 서정적인 목소리를 택할 것인가 하는 것은, 단순히 테크닉의 문제가 아니다. 그것은 시인이 세계와 맺는 관계를 말한다. 세상과 불화할 것인가, 화해할 것인가 혹은 세상을 부정적으로 볼 것인가 긍정적으로 볼 것인가 하는 문제인 것이다. 설령 현재의 세상을 부정적으로 보는 것은 동일하다고 하더라도, 그러한 세상을 개선할 수 있는 여지가 있는가에 대한 생각은 다른 것이다. 김미승은 이러한 면에서 자신의 태도를 좀더 분명히 할 필요가 있다. 이 과정을 거쳐서 그의 시는 비로소 분명한 자기 목소리를 가지게 될 것이다.

살아 있는 모든 것들은 어둠 쪽으로 깊어진다

이원의 『세상에서 가장 가벼운 오토바이』

1. 사막에도 그림자는 있다

이른 아침 교복을 입은 남자 아이가 뛴다 바로 뒤에
엄마로 보이는 중년의 여자가 뛴다 텅 빈 동쪽에서
붉은색 버스 한 대가 미끄러져 들어오고 있다 아직도
양수 안에 담겨 있는지 아이는 몸이 출렁거린다 십
수년째 커지는 아이를 아직도 자궁 밖으로 밀어내지
못했는지 여자의 그림자가 계속 터질 듯하다 그러나
때로 어두운 것은 아름다운 것이다 아니 때로 아름다
운 것은 어두운 것이다 그림자는 몸을 밀며 계속 어
둡다 깊다 무슨 상징처럼 부풀어오른 검은 비닐봉지
가 그림자 안으로 들어간다 그림자와 함께 간다

—「사막에서는 그림자도 장엄하다」 전문

첫 시가 인상적이다. 이 시에는 제목에 있는 '사막' 이라는 단어가 나오지 않는다. 사막은 이미 그녀 시의 전제 조건 혹은 기본적인 환경이 되어 버린 것일까? 두 번째 시집 『야후!의 강물에 천 개의 달이 뜬다』를 설명한 '전자사막' 이라는 말 이후, 이원의 시는 컴퓨터 세대를 대변하는 아이콘처럼 평가되어 왔다. '몸 속에 웹 브라우저를 내장했다' (「몸이 열리고 닫힌다」—『야후!…』)는 그녀 시의 충격적인 구절도 이러한 평가에 한 몫을 했을 것이다. 그러나 이러한 평가는 이원 시를 널리 알리는 데 결정적인 역할을 했음에는 틀림이 없지만, 그녀의 시 전부를 포괄해 주지는 못한다.

시와 연결시켜 말하자면, 이 시 제목의 '사막' 은 전자사막이 아니다. 그냥 우리가 사는 삭막하고 팍팍한 생활, 현실 등으로 부드럽게 읽어도 무방하다. 굳이 전자사막을 이야기해야 한다면, 그러한 사막성이 컴퓨터 안에도 있어서 그것을 전자사막이라고 칭하며, 그것은 (당연히) 현실보다도 더 황폐한 불모의 가상공간이며, 전자사막에 익숙해진 사람들이 현실에도 불모증을 퍼뜨린다고 이야기할 수 있을 것이다. 그러나 컴퓨터로 연결된 전자공간은 이제 우리의 생활공간이다. 모니터 앞에 들러붙은 사람들이나, 그 사람들을 소재로 시를 쓰는 시인이나, 그 시를 읽는 독자들이나, 컴퓨터가 있기 이전의 세계로 돌아갈 수는 없는 노릇이다. 전자공간의 불모성을 말하는 것만으로는 이제 시가 되지 않는 것이다. 그런 이유에서, 이원의 새로운 시들을 읽는 것은 반갑다.

위의 시의 시적인 상황은 이렇다. 이른 아침에 교복을 입은 한 아이와 중년의 엄마가 함께 뛴다. 원인은 미끄러져 들어오는 붉은색 버스를 타기 위한 것. 버스 시간을 아슬아슬하게 맞춘 아이가 허겁지겁 뛰어가고 걱정이 된 아이의 엄마가 뒤를 따른다. 교복을 입을 나이가 되도록 아이 걱정을 놓지 못한 여자와 아직껏 엄마 품을 벗어나지 못한 늦된 아이가 만들어내는 풍경이다. 그 광경에서 시인이 보는 것은 그림자이다. 아이를 담

왔던 자궁, 아이를 퍼냈음에도 미련을 버리지 못하고 아이를 쫓아가는 여자의 그림자. 그러나 그 그림자는 아름답다. 다 자란 아이를 분리시키지 못하는 어미의 미련함조차도 아름다운 것, 세상을 살 만하게 하는 것이다(그러나 그 이유가 모성의 희생성 때문은 아니다. 이원이 발견한 아름다움은 그림자의 깊어가는 어두움 때문이다. 이에 대해서는 뒤에서 말하기로 한다). 만약 이것을, 생명을 품는 것들에 대한 혹은 생명 있는 것들에 대한 동의 혹은 인정이라고 읽는다면, 이것은 전자사막에서 살아가는 방법 혹은 전자사막을 견디는 유일한 힘일 것이다. 『야후!…』까지가 전자사막에 대한 이야기였다면, 이번 시집은 그 전자사막에서 살아가는 일에 관한 이야기이다.

2. 쇠붙이가 박힌, 쇠붙이를 녹이는 살

전자사막과 살아있는 것들의 대립은, 쇠붙이와 살의 상징적인 대립구도로 표현된다. 지금까지의 이원의 시가 쇠붙이들에 대해서 말해왔다면, 이번 시집은 쇠붙이를 녹이는 혹은 결국 쇠붙이를 허물어뜨리는 살의 이야기라고 할 수 있다. 일반적으로 보면, 살이 있고 그 살을 살이지 못하게 하는 쇠붙이들이 있을 테지만, 이원의 시에서는 쇠붙이가 먼저 있고 그것에 의해 밀려났던 살이 귀환한다. 그녀 시의 출발점이 최첨단 문명인 컴퓨터 공간이었으므로.

사람의 살은 물컹한 것(「퀵서비스맨」), 마르지 않은 것(「아파트에서 1」), 진득진득한 것(「나이키1」, 「아파트에서3」), 짓무르고 썩어가는 것(14) 이다. 반면에 아파트로 대표되는 건물은 철사와 갈고리 같은 금속성의 물질이 박힌, 딱딱하고 단단한 것들, 썩지 않는 것들이다(「아파트에서 2」). 금속성의 물질들은 사람들의 몸속에 파고들어 몸을 형성하고 있기도

하다. '몸속에 뒤엉켜 있는 철사' (「아파트에서 1」), '몸의 여기저기에 박
힌 갈고리' (「아파트에서 2」) 등이 그것이다. 이 모양은 아파트 주민들을
'층층의 정육점에서 뛰쳐나온다' 고 표현한 데서 극대화된다(「아파트에
서2」). 아파트가 거대한 철근과 콘크리트로 만들어진 물질이므로, 그곳에
사는 사람들은 철근에 몸을 꿴 채 걸려 있는 정육점의 고기와 같다는 것
이다. 어느 누구의 몸을 잡아 뜯어도 그 안에서는 철근과 전선들이 엉켜
나온다. 예나 지금이나, 쇠붙이와 전선을 내장한 몸은 이원 시를 가장 잘
설명해주는 코드이다. 달라진 것이 있다면, 이번 시집에는 몸 안의 그것
들을 뜯어내고 잡아 빼는 행위가 등장한다는 것이다.

      한 남자의 두 손이 한 여자의
      양쪽 어깨를 잡더니 앞뒤로
      마구 흔들었다 남자의 손이
      여자의 살 속으로 쑥쑥 빠졌다
      여자가 제 몸속에 뒤엉켜 있는
      철사를 잡아 빼며 울부짖었다
      소리소리 질렀다
      여자의몸에서 마르지 않은
      시멘트 냄새가 났다
      꽃 피고 새가 울었다

—「아파트에서」 1 전문

   남자가 여자의 어깨를 우악스럽게 흔들고, 여자가 울부짖는다. 한눈에
보아도, 몸싸움이 오가는 격렬한 싸움이라는 것을 알 수 있다. 이 격렬한
싸움을, 이원은 "여자의 몸에서 마르지 않은/ 시멘트 냄새가 났다/ 꽃 피

고 새가 울었다"고 말하고 있다. 그녀는 폭력을 불러 온 싸움의 원인이나 남녀의 애증에 대해서는 관심이 없다. 싸움은 오직 살아 있는 것들의 움직임으로서만 의미를 갖는다. 여자를 흔드는 남자의 손과 울부짖는 여자. 그들은 그런 방식으로 소통하고 있는 것이다. 모든 것이 딱딱하고 차갑게 굳어있는 아파트에서 이것만이 살아 움직이는 광경이다. 이렇게 말할 수 있는 근거는 "남자의 손이 여자의 살 속으로 쑥쑥 빠졌다"와 "여자가 제 몸속에 뒤엉켜 있는 철사를 잡아 빼며 울부짖었다"는 구절에 있다. 갈고리에 박혀있는 사람들 중에 그들만이 유일하게 살을 감촉하며, 자신의 몸에서 철사를 잡아 뺀다. 그럼으로써 마르지 않음을 유지하는 것이다.

이 지점에서 몸은 쇠붙이가 박혀 있는 피동적인 대상에서 쇠붙이를 품은 적극적인 주체로 새롭게 해석된다. 나아가 몸은 쇠붙이를 녹여서 새로운 무언가를 만들어내는 창조적인 것이다. 칼날이나 갈고리 같은 쇠붙이를 품을 수 있는 것은 말랑말랑하고 물컹한 '몸' 뿐이다. 몸은 그 안에 쇠붙이를 품었다가 그것들을 떨어뜨리고(「쇠 난간에서는 비린내가 난다」) 잡아 뺀다(「아파트에서」 1). 흘러내릴 수 있는 것(「모래의 도시」) 역시 몸만의 일이다. 2부에서 몸은 길을 품은 것으로 변주되고 있다. 몸에서 연거푸 뽑혀져 나오는 것은 길이다.

자연스럽게 몸의 생명성에 대해서 주목하지 않을 수 없다. 이번 시집에 실린 이원의 시들은 표가 나게 생명 있는 것들에 대한 경사를 나타낸다. '자궁'이나 '유방', '봉분' 등의 명사들과 '부풀어 오르다', '불룩하다', '둥글다' 등의 수식어가 빈번히 사용되는 것에서 일차적인 근거를 찾을 수 있다(특히 2부에 실린 시들이 이러한 소재적인 유사성을 강하게 지니고 있다). 그녀가 자궁을 생명의 원천이자 상징이라고 보는 것은 의심의 여지가 없어 보인다. 「사막에서는 그림자도 장엄하다」, 「나이키 1」, 「자궁으로 돌아가려 한다」 등에는 자궁이 직접적으로 등장하고, 「비닐봉지가

난다」, 「사막에서는 그림자도 장엄하다」 등에 나타나는 '검은 비닐 봉지'
는 둥글고 팽팽하고 어두우며 불룩한 것이 자궁의 이미지와 거의 동일한
특성을 가지고 있다("검은 비닐봉지가 하늘을 난다 울음 속에서 살을 쏙
쏙 빼먹으며 난다 활짝 열어놓은 안이 불룩하다 보여주지 않는 안이 팽팽
하다"—「비닐봉지가 난다」). 뿐만 아니라 「매트리스, 매트릭스」에서는 주
석("매트릭스 : 고어로 자궁이라는 뜻이 있다")까지 이용해서 '자궁' 에
주목하고 있다. 자궁의 이미지는 유방이나 봉분 같은 이미지로 환치되기
도 한다(「자궁으로 돌아가려 한다」, 「한 여자가 간다」).

특이한 것은 이러한 생명성이 썩어가는 것과 연계되어 있다는 것이다.
엄마의 젖을 빨고 있는 아이는 순식간에 상하고 검어지고("여자는 오른
손으로 아기의 연한 머리통을 감싼다 매장의 시간에 익숙한 여자의 손안
에서 아기의 머리통이 녹는다 순식간에 상한다 검어진다"—「자궁으로 돌
아가려 한다」), 고양이의 몸이 닿는 곳은 검게 썩어 들어간다("그러나 고
양이의 몸이 닿는 곳마다 더 검게 썩어 들어간다"—「매트리스, 매트릭
스」). 뿐만 아니라 시간 역시 검어진다("그 자리에 고이는 시간이 순식간
에 검어진다"—「자궁으로 돌아가려 한다」). 검어지는 것은 상한 것이고,
현실적으로 보면 부패해서 더 이상 쓸모가 없는 것이다. 그러나 이원의
시에서 썩어 들어감은 쇠붙이와 대비되는 '살아 있는 몸' 의 고유한 표지
이고, 동시에 자궁의 시간으로 회귀할 수 있는 예비 상태로 지목된다. 썩
어서 검어지는 것은 어두워지는 것이고, 이 어둠은 자궁의 본원적인 환경
이다. 따라서 검어지거나 상하는 것은 부정적인 의미가 아니라 태초의 자
궁으로 돌아가기 위한 조건 혹은 그것으로 회귀하기 시작했음을 알리는
표지인 것이다("몸 섞는 냄새가 나는 곳이 몸 썩는 냄새가 나는 곳이 고향
이다"—「매트리스, 매트릭스」).

3. 질주 본능, 어둠을 향해 달리는 것들

살과 관련해서 발견되는 또 다른 특징은 운동과 속도에 대한 생각이다. 살아 있는 것들의 특징이 '운동'이라는 것은 상식이지만, 이원의 시에서 운동은 그저 움직이는 것이 아니라 자신의 전 에너지를 투여해서 죽도록 달리는 '질주'이다.

질주에 대한 욕망은 자궁을 찢고 나올 때부터 부여된 본능적인 것이다 ("그러나 자궁을 찢고 나온 적이 있는 아이들은 속도를 줄이지 않는다" — 「나이키 1」). 아이들은 자궁의 어둠 속에서 움직이는 법을 익히고, 그것에 의지해서 자궁을 빠져나온다. 그러므로 운동은 기본적인 실존의 상황이다.

한 아이가 달려간다
오른팔은 땅을 향해 떨어지고 있고
(오른손은 손등을 보인 채)
왼팔은 팔꿈치가 살짝 안으로 꺾인 채 올라가 있고
(왼손은 손바닥이 보인 채)
오른쪽 다리는 앞으로 들려 있고
(오른발은 신발 뒤꿈치가 땅에 닿아 있고)
왼쪽 다리는 뒤쪽으로 높이 올라가 있고
(왼발은 허공에 들려 신발 밑창이 다 보이고)
단추를 목까지 채운 몸통이
LPG통처럼 덩그마니 가운데 떠 있고
땅바닥으로 그림자가 가스처럼 새어나오고
고개를 약간 처든 얼굴은
하늘 쪽으로 둥둥 떠간다

여섯 조각으로 해체된 아이

발은 나이키가 꼭 조이고 있다

―「나이키 2」 전문

육상 선수의 달리기 장면을 비디오테이프로 천천히 돌려보듯이, 달리는 한 순간이 생생하게 포착되어 있는 시이다. 달려가는 한 순간을 포착했으므로 현재 운동은 멈추어 있다. 그러나 이 장면은 그것 자체가 운동의 흔적과 지속을 느끼게 한다. 마치 달려가는 아이의 거친 숨소리가 들리는 것처럼, 운동하고 있는 대상의 강렬한 움직임이 생생하게 전달된다. 표면상 잠시 정지한 것들도 이면에서는 운동을 지속하고 있는 것이다.

이러한 운동성은 벽이나 바닥과 같은 장해물이 있음으로 해서 더욱 탄성을 얻는다. 「나이키 1」에서 아이들은 자신들의 그림자가 비친 벽을 향해 수평으로 달리고 있다. 달릴수록 점점 벽에 가까워지고 그림자도 점점 짧아지며 벽 쪽으로 나아간다("한 무리의 아이들이 자신들의 그림자가 달라붙어 있는 벽을 향해 뛰어간다 (~) 몸에서 떨어져본 적이 없는 그림자도 계속 벽을 밀어낸다 벽 위까지 튕겨 오르던 그림자는 벽을 뛰어넘지는 못한다"). 이원은 여기에 또 다른 '벽'인 눈앞의 하늘과 함성, 발소리 등을 첨가한다. 달리는 아이들은 앞에 놓인 벽까지, 얼굴을 처들고 주위의 함성과 따라오는 발자국 소리들과 싸우며 달려가는 것이다. 그러므로 아이들은 벽을 향해, '벽'을 뚫고 세우고 다시 뚫으며, 전속력으로 달린다. 자궁을 빠져나오는 경험 자체가 벽을 뚫고 나오는 것이므로, 벽과의 싸움은 자연스럽고 본능적이다.

「나이키―절벽」에서 운동은 수평적인 달리기가 아니라 제자리에서 반복해서 뛰는 수직적인 것이다. 운동을 방해하고 있는 것은 수평선상에 존재하는 장해물이 아니라 뛰는 행위의 조건인 콘크리트 바닥이다. 그것이 있음으로 해서 뛰어오르는 것이 가능해지는 필수불가결한 받침. 그러므로 그것은 운동의 방해 요인이면서 동시에 운동을 지속시키는 가장 중요한 환경이다("무너진 벽을 탕탕 튕기며 아이들은 아래에서 위로 뛰어오른다 뜨거운 것에 데인 듯이 한자리에서 펄쩍펄쩍 뛰어오른다"). 같은 자리에서 반복해서 뛰어오를수록 그 자리가 깊어진다. 누워 있는 벽인 바닥은 한없이 깊어져서 '절벽'이 된다. 뛰어오르는 행위가 반복되면서 그 자리에 어둠을 만들어낸다. 야생의 것들, 근원적인 자궁을 향한 어둠이다. 절벽은 그러한 운동의 행위가 안으로 깊어짐을 보여주는 것이다.

다시 말하자면, 운동은 자궁에 있을 때부터 있었던 본능이고, 그러한 본능적인 속성들이 현실에서는 달리거나 뛰는 행위로 나타나는 것이다. 오토바이가 중요한 소재로 등장하는 것도 그 때문이다(「오토바이」, 「퀵서비스맨」. 「폭주족들」, 「영웅」). 죽도록 달릴 때만 그들은 살아 있음을 느낀다("멈춘 퀵서비스맨의 심장이 펄떡거린다 심장은 아직 붉다 물컹하다" —「퀵서비스맨」), "휘발되지 않으려면 질주해야 한다" —「폭주족들」). 오토바이는 지상에서 탈출하고 싶은 청춘들의 상징이지만, 그것으로 끝나지는 않는다. 질주하는 몸들은 사실상 "공포로 가득찬 몸"(「거울을 위하여」)이다. 이것은 다분히 이상(李箱)적이다. 이상의 시 「오감도 시제1호」에 나타나는 질주가 공포를 벗어나기 위해 달려가는 것이라면, 이원의 시에서 질주는 사실상 특정한 방향을 향하고 있다는 면에서 그것과는 구별된다. 오토바이가 달려감에 따라 길이 팽창하고 아파트와 차들과 표지판이 오토바이에 붙었다가 사라진다. 그리고 그 길 끝에는 허공이 매달려 있다. 허공은 길의 끝이며 모든 길이 수렴되는 고향이다. 그런 면에서 자궁과 허공은 서로 닮은 데가 있다("길은 자궁에 연결되어 있는 탯줄이야" —「영웅」).

질주의 끝에는 자궁의 어두운 세계가 있다. 바람에 날리는 검은 비닐봉

지나 전속력으로 질주하는 오토바이 맨의 점퍼 모양이 둥그렇게 나타나
는 것은 상징적이다. 그것들은 결국 속도와 질주의 끝이 둥그런 어둠의
세계를 지향하고 있음을 보여주는 것이다.

4. 꽃은 생명의 벼랑에서 피어난다

그러나 다른 한편으로 이원의 시는 여전히 이전의 시들과 유사한 상상
력을 보여준다. "내 몸속에서 꺼지지 않는 TV"(「검고 불룩한 TV와 나」)의
몸은 웹 브라우저를 내장하거나(「몸이 열리고 닫힌다」—『야후!…』) 플러
그를 꽂고 컴퓨터 칩을 장착한 (「거리에서」—『그들이 지구를 지배했을
때』) 이전의 몸과 별반 다르지 않다. 실제로 이원은 시의 제목이나 소재,
상상력, 시의 형태 등에서 자신의 이전 시들을 의도적으로 복제하고 있
다. 의식적인 자기복제성은 이원의 시를 설명하는 중요한 코드이다. 그러
나 복제인간과 원본이 차이가 있듯이, 이원의 자기 복제된 시 또한 원본
과 같은 유전자를 가지고 있으면서도 그것과는 구별되는 특징들을 가지
고 있다.

　　나는 마우스 위에 오른손을 얹고 있다
　　내 몸의 일부는 적막에 묻혀 있고
　　내 몸의 일부는 바람에 붙어 있고
　　내 몸의 일부는 지워졌고
　　내 몸의 일부는 그가 떼어갔고
　　내 몸의 일부는 꺼진 모니터 속에 들어가 있다

　　그러나 마우스가 여자의 얼굴 속에 들어가 있어도

여자의 한쪽 눈과 콧구멍 하나는 얼굴 밖의 세계를 벌름거리고
내가 마우스 위에 온전한 손을 얹고 있어도
여자와 마우스는 따뜻해지지 않고
그러나 마우스는 피카소의 여자 속에
나는 마우스의 등 위에 손을 얹고 있다
(김종삼의 묵화처럼, 소의 잔등처럼, 지금은 저물녘이다)

—「마우스와 손이 있는 정물」 부분

집 속에 있는 것은 마우스와 나뿐이다. 마우스는 광활한 전자 공간을 불러오기 직전의 대기 상태에 있고, 내 손은 그 위에 얹혀져 있다. 그러나 이 시에서 마우스는 도구로서 있는 것이 아니라 (아마도 마우스패드에 그려져 있는) 피카소의 여자 그림처럼, 무심한 하나의 사물이다. 클릭하기 전의 마우스는 무심코 손을 얹은 탁자나 의자처럼, 나의 손을 얹어놓은 받침일 뿐이다("의심을 모르는 마우스는 긴 꼬리를 달고 있다/ 역시 의심을 모르는 꼬리는 마우스를 두고/ 책상을 가로질러 허공으로 사라진다/ (거기 어둠이 있다)"). 마우스패드 위에 놓인 마우스, 그 위에 손을 얹은 모양을, 이원은 '김종삼의 묵화 같다'고 말한다.

물 먹는 소 목덜미에
할머니 손이 얹혀졌다
이 하루도
함께 지났다고
서로 발잔등이 부었다고,
서로 적막하다고.

—김종삼, 「묵화」

신산한 삶의 하루를 같이 보낸 할머니와 소. 사람과 대상이 하나로 융화된 모습이 그보다 더 아름다울 수는 없는 그림 같은 시. 소재가 된 '묵화'도 적막하고, 그것을 소재로 쓴 시도 적막하고, 그것을 바라보는 시인의 마음자리도 적막하다. 그 적막함을 이원은 마우스에 손을 올려놓고 경험하고 있는 것이다. 이것을 진심으로 보아야 할까, 패러디로 보아야 할까?

마우스가 여자의 얼굴 속에 들어가 있어도 여자의 한쪽 눈과 콧구멍이 남고, 내가 마우스 위에 손을 얹어도 여자와 마우스가 따뜻해지지 않는다는 것으로 보아, 마우스패드 속의 여자와 마우스와 그리고 '나'는 정으로 통할 수 없는 이질적인 조합임을 알 수 있다. 그러나 마우스에 손을 얹은 '나'의 모습을 '김종삼의 묵화 같다'고 표현하는 시인의 정확한 생각을 알아내기는 쉽지 않다. 마우스에 손을 얹은 모양이 「묵화」 속의 할머니와 소의 관계처럼 자연스럽고 친근하며 그것이 거부할 수 없는 현대인들의 삶의 모습이라고 말하는 것인지, 아니면 「묵화」가 보여주는 적막하지만 아름다운 소통의 세계가 더 이상은 존재하지 않음을 비판하고 있는 것인지 정확하지 않다는 것이다. 이원은 한편으로는 전자 공간에 잘 어울리는 모니터킨트인 듯 하고, 한편으로는 그것에 대해 비판을 가하는 것처럼 보인다. 추정하건대, 시인은 전자공간에 완전히 흡수되지 못하고 거리감을 가지면서도, 그것이 삶 속에 깊숙이 들어와 있는 현실을 부정할 수는 없음을 인정하는 것처럼 보인다. 그러한 추정을 가능하게 하는 시 한 편을 보자.

꽃: 뿌리가 밀어낸 죽음 줄기와
가지가 밀어낸 죽음 죽음들

어둠과 햇빛과는 상관없이 꽃이
제 시간으로 시든다 시드는 꽃

은 녹물과 똑같은 황색이다

꽃이 진다 살이 아직 달라붙어
녹이 떨어지지 않는다

꽃이라는 말을 쇼윈도라는 말
속에 가두었더니 쇼윈도라는 말
과 꽃이라는 말이 함께 날뛴다

꽃이라는 말을 메일의 임시 보
관함에 저장했더니 너덜너덜해
진 햇빛과 바람이 그치지 않고
밀려든다 그래도 임시 보관함 너
머로 넘치지는 않는다

꽃이라는 말을 난간에 올려놓았
더니 순식간에 사방에 적막을
끼고 창이라는 말이 된다 길에
던졌더니 깨지는 소리는 나지
않고 낯선 그림자를 따라 뛴다
갈기갈기 찢어진 발가락으로 잘
도 뛴다

꽃이라는 말을 밤 속으로 들여
보냈더니 말머리를 잡고 밤이

운다

꽃: 더 이상 밀릴 수 없는 벼랑

—「꽃의 몸을 찾아서」 전문

김춘수의 시적인 화두인 '꽃'의 21세기식 변용이라 할 수 있는 시이다. "꽃이라는 말을 밤 속으로 들여보냈더니~ 밤이 운다"는 김춘수의 「꽃을 위한 서시」의 한 구절 "눈시울에 젖어드는 이 무명(無名)의 어둠에/ 추억 (追憶)의 한 접시 불을 밝히고 / 나는 한밤내 운다."를 연상시킨다. 김춘수 의 시에서 한밤내 우는 행위는 사물(꽃)의 본질을 탐구하려는 시인(주체) 의 행위이지만, 이원의 시에서 '꽃'이라는 말의 머리를 잡고 우는 것은 '밤'이다. 꽃의 본질을 찾기 위한 행위 역시 컴퓨터 세대답게 전자 메일의 임시보관함에 저장하는 것으로 바뀐다. '꽃'이라는 단어를 컴퓨터로 검 색하면 고전적인 꽃의 정의가 뒤따라 나온다. 자연적인 식물로서의 꽃. 햇빛과 바람을 받고 물과 양분을 뿌리에서 흡수해서 살아가는 생명체로 서의 꽃이다. 그러나 그러한 개념 규정은 현재에 이르러서는 아무런 의미 도 되지 못한다. '너덜너덜해진' 것이다. 이런 부분에서 '꽃'은 분명히 기 존의 의미 맥락에 놓여 있는 것이 아니라는 점이 드러난다.

1연에서 꽃은 '뿌리가 밀어낸 죽음 줄기와 가지가 밀어낸 죽음'이고, 마지막 연에서는 '더 이상 밀릴 수 없는 벼랑'이라고 표현된다. 이것은 꽃 의 생물학적인 탄생을 말한 것이다. 뿌리로부터 전달된 생명력이 줄기와 가지로 밀려 올라가다가 더 이상 갈 곳이 없는 정점에서 꽃은 핀다(이 부 분은 김수영의 「꽃 2」의 "꽃이 피어나는 순간/ 푸르고 연하고 길기만 한 가지와 줄기의 내면은/ 완전한 공허를 끝마치고 있었던 것이다"라는 구 절을 연상시킨다). 이 생명력의 정점을 이원은 역설적으로 '죽음'이라고 표현하고 있다. 근원적인 상태는 죽음이고, 그것이 현상의 세계에서 표출된 형태가 가지이며 줄기이며 꽃인 것이다. 이것이 이원이 잠정적으로 내리고 있는 결론이다. 이는 마치 살아 있는 것들이 그리고 질주가 자궁의 어둠을 지향하는 것과 유사하다(그런 면에서 죽음은 삶과 반대되는 것이 아니라 삶을 품고 있는 어두운 모태와도 같은 것이다).

이 시는 이원이 현상 너머의 어떤 것을 찾고 있음을 보여준다. 전자공간으로 상징되는 현실이 불모와 편리함이라는 양면성을 가진 것이라면, 이원은 그러한 현실을 인정하되 그 너머의 것을 들여다보고자 하는 것이다. 모니터와 플러그, 마우스의 세계가 물리칠 수 없는 매혹의 현상 세계라면, 그것들이 도구가 아닌 하나의 사물로서 존재하는 것이 그 너머의 세계이다. '나는 클릭한다 고로 나는 존재한다' 라는 감각적인 발언(『야후!…』)이 '나는 부재한다 고로 나는 존재한다' 라는 철학적인 뉘앙스를 풍기는 구절로 바뀐 것은 그래서 상징적이다.

그러나 이러한 변화는 아직 특정한 철학적인 사유를 동반하고 있지는 않다. 다만 현상 너머의 것을 보기 위한 여러 가지 시도들을 볼 수 있을 뿐이다. 허공과 길, 벽, 그림자, 거울, 얼굴 등은 새로운 변화를 모색하는 키워드들이다. 그 중에서도 그림자와 거울은 이원 시의 변화를 설명하는 중요한 단어임에 틀림없다. 그림자가 몸 안에 겹쳐져 있다가 밖을 향해 빠져나오는 것이라면, 거울은 몸의 밖에서 안으로 들어가는 통로와 같은 것이다. 그러나 이것들이 가지는 시적인 의미는 아직 명료하지 않아 보인다. 변화는 완성된 것이 아니라 현재 진행 중에 있다. 이원은 자신의 시가 '전자사막' 이라는 말로 고정되어버릴 위험성이 있다는 것을 누구보다도 잘 알고 있다. 이번 시집은 이원이 그러한 자기 한계를 어떻게 극복해나가는가를 보여주는 중간 결산이다.

과장 없는 시의 묵직하고 단단함, 더해질 유연함에 부쳐

문성해의 『아주 친근한 소용돌이』

문성해의 시를 읽고 난 마음은 무겁고 음울하다. 특별히 슬프거나 처참하지 않은 그저 살아가는 이야기들을 소재로 하고 있을 뿐인데도, 그녀의 시를 읽는 동안 마음은 한없이 내려앉는다. 그녀는 눈에 비친 사물들을, 사람들과 사건들을 별다른 과장 없이 포착하고 수식 없이 그려낸다. 문제는 그녀의 시에 그려지는 우울한 정경이 주관적으로 착색되거나 과장되지 않은 '사실'이라는 것이다. 그녀의 시는 결코 아름답지만은 않은, 그래서 슬쩍 가리고 싶은 삶의 어찌할 수 없는 어두움을 은폐하지 않고 그대로 드러낸다. 그런 그녀의 시를 읽는 느낌은, 날카롭지는 않지만 묵직하고 차가운 칼날을 만지는 것 같다.

그 차가움의 한 단면, 소멸하는 것에 대한 인식을 보자. 그녀의 시는 사라짐, 늙음, 시듦과 같이 없어져 가는 것, 존재가 희미해져가는 것들에 대한 특별한 관심을 보여준다. "함부로 늙어가는 꽃들/ 함부로 늙어가는 여자들이 지천에 가득하고"(「장미는 손님처럼」)에서, '함부로'인 것은 늙어가는 여자들이나 시들어가는 꽃이 아니라 기다려주지 않는 세월이다.
마치 소나기를 머금은 구름이 하늘 한구석을 덮쳐오듯이, 세월은 "함부로
뭉쳐져서 빠르게" 몰려온다. 그 앞에 생명 있는 것들은 속절없이 늙어가
는 수밖에 없다. 늙은 여자나 시들어가는 꽃은 삶과 죽음의 경계에 놓인
대표적인 것들이다.

> 이틀 전에 쑤어둔 밀가루 풀처럼
> 연 잎사귀가 못물 위에서 삭아져 내릴 때
> 하늘에는 스무 마리였던 잠자리가 두어 마리만 남긴 채 사라져가고
> 먹을 것 좀 더 내놓으라고 으름장을 놓던 거위들 오지랖도 사라져가고
> 여름 내내 엿 고는 냄새를 피우던 매미들 목소리도 떨거지하듯 삭아져 내
> 렸으니
>
> (중략)
>
> 연 잎사귀가 못물 위에서 사라져갈 때
> 또 그 자리에 살러 오는 것들이 있다고
> 방을 빼야 들어오는 이사철도 아닌데
> 못물은 댓바람부터 슬쩍슬쩍 걸레질이다
>
> 희뿌연 못물에 비친 저 두개골은
> 또 누구를 따라갔다가
> 누구의 자리를 채우려고 온 얼굴이더냐
> ─「연 잎사귀가 못물 위에서 스러져갈 때」 부분

인용된 부분에 등장하는 풍경들은 여름에서 가을로 가는 계절에 볼 수 있는 것들이다. 밀가루풀이 삭듯이 연 잎사귀가 시들어 사라져가고, 못 위를 맴도는 잠자리 수가 줄어들고, 거위들의 기척이 사라지며, 매미 소리도 거의 들리지 않는다. 이 모든 것들이 소멸의 기척이다. 생명력이 최고조에 달하는 여름 한철이 지나면 바로 쇠락의 시기가 오는 것이다.

정확하게 말하면 "연 잎사귀가 못물 위에서 삭아져 내릴 때"라는 말은 거짓이다. 사라지는 것, 삭아가는 것은 항상 완료형으로 표시될 수밖에 없다. 사람의 육체의 눈으로는 삭아져 내리는 것 즉 소멸이 진행되어 가는 과정을 볼 수 없기 때문이다. 우리는 다만 어느 순간 꽃이 시들었다는 것을 알게 되고, 육신이 쇠잔해졌다는 것을 문득 깨달을 뿐이다. 그것을 시인은 '연 잎사귀가 삭아져 내릴 때', '잠자리가 두어 마리만 남긴 채 사라져가고' 처럼 현재진행형으로 표현하고 있다. 그만큼 소멸의 시간을 눈에 보이듯이 선명하게 포착하려는 것이다.

여기에는 삶과 죽음에 대한 시인의 생각의 요약되어 있다. 그것은 사람의 삶이란 순환하는 우주의 흐름 속에서 잠시 한 자리를 차지할 뿐이라는 것이다. 연 잎사귀가 사라지고 잠자리가 사라지면 그 자리를 또 다른 것들이 차지하듯이, 사람의 삶 역시 마찬가지다. 연못의 물에 비친 자신 혹은 누군가의 얼굴을 "회뿌연 못물에 비친 저 두개골은/ 또 누구를 따라갔다가/ 누구의 자리를 채우려고 온 얼굴이더냐" 라고 말하는 것은, 결국 인간의 삶 역시 죽은 후에는 또 다른 사람으로 채워지는, 그저 돌고 도는 순환의 한 위치일 뿐이라는 생각을 표현한 것이다("누군가의 앞마당을 땅거미처럼 낮게낮게 지나가는 나에게도 이곳은 간이역일 뿐," —「수련」). 그러므로 소멸이나 죽음은 지극히 자연스럽고 당연한 일이다. 소멸을 말하는 시들이 쓸쓸하지도 슬프지도 않고 냉정할 만큼 건조한 이유는 그 때문이다.

　　그러나 그처럼 당연하고 뻔한 일을 미루고 외면하며 피하는 것이 또한
사람이다. 소멸의 시간이 다가왔음에도 불구하고 그것을 애써 부정하고
거역하려는 것이 사람 욕심이다. 때문에, 늙고 시든 것들은 자연스럽거나
쓸쓸하거나 겸허한 것이 아니라 아직도 세속적인 욕망을 버리지 못한 추
하고 흉물스러운 것으로 그려진다.

　　　어느새 파장 분위기로 술렁거리는 장미원에
　　　올해도 어김없이 장미가 다니고 가신다
　　　한번 다니러 오면 한 생애가 다 져버리는 우리네처럼,
　　　이승이란 있는 것 다 털고 가야 하는 곳이라서
　　　꽃술과 꽃잎을 다 털리고 가는 저 꽃들
　　　그래도 말똥구리로 굴러도 이승이 좋은 곳이라고
　　　빨간 입술의 늙은 여자들이 양산을 들고 그 사이로 걸어들어간다
　　　마지막으로 다니러 오셨는가
　　　목책을 붙잡고 말라빠진 덩굴장미 한 송이 안간힘으로 피어 있다
　　　　　　　　　　　　　　　　　　　　　　—「장미는 손님처럼」 부분

　　가지가 다 잘리고
　　몸통만 남은 나무 한 그루

　　　　(중략)

　　뭉툭하게
　　손가락 욕을 한다
　　늙은 잇몸에 박힌 마지막 이빨같이

외설같이

―「조금의 직유」 부분

「장미는 손님처럼」에서 장미가 지기 전에 마지막 꽃을 보러 온 노인들은 "빨간 입술의 늙은 여자들"이라고 표현되어 있다. 효도관광이니 여생을 즐긴다느니 하는 익숙하고 일상적인 말 대신 "그래도 말똥구리로 굴러도 이승이 좋은 곳이라고"라는 시니컬한 표현이 들어서 있다. 안간힘을 다해 피어 있는 "목책을 붙잡고 말라빠진 덩굴장미 한 송이" 역시 안쓰러운 것이 아니라 버리지 못한 질긴 욕망을 보여주는 것일 뿐이다. 늙고 시든 것들에 대해 자의반 타의반으로 품게 되는 연민 같은 것은 애초에 찾아볼 수 없다.

「조금의 직유」 또한 마찬가지다. 어린잎들이 돋아나는 봄 나무들 사이에서 홀로 가지를 잘리고 몸통만으로 남아 있는 나무에 대한 안타까움이나 연민은 없다. 시인은 그 나무를 '돌아온 외다리', '휘두르다 꽂아놓은 몽둥이', '들판에 꽂힌 삽자루'처럼 무미건조한 것들에 비유한다. 더 나아가서는 그 모양이 마치 'Fuckying you!'라는 외설스런 욕을 하는 것 같다고 말하고 있다. 이때 역시 늙음이 비유로 사용된다. '늙은 잇몸에 박힌 마지막 이빨'은 아직 버리지 못한 삶에 대한 욕망의 상징일 것인데, 그것을 '외설스럽다'고 표현하고 있는 것이다.

이러한 시선은 자연현상이나 사물을 볼 때도 동일하게 적용된다. 「능소화」에는 다른 시인들의 시에서는 볼 수 없는 섬뜩함이 있다. 고급스럽고 화사한 꽃으로 인식되어온 능소화는 '목 아래가 다 잘린 돼지 머리'에 비유된다. 다른 나무에 줄기를 감아올려 화사한 무늬처럼 피어나는 능소화는 "한 번도 아랫도리로 서본 적 없는 꽃"이라고 표현되고, 죽은 나무에 덩그렇게 머리를 얹고 웃고 있는 그로테스크한 모양으로 표현된다.

「환생」 또한 어떠한가. 한쪽 다리가 짓이겨진 고양이를 보고 시인이 떠올린 것은 꽃이다. 꽃이 피기 위해 "온몸의 신경이 푸들푸들 떨리면서 아찔하게" 고통의 순간을 겪는 것이라고 보는 것이다. 한쪽 다리가 짓이겨지는 순간 고양이가 느꼈을 고통스러운 전율은, 핏빛의 만발한 진달래 꽃잎의 이미지와 겹친다. 그 느낌은 "면도칼로 가지를 찢고 나온 혈소판"이라는 표현으로 다시 한 번 강조되면서 피비린내가 날만큼 선명하게 각인된다.

이런 독특하고 기괴한 상상력은 첫 시집인 『자라』에서도 종종 확인되었던 것이다. 그녀가 대상에서 끌어내는 것은 곱고 순한 것들이 아니라 기형적이고 뒤틀린 것들이다. 그녀가 표현해내는 대상들은 자연주의적 리얼리즘에 가까울 만치, 미화한 흔적 없이 있는 그대로이거나 그보다 더 적나라하게 표현된다. 그녀의 시들은 어둡고 기괴스러우며 섬뜩한 상상력으로 뻗어간다.

그러나 이번 시집에서 발견되는 뚜렷한 변화는 이러한 상상력과는 다른 식물적 상상력이 발현되고 있다는 점이다. '죽은 돼지머리'와 '찢긴 혈소판'을 빌려 나타나는 병들고 어두운 동물적 상상력은 여전하지만, 1부의 꽃 이야기는 이와는 전혀 상반된 분위기를 가지고 있다. 1부의 시들은 한눈에 보아도 식물 이야기로 가득 차 있다. 생강나무와 산수유와 부용화, 능소화, 장미까지 가지가지 피어난 꽃들이 시를 채우고 있다. 물론 식물들의 한 살이에 관심이 있는 것이 아니라 거기서 세상살이의 축소판을 들여다보는 것이다. 예컨대 식물들의 세상에서도 장미처럼 얼굴 하나만 가지고도 대우를 받는 꽃이 있는가 하면, 이름만으로는 아무도 알아주지 않아서 "제 가지를 부러뜨려야만 저를 드러낼 수 있는"(「생강나무」) 생강나무나 애기똥풀 같은 꽃도 있는 것이다. 그녀는 기질적으로 산수유나 애기똥풀처럼 작은 꽃들에 끌림을 고백함으로써 처음으로 자신의 여린 속내를 드러낸다("산수유꽃이 허공에 한 며칠 머물다 갔다/ 태양을 오래 봤을 때처럼/ 노란 물감 번진 자리가 한동안 내 눈을 따라다닌다// 보이지 않는 허공의 틈새에 노랗게 고여/ 비가 오고 바람이 불어도 쉽게 쓸려가지 않는 그것은/ 벌써 마음의 틈새에 자리 잡은 거고/ 한번 세게 지나간 사랑의 자리처럼 쐐기 박힌 거고" ―「꽃이 터진 자리」).

　몰론 겨우 목숨을 부지하고 사는 것 같은 이런 작은 꽃들과는 반대로, 모든 에너지를 모아서 확 피어나는 열정적인 꽃들도 있다. 부용화나 능소화나 목백일홍 같이 요염하고 관능적인 꽃들은 "속내 같은 거 우회로 같은 거 은유 같은 거 빌리지 않고/ 정면으로 핀다/ 그래 나 미쳤다고 솔직하게 핀다"(「여름 꽃들」). 어쩌면 그것은 향기조차 미미한 작은 꽃들의 간절한 바람이다. 작은 꽃들이라고 하여 자신의 생을 확 불사르고 싶은 충동과 열정이 왜 없겠는가? 그러나 그것들은 결국 불꽃 같은 삶을 살지 못하고 평생 그러한 열정을 부러워만 하며 삶을 다할 것이다. 그런 생도 있는 것이다. 문성해가 시로써 말해주고 싶어 하는 삶은 스스로를 부러뜨려야만 비로소 자신을 드러낼 수 있는 미미하고 못난 것들의 삶이다.

　　여자는 멀리 있는 것들에게 단단히 화가 난 모양,

　　멀리 날아가는 비행기에다 대고 종주먹을 날리고

　　멀찌감치 어른거리는 아지랑이에게 꽥 소리를 지르고

　　멀리 떨어져가는 내게다 대고

　　하얗게 눈을 흘긴다

　　곱창 밴드가 숱 많은 머리칼 끝에서 대롱거리고

　　속옷이 허리께에서 밀려나와

　　여자가 여자에게서 조금씩 빠져나가려는 찰나

봄나물 한 양푼 잘 비빌 듯한 한 사내가 다가와

밭에서 무 한 뿌리 잘 뽑아 올리듯 여자의 머리를 들어올려 다시 묶어주고

다 뽑히기 직전의 여자 속에 고이 여자를 심어준다

두툼한 손길이 다독이며 지나가자

말갛게 가라앉은 쌀뜨물 같은 얼굴로

팥고물이 찰떡에 엉겨붙듯 사내에게 묻혀 가는 저 여자

—「궁합」 부분

아마 이 시집에서 가장 아름다운 시로 기억될 만한 이 시에서, 정신 나
간 여자를 추슬러 가는 것은 밭일에 익숙한 듯한 두툼한 손을 가진 남자
이다. 여자의 광증의 원인은 나타나지 않았지만 이런 상황은 한두 번이
아닌 듯, 남자는 침착하고 조용하게 여자의 매무새를 간추려서는 데리고
간다. 놀라운 것은 여자의 변화다. 씩씩거리며 하늘에다 주먹질을 하고
누군에겐가 연신 씨물대던 여자는 남자의 손길에 '말갛게 가라앉은 쌀뜨
물 같은 얼굴'이 된다. 그리하여 팥고물이 찰떡에 엉겨붙듯 사내에게 매
달려가는 여자. 가진 것 없고 내세울 것 없는 이들이 만들어내는 아름답
고 쓸쓸한 광경이다.

「공감」에서 역시 서로를 보듬어주는 것은 늙은 여자와 (아마도 늙은 것
이 분명한) 개다. 여자는 마치 사람에게 말을 하듯이 개에게 무어라고 말
을 하고, 그 말을 듣자 개는 사람이 반응을 보이듯이 여자를 쳐다본다("늙
은 여자가 개를 데리고 간다/ 여자가 뭐라고 하자 개가 여자를 쳐다보는
데/ 반은 사람의 얼굴이다"). 사람과 개가 주고받는 "부처 같고 죽은 돼지
머리 같은 저 미소들". 개는 사람을 닮고 사람은 개를 닮았다. 사람과 개
가 공감을 나누는 쓸쓸하고 적막한 풍경. '공감'은 대상에 대한 감정적인
지지나 자연친화 같은 고전적인 것이 아니라 못난 것들끼리 기대고 사는

생활의 모습이다.

그러나 이처럼 쓸쓸하고 적막한 그들끼리의 공감은, 세상에 부딪치면서 부서지고 닳아간다. 세상은 가진 것 없이 초라한 것들이 끼리끼리 나누는 연민과 상호 이해("폭신하고 따사로운 것들은 다 이렇게 작고 가엽다")마저도 헤집고 들어온다("살얼음 낀 겨울 들판이/ 따사로운 것들 속을 헤집으며 산책을 한다" ─「위험한 산책」). 천진하고 순수했던 어린 날의 기억("내 얼굴 한 귀퉁이쯤이 하늘 한 조각이었던 그때/ 내 간곡한 맘이 하늘의 마음을 살필 수 있었던 그때" ─「비행운」)은 세상의 폭력성 앞에서 희미해진다. 대상을 객관적이고 냉정하게 보려는 문성해의 시적인 태도는 이러한 여린 마음이 상처입지 않도록 하려는 일종의 방어기제이다.

그러나 이번 시집은 이러한 방어기제 외에 삭막한 세상에 맞서는 새로운 방식을 예고하고 있다는 점에서 문성해 시의 중요한 전환점을 마련하고 있다.

풀들은 아침을 먹고 나서도 흔들리고 낮잠을 자면서도 흔들린다
늙은 개가 뭉뚝한 코를 들이대며 쉰내를 풍겨도 흔들리고
8차선 도로를 가득 메운 매연과 소음에도 흔들리고
천변(川邊)에서 올라오는 악취가 코를 찔러도 흔들린다

내가 어슬렁거리며 적막함 하나를 그곳에 더 보태며 걷고 있었을 때나
주먹 속에 손톱을 박고 고사목 하나로 서 있었을 때
나를 에워싸고 흔들리던 그 무수한 술렁임들
신에게 받은 소통의 수단이 그것 하나밖에 없어
너희들은 외줄기 혼으로 흔들리고 또 흔들린다

─「흔들린다」 전문

흔들리는 것은 일차적으로 풀들이다. 아침을 먹고 나서도 낮잠을 자면서도 흔들리고, 늙은 개가 쉰내를 풍겨도 매연과 소음 악취에도, 그저 흔들린다. 기쁘거나 슬플 때 혹은 싫거나 좋을 때, 언제 어디서나, 그것들은 그저 흔들리는 것만으로 자신을 표현한다. 신에게서 받은 소통의 수단이 그것뿐이기 때문이다.

그러나 흔들리는 것이 어디 풀뿐이랴. 2연에서 정작 흔들리는 것은 '나'이다. 적막하게 혼자 걸을 때나 정반대로 주먹을 꼭 쥐고 무언가를 참고 견디며 서 있을 때, '나'는 무수하게 흔들리고 술렁인다. '나'의 마음속이 편안하지 않다는 것은 "주먹 속에 손톱을 박고 고사목 하나로 서 있었을 때"라는 구절에 단적으로 드러난다. 손톱자국이 배기도록 주먹을 꼭 쥘 만큼 '나'를 힘들게 했던 일은 무엇이었을까. 고통이 오죽했으면 말라 죽은 고사목에 스스로를 비유했을까. 적막 속에 들끓는 고통과 힘겨움이 감추어져 있다. 시인은 이 착잡하고 힘겨운 마음을 그냥 놓아버린다. 마음대로 흔들리게 두는 것이다.

그것은 소극적이고 나약해 보이지만 한편으로는 가장 강인한 삶에 대한 대처 방식이다. 소통의 수단이 그것 하나밖에 없다는 것은 어쩔 수 없이 주어진 운명이라는 것이지만, 다른 시각에서 보면 배수의 진을 쳤다는 의미이다. 더 이상 선택의 여지가 없는 것. 그것을 운명으로 수임할 때, 피동적인 삶은 적극적이고 자발적인 것으로 변한다.

흔들림은 꺾이는 것이 아니라 유연하게 휘어지는 것이라는 점에 주목할 필요가 있다. 외부로부터 침범해오는 강력한 힘에 맞서는 방식은 그것과 부딪쳐 부러지는 것이 아니라 그 강도만큼 부드럽게 휘어지는 것이다. 고통의 깊이만큼 몸을 뒤로 둥그렇게 말아들였다가 다시 천천히 일으켜 세우는 것, 고통을 견딜 만큼의 탄성을 제 스스로 몸에 부여하는 것, 그것이 흔들림이다. 기차가 지나간 후 철로변의 풀들이 말간 얼굴을 하고 다시 일어서듯이, 질기고 유연하게 흔들리는 것이다.

　비유하자면 문성해의 시 또한 그렇다. 광기와 폭력성까지를 동반한 강렬한 여성시들에 비해, 그녀의 시는 조용하고 소극적이다. 그러나 소극성은 시인 자신의 기질 이상의 것으로서, 시인이 자처한, 그녀의 시와 세상살이를 버티는 힘이다. 그것은 갈대꽃이나 억새꽃처럼 '굴신이 자유로운 허리와 귀신을 부르는 호곡 소리' (「갈대꽃이 피었다」)를 가진, 영혼이 자유로운 것들을 지향한다. 누군가의 눈에 들기 위해 예쁘게 피어난 것이 아니라 아무도 꽃이라고 불러주지 않아도 '처음부터 꽃이었던' 것. 일부러 장식하거나 과장하지 않고 그대로를 보여줌으로써 자신의 자리를 한결같이 지키는 것. 이것이 문성해의 시가 지향하는 바이다. 그녀의 시에는 엄살이 없다. 무겁지만 단단하다.

생의 조화로운 한 순간,
그 이전의 가난하고 황폐한 시작

김상미의 『잡히지 않는 나비』, 조하혜의 『도넛, 비어 있음으로 존재하다』

김상미의 『잡히지 않는 나비』는 폭력적인 세계에서 살아가는 개인의 내면을 제재로 하고 있다는 면에서, 그녀의 이전 시집들과 동일한 맥락에 놓여 있다. 부조리한 세계는 전쟁과 기아(「밥 먹는 사람들」, 「This is War!」), 폭력적인 도시의 삶(「나, 불온한」), 기만적이고 왜곡된 인간 관계(「다트게임」) 등 다양한 모습으로 나타난다. 도시는 그 모든 폭력을 내장한 채 불합리하고 일방적인 시스템을 강요한다. 그래서 그녀는 자신이 선택한 생활의 공간이면서 자신과 불화하는 도시를 '병원'이라고 규정한다(「병원 만세」).

그러나 이 도시의 폭력성은 그녀를 훼손시키지는 못한다. 외부적 상황은 그녀 안에 들어와서 시로 표현되는 과정에서 본래의 공격성을 탈취당하고 그녀의 시 안에 얌전하게 자리 잡는다. 그녀의 내면은 도시의 삶보다 한 걸음 안으로 들어와 있어서, 외부적인 상황들에 직접적으로 대응하지 않는다. 어떤 외부적인 변화에도 쉽게 흥분하지 않고 일정한 '항상성'

을 유지하는 것, 그것이 그녀가 적대적인 세계에 대응하는 방식이다. 특이한 것은 이 항상성이 어떻게 만들어지는지 잘 드러나지 않는다는 점이다. 자연에 기대어 평정심을 유지한다거나 자기 안에 감추어진 모성을 이끌어내는 등의 시적인 기제가 보이지 않는다는 것이다. 마치 그녀는 몸 안에서 폭력에 대항하는 항체를 만들어내는 것처럼 보인다. 이런 면에서 그녀의 '내면'은 거의 '내공'에 가깝다.

김상미는 언어의 조작을 통해 이러한 항상성을 유지한다. 빈틈을 보이지 않는, 새침하리만큼 적절하게 다듬어진 그녀의 언어들은 그녀의 몸 안에 있는 항체들을 지키고 보호하는 방패막이 구실을 한다. 그녀의 시들은 대부분 말하고자 하는 것을 전부 쏟아놓지 않고 약간 남겨 놓은 듯한 상태에서 그친다. 외부의 상황에 반응하되 자신의 속내를 전부 다 드러내지 않는다는 것이다. 그 약간의 미진함은 독자의 호기심을 자극하면서, 동시에 독자들의 무차별한 관심에서 그녀 자신을 보호한다. 말하자면 그것은 은폐와 드러냄의 전략인 것이다.

이번 시집은 그런 면에서 조금 달라진 양상을 보이고 있다. 언어를 조절하면서도 보다 적극적이고 강렬한 이미지들이 전면에 배치되고 있는 것이다. 붉음, 꽃, 핏물 등의 이미지들은 시집 전체를 생생하게 살아나게 하고 있다. 예컨대 그녀는 "나는 젖혀진다/ 남쪽으로 남쪽으로 젖혀진 내 목에서/ 붉은 꽃들이 피어난다/ 붉은 꽃들은 피어나면서 사방으로 퍼진다/ 그의 힘이다"(「사랑」)라고 말한다. 그 사랑이 결실을 맺을 때 사랑은 "나는 벌거숭이/ 너는꽉 죄는 거들처럼 내 몸에 착 달라붙어 있다/ 흐느끼면서 온몸 파고드는 환희의 빛가루들은/ 우리들 내부에서 퍼지는 날개들처럼/ 안으로 안으로 훨훨 날아오르고 있다"(「연인들」)는 강렬하고 관능적인 구절을 만들어내기도 한다. 여기서 그려지는 사랑은 현재진행중인, 내면으로 불타고 있는 꽃과 같은 사랑이다. 이는 "꽃피는 걸 보려고/ 꽃밭에 앉아"(「기차는 떠나고」)있는 적요하고 고여 있는 사랑과는 분명 다른 모습이다.

이러한 변화들은 사랑의 힘에서 온 것이라고 짐작된다. 이성간의 사랑이든 육친간의 사랑이든, 동일한 점은 그것이 그녀의 시에 생생한 기운을 불어넣는 원동력이 되고 있다는 사실이다. 사랑은 인간관계에 지칠 대로 지쳐 책 안으로 스며든 그녀를 밖으로 끌어낸다(「맨발의 나라」). 사랑을 통해 그녀는 잃어버린 삶의 건강성을 회복하고, 햇볕 아래 서서 '세상이 내게 약속하고 내가 세상에게 약속한 희망의 작은 숨소리' (「햇볕 아래 서 있으면」)를 듣는다. 세상과 늘 불화하던 자아가 모처럼 세상과 투명하게 소통하는 시간이다. 그녀는 이 변화를 본래 물고기였던 자아가 바다 속으로 돌아간 것에 비유하고 있다(「생방송, 에필로그」). 물고기에 대한 친연성이나 바다로의 회귀가 의미하는 것이 무엇인지는 아직 드러나지 않고 있다. 그것은 그녀의 시적인 변화가 좀더 진행된다면 자연스럽게 밝혀질 대목이다. 현 시점에서 중요한 포인트는 그녀의 시적인 변화가 계속 유지될 것인가 하는 점이다. 이 조화로운 한 순간은 계속 지속될 수 있을까. 어차피 시인은 세상과의 불화에서 시작하는 존재가 아닌가.

언어의 운용 방식으로 본다면, 조하혜의 『도넛, 비어 있음으로 존재한다』는 김상미의 시와 정반대의 위치에 있다. 언어를 적절하게 다듬고 배치하는 김상미와는 달리, 조하혜는 자신의 언어들을 굳이 취사선택하려 하지 않는다. 그녀의 시는 머릿속에 수런거리는 언어들을 그대로 옮겨놓은 것처럼 테크닉이 거의 없는 언어들로 이루어져 있다. 그녀의 시는 이따금씩 행을 바꾸지 않는다면 줄글과 다르지 않을 만큼 산문적이고("아침방송 드라마를 보다가/ 가난한 집안의 여주인공이 악녀가 되어/ 재벌 집안으로 시집가는 줄거리는/ 너무 뻔하다고/ 채널을 돌리려다 잠간," ―「최신판 공포영화」), 극단적일 경우 "갯벌 위로 구르는 작은 돌 틈 사이로

/ 사람이 발 딛고 서 있는 땅의 왜소함이/ 인간의 키를 바지락 조개쯤이나 / 진흙 알갱이처럼 감싸 안던 섬을/ 다시 찾다”(「안면도 현장에서 전해드리는 시」)와 같은 불분명한 구절을 낳기도 한다.

이처럼 거친 수사의 이면에는 그녀의 트라우마가 놓여 있다. 스스로 정의한 것처럼, “어떤 이에겐/ 트라우마가 곧/ 존재의 코기토가 될 수”(「도넛을 볼 때마다」)도 있다. 그녀는 자신의 삶이 겉은 뜨거우면서도 속까지는 따뜻해지지 않는, 속이 휑하니 뚫려 있어 텅 비어 있는 ‘도넛’과 같다고 말한다. ‘비어 있음으로 나는 존재한다’는 명제는 나의 존재성을 선포하는 공격적인 발언이 아니라, 존재의 결핍을 고백하는 말이다. 결핍은 항상 충만을 전제로 한 것이라는 점을 감안한다면, 그녀가 스스로 결핍되었다고 고백하는 부분은 무엇일까? 대답을 구하는 것은 어렵지 않다. 그녀는 여러 시에서 역사, 민족, 국가, 시대, 타자와 같은 거대 서사의 흐름에 동참하지 못한(못하는) 자책감을 고백한다(「변두리 여인숙 2」, 「역사에 대한 반역과 우울한 몽상 1」, 「역사에 대한 반역과 우울한 몽상 2」, 「어둠 속에서 어둠에게 말걸기」, 「코리언 드림」 등). 역사와 사회에 빚지고 있다는 부채의식의 준거는 다분히 1980년대적이다. 1990년대 학번으로서의 그녀는 ‘아프지 않고도 살아남은 것들’(「변두리 여인숙 2」)이라는 자책감에 괴로워하며 ‘슬픔도 견고하달 수 있을까’(「도넛을 볼 때마다」)고 반문한다. 이러한 자의식이 그녀의 시를 서정성이나 심미성과는 무관한 것으로 만들고 있다.

조하혜는 끊임없이 자신과 자신의 시를 역사적이고 사회적인 장 안에 위치시키려 한다. 그녀 말대로라면, 이것은 1990년대 학번이 결하고 있는 사회적인 상상력에 해당하는 부분이다. 그러나 이 상상력은 “황무지를 발굴해낸 자만이/ 황폐한 기억을 지울 수 있다”(「4월」)는 방법적인 것이 되지 못하고, 그녀의 시를 단순하고 평범한 것으로 만들어버리는 요인으로 작용하고 있다. "내가 가장 부끄러워하는 것과/ 동시에 부러운 것은/ 내가 90년대 학번이라는 것과/ 시대의 아픔 속에서 자신을 내던졌던 80년대 産과는/ 체질이 다른 아픔을 가졌다는 데 있다"(「당신들과의 대화 창구」)는 발언은 적절한 것일까? '90년대 학번' 이라는 규정은 스스로가 선택한 것이 아니라 그녀에게 주어진 시대적이고 사회적인 운명이다. 그것이 자신의 의지와는 무관하게 주어진 것이라면, 오히려 그것을 받아들이고 체화함으로써 운명에 대한 대응력을 기를 수 있는 것이 아닐까.

아이러니컬하게도 그녀의 시에서 돋보이는 대목은 '나는 나라는 망상이다' (「망상과 싸우다」)는 관념적인 명제이다. 일부분에 지나지 않지만, 「당신 A」나 「망상과 싸우다」와 같은 시에서 그녀는 '나' 라는 존재의 존재성에 대한 철학적인 질문을 던지고 있다. 「당신 A」로 유추한다면, '당신' 이라는 망상에 시달리는 '나' 는 당신의 거울 앞에서 사물이 된 연후에야 비로소 시달리지 않게 된다. 의자는 의자끼리, 탁자는 탁자끼리, 찻잔은 찻잔끼리, 사물이 만나는 방식을 배우고 나서, 그러므로 '나는 망상이다' 라는 결론에 이른 후 구역질이 멈추는 것이다.

이는 조하혜가 짐지고 있는 또 하나의 부담인 '관념' 에 관한 것이다. 그녀는 자주 사유와 관념, 지식을 버거워하면서, 결국 그것에 붙들린다. 수식하고, 설명하고, 덧붙이고, 어렵게 쓰는 언어 습관은 (아마 그녀 스스로도 알고 있는) 속된 말로 '먹물' 의 병이다. 설명을 자세히 해주어야만 자신의 이야기가 전달될 것이라는 강박관념인 것이다. 그녀의 시가 산문적인 줄글 형태를 취하는 것도 사실은 이 강박관념에 기인한 것이다. 그러면서 그녀는 어쩔 수 없이 관념적인 자신의 존재론적인 특성 때문에 다시 고민에 빠진다. 그러는 와중에 '비어 있음' 은 '텅 빈 충만' (이것은 虛나 쏫의 의미가 아니라 그녀의 실존과 연결되어 있는 표현이다)의 가능성으로 연결되지 못하고 다만 결여태로 남게 되는 것이다.

　다른 1990년대 학번들처럼 세련된 미시 서사와 자기방어적인 독백으로 쉽게 건너가지 못하는 조하혜의 시는 거칠고 우울하다. 시를 쓰는 시인은 시보다 더 고통스러울 것이라는 사실을 짐작하는 것도 어렵지 않다. 그러나 그 고통은 사유의 깊이, 건조하지만 힘이 실리는 언어, 실존에 관한 질문 등 적지 않은 가능성을 내장하고 있다. 장점보다는 모자란 점을 더 많이 지적하면서도 끝맺는 마음이 상쾌한 것은, 그녀의 시가 내포하고 있는 가능성에 대한 확신 때문이다. 아마도 그녀는, 그 가능성을 현실화하기 위해 헤쳐나가야 할 장벽이 많다는 것을 알고 있을 것이다.

(리토피아, 2003. 여름)

텅 빔과 섞임, 대상을 향한 두 가지의 시선

최승호의 『아무것도 아니면서 모든 것인 나』, 이성복의 『아, 입이 없는 것들』

최승호의 시에서는 대상을 바라보는 주체의 시선이 도드라진다. 그는 항상 자신의 시선을 의식하고 있으며, 시선의 각도와 방향을 조절할 줄 안다. 그의 시의 모든 표현은 이 '시선'을 거쳐 여과된 대상의 양태들이다 (그런 면에서 그의 시를 '시선의 시학'으로 규정한 성민엽의 지적은 적절한 것이다. 그러나 그 시선의 성격을 규정하는 면에서 나는 성민엽과 다른 생각을 가지고 있다). 그가 "나는 쓰고 싶다 문을 열 때마다 낯설고 놀라운 풍경이 눈앞에 처음 펼쳐지는 것처럼." 이라고 했을 때, 이 구절은 늘 새롭고 낯선 시를 쓰고 싶다는 소망과 낯익은 대상을 낯설게 파악할 수 있는 새로운 눈을 가지고 싶다는 소망을 동시에 담고 있다. 기실 태양 아래 새로운 것은 없다. 낯선 것이 있다면, 같은 대상을 바라보는 시선의 새로움이 있을 뿐이다. 최승호가 소망하는 것은 이러한 시선의 새로움, 발견의 새로움이 아닐까. 알 것도 같고 모를 것도 같은 시 「백만년이 넘도록 맺힌 이슬」을 이러한 관점에서 읽어보는 것은 흥미로운 일이다.

이슬을 건너가는
여치 뒷다리에
이슬이 걸리더라

이슬을 건너가는 여치
뒷다리에
이슬이 걸리오

은하수를 건너가는 여치 뒷다리에도 이슬이 걸립니까?

이슬을 건너가는 여치
뒷다리에 이슬이
걸리는군요

이슬을 건너가는
여치
뒷다리

  '이슬을 건너가는 여치 뒷다리에 이슬이 걸린다' 는 선문답 같은 내용
을 제쳐두고 형태와 어조의 변화에 주목해 보자. 1연은 '~더라' 라는 어미
를 사용하여 사실을 그대로 전달하는 평범한 산문적 진술이다. 행의 가름
역시 일반적인 호흡의 단위를 따르고 있다. '이슬을 건너가는/ 여치 뒷다
리에/ 이슬이 걸리더라' 는, 어느 한 부분에 포인트가 놓이지 않고 전체적
으로 밋밋한 톤을 유지하고 있다. 2연에서 '걸리더라' 는 '걸리오' 로 변주
된다. '~더라' 가 일반적인 평서형 진술 어미임에 비해, '~하오' 는 말하는

주체의 깨달음, 감탄, 호소 등 주관적인 감정이 개입되어 있는 어미이다. 즉 평이한 진술에 주체의 '발견'의 의미가 더해진 변화인 것이다. 이것을 행의 가름에 유의하여 읽으면, '이슬을 건너가는 여치/ 뒷다리에/ 이슬이 걸리오'는 '뒷다리에'에 강조점이 놓인다. 3연에서는 느닷없이 상황이 '이슬'에서 '은하수'로 비약된다. 이슬이 아니라 은하수를 건너갈 때에도 여치 뒷다리에 이슬이 걸리나? 그러나 대답은 중요하지 않다. 중요한 것은 질문을 던진다는 점이다. 1연의 평이한 진술은 2연에서 발견의 의미를 띠게 되고, 이를 바탕으로 3연에서 질문이 생겨나는 것이다. 질문 후, 다음 단계에서 처음의 진술은 새로운 형태로 바뀐다. 4연의 '~하는군요'는 '~하오'에 비해 주체의 깨달음이 한층 더 강조된 형태이다. 행의 가름 상 '이슬을 건너가는 여치/ 뒷다리에 이슬이/ 걸리는군요/'에서 강조점은 '걸리는군요'라는 동사에 놓여있다. 그러나 마지막 연에서는 이 동사마저 사라지고 '이슬을 건너가는/ 여치/ 뒷다리'만 남는다. '이슬이 걸린다'라는 서술 부분이 사라지고 서술부로 설명되는 '여치 뒷다리'만이 남는 것이다. 마치 달을 가리키는 손가락은 사라지고 달만 남은 형국이다. 요약해 본다면, 이 시는 '사물과 사건에 대한 평이한 진술(1연)→ 사실의 재발견(2연)→ 확장된 질문→질문을 통한 새로운 깨달음(4연)→ 깨달음 자체의 무화, 사물의 사물성 현현'으로 설명할 수 있다. 이 과정을 되풀이하면서 이슬은 백만년이 넘도록 다시 맺힌다. 그 질문과 대답의 반복이 시이다. 백만년 전에도 맺혔고 지금도 맺히는 이슬이 여전히 시의 소재가 될 수 있는 이유, 시가 계속 쓰여지는 이유, 문학이, 예술이 존재하는 이유는 결국 이것, '시선' 때문이다.

최승호의 시에서 이 시선은 일단 외부를 향해 있다. 문명비판적인 것으로 설명되는 초기시들과 그것의 다른 이름인 환경시들은 외부를 향한 시선이 단순하고 선명하게 드러나는 경우이다. 이번 시집 역시 외부를 향한

시선이 곳곳에 나타나 있다. 이때 시선은 인간 육체의 한 부분인 '눈〔目〕'
의 역할을 충실히 수행한다. 그 시선 속에는 아웅다웅 살아가는 인간의
삶들이 그대로 담겨들어온다. 거기에는 네온싸인이 번쩍이는 도시의 밤
(「열목어」), 시궁쥐와 비슷하게 변해버린 비둘기(「비둘기의 벽화」), 만화
책과 휴대폰을 들고 아파트에서 뛰어내린 소년(「자살의 풍경」), 하체에
고무를 감고 구걸하는 사람(「인어에 대한 상상」)이 있다. 도시 생활의 단
면을 그리고 있는 이 시들은 이와 유사한 주제를 가지고 있는 다른 시들
과 별반 다르지 않다.

그의 '시선'이 돋보이는 것은 당연히 주체가 의지를 가지고 대상을 바
라볼 때이다. 이 경우 주체와 대상 사이에는 물이나 유리, 거울 같은 투명
한 거름망이 놓여있다. 개울(「그림자」)과 여울(「여울에서」, 「여울이 歌
王」), 거울(「거울」, 「거울과 눈」), 유리(「태양의 납골묘」)가 등장하는 시들
을 보라. 이것들은 한결같이 자신을 고집하지 않고 자신에 비추어진 형태
들을 살린다는 공통점이 있다(최승호의 시에서 모든 고정되고 딱딱한 것
들은 부정적인 상징으로 드러난다. 같은 땅이라 할지라도, 흙인지 아니면
보도블록인지에 따라 의미가 상반된다. 모양을 자유자재로 바꿀 수 있는
흙은 새로운 생성의 재료이지만, 보도블록이나 시멘트 등은 생명력을 압
살하고 상상력을 고갈시키는 건조한 도시적 상징이다. 그것은 의사소통
의 단절, 기계화, 비인간화 등의 의미를 한데 응축시킨 상징이다). 투명하
다는 것은 '나'를 주장하지 않고 열어두며, '나'를 통해 만물이 조응하도
록 하는 것이다. 그것은 어떤 것도 품지 않았으나 또한 모든 것을 다 품은
'아무 것도 아니면서 모든 것이 나'인 것이고, 비어 있음으로 해서 꽉 차
있는 '空王'이다.

그의 시선이 자신에게로 향할 때, '나'의 모습은 '그림자'로 표현된다
("물 아래 너펄거리는 희미한 그림자"—「그림자」, "내가 끌고 다니던 지

상의 그림자"―「가을 잠자리」). '나' 는 발의 때를 먹으려고 경쟁하는 잔고기(「그림자」)와도 같은 현실의 삶과 절대적인 침묵을 고수하는 돌(「돌의 맛」, 「기암괴석 앞에서」, 「돌부리」)의 세계 사이에 놓여 있다. 그것은 마치 '죽은 것도 아니고 산 것도 아닌 혼돈의 반죽 같은 상태' (「죽뻘」)에서 '한쪽 눈으로는 달무리를 다른 쪽 눈으로는 도마에 흘러내리는 피를 동시에 보는' (「달과 도마」) 것과 같다. 말하자면 그의 시는 선적인 뉘앙스를 다분히 풍기면서도 현실적인 생활과 떨어져 있지 않다. 비유하자면, 면벽하고 있는 수도자가 아니라 생활의 곳곳에서 깨달음을 구하는 대처승 같다고 할까.

물렁물렁한 것, 형체가 없는 것, 가변적이고 유동적인 것에 대한 선호는 경계에 있는 그의 위치와 무관하지 않다. 그는 비고정성, 탈형태성, 가변성 등에 주목한다. 물렁물렁함, 부풀어오름, 흐름, 불어남 등은 모두 유(有)에서 무(無)로 가는 과정을 보여준다는 공통점이 있다(「비 분류법」, 「죽뻘」, 「가난한 사람들」―이에 대한 자세한 내용은 졸고, 「물질적 상상력의 깊이」, 《현대시학》, 2003.6). 가변적이고 유동적이라는 말은 언제든지 '나' 를 버릴 수 있으며 타자화될 수 있음을 의미한다. 도대체 이것들은 '시선' 과 무슨 관련이 있는 것일까?

그의 시선이 사물을 향할 때, 그것은 투명하다는 점에서 자신을 들여다보는 시선과 동질적이다. 그러나 좀더 정확하게 말한다면, 이 시선은 '텅 비어 있다'. '눈썹을 다 지우고 눈동자도 없이 투명한 눈을 뜨는 것' (「물허벅」)이다. '눈썹' 이 현실적인 육체를 의미한다면(「중생대의 뼈」) 눈썹을 지운다는 것은 현실적인 삶에서 벗어난다는 것일 터이고, 눈동자가 없다는 것은 나아가 대상을 바라보는 주체의 시선 자체를 비운다는 것이다.

시선은 그것 자체가 방향성을 가지고 있고, 바라보는 주체의 우월한 지위를 보장하는 것이다. 주체는 자신의 시선으로 대상을 바라보고 이해하

며 규정한다. 보여지는 입장에서 말하자면, 타자의 시선은 '나'를 대상화
한다. 내가 타자의 대상이 되는 것은 그에 의해 보임을 당할 수 있는 가능
성 때문이다. 타자는 시선을 통해 나의 세계를 훔쳐가고 나를 대상으로
만든다. 타인의 시선을 의식한다는 것이 그런 것이다. 눈동자가 없다는
것은 바로 그러한 시선의 우월성을 폐기하는 것이다. 그것은 눈동자가 없
는 눈구멍의 시선이다.

　대상을 담고 판단할 눈동자가 없이 뻥 뚫린 구멍으로 대상을 보는 것.
구멍은 시선의 무구(無垢)함을, 현상에 대한 판단중지를, 그것을 통해 드
러나는 사물의 사물성의 현현을 지향한다. 구멍은 앞과 뒤, 시작과 끝이
구분되지 않는 혼돈이고, 오직 비어 있음으로만 존재하는 모순된 상태이
다. 그것은 오직 뚫려 있음, 즉 비움의 상태로만 의미가 있다는 점에서 물
이나 유리의 투명성과 유사한 성질을 갖는다. 사물의 사물성이 가장 잘 드
러나는 「텔레비전」은 구멍의 미덕을 보여주는 좋은 예이다. 텔레비전이
가전제품으로서 역할을 다할 때, 그것은 누군가에 의해 연출된 것들만을
보여주는 바보상자이다. 그러나 개울에 처박힌 텔레비전은 그 도구성을
벗어버림으로써 '텅 비어' 자유를 얻고 있다. 신동집의 「빈 콜라병」을 연
상시키는 이 시에서 텅 비어 있는 텔레비전은 시선의 폭력성에서 놓여난
자유로움을 상징한다. 그때 비로소 사물은 자신의 사물성을 드러낸다.

　시선이 사물을 향하고 있을 때, 이 비어 있음은 사물과의 관계에서 인
간중심적인 시선의 우월성을 버리는 것, 그럼으로써 시선의 폭력성을 버
리고자 하는 것으로 해석된다. 이 때 시선은 시선이되 시선이 아닌 것이
다. 주체의 텅 빈 시선은 타자와의 평등함을 지향하는 것이고, 경계의 무
너뜨림과 동일한 맥락에 있다. 눈은 눈이되, 눈동자가 없는 눈은 유에서
무를 지향하는 것이며 색즉시공의 경지를 지향하고 있는 것이다. 그런 면
에서 최승호의 시선은 타자를 대상화시키는 것이 아니라 자유롭게 하는,

텅 비어 있는 시선이다.

한편 이성복은 대상을 바라보는 것이 아니라 그것을 몸으로 '겪는' 방식을 선택한다. 이런 면에서 최승호와 이성복은 정반대편에 서 있다. 한 사람이 육체의 고정성을 벗어나고자 하는 반면, 또 한 사람은 세계를 육체적인 방식으로 포착하고자 한다. '돌'을 소재로 한 두 시인의 시는 이 차이점을 설명하는 좋은 예가 된다. 최승호의 '돌'은 절대적인 침묵과 동일하며 '나'와 떨어져 존재하는 하나의 세계임에 반해, 이성복의 '돌'은 '나'의 아이를 밴, '나'와 교접하는 대상이다. 대상을 바라보는 최승호의 시선이 차갑고 냉정하다면, 대상과 섞이는 이성복의 육체는 끓어넘친다.

비늘과 지느러미만으로 물길을 헤아리는 '눈 어두운 쏘가리'처럼, 이성복은 보이는 대상을 육체적인 이미지로 바꾸어놓고 있다. 예를 들어 그는 황혼 무렵을 "붉은 해가 산꼭대기에 찔려/ 피 흘려 하늘 적시고, / 톱날 같은 암석 능선에/ 뱃바닥을 그으며 꿰맬 생각도 않고"(「1 여기가 어디냐고」)라고 표현한다. 뱃바닥을 그어 피를 흘리는 지는 해의 인상은 이형기의 「황혼」("누군가 목에 칼을 맞고 쓰러져 있다/ 홍건하게 흘러 번진 피/ 그 자리에 바다만큼 침묵이 고여 있다") 만큼이나 강렬한 이미지로 나타난다. 또 "매독 앓던 훈련병 맨머리처럼/ 희끗희끗 눈발 스쳐간 산들, / 늙은 소나무 가지에서 눈 뭉텅이/ 떨어져 흰 떡가루 사철나무 붉은/ 열매를 덮고, 쌓인 눈 위에 밀린/ 오줌 누고 나면 순무처럼 굵게/ 패이는 구멍,"(「3 육체가 없었으면 없었을」)과 같은 표현들은 온 몸의 감각 하나 하나를 불러 일깨우는, 이성복다운 내공이 비치는 부분이다.

그는 이 시집에서 표가 나게 '육체'에 주목하고 있다. 모든 것은 육체에서 생겨나고, 육체가 있음으로 해서 시작되고 끝이 난다. '육체가 없었으면 없었을' 것들은 정작 육체가 없다면 의미 자체가 없어지는 것들이다. 육체가 없는데 추위를 느낄 리 없고(「2 저 안이 저렇게 어두워」) 육체가 없는데 목구멍이 있을 수 없기 때문이다(「3 육체가 없었으면 없었을」). 육체는 있음으로 해서 괴로움의 근원이 되지만, 또한 육체가 있음으로 해서 그 모든 고통들은 숨겨진다(「6 이 괴로움 벗어 누구에게」, 「9 네 살엔 흔적이 없다」).

또한 육체는 주체와 대상의 '섞임'을 가능하게 하는 상징적 수단이기도 하다. 주체와 대상이 혼융될 수 있는 가장 구체적이고 확실한 방법은 육체의 섞임이다. '너'는 '나'의 등허리에 부풀어오른 터지지 않는 물집(「14 불길이 스쳐 지나간」)이 됨으로써, 떨어질 수 없는 나의 일부분이 된다. 주체와 대상간의 관계는 이처럼 육체적인 섞임으로 표현되어 있다. 이성복은 인간적인 대상만이 아니라 사물에게까지도 자신의 육체를 옮겨 놓고 그럼으로써 그것과 내통한다. 밤은 나의 흰 피를 받아 창문에 성에로 피어나고(「11 네 흘린 피는」), 뿌려진 핏방울 같은 죽도화는 '내 살 속의 살, 살보다 연한 뼈'에 비유된다(「25 남국의 붉은 죽도화」). 그런가 하면 푸른 잎새의 신열이 내게로 옮겨와 내 뼈를 휘게 할 때, 그때서야 내 몸에는 비로소 맑은 피가 흐른다.

주체가 대상과 몸을 섞을 수 있게 하는 공감대는 상처와 고통이다. 이성복은 여전히 그의 시의 상표라고 할 수 있는 '고통'과 '상처'에 기대고 있다. 그는 시의 곳곳에서 자신이 나이들었음을 고백한다("지울 수 없어라, 오래 살았다는 이 느낌"—「35 밤의 검은 초록 잎새들」). 그는 이제 누이의 외출과 아버지의 부재 속에 갇힌 젊은이가 아니라 "창턱에 올려놓은, 먹다 남은 고등어 자반처럼"(「47 먹다 남은 고등어 자반처럼」) 폐기 처분되기만을 기다리며 말라가는 중년의 가장이다. 그럼에도 불구하고 삶은 여전히 고통스럽고 오히려 더욱 암담해진다("어째서 자꾸 오래 살았는데 자꾸만 유치해지는가/ 펑퍼짐한 마당바위처럼 꿈쩍 않는 바위를 보며/ 나는 자꾸 욕하고 싶어진다/ 어째서 무엇이 이렇게 내 안에서 캄캄

해만 가는가" —「75 어째서 무엇이 이렇게」). 시간이 흘러서 아버지의 아
들이었던 청년이 아버지가 되고, 한 가정의 가장으로서 아내와 아이들과
더불어 살면서도, 고통은 조금도 사그라들지 않고 삶은 오히려 더욱 캄캄
해진다. 다른 생명들에 대한 연민은 이러한 자신의 고통스러움을 대상에
전이시킨 데서 비롯된다.

> 저 꽃들은 회음부로 앉아서
> 스치는 잿빛 새의 그림자에도
> 어두워진다
>
> 살아가는 징역의 슬픔으로
> 가득한 것들
>
> 나는 꽃나무 앞으로 조용히 걸어나간다
> 소금밭을 종종걸음 치는 갈매기 발이
> 이렇게 따가울 것이다
>
> 아, 입이 없는 것들
>
> —「51 아, 입이 없는 것들」

　고통스런 눈길로 바라보면 세상의 모든 것들은 '살아가는 징역의 슬
픔' 으로 가득차 있다. 그는 기꺼이 고통스러워하는 '입이 없는 것들' 의
대변인 역할을 자처한다. 작은 벚꽃잎 하나에 아파하는 시멘트 보도블록
(「59 그렇게 속삭이다가」)의 신음소리를 일깨워주고, 만개한 꽃들을 위해
잔치를 열어주는(「53 잔치 여느라 정신이 없는」) 것이다. 그의 마음은 한

쪽 다리가 펴지지 않거나(「13 그날 네가 맨가슴으로」) 부서진 더듬이를 가진(「14 불길이 스쳐 지나간」), 어딘가 부족하고 모자란 대상에 대한 연민으로 흘러넘친다.

그러나 그 자신이 '凡性愛的 충동'이라고 표현하는 이같은 연민과 섞임은 결국 주체의 시선의 일방적인 우위를 증명하는 것에 지나지 않는다. '입이 없는 것들'에 대한 연민은 시인 자신의 삶에 대한 고통과 연민을 대상에 그대로 전이시킨 결과이며, 그것들을 대변한다는 것 또한 시인 자신의 감정 상태를 토로하는 것에 불과하기 때문이다. '입이 없는 것들'이 시인의 입을 빌려 말하는 것이 아니라 그것들을 빌려 말하는 시인의 '입'이 있을 뿐이다. 대상은 주체의 감정을 덧입힌 상태로만 존재한다(이같은 시선의 우월성은 '마라'라는 존재에게서 가장 두드러지게 나타난다. 의미가 불분명한 '마라'는 주체 속에 있는 또 다른 '나'라고 볼 수 있다. '마라'라는 내 안의 가상의 시선을 가정하고 그에 비추어지는 '나'를 묘사하는 것이다(「28 내 몸 전체가 독이라면」). 이때 주체는 자신을 바라보는 또 하나의 '나'의 시선까지를 지배하는 완전무결하고 절대적인 시선이다).

이런 면에서 그의 시들은 "글쓰기가 지나친 갈망과 절망으로 울컥거리기만 할 때"(『달의 이마에는 물결무늬 자국』 자서) 쓰여지는 자기매혹의 시로 읽힌다. 그는 자신을 비참하게 만듦으로써 '생에 복수하고 싶었다'(「123 내 생에 복수하는 유일한 방법처럼」)고 말하고 있다. 누군가는 이것을 이성복이 비로소 '자기모멸'에 도달했다는 증거로 해석하고 있지만, 실상 자기모멸은 자기연민, 자기도취와 동질적인 것이다. 오로지 자신만을 들여다보는 이에게 '자신'은 모멸과 매혹, 경멸과 연민, 증오와 사랑이 겹치는 유일한 대상이기 때문이다. 그가 생에 복수하고 싶도록 만든 삶의 '고통' 역시, 사실은 그의 시를 지탱하는 마지막 보루 같은 것이다. '제 괴로움에 황홀히 피어나고'(「80 죽어가며 입가에 묻은 피를」) 있는 것은 시인 자신이다. 고통도 중독성을 갖는 것이다.

그의 시는 후반부로 갈수록 자신의 목소리에 스스로 도취되는 양상을 드러낸다(더불어 육체의 구체성에서 멀어지고 있음을 주목할 필요가 있다). 알 수 없는 독백과 중얼거림으로 가득 찬 그의 시들은 시라기보다 끄적거려진 메모나 생각의 서성거림을 기록한 것과 같다(일련의 숫자와 시의 한 구절로 제목을 대신하고 있는 것은, 서걱거리는 생각의 편린들을 자유롭게 풀어놓고 싶어하는 시인의 의도가 짚이는 부분이다). 그는 자신의 생각과 느낌에 충실한 상태에서 다듬지 않은 호흡과 날것의 소리들을 그대로 기록해 낸다. 그 결과 그의 시들은 "오늘 아침 새소리/ 미닫이 문틈에 끼인 실밥 같고, / 그대를 생각하는 내 이마는/ 여자들 풀섶에서 오줌 누고 떠난 자리 같다"(「23 오늘 아침 새소리」)처럼 선문답과 같은 형태를 보이는가 하면, "마라, 네가 왜 여기에, 어떻게/ 가로등 불빛에 떠는 희부연 길 위에, / 기우는 수평선, 기우뚱거리는 하늘 위에/ 마라, 네가 어떻게, 왜 여기에," (「27 네가 왜 여기에, 어떻게」)와 같이 급박한 호흡을 그대로 실어내기도 한다.

이때 자기모멸 혹은 자기매혹에 빠진 이성복의 시는 시적인 대상과의 긴장 자체를 놓쳐 버린다. 그는 대상을 바라보지 않고 대상과 섞임을 선택하지만, 그 섞임은 결국 주체의 시선에 의한 대상의 왜곡으로 귀결된다. 대상과의 몸 섞임은 결국 대상의 일방적인 흡수이며, 주체의 자기위안일 뿐이다. 따라서 '바라봄'이 아닌 '섞임'을 선택한 이성복의 시는 사실상 시선의 일방적인 우위를 선명하게 드러내는 결과를 낳고 있다. '바라봄'에서 출발한 최승호의 시가 시선에서 자유로와지는 반면, '섞임'에서 출발한 이성복의 시는 시선의 일방적인 우위를 증명하는 것으로 끝난다. 아이러니가 아닐 수 없다. (시작, 2004. 봄)

섬세한 언어가 만들어내는 공감의 깊이

김사인의 『가만히 좋아하는』

김사인 시의 가장 큰 특징은 여리고 섬세함일 것이다. 대부분의 그의 시들은 작고 초라한 대상들을 소재로 하고 있고, 그것을 눈여겨보는 시인의 감성 역시 그에 어울리게 수수하고 여리다. 내세울 것 없고 수수하고 초라한 사람들만이 아니라 풀이나 코스모스 같은 식물, 길을 잃고 헤매는 똥개 한 마리, 나비, 갈매기에 이르기까지 여리고 약한 것들은 모두 그의 애정의 대상이 된다(「겨울 군하리」는 이러한 소재들이 한데 모여 있는 사진 같은 풍경을 보여준다. 쓰다 버려진 것들, 속도의 흐름에서 뒤처진 것들, 저만치 밀려나 있는 것들. 이것들이 함께 하는 군하리의 풍경은 마치 흑백 사진 한 장을 보는 듯 고요하게 아름답다. 군더더기 없는 깔끔한 묘사와 적당한 정도의 감상이 잘 어우러지는 김사인 시의 특징이 살아나는 시이다).

그가 이것들과 같이 하는 것은 이념이나 양심 때문이라기보다는 선천적인 기질 때문인 것처럼 보인다. 그는 순박하고 세련되지 못한 삶에 선천적으로 취한다. 문상 끝에 걸어온 전화인 듯 사투리가 그대로 남은 노가다 이아무개의 주정 섞인 전화에 취하고, 점잖은 식장에 풀빵을 사들고 쳐들어온 시인 박아무개의 대책 없음에 취하고(「봄밤」), 몇 개 없는 손가락으로 장에서 면봉과 일회용 밴드를 파는 장돌뱅이의 삶에 취한다(「덕평장」). 그는 여전히 내세울 것 없는 사람들의 편에 있지만, 그들을 위해 싸워주는 투사가 아니라 그들과 같이 마음 아파하고 더불어 술을 마시는 벗의 위치에 있다.

그러나 그들에 대한 애정도 그의 시에 배어드는 쓸쓸함의 기미를 어쩌지는 못한다. 사실상 이번 시집을 지배하고 있는 것은 쓸쓸함과 피로의 흔적이다. "칠칠치 못한 목련같이 나도 시부적시부적 떨어나졌으면 싶은"(「봄밤」), 이제 그만 지친 몸을 누이고 싶은 마음은 「노숙」, 「빈 방」, 「소리장도」, 「길이 다하다」 등 많은 시에서 나타난다. 혼자 앉아 저물어가는 풍경을 보며 나직하게 내뱉는 탄식 같은 중얼거림(물론 이번 시집에는 그가 아직까지도 현실에 대한 고민과 관심을 놓치지 않고 있음을 보여주는 시들도 있다. 이라크 전쟁, 제국주의 비판 등 현실적인 주제를 담은 「사격훈련장 부근」이나 「부시, 바쁜」 같은 시가 그렇다. 그러나 이 시들은 주제의 무게에 언어가 압도당한 나머지 시로서의 긴장과 균형 감각을 상당 부분 상실한 것처럼 보인다. 특히 「부시, 바쁜」은 풍자도 비판도 아닌 즉흥적인 비아냥댐의 차원을 벗어나지 못한다).

이 쓸쓸함과 피로의 원인이 세월 탓인지, 민중시인으로서의 반성과 회한 때문인지 한 마디로 단정 짓기는 어렵다. 어떤 시에서 그 쓸쓸함은 나이 든 사람의 회한 같은 것이고("나의 옛 나는 어디로 갔을까, 고무신 밖으로 발등이 새카맣던 어린 나는 어느 거리를 떠돌다 흩어졌을까"—「아무도 모른다」), 어떤 시에서는 인생이라는 것 자체가 주는 쓸쓸함으로 나타나며("사람 사는 일 그러하지요// 한세월 저무는 일 그러하지요// 닿을 듯 닿을 듯 닿지 못하고// 저물녘 봄날 골목을// 빈 손만 부비며 돌아옵니다" ―「춘곤」), 어떤 경우에는 사회적인 현실에 대한 자신의 무력감에서 온다("누구도 탓할 마음은 없다 이제 와서/ 우리는 사이좋게 오래 꿈꾸어 온 그 무엇과 닮아가고 있는 중(말하자면 돼지나 하이에나 같은)" ―「사격 훈련장 부근」).

아이러니컬하게도, 김사인 시의 강점은 이 지점에서 나온다. 피로와 쓸쓸함이 허무함과 동격이 되지 않게 하는 힘, 그것은 솔직함과 간결함이다. 첫 번째, 솔직함은 자신의 나약하고 여린 측면을 스스럼없이 드러내는 것이다. 가령 술을 먹은 어느 날 자신의 모습을 다음처럼 표현하는 것.

비 오고, 술은 오르고, 속은 메슥거려 식은땀 배고, 비는 오는데, 어디 마른 땅 한 귀퉁이 있다면 이 육신 벗어던졌으면 좋겠는데, 어쩌자고 눈앞은 자꾸 아련해지나, 양손에는 우산과 가방 하나씩 쥐고, 자꾸 까부라지려 하네. 비는 오고, 오는데, 몸뚱이는 젖은 창호지처럼 척 척 늘어지는데, 기억에도 희미한 옛 벗들 그림자, 환등(幻燈)과도 같이, 가슴에 예리한 칼금 긋고 지나가네. 한 손에 우산, 또 한 손엔 내용불상(內容不祥)의 가방을 쥐고 필사적으로, 달리 마땅한 폼이 없으므로 다만 필사적으로, 신발에 물은 스미고, 신호는 영영 안 바뀌는데.

―「필사적으로」 전문

시인은 자신의 섬세함과 여림을 감추지 않고 꾸밈없이 드러냄으로써 인간적인 이해와 공감을 불러일으킨다. 이런 면에서 그의 시는, 민중(을 지향하는)시는 개인의 사소한 일상보다 공동체의 선을 중시하고 건강하고 미래지향적인 것이라는 선입견을 벗어난다. 그 일탈이 김사인의 시가 읽히도록 하는 가장 중요한 요인이다. 그의 시는 다짐과 반성이 아닌 공감의 차원에서 읽힌다.

하지만, 우리가 김사인의 시에서 느끼는 공감은 피로한 자들의 동병상 련의 감정에서 오는 것은 결코 아니다. 공감은 그의 섬세한 언어들로부터 만들어진다. 이것이 두 번째 장점이다. 그는 고적하고 쓸쓸한 속내를 자 주 드러내지만, 어느 한 곳에서도 필요 이상으로 감정을 노출시키지 않는 다. 대상이 품을 수 있는 만큼의 쓸쓸함 이상으로 넘어가지 않는다는 말 이다. 예를 들어 「풍경의 깊이 2」 같은 작품.

이 길, 천지에 기댈 곳 없는 사람 하나 작은 보따리로 울고 간 길
그리하여 슬퍼진 길
상수리와 생강나무 찔레와 할미꽃과 어린 풀들의
이제는 빈, 종일 짐승 하나 지나지 않는
환한 캄캄한 길

열일곱에 떠난 그 사람
흘러와 조치원 시장통 신기료 영감으로 주저앉았나
깁고 닦는 느린 손길
골목 끝 남매집에서 저녁마다 혼자 국밥을 먹는,
돋보기 너머로 한번씩 먼 데를 보는
그의 얼굴
고요하고 캄캄한 길

열일곱에 마을을 떠난 어린 시절의 그 사람과 시장통의 신기료 영감을 같은 사람이라고 볼 수 있는 근거는 없다. 시인의 눈앞에 있는 길이(만약 '길'이 실제의 길이라고 가정한다면), 어린 시절의 그 길이라고 말할 근

거 또한 없다. 그러나 혼자 낡은 구두를 꿰매며 살아가는 신기료 영감의 삶은 마을을 떠나가던 그 사람에 대한 기억을 불러오고, 두 개의 풍경은 겹친다.

　시인의 진술은 거기서 멈춘다. 옛날의 그 사람의 슬픔이나 현재 신기료 영감의 쓸쓸한 삶은 각각 "그리하여 슬퍼진 길", "고요하고 캄캄한 길"이라는 두 구절로 요약되어 있다. 그러나 이 짧은 구절이 함유하고 있는 감정의 깊이는 그야말로 깊다. '슬퍼진 길'은 시인의 다감한 성품을, '고요하고 캄캄함'은 신기료 영감의 인생의 적막함을 모두 담고 있기 때문이다. 이 시를 읽을 때 느끼게 되는 쓸쓸함은 이처럼 잘 골라진 언어에 빚지고 있다. 그제서야 비로소 우리는 시인이 울고 있지 않았음을 깨닫게 된다. 울고 있는 것은 시인이 아니라 시인이 보여주는 풍경의 깊이에 빠진 우리의 감성인 것이다. 이런 맥락에서, 김사인의 시가 '말 한마디 보태거나 빼거나 바꿔놓을 수 없는 시적 섬세함'을 갖추고 있다는 표지글의 지적은 적확하다. 그의 시는 조용하고 쓸쓸하게 흔들린다. 그러나 그 흔들림에는 섬세한 언어가 만들어 놓은 '깊이'가 있다.　　(시인세계, 2006.가을)

사물의 이력을 불러오는 투시의 시선

허만하의 『야생의 꽃』

    허만하의 시는 대부분 자연의 사물이나 풍경을 소재로 해서 촉발되고, 그것들을 묘사해 낸다. 그런 의미에서 그의 시는 산수화라고 할 수 있지만, 그림 속의 자연은 실재하는 풍경 이상의 것이다. 산수화 속에는 시인에 의해서 호명된 상상 속의 풍경들이 한데 어울려 펼쳐져 있다. 비유하자면, 관념 산수라고나 할까. 그의 시에서 온전히 자연적인 것으로만 남아있는 소재는 없다. 그는 눈앞에 펼쳐진 풍경을 바라보면서, 거기서 사물을 보지 않고 관념을 읽어낸다. 자연은 하나의 상징이며, 시인은 그 상징들의 숲을 헤매며 숨어있는 본질과 정신, 영혼을 탐색하는 자이다.

    책을 펼치자 끼여 있던 하루살이 한 마리가 방바닥에 흘러내렸다. 연약한 몸매에 깃들어 있는 영원. 갑자기 엷은 풀빛이 애처로워지기 시작했다. 물기를 잃은 하루살이가 마지막으로 기억했던 것은 몽롱해지던 불빛과 한정 없이 가벼워지던 몸무게였다. 하루가 다르게 여위는 햇살이 투명하게 눈에 보

이는 늦가을의 한순간, 지구는 잠시 무게를 버리고 오랫동안 잊고 있었던 가
벼움이 된다. 너무나 짧은 순간의 일이라 사람들은 느끼지 못하지만, 허공에
서 지구가 잠시 몸을 추스르는 순간이 있다.
—「엷은 풀빛의 가벼움」 전문

이 시의 사유는 펼친 책에서 떨어져 내린 하루살이 한 마리의 주검에서
시작된다. 바싹 말라 납작해진 하루살이. 인간의 눈으로 보면 극히 짧은
시간이지만, 하루살이는 자신에게 주어진 이승의 생을 다하고 영원의 세
계로 입적했을 것이다. 시인은 '몽롱해지는 불빛과 가벼워지는 몸무게'
를 느꼈을 하루살이의 죽음의 시간들을 상상해 본다. '하루가 다르게 여
위는 햇살'은 '가벼워지던 몸무게'와 유사한 의미 맥락에 놓여 있다. 죽
음으로 가는 하루살이의 몸무게가 가벼워지듯이, 쇠락의 겨울로 들어서
는 늦가을의 햇살 역시 나날이 여위고 있다.

그러나 이 시의 계기가 된, 책을 펼친 실제의 시간은 시 속에 없다. 하
루살이의 주검을 발견한 시점이 실지로 늦가을인지는 알 수 없는 일이다.
'늦가을'이라는 시간적 배경은 시를 쓰고 있는 현재의 시간이라기보다는
하루살이의 죽음이 있었던 시간일 가능성이 크고, 더 나아가 하루살이의
죽음이나 시를 쓰는 시간과는 전혀 무관한, 시인의 관념 속의 시간일 가
능성이 더욱 크다. 시인은 하루살이의 주검에서 죽음의 시간을 상상하고
계절의 추이와 지구의 순환을 생각한다. 한낱 미물에서 인간에 이르기까
지 모든 생명체가 맞닥뜨리게 되는 죽음의 순간. 시인이 하루살이의 주검
에서 끌어낸 사유는 그것에 관련된 것이다. 모든 생명체는 삶과 죽음의
'계면'에 이르러서 욕심과 아집을 버리고 가벼워진다. 생명체를 품고 있
는 지구도 마찬가지다. 가을을 건너 겨울로 접어드는 시간에, 지구는 무
게를 내려놓고 잠시 가벼워진다. 동면을 준비하는 지구의 숨고르기인 셈

이다. 하루살이는 그러한 지구적인 진리를 작은 몸으로 실현한 미물인 것이다. 이처럼 그의 시의 사물들은 현실적인 연관 속에 존재할 뿐 아니라, 사유의 발단을 내포한 것으로서 의미를 갖는다.

허만하가 사물에서 시를 이끌어내는 방식은 크게 확장과 투시로 나누어진다. '확장'이 한 사물의 수평적 연관을 따라가는 것이라면, '투시'는 수직적인 깊이를 따라가는 방식이다. 확장은 한 사물이 위치하고 있는 공간의 넓이를 더해 가면서 시를 이루어가는 경우이다. 「마량에서 우리는 어스름이었다」나 「계면은 흐리다」와 같은 시들이 그렇다.

구름이 낙조 빛깔을 머금고 있는 하늘 언저리는 환하다. 암울한 겨울 하늘이 느닷없이 환해지는 것은 자제 끝에 터지는 흐느낌처럼 납빛 구름에서 순결한 눈송이들이 쏟아지기 직전의 일이다.

눈송이는 땅에 닿기 직전에 윤곽을 잃는다. 한겨울 능선에서 떨고 있는 굴참나무 우듬지가 하늘에 번지는 황갈색 안개가 되는 것처럼 윤곽을 잃은 사물은 제자리에서 자욱한 것이 된다.

해안도로 기슭에 서 있는 심야의 가로등 불빛은 거대한 어둠에 부딪혀 둘레에 번지는 오렌지빛 안개가 된다. 소리없이 가라앉는 안개비에 젖는 가로등이 비추는 것은 어둠이 아니라 자기의 외로움이다.

목숨과 죽음이 만나는 계면에서 사물은 윤곽을 잃는다. 눈물 너머 바라보는 세계처럼 흐린 것이 된다. 비에 젖고 있는 유리창 너머 바라보는 풍경처럼 어슴푸레한 것이 된다.

—「계면은 흐리다」 전문

저물어가는 하늘에서 쏟아져 내린 눈은 지상에 내리기 전에 녹아서 안개비가 되고 가로등과 유리창을 적신다. 그것을 바라보는 시인의 시선은 저무는 하늘에 가 있다가 내리는 눈송이를 따라 아래쪽으로 이동하고, 굴참나무 우듬지와 해안도로의 가로등으로 옮겨간다. 그리고 마지막 연에서 유리창을 바라보고 있는 자신의 위치로 가깝게 이동한다. 시인의 시선이 위에서 아래로, 먼 곳에서 가까운 곳으로 오가며 하나의 시를 만들어 내고 있는 것이다. 이처럼 확장의 방식에 의존하고 있는 시들은 실제의 풍경들을 묘사하는 데 유용하다. 종종 그의 시의 창작 동인으로 작용하는 '여행'은 실질적인 공간의 확장이면서 동시에 시적 상상력의 수평적 확장이다. 여행지의 풍경을 묘사하는 시들은 대부분 시인의 시선의 움직임을 따라 이루어진다(「내린천」, 「닭섬을 보던 날」, 「영원사 숲길에서 첫눈을 만나다」 등).

그런데 시선을 옮겨가며 대상을 묘사하는 이러한 방식은 작시의 기본적인 방법에 속하는 것이므로, 허만하 시만의 고유한 특성이라고 할 수는 없다. '확장'이 허만하 시에서 특별히 중요한 이유는, 그것이 사유를 예비하고 있기 때문이다. 인용된 시에서 시인은 풍경에서 '목숨과 죽음이 만나는 계면'을 읽어내고, 사유는 그 지점에서 시작되면서 멈춰 있다(삶과 죽음의 경계에 대한 사유는 「물결의 화석」, 「산이 일곱 가지 빛깔로 물들 때」, 「동해 과메기 덕장을 지나며」 같은 시에서 깊어진다. 여기서 삶과 죽음은 동전의 앞뒷면과 같은 것이다. 현재의 나의 삶은 다른 생물들의 죽음 뒤에 있고, 나의 죽음은 미래에 올 다른 생물의 삶으로 대체된다. 마치 동전을 뒤집어 보이는 것처럼, 나의 삶은 다른 생물의 죽음 앞면에 있고, 나의 죽음은 또 다른 생물의 뒷면이 될 것이다).

본격적인 사유는 시인이 풍경에서 하나의 사물을 건져 올릴 때 비로소 시작된다. 그것은 사물의 이력을 따라 내려가 역사의 시원에까지 이르는 투시적인 시선을 가짐으로써 가능한 것이다.

　서걱이는 풀숲 속에 보이지 않는 짐승의 길이 있듯 하늘에는 더 높은 하늘을 젓는 새의 길이 있다. 부분은 전체보다 클 수 있다. 밭두렁 돌무더기 속에서 신혼의 손이 찾아내었던 암막새 조각이 몸으로 그렇게 말하고 있다. 화려한 날개 펼치고 있는 가릉빈가. 갈고리 발가락이 잡을 나뭇가지는 천년의 바람처럼 눈에 보이지 않지만 솔바람 소리 내며 타오르던 장작불 불길이 구워낸 황홀한 흙의 상상력. 무쇠보다 강한 흙 조각에서 바람 소리가 나는 것은 이름없는 신라 와공 새김칼날 끝에 비치던 은백색 억새 물결 때문이다. 황룡사 절터 밭두렁 길에서 바라본 코발트블루 하늘의 맑은 높이. 풍경이란 말이 동사가 되는 추령재 칠십 굽이에서 다시 만나네. 흙도 꿈을 가지면 맑은 노래 꽃잎처럼 뿌리는 새가 되네.

—「흙의 꿈」 전문

　오래 전에 주워온 암막새 조각에서 그 이력을 읽어내는 시선은 한없이 깊다. 그 조각 하나를 굽기 위해 열과 성을 다했던 와공의 한 생애와 타오르던 장작불길, 그 시절에 물결치던 은백색 억새풀, 코발트블루의 하늘의 높이……. 시선은 한없이 깊어지며 역사의 시원으로 내려간다. 또한 공간은 황룡사 절의 하늘에서 추령재 칠십 굽이로 옮겨간다. '부분은 전체보다 클 수 있다'는 말은 여기서 온다. 작은 암막새 조각 하나에서 신라와 현재가, 황룡사의 하늘과 추령재의 하늘이 하나로 연결되며 무한으로 뻗어가는 시적 공간을 만드는 것이다.
　그러고 보면 그의 시의 단골 소재로 등장하는 화석이나 유물에 대한 시인의 편애는 지극히 당연한 것이다. 그것들은 그 자체가 내력 즉 시간의 깊이를 품고 있는 사물들이기 때문이다. 공룡 발자국과 새 발자국, 물결

자국의 화석(「물결의 화석」)에서, 시인은 인류의 전생을 예감하고 그것을 몸으로 느낀다("내 혈관을 흐르고 있는 고생대의 노을과 바위의 구성 비율은 거의 같다. 나는 숨 쉬는 산수유 열매빛 철분을 혈액 속에 가진다."—「同氣의 바위」). 이러한 상태가 발전되면, 시인은 현재의 한 지점에서 시간과 공간을 초월한 무수히 많은 생들이 겹쳐져 있는 것을 본다. 풀밭을 달리다 멈추어선 소년의 모습에서 구석기 시대의 소년의 모양과 고대 그리스 소년의 모양을 동시에 보고, 벽돌색 기와지붕을 한 집들이 있는 골목과 9천년 전의 풀밭과 낯선 피렌체 거리를 보는 것이다(「소년의 위치」). 이처럼 시간의 흔적을 따라 깊어지던 시선은 서로 다른 시기의 서로 다른 공간에까지 이르며 확대된다. 한 사물에 몰입하여 응집된 이면을 읽어내는 투시의 시선은 이렇게 해서 수직과 수평으로 한없이 뻗어간다. '시가 수평과 수직의 관계'(「보림사 돌담에 기대어」)라는 발언은 그가 시를 창작하는 방식을 드러내는 말이기도 한 것이다. 시란 그렇게 수직과 수평으로 상상력을 뻗어가며 세계의 전체상을 그려보려는 부단한 노력의 과정이다.

덧붙여서 한 가지, 그의 시의 언어에 대해서 말하지 않을 수 없다. 허만하 시의 언어들은 사물을 지시하고 설명하는 것이 아니라, 사물의 이력을 불러오는 데 바쳐져 있다. "말이 태어나기 이전의 의미를 안으로 터질 듯 머금고 있는 눈부시게 샛노란 꽃", "말의 오염이 없었던 야생의 세계"(「나로도 복수초」), "언어가 다한 곳에서 시는 침묵의 깊이를 낳는다"(「시인의 지도」) 등의 구절은, 시인이 생각하는 언어가 어떤 것인지를 암암리에 드러내고 있다. 거기에는 때 묻은 시정의 언어로는 시원을 말할 수 없다는 생각이 담겨 있다. 그가 말하는 '침묵'은, 모든 때 묻은 언어 활동을 정지시킴으로써 비로소 사물을 야생의 세계로 돌아갈 수 있게 하는 것이다. 이때 언어는 그 자체가 사물을 개시하는 존재론적인 언어 즉 하이데거가 말한 '존재의 집으로서의 언어'와 흡사하다. 그것은 모든 인간적 말들이 침묵하는 가운데 말하여지는 일종의 신성한 언어 또는 신비로운 상징이며, 존재에 대한 계시와 같은 것이다. 이런 면에서 그의 언어들은 다분히 존재론적이다.

(시와 사상, 2006.가을)

쓸쓸한 삶, 그리운 영혼, 위독한 실존

문태준의 『가재미』
김경주의 『나는 이 세상에 없는 계절이다』
조말선의 『둥근 발작』

1. 인간에 대한 예의

문태준의 세 번째 시집인 『가재미』는 이전 시집들에 비해 인간의 실제 삶에 보다 가까이 다가서 있다. 이전의 시들이 자연과 인간을 교묘하게 연결시키는 데 치중해 왔다면, 이번 시집에서는 구체적인 인간의 삶과 생활에 대한 애정이 조금 더 전면화된다. 「가재미」는 그러한 변화를 가장 잘 보여주는 아름다운 시이다. 평생을 가난에 허덕이며 외롭게 살았던 '그녀'는 6인실 병상에서 쓸쓸히 죽음을 기다리고 있다. '나'는 죽음이 임박한 그녀의 옆에 누워서 그녀의 한평생을 천천히 복기한다. 흙담조차 없던 집과 가늘은 국수로 상징되는 대대로 가난했던 그녀의 가계와 힘겨웠던 삶. 그녀에 대한 연민은, 그녀가 죽은 후 유품을 정리함으로써 그녀를 자유롭게 떠나 보내주는 것으로 완성된다. 시인은 그녀가 기르던 개를 집으로 데려오고, 아궁이의 재를 치움으로써 이승에서의 그녀의 삶을 정리해

주고 저승길이 편안하기를 빈다(「가재미 2」, 「가재미 3」). 이것은 한 인간의 상처를 알고 보듬는 적극적인 이해의 태도이다. 타자의 삶을 그저 바라보는 것이 아니라 그것에 스며들어 고단함을 이해하고 추체험하는 실제적인 행위인 것이다.

이러한 변화는 대상과 하나를 이루려는 동일성의 갈망에서 비롯된 것이다. 용액이 농도가 다른 용액에 섞이어 들어가 처음에는 겉돌다가 어느새 섞이어 농도가 같아지는 것처럼, 대상과 '나'가 서로를 경계 짓지 않고 하나로 섞이는 것. 시인은 그러한 상태를 '묽다'고 표현하고 있다("차고 어두운 물이/ 미지근하고 환한 물을 밀어내고 있다/ 물이 물을/ 섞이면서 아주 더디게 밀고 있다/ 더 어두워지고 있다" —「묽다」). 평면은 이같은 평등한 섞임이 가능한 공간적인 조건이다("몸이 솟아오를 때 마음에 경계가 있으나 이윽고/ 비슥이 배에 배를 대고 바닥에서부터 물렁물렁하게 휜다" —「넝쿨의 비유」). 바닥에 배를 대고 기어가면 '나'와 대상은 높낮이 없이 공평해진다. 어느 것 하나 모난 데 없이, 순하게 살아가는 사람들의 생활 방식이다("스스로 壁을 쓰러뜨리거나 壁을 세워본 일이 없다").

수평에 대한 바람은 이러한 경험이 시적인 소망으로 투사된 것이라고 볼 수 있다. 그는 흔들리는 삶 속에서 미동하지 않고 평정을 유지하고자 한다("내 생각이 좌우로 두리번거려 흔들리는 동안에도/ 잠자리는 여전히 고요한 수평이다/ 한 마리 잠자리가 만들어놓은 이 수평 앞에/ 내가 세워놓았던 수많은 좌우의 병풍들이 쓰러진다" —「수평」). 그러나 사실 이 흔들리지 않는 수평의 상태, 고요함이란 그 안에 수많은 뒤척임과 격랑을 품고 있는 것이다(「마루」). 삶의 갖가지 곡절들은 어쩔 수 없는 흔들림을 낳는다. 수평을 꿈꾸는 것은, 그 많은 흔들림을 껴안고도 감정이 과잉되거나 흘러넘치지 않도록 스스로 절제의 눈을 가지고자 하는 것이다. 이같은 절제가 지나칠 때 그의 시는 이따금 관념적으로 느껴지기도 한다.

그러나 『가재미』는 수평의 상태를 지향함과 동시에 흔들림을 있는 그대로 인정하고 있어서 태도의 변화를 보여주고 있다. 특히 인간에 대한 관계에서 그렇다. 문태준은 시인이 타자의 아픔을 몸으로 옮겨 받을 수 있어야 한다고 보고 있다. 수두를 앓는 아이의 신열을 그리고 한여름에 아궁이에 불을 때는 여인의 심정을 몸으로 느낄 수 있어야만 시인이 되는 것이다. 그리하여 그는 "번져라 번져라 病이여, 그래야 나는 살아 있는 사람이다"(「번져라 번져라 病이여」)라고 과감하게 말한다. 풍경의 변화 때문에, 타인의 아픔 때문에, 속도를 늦추고 한없이 낮아지는 것이야말로, 서정시인의 기본적인 자질이다. 이러한 생각을 바탕에 깔고 있는 『가재미』는 올 한 해 서정시단이 얻은 중요한 수확이다.

2. 감각의 전환

김경주의 시는 '특이하다'는 말보다 '기묘하다'는 말이 더 어울린다. 의미이기를 포기한 단어들, 전달과 소통을 애초부터 염두에 두지 않은 문장들은 낮은 독백과 같다. 이미 지적된 바 있듯이, 비문의 공해도 심각하다. 그의 시들은 대부분 길고, 그 긴 문장들은 대부분 앞뒤가 맞지 않는 비논리적인 언어들로 이루어져 있다. 말은 말이되 의미가 이해되지 않거나 혹은 발화될 때부터 뒤틀려 있는 불구의 언어들이다. 예컨대 "바람에 어두운 물소리가 실려옵니다 바람 속으로 물속의 어둠이 번지는 시간인 것입니다 그런 저녁을 가만히 견뎌야 한다면 무덤을 빠져나온 사람들은 강 속에 죽은 두 손을 담그고 앉아 있겠습니다"(「아우라지」)와 같은 대목. 이 문장의 주체는 '무덤을 빠져나온 사람들'이다. 그러면 이 문장은, 그러한 저녁을 견뎌야 하는 사명 혹은 피할 수 없는 상황이 주어진다면 그들은 아마도 강 속에 손을 담그고 앉아 있을 것이라는 추측으로 읽힐 수 있다.

이러한 추측은 문장을 쓴 주체인 시인이 문장 안의 주체보다 우월한 자리에 있을 때 성립된다. 시인은 '무덤을 빠져나온 사람들'을 보고 있을 뿐만 아니라 특정 상황에 처한 그들의 행위마저도 예측할 수 있다. 결국 시인은 '무덤을 빠져나온 사람들'과 같은 부류의, 이 세상 밖의 존재가 된다. "앉아 있겠습니다"라는 고어체 어미는 단순한 고전 취향이 아니라 시인 자신의 정체성까지를 드러내는 복합적인 선택의 결과인 것이다. 그의 비문을 단순히 틀렸다고 말할 수 없는 이유는 여기에 있다. 그런 면에서 그의 언어들은 마치 이교도의 경전과 같다. 그가 속한 다른 세상에서는 그것 자체가 말인 언어. 따라서 그의 비문은 '틀린 문장'이 아니라 '다른 문장'이라고 해야 옳을 것이다.

이러한 언어적 특성은 그의 독특한 정신세계를 반영하고 있다. 자주 등장하는 '영혼'이라는 단어는 그가 그리워하는 유일한 세계이다. 스스로 '이 세상 것이 아닌 것들'(「우주로 날아가는 방 1」)을 자처하는 그는, 애초부터 현실의 영역이 아닌 '영혼'의 세계를 꿈꾸고 있다. "삶이 영혼의 청중들"(「목련」)이라고 생각하는 그는 당연히, 현실 세계에서 최소한으로 존재하고자 한다. 영혼의 세계를 그리워하는 것들은 그 내부의 갈망으로 점점 말라가고("새들은 아무도 모르게 말라간다") 혹은 가늘어진다("나에겐 돌에게 잠시 번진 물고기의 무릎도 없고 물고기의 보일 듯 말 듯한 슬픈 귀들도 없지만 조금씩 가늘어지는 몸이 있으니 아무도 모르게 말라가는 것이 점점 너에게 가까워지는 것인지 모르겠다"—「파이돈」). 가늘어지는 것, 말라가는 것은 불필요한 육신의 무게를 덜고 기화하려는 소망의 육체적인 표현이다.

육체는 마르고 가늘어지면서 최후의 경지인 '바람'이 된다. 지상에 머무르되 형태가 없는, 지상의 가장 가벼운 존재가 그것이다. 음악 역시 마찬가지다. 부피와 형태를 가지지 않는다는 면에서 그것은 영혼의 세계에 가장 근접한 것이다("말하자면 이 문장들은 生을 버리고 성(聲)의 세계로 간 맹인이 드나드는 점자들이다" —「부재중」). 이 세상의 것이 아닌 외로운 것들이 할 수 있는 일은 오직 음악을 듣는 일뿐이다. 그 음악이 이 세상의 것이 아닌 것은 당연한 일이다. 그 음악은 오직 자신의 몸속에 존재한다. "외로운 날엔 살을 만진다"(「내 워크맨 속 갠지스」)라는 표현은 여기서 나온다.

김경주의 시가 기묘한 것은, 이상과 같은 추상성에도 불구하고 그의 시의 언어들이 통째로 감각된다는 점이다. 예컨대 "사람은 자신이 살아온 만큼 사라져가는 것이다라고 생각하면 눈물이 난다"(「우주로 날아가는 방 2」)에서 죽음은 시간의 흐름과 같은 추상적인 의미로 다가오지만, "썩은 육신에 꿈이 붐비면 삭아가는 관(棺)도 저렇게 고인 물을 죽음 밖으로 흘려보내는 것일까"(「생가」)에서 그것은 구체적이고 물질적이다. 그의 시는 모호하면서 선명하다. 문장이 완결된 의미를 형성하고 있는 경우는 거의 없지만, 뒤틀린 문장이 전하는 감각은 섬뜩하리만큼 생생하다. "죽은 사람을 물가로 질질 끌고 가듯이 염전의 어둠은 온다"(「저녁의 염전」)나 "나무에 목을 걸고 죽은 꽃을 본다 인질을 놓아주듯이 목련은 꽃잎의 목을 또 조용히 놓아준다"(「목련」) 같은 구절은, 기발한 표현의 차원을 넘어서 감각의 전환을 요구한다. 그의 시를 읽는 것은, 온몸에 소름이 돋는 충격적인 경험이다.

3. 가족 삼각형과 신경증

조말선의 『둥근 발작』은 시적인 실험과 이미지의 형성 과정, 사유의 과정과 지향점, 시에 대한 개인적인 생각 등 시에 관련된 다양한 주제들을 담고 있다. 언뜻 보아도, '가족 삼각형'의 구도와 '나'의 정체성 찾기, 초현실주의적인 시적 구성, 두드러지는 후각적인 이미지, 언어 자체에 대한 실험 등 굵직한 테마들이 잡힌다. 밀도가 높은 만큼 시 읽는 즐거움 또한 크다.

시인은 시의 곳곳에서 실존의 위독함을 알리고 있다. '나'의 기념일에 '나'를 뺀 관계자들이 오고, 그들은 '나'를 출입금지시키고 감금하고 통제한다. '나'의 관계자가 되는 순간 '나'는 사라져버리고(「관계자들」), 원피스를 입으면 '나' 대신 원피스가 달려간다(「거대한 원피스」). '당신은 당신의 관계자가 아니오'라는 말은 '나'가 '나'에게서 소외된, 실존이 위협당하는 상황을 단적으로 표현하고 있다.

「얼굴의 법칙」은 이러한 위협을 상징적으로 보여주고 있다. 아침, 저녁으로 얼굴을 씻으면 얼굴이 벗겨진다. 벗겨지면 날마다 얼굴은 가벼워져야 하는데, 정반대로 얼굴은 점점 무거워진다("아침마다 얼굴을 씻는다/ 얼굴이 벗겨진다/ 저녁마다 얼굴을 씻는다/ 얼굴이 벗겨진다/ 수건이 점점 무거워진다/ 얼굴이 점점 무거워진다"). 얼굴을 씻어서 벗겨지는 것과 얼굴이 점점 무거워지는 것은, 인과관계로 연결되지 않은 다른 의미망에 속하는 이야기이다(조말선의 시에는 이처럼 논리상의 단절과 비약이 종종 나타난다. 그것은 시의 구성이 서사적인 논리를 따르는 것이 아니라 단절적이고 몽타쥬적이기 때문이다. 이러한 구성 방식은 그녀의 시의 초현실주의적인 특성과 자연스럽게 연결된다). 씻어서 벗겨지는 것이 '나'의 본성이라면 '점점 무거워지는 얼굴'은 '나'의 본성을 벗긴 대신 새롭게 뒤집어 쓴 가면이다. 살아갈수록 가면은 많아지고 얼굴은 그 결과로 무거워진다. 사람들은 편의에 따라 자신들이 생각하는 '나'의 얼굴을 강요하고, 그래도 마음에 들지 않으면 제 마음대로 '나'의 얼굴을 빼앗아간다. 이러한 상황에서 '나'의 정체성을 찾는 것이 관건이다.

가족은 혈연적인 친연성을 바탕으로 '나'의 정체성을 형성한다. 아버지와 어머니 그리고 '나'는 항상 표가 나게 삼각형을 이루고 있다. '그(아버지)'와 '그녀(어머니)', '나'는 각각 하나의 각을 차지하고 있고("정원사가 측백나무의 한 각에 있는 그를 자르고 한 각에 있는 그녀를 자르고 한 각에 있는 나를 잘라서 둥근 우산을 만들었다 우산은 금방 삼각형이 되었다"―「오이디푸스나무를 위한 정원사」), 그 삼각형이 이루는 구도가 곧 가족이다. 이 구도에서 탈출하고자 하는 욕망이 그녀의 시의 한 축을 이룬다. '나'는 오직 '나'의 아버지와 어머니를 번복하고 부정함으로써만 존재하고, 다시 번복당하며 세대를 잇는다("수많은 아버지들은 수많은 아버지들을 번복하고 수많은 엄마들은 수많은 엄마들을 번복하고 수많은 나는 수많은 나를 번복하고"―「번복하는 오이디푸스나무」). 가족 삼각형이 등장하는 시가 하나같이 '오이디푸스'라는 이름을 달고 있는 것은 자연스러운 일일 것이다. 근친상간적 모티프를 대표하는 오이디푸스는 모두에게 있는 혈연의 뒤엉킴을 보여준다. 가족은 대를 물려서 혹은 수평적으로 묶여 있는 치정의 관계와 같다.

그녀의 시에서 세대의 교체와 대물림은 '부패'라고 정의된다. 오래된 가족들을 '나'에게 맞추어보면 꼭 맞고, '나'에게서도 썩는 냄새가 난다(「냉장고」). 특히 어머니와 딸인 '나' 사이의 대물림이 그러한데, 「행렬」은 그러한 인식을 잘 보여주고 있다. "암탉 한 마리와 나 사이"는 어머니와 '나' 사이이다. 어제의 달걀판이 오늘의 달걀판을 만들고, 어제의 총상 꽃차례의 꽃송이가 오늘의 꽃송이를 만들듯이, 어제의 '엄마'는 오늘의 '나'를 만들었다. 그것은 순행하는 자연의 이치를 그대로 따르는 것이다. 시인은 이러한 과정을, 세계가 보이지 않게 부패하는 것이라고 말하고 있다. '나'에게 와서 진동하는 썩는 냄새. 결국 '나'는 아버지와 어머니를 번복하면서 똑같이 부패하고 있는 것이다. 그래서 '마주 앉거나 곁에 앉은' 아버지와 엄마와 나는 냄비 속의 수프처럼 빙글빙글 돌며 결국에는 뭉개지고 섞여 한 그릇의 끈끈한 액체가 된다(「수프」). 가족 삼각형에서 탈출하고 싶은 욕망 한편으로, 시인은 삼각형의 한 각으로만 의미가 있는 자신을 발견하고 있는 것이다.

조말선의 시는 이 모순되는 상황에 처한 '나' 의 신경증의 소산이다. 그녀는 무릇 '작품' 이라는 것은 신경증의 소산이라고 본다("은행은 은행나무의 신경증이다/「자화상」은 고흐의 신경증이다" —「과일」). 신경증은 "자유와 억압의 이중구조"(「둥근 발작」)에서 생겨난다. 원예사가 원하는 모양 이상으로 자라지 않게 철사줄과 말뚝으로 나무를 동여매면, 나무는 탐스럽고 당도가 높은 과일을 만들어낸다. 자유롭게 성장하는 것을 억제하면, 모든 영양분은 과일에 모이게 되어 생장의 최정점에 이르는 것이다.

조말선이 생각하는 시 역시 삼각형에서 이탈할 수 있는 자유와 '가족' 이라는 이름으로 행해지는 억압의 이중구조 속에서 싹이 튼다. 밖으로 나아가려는 안의 힘과 그것을 누르는 밖의 힘이 팽팽하게 맞서서 곧 터지기 직전의 상태, 그것을 그녀는 '둥근 발작' 이라고 표현하고 있다. 모순되는 '나' 의 실존적인 상황이 시에 팽팽한 긴장을 만들어내는 것이다.

이외에도 시에 대한 생각을 보여주는 「마그리트」나 후각적 이미지가 두드러지는 「행렬」, 「낭비」, 언어유희를 보여주는 「비스듬히」, 「막」 역시 흥미로운 시들이다. 각각의 특징들은 시집 전편에 걸쳐 고르게 나타나고 있어서, 어떠한 주제를 선택하든지 흥미로운 관찰의 장을 제공한다. 다양하고 풍성한 재료들을 구비하고 있는 그녀의 시집은, 읽는 것만으로도 뿌듯한 느낌을 안겨준다. (세계의문학, 2006.겨울)

비평, 문화의 스펙트럼

2007년 11월 20일 초판 1쇄 인쇄
2007년 11월 27일 초판 1쇄 발행

지은이 | 문혜원
펴낸이 | 孫貞順
펴낸곳 | 도서출판 작가
　　　　서울 서대문구 북아현3동 1-1278 (우120-866)
　　　　전화 | 365-8111~2　팩스 | 365-8110
　　　　이메일 | morebook@morebook.co.kr
　　　　홈페이지 | www.morebook.co.kr
　　　　등록번호 | 제13-630호(2000.2.9.)

편집 | 김이하 이현호 곽대영
디자인 | 박은정
영업 | 손원대　설동근
관리 | 이용승

ISBN 978-89-89251-71-2

* 잘못된 책은 구입하신 서점에서 바꾸어 드립니다.
* 지은이와의 협의 하에 인지를 붙이지 않습니다.

값 14,000원